HEYNE
HARD
CORE

Das Buch

Als Nick Laymon und seine Freunde Tucker und Finney spätabends leicht angetrunken auf der Heimfahrt zum Campus sind, poltert ihr Auto über etwas auf einem sehr dunklen und verlassenen Abschnitt der Straße. Ohne anzuhalten, diskutieren sie darüber, was es gewesen sein mag. Kurze Zeit darauf hat Nick aber doch das schlechte Gewissen übermannt, und er überredet seine Freunde, noch einmal zurückzufahren. Als sie wieder an der Stelle eintreffen, finden sie einen auf der Straße liegenden Mann. Nick untersucht ihn und stellt schnell fest, dass der Mann tot ist. Nick will auf jeden Fall zur Polizei gehen, doch die beiden anderen wollen den Unbekannten im nahen Waldstück verscharren. Es ist Winter und soll schneien, und so hoffen Finney und Tucker, dass der Vorfall unbemerkt bleibt. Nick sträubt sich. Sie durchsuchen zunächst den Mann und finden bei ihm ein dickes Geldbündel, fast zehntausend Dollar, eine Pistole und den Schlüssel zu einem Schließfach. Seine beiden reichen Freunde überreden Nick schließlich, ihrem Plan zu folgen, und lassen ihn dafür das Geld behalten, das dieser gut gebrauchen kann. Doch am nächsten Morgen klopft es an der Tür von Nick und dessen Freundin Sue. State Trooper Evans erzählt von einer Leiche, die in der Nähe in einem Waldstück gefunden wurde ...

Der Autor

Hinter Jack Bailey verbergen sich die beiden Autoren Dale Bailey und Jack Slay, Jr. Dale Bailey gilt als eine der innovativsten Stimmen der Dark Fantasy. Er wurde 2002 für seinen Roman »The Fallen« für den International Horror Guild Award nominiert. Jack Slay Jr. hat zahlreiche Kurzgeschichten veröffentlicht, seine Essays erscheinen in namhaften Magazinen. Er schrieb zudem ein Buch über den britischen Autor Ian McEwan.

JACK BAILEY

COP KILLER

Thriller

Aus dem Amerikanischen
von Helmut Gerstberger

WILHELM HEYNE VERLAG
MÜNCHEN

Die Originalausgabe
SLEEPING POLICEMAN
erschien bei Golden Gryphon Press, Urbana, Il., USA.

Verlagsgruppe Random House FSC-DEU-0100
Das für dieses Buch verwendete
FSC-zertifizierte Papier *München Super*
liefert Mochenwangen.

Vollständige deutsche Erstausgabe 05/2009

Printed in Germany 2009
Umschlagillustration: © John Lund / Getty Images,
© Mark Payne / Shutterstock
Umschlaggestaltung: Hauptmann & Kompanie Werbeagentur,
Zürich – München
Satz: C. Schaber Datentechnik, Wels
Druck und Bindung: GGP Media GmbH, Pößneck

ISBN: 978-3-453-67564-3

www.heyne-hardcore.de

Für meinen Dad, Jack Slay Sr.,
der an mich glaubte,
und für Barry Malzberg & Batya Yasgur,
meine ersten Leser,
in Dankbarkeit.

»Und auch dies«, sagte Marlow plötzlich,
»ist einer der dunkelsten Orte der Welt.«

Conrad

SONNTAG

2:07 bis 2:53

Keiner von ihnen bemerkte, dass sie jemanden überfahren hatten – nicht einmal Nick, zumindest nicht sofort. Sie waren mit hundert oder schneller durch die Gegend gebrettert, Finney jagte den Acura durch die Kurven, während Nick in der Kühlbox nach frischem Bier kramte, ohne viel mehr mitzukriegen als nur eine vage Empfindung von wirbelndem Licht, und von verschwommenen Schemen vorbeihuschender, kahler Bäumen jenseits des Heckfensters, während aus den Boxen der Anlage das durch Mark und Bein gehende Hämmern von Warren Zevon dröhnte. Später waren sie sich uneins darüber, was als Nächstes passiert war. Finney sagte, er habe plötzlich eine flatternde Bewegung in der Dunkelheit am Straßenrand gesehen; Tucker, der auf dem Beifahrersitz saß, behauptete, er habe nichts gesehen, absolut gar nichts. Nick bekam ebenfalls nichts mit – er fummelte an der Abreißlasche einer Bierdose herum –, erinnerte sich aber, einen Stoß gespürt zu haben, als wäre der Acura viel zu schnell über eine riesige Temposchwelle gefahren. Ein Schwall Bier schwappte über seine Hand und ein Slangausdruck ... *Schlafender Polizist* ... hallte seltsam durch seinen Kopf. Er blickte im selben Augenblick aus dem Rückfenster, als Finney auf die Bremse stieg.

Was er dort sah – eine taumelnde Gestalt in flatternden Kleidern, schwarz vor der sie umgebenden Dunkelheit – jagte ihm einen Eisschauer durch die Adern. Der Acura schlingerte, schleuderte mit quietschenden Reifen über die gelbe Linie und kam in entgegengesetzter Richtung zum Stehen. Finney zog den Schalthebel in den Leerlauf, während sich Warren Zevon in »Excitable Boy« reinlegte. Finney drückte den Knopf und brachte die Anlage zum Verstummen.

Er drehte sich um und sah Nick an, sein Gesicht hohlwangig und seltsam fremd in dem grünen Widerschein des Armaturenbretts. »Was hast du gesagt?«

»Schlafender Polizist.«

»Was zum Henker soll das bedeuten?«, fragte Tucker.

»Eine Temposchwelle. Hast du das noch nie gehört?«

»Eine verdammte Temposchwelle«, brummte Tucker, doch für Nick klang seine Stimme nervös. Ein kaltes Gewicht, das sich wie ein Stück Eisen in seinen Eingeweiden niederließ. Er nippte an dem Bier, um etwas zu tun zu haben, doch die Wahrheit war, er mochte es nicht mehr. Es schmeckte warm und abgestanden. Irgendwie dick. So – stellte er sich vor – schmeckte vielleicht Blut.

Sie saßen eine Weile reglos, während der Acura mitten auf der Bergstraße im Leerlauf schnurrte. Zwei bleiche Lichtkegel bohrten sich in die Dunkelheit. Ihre Bremsspuren sahen auf dem Grau des Asphalts wie ein schwarzes Relief aus.

»Das war keine Temposchwelle«, sagte Finney.

»Was war es denn sonst?«

»Ein Mensch«, sagte Nick.

»Das kann nicht sein. Ich hab es aus den Augenwinkeln gesehen. Es hat sich für einen Menschen viel zu schnell bewegt.«

»Es war nichts«, sagte Tucker.

»Ich glaube, es war ein Reh.«

»Genau«, sagte Tucker. »Ein Reh. Das war's.«

Finney stieß den ersten Gang ins Getriebe, wendete den Acura auf die richtige Spur, und der Wagen nahm langsam wieder Fahrt auf. Nick lehnte sich zurück und streckte die Beine quer über den Rücksitz. Durch das Seitenfenster auf der Fahrerseite betrachtete er die vorbeihuschende schwarze Bergflanke vor dem dunklen Himmel. Hier und dort lagen unter den Bäumen noch Flecken von Schnee, aber das meiste davon war geschmolzen. Die Straße war frei. Als er zwischen den Lehnen der Vordersitze hindurchschaute, konnte Nick das Armaturenbrett sehen. Die Tachonadel zitterte bei vorsichtigen dreißig Meilen die Stunde. Die Digitaluhr sprang von 2:13 auf 2:14. Ein Bild von der schwarzen, über den Asphalt taumelnden Gestalt spukte immer wieder durch seine Gedanken – ein Flattern von schmutzigem Stoff, ein weißer, undeutlicher Fleck, der ein Gesicht gewesen sein konnte. Sosehr er es auch versuchte, er konnte sein Gehirn nicht dazu bringen, zu denken, dass es etwas anderes als ein Mensch gewesen war. Er beugte sich zwischen den zwei Sitzlehnen nach vorn. Die Uhr zeigte 2:16.

»Ich finde, wir sollten umdrehen.«

»Findest du.«

»Das geht nicht«, sagte Tucker. »Ich muss etwas Schlaf kriegen oder ich kann mir abschminken, morgen auf die Prüfung in Abendländische Geschichte zu lernen.«

»Ich sehe das wie Tuck. Es ist spät, und ich muss morgen ebenfalls büffeln. Es war nur ein Reh. Ich meine, wir sollten das Ganze vergessen.«

»Wir hätten diese verdammte Spritztour nicht machen sollen«, sagte Tucker. »Eine ganze Stunde Fahrt.«

»Als die Rothaarige mit ihrem Hintern vor dir rumwackelte, schienst du aber nichts dagegen gehabt zu haben«, sagte Finney.

»Du hast Bremsspuren hinterlassen. Sie können feststellen, von welchen Reifen sie stammen.«

Die Räder surrten flüsternd über den Asphalt. Tucker leerte sein Bier, zerknüllte die Dose und ließ sie auf den Boden des Wagens fallen.

»Vielleicht war es ein Reh, vielleicht war es aber auch keines«, sagte Nick. »Aber wenn es keines war und wir einfach weitergefahren sind, sieht das alles andere als gut aus. Nicht für uns und auch nicht für deinen Dad, Finney.«

»Verfluchte Kacke«, fluchte Finney.

Er trat auf die Bremse, lenkte den Wagen auf den Parkplatz eines Aussichtspunkts und brachte den Acura am anderen Ende des Parkstreifens vor einer Reihe von Münzfernrohren auf Eisenpfählen zum Stehen. Berge umgaben sie auf drei Seiten, steil und unüberwindbar. Bei Tageslicht wäre der Ausblick grandios gewesen; doch jetzt verhüllten Schatten die äußeren Bereiche des Parkplatzes. Gleich jenseits der Windschutzscheibe gähnte ein schwarzer Abgrund, in dem tief unten die winzigen Lichter einer kleinen Stadt glommen. Ransom. Nick versuchte, das College auszumachen. Unmöglich, dachte er. Nichts war zu erkennen, nichts war klar.

»Was, wenn es ein Mensch war und er noch lebt?«, fragte er. »Was wird dein Dad dazu sagen?«

»Und was, wenn er tot ist?«, fragte Tucker.

»Ob so oder so«, sagte Finney, »der Senator wird nicht glücklich darüber sein.«

Er hebelte den Rückwärtsgang ein und lenkte den Acura auf die Straße zurück. Keiner von ihnen sagte etwas.

Als das Ding im Licht der aufgeblendeten Scheinwerfer auftauchte, stoppte Finney den Acura mitten auf der Fahrbahn in nördliche Richtung. Es lag etwa zwanzig Meter entfernt, ein schwarzer, lebloser Haufen auf dem grauen Asphalt, umgeben von glitzernden Chrom- und Kunststoffsplittern. Nick wusste, wenn er ausstieg und sich vor den Wagen kniete, würde er den Schaden sehen. Ein zerbrochener Blinker, eine Beule, irgendwas. Nichts Dramatisches, aber doch ein sichtbarer Schaden.

Ein Beweis.

»Wir können nicht ewig hier sitzen«, sagte Finney.

»Also – dann los.«

»Ohne mich«, sagte Tucker.

Nick verharrte mit einer Hand auf dem Türgriff. Tucker hatte sich umgedreht, sein Mondgesicht bleich und bekümmert in dem Spalt zwischen den Sitzlehnen, sein braunes Haar wirr und zerzaust.

»Wie meinst du das?«

»Du wolltest doch unbedingt zurückkommen und nachsehen. Also sieh nach.«

»Wir stecken da alle zusammen drin.«

»Jaja. Erspar mir diesen Drei-Musketiere-Quatsch, Nick. Ich hab nicht drauf bestanden, umzudrehen. Du warst derjenige, der unbedingt nachsehen wollte. Und gefahren ist Finney.«

»Und du bist nur ein unschuldiger Chorknabe, nehm ich mal an ...«

»Spar's dir«, sagte Finney. »Sieh einfach nach, Nick.«

Nick stieß die Tür auf und stieg aus. Die kalte Dezemberluft kroch in seine Hände und in sein Gesicht. Die Nacht roch nach feuchter Erde und Laub, aber auch nach dem blauen Auspuffdunst, der um den Acura waberte. Er blinzelte zur Seite in das grelle Licht der Scheinwerfer und sah die zersplitterte Parkleuchte auf der Beifahrerseite und die schattige Delle im Kotflügel. Er stellte sich vor, dass der Wagen plötzlich losfuhr und ihn hier zurückließ. Die Windschutzscheibe war ein schwarzer Spiegel. Er konnte weder Finney noch Tucker sehen. Zweifel nagten an ihm. *Wir stecken da alle zusammen drin,* hatte er gesagt.

Aber taten sie das wirklich?

Der Asphalt dampfte unter dem schwarzen Himmel. Rechts von ihm stieg der Berghang steil an, eine fast senkrechte Wand aus Granit und mit ein paar verkrüppelten Bäumen. Links von ihm fiel das Bankett der Straße in einem weniger steilen, von dichtem Unterholz bewachsenen Hang ab, dazwischen Flecken mit Weißkiefern und kahlen Hickory- und Walnussbäumen. Ein Bach gurgelte irgendwo dort unten, vom Tauwasser angeschwollen.

Nick besah sich den dunklen Haufen genauer, ehe er sich daneben in die Hocke sinken ließ. Schwarzer Ledertrenchcoat. Schwarze Jeans. Handgefertigte Lederstiefel. Ein Mann. Der Körper war noch warm, und als er ihn vorsichtig berührte, verschob seine Hand das prekäre Gleichgewicht der verrenkten Glieder. Ihm stockte der Atem, als der Mann schlaff und willenlos auf den Rücken rollte: ein ausgestreckter Arm, ein flüsterndes Rascheln, als eine Seite des Mantels von seiner Brust rutsche und ein weißes Hemd aus Rohseide enthüllte, und zuletzt das Gesicht, ein bleiches, nach oben gewandtes Dreieck unter dem schwarzen Himmel. Er war blond gewesen, gut aussehend, sein schmales Gesicht von einem gepflegten Dreitagebart bedeckt.

Nick hob den Kopf, weil er spürte, dass ihn etwas beobachtete, etwas im Wald. Er ließ den Blick über die dunklen Bäume schweifen. Ein Rascheln links von ihm im Unterholz, und sein Kopf ruckte herum. Er sah eine huschende Bewegung und hörte ein Knacken, als etwas Großes ... *ein Bär?* ... tiefer in die Dunkelheit floh. Und dann war die Nacht wieder still.

O Gott.

Er drehte sich zum Wagen um und winkte mit einem Arm.

Der Acura schob sich vorwärts, stieß rückwärts auf den Seitenstreifen und blieb dort, die Straße in das Licht seiner Scheinwerfer tauchend, stehen. Schatten huschten über das Gesicht des toten Mannes, und Nick schob sich rückwärts von ihm weg, weil ihm seine Augen einen Streich spielten. Einen Augenblick lang hatte er ein Grinsen auf dem Gesicht des Toten gesehen. Autotüren schlugen zu; das gedämpfte Krachen verhallte als Echo zwischen den engen Bergflanken. Schritte knirschten auf dem Kies des Banketts.

»O Gott«, stöhnte Tucker.

Nick hörte, wie er in das Unterholz stolperte und sich würgend übergab, doch er drehte sich nicht um. Er hockte noch immer auf den Absätzen und starrte auf das Gesicht des Toten hinab. Erst jetzt registrierte er verwundert, dass keine schwereren Verletzungen zu erkennen waren. Ein bisschen Blut sickerte aus einem Nasenloch, und am Schädel des Mannes konnte er noch einen weiteren nassen Fleck ausmachen, schwarz im Licht der Scheinwerfer, doch davon abgesehen war nichts. Nick starrte auf den Typen hinab und dachte an Candy, seinen Zwergschnauzer. Er hatte den Hund wie einen Freund geliebt und ihn eines Tages nach der Schule genau so gefunden: am Straßenrand liegend, heil und scheinbar unverletzt, was jedoch nichts an der Tatsache geändert hatte, dass er tot war. Doch damals hatte er mehr gefühlt. Echte Trauer.

Alles, was er jetzt fühlte, war Angst.

Eine nagende, unerbittliche Angst, die ihn auffraß.

Er richtete sich auf und musterte Finney. Finney sah genau wie sein Vater aus: dunkles, welliges Haar, die Augen hellgrau wie schmutziges Eis und genauso kalt, ein kräftiges Kinn. Es war nicht schwer, sich sein Gesicht auf einem Wahlplakat vorzustellen: der Junior Senator des Staates Tennessee. Wie der Vater, so der Sohn. Finney war in Memphis aufgewachsen und pflegte einen breiten Maisbrot-Akzent, den er wie per Knopfdruck an- und abstellen konnte. Wäre er ein bisschen weniger verhätschelt gewesen, wäre er nach Vandy gegangen wie sein alter Herr. Stattdessen war er nach Ransom gekommen, ein netter, vertretbarer Kompromiss: Ein kleines, privates und nicht zu anspruchsvolles College, das eine illustre Reihe ehemaliger Absolventen vorweisen konnte und – was Stiftungen anbelangte – um einiges besser ausgestattet war als zum Beispiel Vandy. Finney *würde* nach Vandy gehen, um dort Jura zu studieren; Nick hatte mit eigenen Augen gesehen, wie er kurz vor den Thanksgiving-Ferien die Bewerbungsunterlagen abschickte.

Nick spuckte auf den Asphalt. Er war mit einem Stipendium nach Ransom gekommen und hielt sich mit einem Ferienjob, bei dem er Lastwagen ablud, über Wasser; er hatte nicht die geringste Ahnung, wie er nach dem Bachelor die Uni finanzieren sollte. Finney und Tuck waren auf einem weichen Kissen aus Privilegien und altem Memphis-Geld ins College geschwebt und würden auf genau dieselbe Weise wieder hinausschweben. Manchmal konnte er das Silber in ihrem Grinsen sehen.

»Jesus«, ächzte Finney. »Der Typ sieht aus wie ein verdammter Nazi.«

»Er ist tot.«

»Bist du sicher? Hast du seinen Puls gefühlt?«

»Ich studiere Englisch im Hauptfach. Woher zum Henker soll ich wissen, wo man den Puls findet?«

»Ich weiß es auch nicht«, sagte Finney. »Verdammt.« Er bückte sich und fummelte am Handgelenk des Toten herum. »Ich schätze, er ist tot.«

Tucker kam aus dem Unterholz gestolpert und wischte sich mit dem Handrücken über den Mund. Seine Augen waren glasig vor Panik. Er erinnerte Nick an einen Rehbock, den er vor ein paar Wintern in die Enge getrieben hatte. Sie hatten einander über eine Lichtung hinweg angestarrt, während Nick die Schrotflinte seines Vaters hob und den Bock über den Lauf hinweg ins Visier nahm, einander so nah, dass er ihn vermutlich auch mit einem schmutzigen Blick hätte niederstrecken können, wenn er gewollt hätte. Die ganze Zeit war der Bock nur dagestanden und hatte ihn mit vor Angst glasigen Augen angestarrt. »Päng«, hatte Nick gesagt. Der Rehbock war zusammengezuckt und mit ein paar Sätzen im Unterholz verschwunden, und Nick hatte gewusst, dass er nie wieder auf die Jagd gehen würde.

Genau so sah Tucker jetzt aus. Wie dieser Rehbock.

Stumme Tränen rannen ihm über das Gesicht. »Ist er ...«

Nick nickte.

»Oh, Scheiße. Scheiße, Scheiße, *Scheiße!* Wir müssen verdammt noch mal weg von hier, wir müssen weg hier – sofort ...«

»Sei still!«, fuhr ihn Nick an.

Tucker biss sich auf die Lippen und wandte sich, mit geballten Fäusten auf seine Schenkel schlagend, ab.

Finney begann, die Kleider des Mannes zu durchsuchen, und stülpte mit geschickten Fingern die Taschen der Jeans nach außen. Münzen fielen mit einem melodischen Klimpern auf den Asphalt. Nick sah einem Quarter nach, der über die Straße rollte, sich dann halb um die eigene Achse drehte und umfiel, als sei er gestolpert. Er ließ sich neben Finney in die Hocke sinken.

»Hilf mir, ihn umzudrehen«, sagte Nick, und gemeinsam wälzten sie den Toten auf die Seite. Finney hielt ihn in dieser Position fest, während Nick seine Gesäßtaschen filzte.

»Seid ihr irre? Was macht ihr da?«, rief Tuck.

»Wir versuchen rauszufinden, wer er ist«, erwiderte Finney.

Nick zog ein seidenes, zu dem Hemd passendes Taschentuch und einen Kamm für die glatten, schulterlangen Haare hervor, sonst nichts. Er schüttelte das Taschentuch aus, faltete es sorgfältig wieder zusammen und schob es in die Tasche zurück. Den Kamm ebenfalls.

»Wo ist seine Brieftasche?«

»Wir müssen hier weg«, sagte Tucker. »Jemand könnte kommen und ...«

»Immer mit der Ruhe«, sagte Nick, und Finney stieß den Toten wieder auf den Rücken zurück. Er entglitt Nicks Griff, und diesmal klafften beide Seiten des Ledermantels auf. Eine Pistole schmiegte sich unter die linke Achsel des Mannes; sie steckte in einem Schulterhalfter aus weichem Leder. Tucker sog erschreckt die Luft ein, und Finney sah auf und suchte Nicks Blick. Seine grauen Augen waren mit einem Mal kalt und berechnend. Nick griff nach der Waffe.

»Was ist es für eine?«

Nick zog vorsichtig den Schlitten zurück, wobei er den Lauf auf den dunklen Wald richtete. »Smith and Wesson, .45er-Halbautomatik. Geladen.« Er wischte die Waffe sorgfältig mit dem Saum seines Hemds ab und schob sie wieder in den Halfter zurück.

»Ist er ein Cop?«

»Siehst du irgendwo 'ne Marke?«

»Oh, mein Gott«, sagte Tucker. »Ich kann nicht glauben, was ihr hier macht. Vielleicht ist er ein Undercover-Cop oder so was. Ist ja auch egal. Lasst uns verdammt noch mal von hier verschwinden ...«

»Du siehst zu viel fern, Tuck«, sagte Finney. »Wir sind in Ransom, North Carolina. Die einzigen Cops, die es hier gibt, sind Rangers und die Dödel vom Sheriffbüro in Ransom. Der Typ hier arbeitet für die andere Seite. Glaubst du nicht auch, Nick?«

Nick hatte inzwischen die Taschen des Ledermantels durchsucht und hielt jetzt etwas anderes in die Höhe. Ein Bündel in der Mitte gefalteter und von einem Gummiring zusammengehaltener Geldscheine, so dick wie seine Faust. »Sieht ganz so aus.«

Er blätterte die Scheine über den Daumen, und sein Herz begann plötzlich lauter zu hämmern. Hundertdollarscheine. Ein dickes Bündel Hundertdollarscheine. Er fühlte die Last von Finneys Blick auf sich, richtete sich abrupt auf und ließ das Geldbündel auf die Brust des Toten fallen, als hätte er sich die Finger verbrannt.

Finney stand nur da und starrte ihn an.

»Was tut ihr? Wir müssen von hier weg. Sofort! Jemand könnte kommen!«

»Er hat recht«, sagte Finney. »Wir müssen alles noch mal in Ruhe durchdenken.«

»Langsam«, sagte Nick. »Ruf über das Autotelefon den Senator an. Der Typ ist tot. Jemand wird nach ihm suchen. Du kommst mit Totschlag davon. Bewährung, ein paar Tage gemeinnützige Arbeit. Das tut nicht weiter weh.«

»Vergiss es«, sagte Tucker. »Wir lassen den Typen liegen und verschwinden einfach.«

»Ich fürchte, ich sehe das genauso wie Tucker, Nick. Dad kann mir vielleicht das Gefängnis ersparen, aber ich schätze, keine juristische Fakultät nimmt jemanden mit offenen Armen auf, der wegen Trunkenheit am Steuer mit Todesfolge schuldig gesprochen wurde.«

»Wenn du jetzt abhaust, wird dich die Sache irgendwann einholen – dich *und* deinen Dad.«

»Nick ...«

»Sie werden uns kriegen!«

»Wie denn?«

»Die Bremsspuren, der Schaden an deinem Wagen. Irgendwann werden sie auf uns kommen.«

»Das glaube ich nicht, Nick. Ich glaube, du lässt dir von ein paar moralischen Bedenken den Verstand vernebeln.«

»Herrgott noch mal, Jungs!«, ächzte Tucker. »Was zum Henker macht ihr ...«

»Er hat recht, Nick. Wir müssen uns entscheiden, und das sofort.«

Sie starrten einander in die Augen. Nick sah, dass Finney der Schweiß im Gesicht stand, und registrierte, dass auch er, trotz der eisigen Luft, zu schwitzen begonnen hatte. Das deutliche Gefühl von Davor und Danach überkam ihn, als sei das Leben mit einem einzigen Schlag zweigeteilt worden. Er sehnte sich nach dem Augenblick unmittelbar vor dem Unfall zurück: Er hatte nach einem Bier geangelt und darüber nachgedacht, ob er Sue von dem Strip-Klub erzählen sollte. Möglich, dass sie es lustig fand, vielleicht aber auch nicht ... – er war sich nicht sicher. Sie kam ihm vor wie ein Kind im Vergnügungspark – bereit zu den wildesten Fahrten, aber zu ängstlich, sich die Karte zu kaufen. Manchmal tat sie es. Und dann wieder ...

Nichts von alldem war jetzt noch wichtig.

Das waren die Gedanken eines anderen Lebens, eines Lebens ohne Druck und Verantwortung, ohne Konsequenzen für sein Tun.

»Nick?«

»Was hast du vor?«

»Ganz einfach – wir ziehen den Toten hundert Meter oder so in den Wald, räumen das Glas von der Straße, so gut es geht, und machen uns zügig vom Acker. Es ist Dezember in den Smokies, Nick. In den nächsten Wochen wird hier 'ne Menge Schnee runterkommen, der den Kerl zudeckt. Die Leute düsen hier mit hundertzwanzig die Interstate runter. Niemand wird den Typen finden, zumindest nicht bis zum Frühling, und vielleicht nicht einmal dann. Bis dahin sind Tuck, du und ich von hier weg – mit dem Abschlussdiplom in den Taschen. Jurastudium an der Uni, Baby. Tuck hier wird die Wall Street im Sturm nehmen, und kein Mensch weiß von irgendwas.«

»Ich weiß es.«

»Verdammt, Nick! Der Typ ist *tot*. Wir haben noch unser ganzes Leben vor uns.«

»Nein. Ich kann das nicht machen.« Er strebte auf das Auto zu. »Wenn du es nicht tust, ruf ich selber an.«

»Nicky!«

Nick blieb stehen, und erst jetzt bemerkte er, wie kalt es war, wie der Schweiß auf seiner Haut abkühlte und zu Eis kristallisierte.

»Noch eine Sache«, sagte Finney. »Das Geld, Nick. Netter kleiner Notgroschen für dich, etwas, das dir helfen würde, die happigen Ausgaben im ersten Jahr an der Uni zu berappen.«

»Ihr seid beide nicht mehr ganz richtig im Kopf«, sagte Tucker. »Ich kann nicht glauben, dass wir über so was auch nur reden. Lasst den Typen einfach auf der Straße liegen, und sehen wir zu, dass wir Land gewinnen.«

»Nick, hör mir zu! Es ist nur vernünftig.«

»Herrgott, Finney! Willst du ihm etwa einreden, er soll das Geld stehlen?«

»Halt die Klappe, Tuck. Es ist schließlich nicht so, dass der Typ es noch braucht.«

Nick stand mit dem Rücken zu ihnen; Erinnerungen spukten durch sein Gehirn: das mit Brettern verschalte Haus in Louisiana, von dem die Farbe abblätterte, sein Dad, der mit fünfundfünfzig von der Schufterei auf den Bohrtürmen nur noch ein Wrack war, seine beiden Brüder, Jake und Sam, die beide älter waren als er und in die Fußstapfen ihres Vaters traten. Er konnte nicht mehr dorthin zurück, oder?

»Du lieber Himmel«, sagte Tucker. »Nehmt doch auch gleich den Mantel und seine Stiefel! Die braucht er auch nicht mehr.«

»Führ dich nicht auf wie ein Kind«, sagte Finney. »Nick braucht das Geld. Kein Mensch muss je davon erfahren.«

»Es gehört mir? Mir ganz allein?«

»So ist es.«

Nick starrte blind in die Scheinwerfer des Acura. Tausend winzige Staubpartikel flirrten in den Lichtkegeln. Er konnte das Geld beinahe fühlen, schwer in seiner Hand. Er und Sue hatten darüber geredet, wie es nach dem College-Abschluss weitergehen würde, aber das waren Luftschlösser gewesen, das wusste er jetzt. Er würde nach Louisiana zurückkehren und ein paar Jahre auf den Bohrtürmen arbeiten. Dann würde er sich vielleicht einige Jahre an der Uni leisten können. Vielleicht. Falls er nicht als Krüppel von den Bohrtürmen zurückkam. Falls er sich nicht von dem Lebensrhythmus – drei Wochen Maloche draußen auf den Bohrtürmen, eine Woche Landurlaub – zermürben ließ und seinen Lohn mit eisgekühltem Delta-Bier und Cajun-Sweethearts durchbrachte, die alle fett und unförmig sein würden, wenn sie auf die dreißig zugingen. Genau wie Dad, dachte er. Genau wie Jake und Sam.

Und Sue? Sie hatte gesagt, sie würde warten, aber sie wussten es beide besser. Sue änderte ihren Geschmack, was Typen anging, alle paar Monate – Finney konnte das bezeugen –, und im Augenblick hatte sie ihr Faible für Nick entdeckt, aber ihm war klar, wenn sich bei ihr nicht irgendetwas Grundlegendes änderte, brauchte er keinen ernsthaften Gedanken an eine längere Beziehung verschwenden. Sie würde weg sein, noch bevor die Tinte auf ihrem Diplom trocken war, zurück nach Savannah zu ihren Eltern und direkt in die Arme von irgendeinem mondgesichtigen reichen Laffen mit 'ner goldenen Visacard und 'nem Jaguar. Irgendein Arschloch, das große Ähnlichkeit mit Reed Tucker haben würde.

Er konnte das Geld fühlen. Schwer in seiner Hand.

»Nicky?«

»Nenn mich nicht Nicky.«

»Was immer du sagst, Mann. Aber du musst dich jetzt entscheiden. Jeden Augenblick kann hier ein Auto vorbeikommen.«

»Dann lass es uns tun.«

Er drehte sich zu den beiden um, und Finney nickte. »Gute Entscheidung, Mann.«

»Ich fass den Toten nicht an«, sagte Tucker.

»Na schön«, sagte Nick. »Dann fang schon mal an, die Glassplitter aufzuklauben.«

Nick ließ sich in die Hocke sinken und hob das Bündel Hunderter auf, verharrte ein paar Augenblicke reglos, um ihre Blicke zu suchen und festzuhalten – zuerst Finneys, dann Tuckers. Dann schob er das Geld in die Innentasche seiner Jacke und zog den Reißverschluss zu. Gemeinsam zerrten Finney und er den Toten zwischen sich auf die Beine. Es war schwerer, als er erwartet hatte. Immer wenn Nick nach einem Fest einen Betrunkenen nach Hause in sein Bett geschleppt hatte, war dieser wieder so weit wach geworden, dass er neben ihm hergestolpert war und ihm – wenn er dazu fähig war – geholfen hatte, während er ihm seinen Bieratem ins Gesicht blies. Noch nie hatte er versucht, das ganze Gewicht eines völlig bewusstlosen oder toten Menschen zu tragen – und jetzt dämmerte ihm auch allmählich, warum die Seeleute es totes Gewicht nannten. Den Toten hochzuheben, war, als würde er einen nassen Teppich hochwuchten. Seine Muskeln schmerzten, obwohl er schon auf der Highschool und dann später, während der Sommerferien am College, unten in Glory, Louisiana, Lastwagen mit Kisten fangfrischem Fisch be- und entladen hatte, und trotz der zwei Stunden, die er dreimal pro Woche in der Sporthalle Gewichte stemmte.

Sie schleppten den Typen zwischen sich, seine Arme über ihre Schultern geschlungen, von der Straße; seine Stiefel schleiften über den Asphalt. Tucker ließ sich auf die Knie sinken und begann, die Reste der zu Bruch gegangenen Parkleuchte, verstreute Glassplitter und Gummiteile aufzusammeln. Als sie den Rand der Straße erreicht hatten, kamen sie langsamer voran. Die Beine des Toten verhedderten sich immer wieder im Unterholz. Als Finney stolperte und fluchend hinfiel, lastete das ganze Gewicht des Toten plötzlich auf Nick, und er hatte große Mühe, sich auf den Beinen zu halten.

Danach beschlossen sie, ihn zwischen sich zu tragen. Erregt flüsternd, stritten sie eine Weile, wer die Füße und wer die Schultern und den blutigen Kopf nehmen würde. Schließlich gab Nick nach, sich des Gelds in seiner Tasche bewusst und wohl wissend, dass er dadurch, dass er es genommen hatte, irgendwie die Kontrolle über die Situation abgegeben hatte. Doch er war nicht bereit, es wieder herzugeben. Flüchtige Bilder von Sue geisterten durch seinen Kopf – von Sue, von seinem Vater, zusammengesunken in seinem Rollstuhl, vor den riesigen, stinkenden Plattformen der Bohrtürme, um deren gewaltige Stützpfeiler das Meer wogte und einen Teppich aus Kloakenwasser, weggeworfenen Essensresten und Müll, aus schwarzen Lachen ausgelaufenen Öls und vergossenen Diesels mit sich forttrug.

Er ging in die Hocke, fasste den Typen unter den Achseln und hob ihn, als Finney bis drei gezählt hatte, hoch. Der Kopf des Toten rollte nach hinten gegen seinen Bauch, und er verfluchte sich, dass er nicht daran gedacht hatte, vorher seine Jacke zuzumachen. Sein Herz raste. Sein Atem formte geheimnisvolle Muster in der Luft, während sie durch das Unterholz vorwärtsstolperten. Das Brummen des Acura klang inzwischen fern, und das Licht seiner Scheinwerfer war hinter den Bäumen und Büschen kaum mehr auszumachen. Seine Muskeln brannten, als würde er seit Stunden in der Sporthalle Gewichte stemmen.

Schweigend und vor Anstrengung keuchend stapften sie zwischen Bäumen hindurch. Einmal glaubte Nick, etwas gehört zu haben. Ihm fiel das Knacken im Unterholz wieder ein, etwas Großes, das durch den Wald brach. Aber Finney sagte nichts, und außerdem war der Wald voll von Geräuschen. Die Leute, die von der erhabenen Stille im Wald schwafelten, waren noch nie hier gewesen. Also trottete er weiter und versuchte, nicht über den blutigen Kopf des Typen nachzudenken und über das blonde Haar, das schwarzes Blut auf sein T-Shirt schmierte. Er konnte es spüren, nass und warm an seinem Bauch, und ein kleiner, harter Kern des Hasses formte sich in seiner Brust, der die Angst vertrieb. Finney. Großkotz Phineas Durant und sein an den Hebeln der Macht sitzender Dad. Der Senator, so nannte Finney ihn. Nicht Dad, nur der Senator – noch so ein reiches Arschloch in maßgeschneidertem Anzug. Aber die Schecks, die der Senator schickte, löste Finney mit schöner Regelmäßigkeit ein, oder etwa nicht?

Nick schluckte die Bitterkeit hinunter. Er hatte von dem Reichtum auch immer etwas abbekommen. Heute Abend zum Beispiel hatte er mehr als nur einen oder zwei Dollar von Finneys Geld zwischen das Strumpfband und das glatte Fleisch einer der dunkelhaarigen Tussis gesteckt, und er hatte Ransom ohne einen Cent in der Tasche verlassen und die ganze Zeit Finneys Bier getrunken.

Ein paar Minuten später wurde das Rauschen des Wassers lauter. Sie konnten es riechen: Der moosige, algenüberwachsene und leicht metallische Geruch eines Bergbachs. Sie stolperten aus dem Unterholz, und er war direkt vor ihnen, fünf oder sechs Meter breit, schwarz und reißend, in der Dunkelheit unter den Bäumen kaum auszumachen.

»Wir müssen aufpassen, dass wir uns nicht verirren in diesem ...«, ächzte Finney, und dann glitt Nick aus und verlor auf dem nassen Grund das Gleichgewicht. Er ließ den toten Typen los, sah, wie der blonde Kopf auf dem Boden aufschlug, und rutschte dann ins Wasser.

»Jesus, ist das kalt!«, keuchte er.

Finney lachte, als Nick aus dem Fluss kletterte, nass bis zu den Knien. Seine Jeans klebten wie eine zweite Haut an seinen Unterschenkeln.

»Mist verdammter«, knurrte Nick. »Schätze, das ist weit genug.«

»Muss es. Ich gehe nicht in das Wasser.«

Gemeinsam zerrten sie die Leiche in ein dichtes Gehölz mit jungen Fichten und schoben sie unter die tief hängenden Zweige. Finney wartete, während Nick Fichtennadeln zusammenscharrte und versuchte, den Toten damit zu bedecken, doch es war zu dunkel, um sagen zu können, ob es etwas brachte. Dann richtete er sich auf, schob die Hände in seine Taschen und spürte das Bündel Banknoten, das durch das Futter gegen seine Brust drückte.

»Das genügt«, sagte er. »Mir wird's allmählich kalt.«

Sie stolperten durch den Wald zurück. Eine Weile verfolgte Nick die Vorstellung, dass sie sich verlaufen und jämmerlich erfrieren würden – Ironie des Schicksals würde Dr. Gillespie es nennen, und dann konnte er die Lichter des Acura durch die Bäume sehen. Gleichzeitig hörten sie beide Tucker rufen.

»Verdammt«, sagte Finney, und sie rannten los.

Zweige peitschten nach ihnen, das Unterholz schien sich an ihre Beine zu klammern. Einen Moment später rissen sie sich von den letzten Ranken los und erreichten den Straßenrand. Tucker stand neben dem Acura und winkte ihnen hektisch.

Ein Auto brauste vorüber – ein riesiger, schwarzer Caddy aus den Siebzigerjahren, ziemlich schnell unterwegs, mit fünfzig, sechzig Meilen etwa, schätzte Nick, und bremste in der Kurve ab, seine Rücklichter wie Augen, die ihnen wissend zuzuzwinkern.

»Zu schnell«, sagte Nick. »Zu schnell, um das Nummernschild zu entziffern.«

Sie standen eine Weile keuchend und nach Atem ringend am Straßenrand in dem jetzt seltsam stillen Wald, und dann hörten sie es: das durch die Nacht hallende Motorgeräusch des Caddy, der langsamer wurde, anhielt und wieder zurückkam, mit hochdrehendem Motor beschleunigend und lauter werdend. Sie rannten zum Acura, als der Caddy das zweite Mal vorbeibrauste und seine Bremslichter erneut vor der nächsten Kurve aufleuchteten. Nicks Herz machte einen Satz, doch im nächsten Augenblick gab der Caddy wieder Gas, und seine Rücklichter verschwanden um die nächste Kurve. Das war der Augenblick, in dem Nick es sah: ein glänzendes Stück Metall im

Kies des Straßenrands. Er hob es im Gehen auf und warf erst einen genaueren Blick darauf, als er sicher auf dem Rücksitz saß und die Bäume und Bergflanken draußen vor den Fenstern vorüberhuschten, während Finney den Acura mit Bleifuß in Richtung Ransom knüppelte.

Ein Schlüssel.

Ein silbern glänzender Schlüssel mit einer Prägung: KNOX 409.

Nick war schon zu oft mit dem Greyhound von Glory nach Ransom und wieder zurück gefahren, um nicht auf den ersten Blick zu wissen, dass der Schlüssel zu einem Schließfach in einem Busbahnhof gehörte. Er lehnte sich zurück, ließ den Kopf auf die Sitzlehne sinken und versuchte, nicht an das Geld zu denken, war jedoch machtlos, es zu verhindern. Als er die Augen aufmachte, hatte Tucker sich umgedreht und sah ihn an, und Nick begriff, dass er den Schlüssel in seiner offenen Hand gesehen hatte.

»Was ist das?«, fragte Tucker.

»Ein Schlüssel«, erwiderte Nick. »Was ist los, bist du blind?«

»Hey, Nicky«, sagte Finney. »Warum langst du mir nicht ein frisches Bier rüber?«

SONNTAG

3 Uhr nachts bis 12 Uhr mittags

Am Ende erzählte Nick Sue nichts von dem Strip-Klub. Doch er erzählte ihr das mit dem Toten.

Sie waren auf dem schnellsten Weg nach Hause gefahren, jeder von ihnen ein allmählich warm werdendes Bier in der Hand; Finney schwieg vor sich hin, und sogar Tucker war zur Abwechslung wohltuend still. Keiner sagte etwas. Nick sah zu, wie die schwarzen Silhouetten der Berge vorüberglitten. Drei Wagen überholten sie, deren Scheinwerfer den Innenraum des Acura in gespenstisches Licht tauchten, und jedes Mal gefror Nicks Blut zu Eis und seine Hände ballten sich zu Fäusten. Doch keiner davon war der riesige schwarze Cadillac.

Um kurz nach drei leuchtete das Ortsschild von Ransom in der Dunkelheit auf: RANSOM, NC – SEIT 1838 HEIMAT DES RANSOM-COLLEGE. Fünf Minuten später lenkte Finney den Wagen durch das schmiedeeiserne Tor zu den College-Park-Wohnhäusern und in die Garage neben dem Apartment, in dem er und Tucker wohnten. Finney machte das Licht und den Motor aus. Schweigend saßen sie im dunklen Acura und lauschten dem Knacken des abkühlenden Motors. Die Kälte kroch in den Wagen.

»Verdammte Scheiße.« Tucker stieg aus und ließ sein halb leeres Bud fallen. Die Dose rollte, weißen Schaum spuckend, unter den Wagen.

Finney und Nick stiegen ebenfalls aus, Finney drückte auf seinen elektronischen Wagenschlüssel, um die Türen zu verschließen und die Alarmanlage zu aktivieren. Tucker knipste das Deckenlicht an. Sie standen in der kleinen Garage und sahen einander an. In der Stille lag etwas Lauerndes. Nach einer, wie es ihm schien, langen Zeit ging Nick zur Vorderseite des Wagens. Sogar bei Licht war kaum etwas zu sehen. Von dem zerbrochenen Blinker und der Beule im Kotflügel abgesehen, entdeckte Nick einen dünnen Sprung, der sich im Zickzack quer über den rechten Scheinwerfer zog. Aber nichts Dramatisches. Keine blutigen Teile des Schädels oder Kleiderfetzen. Als er genauer hinsah, konnte er eine flache, etwa armlange Delle in der Motorhaube ausmachen, die von der vorderen Ecke zur Mitte hin verlief.

»Nicht so schlimm«, sagte Tucker hinter ihm und fuhr mit einem Finger über die Delle. »Könnte auch ein Hund gewesen sein, ein Zaunpfahl oder irgendein Besoffener vor dem Strip-Klub.«

Aber so ist es nicht gewesen, dachte Nick. Es war ein *Mensch*. Er konnte die scharfen, arischen Gesichtszüge des Toten vor seinem inneren Auge sehen und fühlte wieder, wie dessen Kopf in seine Magengrube stieß, als er ihn hochhob. Er ging um Finney und Tucker herum nach draußen. Die Luft fühlte sich wie Feuer in seinen Lungen an. Sie überraschte ihn jedes Mal aufs Neue, so völlig anders als die warme, salzige Luft des Mississippi-Deltas in Louisiana. Er atmete tief und sah zum Himmel empor, der von hell leuchtenden Sterne übersät war. Sein Hirn voll von einem Kaleidoskop durcheinandertaumelnder

Bilder: die verstümmelten Beine seines Vaters, die verfallende Hülle des vom Krebs ausgezehrten Körpers seiner Mutter, das Holpern, als der Acura mit hundert Sachen über den Körper eines Menschen fuhr.

Das Dröhnen von Musik – R.E.M.?, Smashing Pumpkins? – zerriss die stille, klare Nacht.

Die Torkelsons.

Nick warf einen Blick zu dem Haus hinüber, drei Türen von dem Finneys entfernt. Es war dunkel, abgesehen von einem schwachen Lichtschein, der durch das Küchenfenster schimmerte. Ein verbeulter Pick-up und ein Lexus standen am Bordstein. Die Torkelson-Zwillinge, zwei vollkommen gleich aussehende, hünenhafte blonde Jungs feierten eine nicht endende Party. Sie waren in ihrem sechsten Jahr in Ransom und beide studierten im Hauptfach Strafrecht, ohne auch nur im Entferntesten davon zu träumen, jemals ein Abschlussdiplom zu erlangen. Sie hatten immer ein Fässchen Bier im Kühlschrank und rauchten das beste Dope auf dem Campus. Ihr Vater, ein Börsenmakler in Pittsburgh, bezahlte jeden Schaden, den sie anrichteten, sowie ihre Alkoholrechnungen und Studiengebühren, ohne mit der Wimper zu zucken. Er würde alles bezahlen, nur um uns davon abzuhalten, nach Hause zu kommen, hatte Jarrod Torkelson – oder vielleicht war es Joel gewesen – Nick einmal im Suff anvertraut.

Die Musik verstummte so abrupt, wie sie eingesetzt hatte. Ein lautes Krachen folgte, das Splittern von Glas.

Dann Stille.

Nick drückte das Geldbündel in seiner Jackentasche. Er stampfte mit den Füßen, die noch immer nass von seinem unfreiwilligen Fußbad im Bach waren, und brachte sein Blut wieder zum Fließen.

»Bist du okay, Nicky?« Finney stand hinter ihm, die Hände in den Taschen. Sogar um drei Uhr morgens, sogar mit dem kaum getrockneten Schweiß eines Toten an seinen Händen sah Finney ruhig und gelassen aus. Etwas in Nick hasste ihn dafür.

»Wo ist Tuck?«

»Ist reingegangen. Sagt, er muss morgen auf die Abschlussprüfung in Abendländische Geschichte lernen.«

Nick schnaubte verächtlich. Es war noch eine Woche bis zu den Abschlussprüfungen, und Tucker hatte es bestenfalls viermal geschafft, zu den Acht-Uhr-Vorlesungen zu erscheinen.

»Gehst du noch zu Sue?«

Nick sah mit einem Ruck auf, doch die Worte starben unausgesprochen auf seinen Lippen: *Wenn nicht, gehst du dann zu ihr?*

Ein Blitzlicht schien in seinem Kopf zu explodieren. Einen kurzen Moment lang sah er nichts anderes als das Bild, das ihn schon seit Wochen verfolgte: Sue mit gespreizten Beinen, und Finney, der sich zwischen ihnen einen abschaffte ...

Dann verblasste es Gott sei Dank wieder.

Finney erwiderte seinen Blick.

Nick sah zur Seite und betrachtete die Straße, die mit einer sanften Kurve in der Dunkelheit verschwand. Gleich hinter der Biegung konnte er Sues Haus ausmachen. Es war dunkel, die Vorhänge zugezogen. Der College Park bestand aus eineinhalb Blocks gepflegter Mini-Rasenflächen mit schmalen, farblich abgestimmten Wohnhäusern dahinter. Die Miete für eines lag bei fast tausend pro Monat.

»Nein«, sagte er schließlich. »Ich muss bis Montag noch die Hälfte von *Der Große Gatsby* lesen. Ich brauche unbedingt etwas Schlaf.«

»Ja. Ich auch.« Finney wandte sich zum Wohnhaus, dann zögerte er und drehte sich noch einmal zu Nick um. »Bist du wirklich okay, Mann?«

»So okay, wie man nur sein kann.« Nick zwang ein Grinsen auf sein Gesicht und dachte daran, wie schwarz das Blut im Haar des Toten ausgesehen hatte.

»Wir setzen uns morgen irgendwann zusammen und besprechen die ganze Scheiße noch mal.«

»Was immer du meinst, Finney.«

Nick wohnte im Fort, früher einmal das Terrain einer Befestigungsanlage aus der Zeit des Bürgerkriegs, jetzt ein Studenten-Getto aus einer Handvoll in winzige, schubladenähnliche Apartments unterteilte viktorianische Häuser. Er bewohnte eines davon mit ungefähr tausend Kakerlaken im ersten Stock eines der vor sich hinschimmelnden Haufen morscher Steine mit Zuckerbäckerfassaden. Durch die papierdünnen Wände drang die Kälte, die Toilettenspülung lief ständig und der abgesägte Stiel eines Mopps stützte den Ausguss in der Küche. Die Hintertür führte in einen zehn Meter tiefen Abgrund, die Veranda, die einmal dort gewesen war, so unwiederbringlich verschwunden wie das Fort der Konföderierten – stückchenweise von Dutzenden Jahrgängen betrunkener College-Studenten verbrannt, zumindest hatte man es Nick so erzählt. Der Kamin war vor Jahren zugemauert worden, und selbst wenn dem nicht so gewesen wäre, Nick hätte nie und nimmer gewagt, ein Feuer darin anzuzünden. Das ganze Kabuff war eine Feuerfalle – so klar und simpel war das. Mit den zweihundert, die er im Monat für das Loch bezahlte, fühlte er sich betrogen und ausgenutzt.

Keine Straße verband die beiden Wohngebiete, doch Generationen von partyfreudigen Studenten hatten eine mäandernde Nabelschnur durch den dazwischenliegenden Streifen niedrigen Gestrüpps und den Abwassergraben dahinter ausgetreten. Der widerliche Gestank, den der Graben verströmte, erinnerte Nick immer an zu Hause – an die aufgesprungenen, in der Hitze flirrenden Straßen von Glory, Louisiana, und an den stinkenden Schlick, den sein Vater immer von den Bohrinseln mit nach Hause geschleppt hatte – eine ölige, schwarze Schmiere, die sich in die Linien seiner Handflächen und in die Falten um seine Augenwinkel einätzte. Nick hätte es niemals zugegeben, doch der Graben war für ihn eine Grenze, ein Grenzgebiet zwischen der Welt, die er als Kind gekannt hatte, und dem entrückten, faszinierenden Universum, in dem Finney und Sue aufgrund einer Laune des Schicksals lebten.

Sue und Finney. Finney und Sue.

Es verblüffte ihn noch immer, wie schnell und wie tief er sich in ihr Leben verstrickt hatte, wie unentwirrbar er seine Hoffnungen und Träume an diesen schillernden Leuten festgemacht hatte, die er seit weniger als einem Jahr kannte. Er hatte sie auf dem Campus gesehen – zwei strahlende, ihm makellos erscheinende Wesen, so unerreichbar und weit entfernt wie jene Sphären, über die Dr. Landon ins Schwärmen geriet, wenn sie das ptolemäische Weltbild beschrieb –, doch wirklich kennengelernt hatte er sie erst im vergangenen Frühjahr. Zuerst Sue, dann Finney, die beiden Pole seines neuen Lebens.

Er war Sue in einem Seminar über den Britischen Roman der Moderne begegnet. Er saß neben ihr, doch soweit es sie betraf, hätte er sich ebenso gut auf der anderen Seite der Welt befinden können – bis er sie vor Dr. Gillespie rettete, der im Ruf stand, unvorbereitete Studenten gnadenlos auseinanderzunehmen. Sie waren ungefähr bis zur Hälfte von *Herz der Finsternis* vorgedrungen, als Gillespie Sue eine Frage stellte. Sie begann damit, Marlow »Martin« zu nennen. Gillespie blieb stocksteif stehen, dann drehte er sich langsam zu ihr um, seine Augen so kalt und grau wie der Golf von Mexiko im Dezember. Er lächelte kalt, dann sagte er, wobei er jedes Wort übertrieben deutlich betonte, »Erzählen Sie uns doch, Miss Thompson, was Conrad mit dem Begriff des ›hohlen Menschen‹ zum Ausdruck bringen will.«

Sue stammelte und suchte in den Ecken des Raums nach einer Antwort. Später erzählte sie Nick, dass sie keinen einzigen der Romane gelesen hatte. Doch Gillespie hatte nicht die Absicht, sie vom Haken zu lassen. Er roch Blut. Ihre Augen, groß und verzweifelt, blieben an Nick hängen, und ehe er die Zähne zusammenbeißen konnte, entschlüpften ihm die Worte: »Hohle Menschen ...«

»Ah, Mr Laymon gefällt sich als Ritter in glänzender Rüstung. Bitte, Mr Laymon, lassen Sie sich vom *mir* nicht aufhalten.«

»Sie sind Menschen, die keiner ... äh ... moralischen Prüfung ausgesetzt waren. Sie wurden nie mit einer echten Herausforderung konfrontiert. Weder Kurtz noch Marlow sind hohle Menschen. Sie wurden beide auf die Probe gestellt. Aber ... äähm ... nur Marlow besteht die Prüfung – er lässt sich von der Barbarei nicht vereinnahmen.«

Gillespie nickte und fuhr mit seiner Vorlesung fort. Nick beugte sich zu Sue hinüber und flüsterte, »Das Grauen, das Grauen!« Sie lächelte ihn verständnislos an. Eine Woche darauf fragte sie ihn, ob er ihr beim Lernen auf die Zwischenprüfung helfen würde. Danach ging alles ziemlich schnell.

Sue trug das Fluidum von Geld wie Parfüm. Ihre Familie hatte in Savannah ein Vermögen mit Baumwolle und Textilien gemacht. Ihr Vater besaß Fabriken in rauen Mengen. Das mit dem Geld machte Nick eine Zeit lang zu schaffen, die Art wie Sue ständig nach den Rechnungszetteln griff und sie bezahlte. Das erste Mal hatte er sich aufgeblasen und verlangt, dass sie ihm ihre Rechnung über dreißig Dollar für Drinks an der Bar aushändigte. Sie nannte es spießerhafte Selbstbeweihräucherung und bezahlte lachend die Rechnung. Er hatte gelernt, damit zu leben – damit und mit einem Sack voll von Launen und Überspanntheiten, dem Yin und Yang ihrer Persönlichkeit. Ihre Fleischeslust erwies sich als unersättlich und ziemlich experimentierfreudig, als sie zwei- oder dreimal pro Woche mit dem Schlüssel, den Nick kaum einen Monat nach der Zwischenprüfung in Britische Romane der Moderne für sie hatte machen lassen, in seinem Zimmer auftauchte. Oder die dunkle Seite derselben hemmungslosen Begierde: die Nächte, in denen sie stundenlang nicht ans Telefon ging, der Hauch eines fremden Rasierwassers hin und wieder, der Zigarettenstummel einer anderen Marke im Aschenbecher ihres Mercedes. Vor allem aber lernte er mit den Bildern, die ihn heimsuchten, zu leben, den Bildern von seinem besten Freund, der sich zwischen den Schenkeln seines Mädchens einen abkeuchte. Denn wie konnte er sie damit konfrontieren?

Schließlich war es Sue, die ihn mit Finney bekannt gemacht hatte. Sie gingen vielleicht seit einem Monat miteinander, als sie ihn zu einer Fassparty bei den Torkelsons mitnahm. Reed Tucker hatte auf der hinteren Terrasse schon den ganzen Abend kräftig dem Bier zugesprochen und war jenseits jeglichen Gesprächs, als Sue und Nick eintrafen. Sie fanden Finney in der Küche, das Zentrum seines eigenen privaten Universums, so wie er es immer war. Sue verschwand nach einer Weile – noch so etwas, mit dem zu leben Nick gelernt hatte –, doch Nick und Finney hingen den Rest der Nacht zusammen ab.

Eine Menge von dem Abend war in der Retrospektive ziemlich nebelhaft und verschwommen – Nick hatte sich vom Fass der Torkelsons ausgiebig die Kehle befeuchtet, aber er konnte sich erinnern, als sei es gestern gewesen, dass Finney wegen einer Wette das Vaterunser auf Latein rezitierte. Ihre Augen hatten sich über das Zimmer hinweg getroffen, als Finney begann ...

»Pater noster.«

... und Nick hatte gespürt, wie zwischen ihnen ein Energieimpuls übersprang, das gleichzeitige Erkennen einer heimlichen Verwandtschaft: das Gefühl, gemeinsame Interessen zu haben, eine vage Verachtung für die verschwitzten, bis obenhin mit Bier abgefüllten Jungs von den Studentenverbindungen und die Partygirls, die sich um das Fass scharten. Als Finney beim Amen angelangt war, entbrannten im Zimmer hitzige Diskussionen. Wie sich rausstellte, konnte niemand gut genug Latein, um sagen zu können, wer die Wette gewonnen hatte. Nick vertrat keine Meinung – er hatte nicht den blassesten Schimmer von Latein –, aber Finney strich am Ende den Gewinn ein. Sie saßen den Rest des Abends zusammen und redeten. Finney erzählte ihm, dass er im Hauptfach Altphilologie studierte, ein Fach, von dem Nick geglaubt hatte, es sei sogar in den privaten Gymnasien schon vor hundert Jahren ausgestorben. Doch sie entdeckten eine gemeinsame

Leidenschaft für zeitgenössische Prosa-Literatur und verbrachten den Rest der Nacht, in Reichweite des Bierfasses, mit hitzigen Diskussionen über Iain Banks, Cormac McCarthy und – als die Sonne den Himmel bereits blutrot färbte – über Donna Tartt.

Bald danach fing einer der Zwillinge an, Knallfrösche in leere Bierdosen zu stecken und mitten ins Zimmer zu werfen. Die Explosionen waren ohrenbetäubend, so laut wie das Krachen einer Schrotflinte – ein klassischer Torkelson-Schlusspunkt für ein weiteres ihrer nächtlichen Saufgelage –, doch danach löste sich alles schnell auf.

Nick und Finney fanden Tucker bewusstlos in einer geronnenen Lache von Erbrochenem und schleppten ihn gemeinsam die Straße runter ins Bett. Finney erzählte ihm, dass Tuck und er in derselben Straße aufgewachsen waren und seit ihrem zweiten Jahr am College die Wohnung im College Park teilten. »Er ist ein guter Typ, wirklich«, erklärte Finney. »Er braucht nur jemanden, der auf ihn aufpasst.«

Das war auch der Beginn von etwas anderem gewesen: der kaum verhohlenen Antipathie, die Reed Tucker seitdem in all den langen Monaten gegen Nick hegte.

Es musste ihn gewurmt haben, vermutete Nick, im Leben seines besten Freunds nur noch die zweite Geige zu spielen. Manchmal tat Tuck Nick leid, aber er dachte nicht daran, wegen eines verwöhnten Arschlochs, der nur das Glück gehabt hatte, vor ihm da gewesen zu sein, auf die Freundschaft von Finney oder Sue zu verzichten. Außerdem wusste er nicht – selbst wenn er es gewollt hätte, ob er das könnte.

Zum ersten Mal in seinem Leben, das, wie er fand, eine viel zu große Ähnlichkeit damit hatte, mit bloßen Händen und ohne Sicherung eine nackte, senkrechte Felsenklippe emporzuklettern, hatte Nick das Gefühl, an einer Nische angekommen zu sein, auf der er vielleicht eine Weile bleiben und sich ausruhen konnte. Vielleicht würde ihm das Geld ermöglichen, genau das zu tun.

In der Eingangshalle seines Apartmenthauses blieb er stehen, um es zu zählen. Im flackernden Licht der Leuchtstofflampe zog er das dicke Gummiband von dem Geldbündel und fächerte die Scheine auf. Es waren alles Hunderter, die meisten davon brandneu. Der größere Franklin sah distinguierter und irgendwie imposanter aus. Nicks Herz schlug schneller, und sein Mund wurde trocken. Er hatte noch nie so viel Geld in Händen gehabt; verdammt, er hatte noch nie so viel Geld *gesehen*. Er blätterte mit den Fingern durch das Bündel, an die hundert Scheine – fast zehntausend Dollar.

Im selben Augenblick sah er, wie Glory im Rückspiegel seines Gehirns immer weiter entschwand. Der Krebs hatte seine Mutter weggerafft, als er erst sechs gewesen war. Danach war er der Punchingball seiner Brüder geworden, einer von den aufblasbaren, die immer wieder hochkommen, weil sie nicht klein beigeben wollen. Sein Leben war friedlicher geworden, als Jake und Sam zum Malochen auf die Bohrtürme gegangen waren, und Nick hatte sich in Büchern verkrochen. Dann hatten sie seinen Vater vom Golf heimgebracht, zu einem Leben im Rollstuhl verdammt.

Seine Noten hatten Nick gerettet. Jetzt, nach einem Unfall, der sich angefühlt hatte, als seien sie über einen schlafenden Polizisten geholpert, erlaubte er sich, weiter die von Glory fortführende Straße hinabzusehen. Das Geld bedeutete die Uni für ihn. Er hatte in den letzten Monaten bereits ein halbes Dutzend Bewerbungen abgeschickt, allesamt an staatliche Unis, an solche, die für ihn erschwinglich waren. Mit dem Geld konnte er es nach Chapel Hill oder Vanderbilt schaffen. Unvermittelt geisterte ein Bild vom Gesicht des Toten durch seine Gedanken. Er ließ das Gummiband wieder um die Scheine schnalzen und schob es in seine Jackentasche zurück; er drehte sich um und rannte die Stufen zu seinem Apartment hinauf.

Nick schloss die Tür auf und stürmte, während er sich – bis auf die Boxershorts – bereits seiner Kleider entledigte, ins Zimmer. Er öffnete das kleine Gefrierfach im Kühlschrank, dessen Beleuchtung das Apartment in ein bleiches, gespenstisches Licht tauchte, und schob das Geld unter eine Tüte mit tiefgefrorenen Bohnen. Er stopfte das blutbefleckte T-Shirt in den Abfallkorb. Er leerte die Taschen seiner Jeans und legte seine Brieftasche und seine Schlüssel neben die Geschirrspüle; den Schlüssel für das Busbahnhof-Schließfach platzierte er daneben. Dann schrubbte er sich im Küchenausguss kräftig und sorgfältig das Gesicht und die Brust. Während er sich abtrocknete, wandte er sich zu seinem Bett auf der anderen Seite des Zimmers um. Auf dem Display seines Weckers leuchtete rot 3:57.

»Hey.«

Nick schrie auf und stolperte rückwärts taumelnd über den Abfallkorb. Er landete der Länge nach auf dem Boden, überall um ihn herum Abfall, das blutige T-Shirt halb über seinem Gesicht.

Die Nachttischlampe ging an. Sue setzte sich in seinem Bett auf, die Bettdecke um ihre Beine gewickelt, ihre Augen verschwollen vom Schlaf. Sie schlief mit nacktem

Oberkörper. Nicks Blick verweilte auf dem Muschelrosa ihrer Brustwarzen. Er fragte sich, was sie unter der Bettdecke anhatte.

»Ich hab auf dich gewartet.«

Nick sah weg. Er hob das T-Shirt auf und stopfte es in den Mülleimer. Den Rest des Mülls häufte er darüber. Als er wieder Sue ansah, lächelte sie ihm, den Kopf leicht zur Seite geneigt, kokett zu. Ihr Haar, das eigentlich kupferrot war, sah im Licht der Nachttischlampe dunkler aus, fast schwarz.

Mit einer theatralischen Geste warf sie die Bettdecke zurück.

»Kommst du jetzt oder kommst du nicht?«

»Ihr habt ihn also einfach dort liegen lassen?«

Sue lag halb auf ihm, ihr Gesicht an seinen Hals geschmiegt. Ihr Atem wärmte seine Kehle; er konnte das Gewicht ihrer Brüste auf seiner Brust spüren.

Nick starrte an die dunkle Decke. Zweifel nagten an ihm. »Vergiss es«, brummte er. »Ich hätte nichts sagen sollen.«

Doch was hätte er sonst tun sollen? Sie hatte es so und so irgendwie gewusst, hatte es vielleicht in seinem Gesicht gesehen, als er das Zimmer durchquerte, oder es in den angespannten Strängen seiner Muskeln gefühlt, als sie ihn berührte. »Was ist mit dir, Nicky?«, hatte sie gesagt. »Erzähl's mir.«

Das Gesicht des Toten wuchs aus der Dunkelheit hervor und schien ihn zu verhöhnen. »Es ist nichts.«

»Irgendetwas stimmt nicht, Nick. Was ist passiert? Sag's mir.« Sie strich sanft seine Brauen glatt, ihre Stimme zu einem heiseren Flüstern gesenkt.

Finneys Frage ... *Gehst du noch zu Sue?* ... spukte ihm ungebeten durch den Kopf, und bevor er wusste, was er tat, hatte er es gesagt, eine Großmäuligkeit und ein Geständnis zugleich, ein Beweis dafür, wie sehr er ihr vertraute. Und noch etwas anderes: eine Fessel mit der Absicht, sie aneinanderzubinden.

»Wir haben einen Menschen getötet.«

Sie bewegte sich nicht.

Er konnte spüren, wie seine Halsschlagader gegen ihre Lippen pochte. Dann lachte sie. Ihre Hand glitt über seine Brust hinab und schloss sich um ihn. »Sehr lustig«, sagte sie. »Und jetzt sag mir die Wahrheit.«

»Sue ...«

Sie presste ihre Finger fester um ihn. »Die Wahrheit, Nicky. Wie heißt sie?«

»Was ...«

»Das Mädchen, bei dem du die ganze Nacht warst.«

Sie presste erneut.

Nick wölbte den Rücken und holte tief Luft. Winzige Funken der Erregung stoben durch seine Muskeln.

»Ihr Name.«

»Es war ein Unfall«, keuchte er.

Er spürte, wie sie sich in der Dunkelheit bewegte. Der Druck um sein bestes Stück hörte auf, und plötzlich war der dunkle Schatten ihres Gesichts über ihm, die feucht schimmernden Seen ihrer Augen.

»Nicky ...«

»Du lieber Himmel, würde ich mit so was einen Scherz machen?«

Sie ließ langsam die Luft aus ihren Lungen weichen. »Was ist passiert?«

Und so erzählte er ihr alles: das mit dem Geld, das mit dem Schlüssel und wie der tote Mann im gleißenden Licht der Scheinwerfer ausgesehen hatte. Wie kalt sich der blutige Kopf an seinem Bauch angefühlt hatte.

Das war der Augenblick, in dem sie sie aussprach, die von Unglauben und Entsetzen erfüllten Worte – eine Anklage. »Ihr habt ihn also einfach dort liegen lassen?«

»Ich hätte es dir nicht sagen sollen!«

Und dann, mit gequälter Stimme: »Was hätten wir denn sonst machen sollen, Sue? Was hätten wir denn sonst tun können?«

Eine Moment lang kämpfte er gegen sie an, doch dann brachen die Tränen hervor, still und heftig und beschämt, so wie er seinen Vater hatte weinen sehen, ein ersticktes Schluchzen, das sich ihm gegen seinen Willen entrang. Sue zog sich nicht von ihm zurück.

»Es tut mir so leid«, flüsterte er.

Sie legte einen Finger auf seine Lippen, küsste ihn sanft. Dann wuchs sie über ihm empor wie eine zur Nacht erblühende Pflanze, und als sie langsam wieder auf ihn herabsank, war es wie eine Segnung.

Lange dachte Nick, während er sich keuchend zwischen Sues Schenkel abmühte, er könne nicht hochkommen. Die Ereignisse der Nacht, eine Vision vom Gesicht des toten Mannes – monströs und entstellt durch ihren Liebesakt – vergiftete sein Verlangen.

Und dann entrollte sich vor seinem geistigen Auge ein bruchstückhaftes Bild von dem Strip-Klub, das seine Aufmerksamkeit gefangen nahm, ein pochender, wummernder Basslauf, der Geruch nach Schweiß und Bier, ein Vorhang, der mit einem Ruck zur Seite gerissen wurde und den Blick auf zwei Gestalten in einer leeren Türöffnung auf der anderen Seite des von Zigarettenrauch erfüllten Raums freigab: eine dunkelhaarige Stripperin und ein fleischiger, schwergewichtiger Mann in einer Lederweste, der das vor ihm flüchtende Mädchen brutal herumriss. Nick konnte den unsäglichen Schauder der Erregung nicht vergessen, der durch seine Lenden schoss, als der Mann sie schlug. Bestürzt sprang er von seinem Barhocker, sein Bier kippte klirrend um und ergoss sich in einer bernsteinfarbenen Lache über die Theke, als die Stripperin zurücktaumelte; im selben Augenblick blickte der Mann auf. Einen kurzen Moment lang trafen sich ihre Augen mit etwas Ähnlichem wie Einverständnis. Grinsend zog der Mann den Vorhang vor die Türöffnung.

Und jetzt, während er sich mit Sue abschaffte, fühlte Nick, dass er abrupt wie aus dem Nichts steif wurde. Er machte die Augen zu und stieß wilder und heftiger in sie. Als er kam, war es wie ein Gewehrschuss, sein Kopf angefüllt von einer Montage beunruhigend realer Bilder dieses Augenblicks, die zum Schlag erhobene Hand, die dunkelhaarige, rückwärtsstolpernde Frau, dieses Grinsen.

»Baby«, flüsterte Sue. »Baby.«

Ein Schauder überlief ihn und ließ seine Schultern erbeben.

»Es ist gut.«

Danach lag er still in ihren Armen, bis ihr Atem ruhig und gleichmäßig wurde, weit weg, in den fernen Gefilden des Schlafs. Lange Zeit lag er wach und starrte in die Dunkelheit. Bilder formten sich und zerfielen wieder, Berge und Himmel, die Straße, der tote Mann, ein schwarzer, lebloser Haufen auf dem grauen Asphalt, dieses Grinsen.

Eine schwarze Flut stieg in ihm auf, ein Kitzel der Erregung in seinen Lenden.

Mein Gott. Dieses Grinsen.

Nick wachte kurz vor elf auf; kalte Strahlen der Dezembersonne strömten durch die zwei vorhanglosen Fenster. Seine Entscheidung war getroffen: Im Traum hatte sich für den Schlüssel – und irgendwo dahinter für das Schließfach – eine Lösung metamorphisiert. Es war kalt im Zimmer – die Heizung funktionierte nur alle drei oder vier Tage –, und sein Atem formte bleiche, durchsichtige Wölkchen vor seinem Gesicht.

Sue lag zusammengerollt neben ihm; ihre Brust hob und senkte sich im Rhythmus eines tiefen Schlafs. Er betrachtete sie und dachte an den Schlüssel und an den Toten, der ihn einmal in seiner warmen Hand gehalten hatte. Sie waren untrennbar an ihn gefesselt – er, Finney und Tucker, und jetzt hatte er es auch noch fertiggebracht, Sue mit hineinzuziehen. Er strich eine Haarsträhne aus ihrem Gesicht und überlegte, ob er wieder zu ihr unter die Bettdecke kriechen sollte, doch dann klappte ihr Mund auf und ein röchelndes Schnarchen entkam ihr. Statt sich zu ihr zu legen, kroch er aus dem Bett und zog sich eilig an. In der Kochnische des Apartments stellte er einen Topf für den Kaffee auf und nahm einen Karton mit Eiern aus dem Kühlschrank. Während er die Eier rührte und zusah, wie Sue sich zu regen begann, grübelte er über die Gedanken nach, die in der Leere zwischen Bewusstsein und Traum Gestalt angenommen hatten.

Wenn der Tote zehntausend Dollar in der Tasche mit sich herumtrug, welche Reichtümer würden dann in dem Schließfach sein? Möglichkeiten aus einem Dutzend Paperbackkrimis spukten ihm durch den Kopf. Drogen oder Waffen. Vielleicht sogar der Malteserfalke, falls er da nichts durcheinanderbrachte. Was er sich jedoch immer wieder vorstellte, war eine Beute aus so vielen faustdicken

Bündeln von Hundertdollarscheinen, wie in ein Schließfach im Busbahnhof reingingen. Die Vorstellung brachte das Blut in seinen Ohren zum Tosen und ließ das vom Traum aufgeblähte Gesicht des Toten wanken und beinahe verschwinden. Er sah bereits, wie er den Rest seines Lebens unter dem würdevollen Blick Ben Franklins locker über die Runden bringen würde.

»Warum grinst du so?«

Sue war aufgestanden und in ein Baumwollhemd geschlüpft, das er zusammengeknüllt auf dem Fußboden hatte liegen lassen. Sie lehnte sich verschlafen blinzelnd gegen den Küchentisch, auf einer Wange der gerötete Abdruck von den Falten im Kissenbezug, auf denen sie gelegen hatte.

»Setz dich«, sagte Nick und verteilte die Rühreier auf zwei Teller. Während sie frühstückten, erzählte er ihr noch einmal das von dem Schlüssel und von den Reichtümern, die in einem Schließfach Platz fanden. Und als ihm die Worte ausgingen, sagte er: »Was kann es schon schaden, einen Blick drauf zu werfen?«

Sue kaute ein paarmal bedächtig. »Glaubst du, das ist klug, Nicky? Bist du sicher, dass du dich noch tiefer in diese Sache verstricken willst?«

Er starrte sie an, und ein winziger Funke Ärger glomm in ihm auf. »Glaubst du, ich mach das nur für mich? Das ist nicht nur für mich ein Ausweg. Das könnte auch eine Lösung für uns sein, Sue. Wir könnten zusammen sein. Willst du das denn nicht auch?«

»Komm schon, Nick. Das ist nicht fair.« Sie stieß ihren Teller weg und sah ihn an. Dann: »Und was, wenn in dem Schließfach nichts drin ist?«

»Dann ist das auch nicht weiter schlimm. Alles, was wir vergeudet haben, ist ein bisschen Zeit und Benzin.«

Während sie an ihrem Kaffee nippten, senkte sich Schweigen über sie. Nick sah zu, wie eine Kakerlake unter dem Ofen hervorflitzte und unter dem Kühlschrank verschwand. Als er den Blick wieder auf Sue richtete, wusste er auf Anhieb, woher ihm der nachdenklich ernste Ausdruck auf ihrem Gesicht bekannt vorkam: Es war der bange Blick eines kleinen Mädchens, das an der Kasse einer Achterbahn steht, in ihren Augen zugleich Angst und Verlangen, während sie das Geld für die Eintrittskarte mit ihren schmutzigen kleinen Fingern fest umklammert.

»Welcher Busbahnhof ist es überhaupt?«

»Knoxville. So steht's auf dem Schlüssel.« Nick schob den Rest seiner Rühreier auf die Gabel. »Ich wette, der Typ hat dort irgendwas deponiert und hatte vor, es später wieder zu holen.«

»Ich weiß nicht, Nick.« Sie stand auf und stellte ihren Teller in den Ausguss. Sie suchte ihre Klamotten zusammen, ging ins Bad und machte die Tür hinter sich zu.

Nick stapelte den Rest des Geschirrs ins Spülbecken und ließ Wasser drüberlaufen. In dem Augenblick, in dem Sue aus dem Bad kam, hallte ein lautes Klopfen an der Tür durch das Zimmer und ließ sie beide zu Salzsäulen erstarren. Sie sahen einander an. Sue formte mit den Lippen stumm die Worte: *Erwartest du jemanden?* Nick schüttelte den Kopf. Er warf einen Blick auf den Wecker. 11:45. Finney und Tuck schliefen sicher noch. Eine Woge der Angst schwappte über ihn hinweg, dieselbe Angst, die ihn über den Abfallkorb hatte stolpern lassen, als Sue im Dunkeln etwas gesagt hatte. Seine Arme spürten wieder das unhandliche Gewicht des toten Mannes.

»Wer ist da?«

»Staatspolizei, Sir. Können Sie für ein paar Fragen die Tür öffnen?«

»Augenblick.« Nick warf Sue einen Blick zu und durchquerte auf zittrigen Beinen das Zimmer.

Nick öffnete die Tür und fand sein Blickfeld von fünf fetten Buchstaben ausgefüllt: EVANS. Erschrocken und um Fassung ringend, machte er einen Schritt zurück, um den Mann hinter dem Namensschild, diesen plötzlichen Evans, genauer ins Auge zu fassen. Er war groß und sah aus, als würde er jeden Augenblick aus seiner Uniform der Tennessee Highway Patrol platzen. Er schien den kleinen, dunklen Korridor vollkommen auszufüllen. Sein Bauch quoll über seinen Pistolengurt und seine Arme waren gewaltig und hart wie Würste in seinen Ärmeln. Er trug eine verspiegelte Sonnenbrille und einen Smokey-Bear-Polizeihut, den er tief in die Augen gezogen hatte. Er nickte Nick zu und trat in das Zimmer. Das Sonnenlicht blitzte auf dem schmalen Metallstreifen seines Namensschilds.

»Sind Sie Nick Laymon?«

Nick nickte und versuchte, nicht zu schlucken.

Der Trooper von der Highway Patrol starrte ihn einen Moment lang an und sah dann zu Sue hinüber. Er lächelte und berührte mit zwei Fingern die Krempe seines Huts.

»Guten Tag, Ma'am.«

Sue lächelte matt und sah weg.

»Wie können wir Ihnen helfen, Officer?« Nicks Stimme klang fester, als er befürchtet hatte.

»Vielleicht können Sie uns auch gar nicht helfen.« Er ließ sich ächzend auf einen der Küchenstühle sinken und zog sein Pistolenhalfter gerade. Das Leder knarrte laut. Nicks Blick huschte zur Hüfte des Troopers, und er sah, dass eine .45er in dem Halfter steckte, der Sicherungsriemen geöffnet und zur Seite geschoben. Ein flüchtiges Bild von der Waffe des Toten geisterte durch Nicks Kopf. Angst nistete in seinem Magen wie ein Sack Steine.

»Ist nur Routine.« Evans schwieg und sah von Nick zu Sue, dann wieder zurück zu Nick. »Wird eine Last von Ihnen nehmen, von Ihnen beiden. Dauert nur ein paar Minuten.« Sie setzten sich ihm gegenüber an den Küchentisch. Der Trooper nahm seinen Sonnenbrille ab und enthüllte kleine, wässrige Schweinchenaugen. Er fischte einen Zahnstocher aus seiner Hemdtasche und steckte ihn sich in den Mundwinkel. »Letzte Nacht wurde ein Mann getötet. Höchstwahrscheinlich ein Unfall, aber wir müssen die Sache von allen Seiten beleuchten – Sie wissen, wie das ist, nehme ich an.« Er grinste, und für den Bruchteil einer Sekunde glaubte Nick zu sehen, wie das Grinsen verrutschte, unschlüssig am Rand seiner wulstigen Lippen schwankend, als lauerte jemand anders hinter diesem Lächeln.

Evans zog ein Taschentuch hervor und fing an, die Gläser seiner Sonnenbrille zu polieren. »Ein Zeuge hat einen Wagen mit College-Kids in der Gegend gesehen, mit Nummernschildern aus North Carolina.« Er sah Nick an. »Ihr Name wurde genannt.«

»Mein Name?«

»Das ist richtig.«

»Wie ist er ums Leben gekommen?« Nick zwang sich, Sue nicht anzusehen. Er konnte jedoch fühlen, wie die Angst in heißen, spürbaren Wellen von ihr ausstrahlte. Er versuchte, nicht an den Toten zu denken und daran, wie er sich unter den Rädern angefühlt hatte. Wie er sich in seinen Armen angefühlt hatte.

»Das kann ich im Moment nicht sagen.« Evans steckte seine Sonnenbrille weg, faltete das Taschentuch und schob es in seine Tasche zurück. »Wie gesagt, es ist nur Routine.« Er fixierte Nick mit einem langen Blick. »Wissen Sie etwas darüber, mein Freund?«

Nick zögerte. »Ich ...«

»Er war die ganze Nacht hier bei mir, ungefähr von drei Uhr nachmittags an.« Unter dem Tisch griff Sue nach Nicks Hand. Er sah sie an, versuchte seine Überraschung in Schach zu halten. Ihre Augen glänzten, unbeirrbar und standhaft, ihre Lippen zu einem schmalen Strich zusammengepresst. Jetzt steckt sie auch mit drin, dachte er. Unabänderlich. Sie hatte einfach so die Eintrittskarte gelöst und sich für die Fahrt festgeschnallt.

Und sie hatte es für ihn getan.

Evans sah sie an, als versuchte er, sich zu erinnern, woher er sie kannte. »Ist das ein Fakt, Ma'am?« Er pflückte den Zahnstocher aus seinem Mund und schob ihn vorsichtig in seine Hemdtasche. Er sah Nick an. »Besitzen Sie ein Auto?«

»Nein, Sir.« So etwas wie Erleichterung durchflutete Nick. »Noch nie gehabt.«

»Na schön.« Er zog ein kleines Notizbuch und einen Stift aus seiner Hemdtasche; er blätterte durch das Notizbuch, leckte dann über die stumpfe Spitze des Stifts und schrieb sorgfältig etwas in das Buch. »Na schön«, sagte er noch einmal. Aus den Augenwinkeln sah Nick eine Kakerlake hinter dem Kühlschrank hervor auftauchen und über die Wand hinter Evans kriechen; an einem winzigen Sprung im Verputz blieb sie stehen, um irgendeinen Krümel zu inspizieren. Evans hatte offenbar alles vermerkt, was ihm wichtig schien, denn er klappte das Notizbuch zu und schob es zusammen mit dem Stift in seine Brusttasche zurück. »Sie beide lassen es mich wissen, wenn Sie irgendwas hören.« Sein Arm zuckte mit der Schnelligkeit eines Revolverhelden hervor, ohne dass er dabei den Kopf drehte oder seine Augen die Nicks auch nur einen Wimpernschlag lang losließen. Seine flache Hand klatschte schallend gegen die Wand und zerquetschte die Kakerlake mit einem leisen Knirschen ihres Chitinpanzers. »Wir sehen uns. Und machen Sie sich keine zu großen Sorgen wegen all dem. Es ist nur Routine.« Er stemmte sich aus dem Stuhl hoch.

An der Wand war ein kleiner Schmierer, doch die Kakerlake war nirgendwo zu sehen.

Evans stapfte in den Hausflur hinaus. Unter der Tür drehte er sich noch einmal zu ihnen um und tippte mit zwei Fingern an die Krempe seines Huts. »Halten Sie sich aus Schwierigkeiten heraus, Sie beide, haben Sie verstanden?« Dann beugte er sich durch die Tür noch einmal nach drinnen und schob etwas in die Brusttasche von Nicks Hemd. »Rufen Sie mich an, wenn Sie was hören – das ist meine Karte. Schönen Tag noch.« Er drehte sich um und stieg die Treppe hinab.

Nick schloss leise die Tür und sackte dagegen. Er hatte Mühe, sich auf den Beinen zu halten. »O Gott. O Gott.« Sue kam zu ihm und schlang die Arme um ihn. Sie schmiegte sich eng an ihn, und er konnte spüren, dass ihr Herz flatterte wie ein gefangener Vogel, sich wieder und wieder gegen den Käfig ihrer Rippen warf. Nick griff in seine Brusttasche, um Evans Visitenkarte herauszuziehen. Doch in der Tasche war keine Karte, nur die Kakerlake, deren Beine noch immer zuckten.

SONNTAG

12 Uhr mittags bis 20:30

Nick schluckte, begegnete Sues Blick für einen flüchtigen Moment und wandte sich ab. Als er das Ding unter seinem Fuß zertrat, wurde ihm übel.

Er drehte sich zum Fenster um, während er sich geistesabwesend die rechte Hand an seiner Jeans abwischte. Er kippte die Lamellen der Jalousie auf und spähte hindurch, als Evans gerade auf dem von Rissen durchzogenen Gehsteig unter ihm auftauchte. Der Trooper blieb stehen und betrachtete die Studentenwohnburg eine Weile nachdenklich, dann drehte er sich um und ging über die Straße zu einem nicht als Polizeifahrzeug gekennzeichneten, blauen Straßenkreuzer, der vor einem Hydranten parkte. Einen Moment später glitt der Wagen vom Bordstein weg und tauchte wie ein Hai in die sonntäglich leeren Straßen von Ransom. Als Nick sich umdrehte, stand Sue direkt hinter ihm. Er blickte in ihr Gesicht und sah die Angst in ihren Augen – die Angst und noch etwas anderes, ein fast schon vertrautes Aufglimmen purer Erregung, dasselbe herausfordernde, verwegene Funkeln – halb Furcht, halb Trotz, das er manchmal in ihr sah, wenn sie sich über ihn beugte, mit vor Begierde geschwollenen Lippen, um ihm irgendein neues, gewagtes Liebesspiel vorzuschlagen. Ohne dass er wusste woher, spukte ihm erneut der Gedanke durch seinen Kopf:

Sie steckte jetzt mit drin. Unabänderlich.

Ein vages Gefühl des Unbehagens regte sich in ihm, der Boden bewegte sich unter seinen Füßen, tektonische Platten der Angst und der Begierde. Er wollte nicht daran denken, dass er einen Fehler gemacht hatte, ihr das mit dem Toten zu erzählen. Und er wollte nicht darüber nachdenken, warum er es getan hatte.

»Was ist jetzt mit dem Schließfach?«, fragte sie.

»Das Schließfach kann warten.« Er wandte sich ab.

»Nick ...«

»Das Schließfach kann warten, Sue!«

Sie starrten einander ein paar Sekunden lang an. »Zuerst Finney«, sagte Nick. »Dann das Schließfach, falls wir uns entschließen, dass es das ist, was wir tun wollen.«

Schweigend gingen sie durch die von Abfall übersäten Straßen des Forts und durchquerten den Abflussgraben hinter den Wohnhäusern des College Park. Nick beobachtete Sue aus den Augenwinkeln und fühlte, wie sie sich hinter die frisch aufgebrochenen Konfliktfronten zurückzog. Das Geldbündel, das er wieder aus dem Tiefkühlfach genommen hatte, lag wie ein Klumpen Blei an seiner Brust. Die Ironie des Augenblicks entging ihm keineswegs – dass er, wenn er versuchte, sie festzuhalten und an sich zu binden, sie möglicherweise verlieren würde –, doch er konnte sich nicht vorstellen, das Geld wieder herzugeben.

Er war erleichtert, als Finney die Tür öffnete und sie ins Haus winkte, wenn auch nur, weil es die gnadenlose Flut von Bildern unterbrach – der flatternde Mantel der taumelnden Gestalt im Heckfenster des Acura, Sues Gesicht, fern und hoheitsvoll, während sie sich in ihrem eigenen Rhythmus auf ihm bewegte, und als Letztes immer der Golf, Ölbohrtürme am fernen Horizont gleich einer Armee zyklopischer Invasoren aus einem Fiebertraum. Finney trat zur Seite und ließ Sue ins Vorzimmer treten, ein kleiner Raum, von dem nach allen Seiten Türen abgingen, ins Bad, in die Küche und in die Halle, die ins Wohnzimmer überging, und von der eine Treppe zu den beiden Schlafzimmern und einem zweiten Bad nach oben führte. Als Sue in die Halle voranging, drehte sich Finney um, sein Gesicht teilnahmslos und kalt. Er packte Nick bei der Schulter. »Du hast doch nichts erzählt …«, flüsterte er, doch Nick schüttelte seine Hand mit einem Achselzucken ab und drängte sich an ihm vorbei.

»Sue ist nicht mehr dein Problem«, sagte er, ohne sich die Mühe zu machen, seine Stimme zu senken. Er folgte Sue ins Wohnzimmer, ein Paradebeispiel für postmoderne Sachlichkeit: elfenbeinfarbener Teppich, zwei kleine Tischchen aus Chrom und Glas rechts und links der cremefarbenen Couch, dazu zwei Sessel in der gleichen Farbe. Im Kamin züngelte ein Kohlefeuer, und durch die Schiebetür zur Veranda strömte das Licht der Dezembersonne.

»Nicky«, sagte Finney. »Hör mir zu …«

Nick wirbelte herum und deutete mit ausgestrecktem Finger auf ihn. »Nein, du hörst mir zu.«

Finney lehnte sich gegen den Rahmen der Küchentür, die Hände in den Taschen seiner ausgebeulten, steingrauen Cordhose vergraben, während Nick ihm das mit dem Trooper erzählte. Nachdem Nick geendet hatte, blieb er eine Weile reglos so stehen, das Gesicht in nachdenkliche Falten gelegt. Dann sagte er, »Ich glaube, es ist alles okay.«

»Okay?« Nick warf Sue einen ungläubigen Blick zu. Er sagte es noch einmal. Lauter. *»Okay?* Ich glaube, du verstehst nicht, was ich dir zu sagen versuche, Finney. Ich rede von einem *Schrank* von einem Tennessee State Trooper.«

»Ich weiß, Nicky. Ich hab ihn auch gesehen.«

Er sagte das so ruhig, so emotionslos und beiläufig, dass es eine Weile dauerte, bis Nick begriff. Er schwieg betroffen; Panik stieg in ihm auf und schnürte ihm die Kehle zu.

Er schluckte. »Sag das noch mal.«

»Ich hab ihn auch gesehen.«

»Er war hier?«

Finney nickte. »Um neun. Vielleicht war's auch schon zehn.«

»Und du hast mich an ihn verpfiffen?«

»Nein, Nicky, natürlich nicht ...«, begann Finney, doch seine Augen verrieten ihn. Sie huschten zu etwas über Nicks linker Schulter, ein kurzes, fast unmerkliches Zucken, doch es genügte.

Nick drehte sich um.

Tucker lehnte am Türpfosten zur Treppe. Er wich Nicks Blick aus.

»Du warst es, oder?«, fragte Nick.

Tucker hob abwehrend die Hände. »Warte, Nick ...«

»Du hast mich hingehängt, du mieser, kleiner ...«

»Ich bin nicht derjenige, der zu seiner kleinen Freundin gerannt ist, oder, Nick?«

»Lass Sue da raus!«

»Ich war es nicht, der sie reingezogen hat!«

Nick spürte Finneys besänftigende Hand auf seiner Schulter. Fluchend wandte er sich von Tucker ab und starrte über die Veranda auf den verwelkten Rasen hinaus. Ein vollkommen unerwarteter und vermutlich deshalb ziemlich heftigen Anflug von Heimweh überkam ihn, eine Sehnsucht nach den flachen Weiten des Deltas und den schiefergrauen Wogen des Golfs dahinter.

»Was Tucker gesagt oder nicht gesagt hat, ist nicht der entscheidende Punkt, Nick«, sagte Finney. »Entscheidend ist, dass dieser Trooper, Evans, glaube ich, heißt er, nichts in der Hand hat.«

»Wie meinst du das?«

»Wenn er irgendwas hätte – auch nur den Hauch von einem Beweis, wäre er mit Durchsuchungsbefehlen, einer Meute Detectives und ein paar Fernsehkameras hier aufgetaucht.«

»Mach dir nichts vor, Finney.«

»Es ist aber die Wahrheit, Nick, ob du es wahrhaben willst oder nicht.«

Nick zuckte mit den Achseln.

»Er hätte den Wagen sehen wollen – er hätte einen Durchsuchungsbefehl für den Wagen dabeigehabt, wenn er irgendwas in der Hand hätte.«

»Er hat nicht nach dem Wagen gefragt?«

»Nur, ob ich einen habe.«

»Und?«

»Klar hab ich einen.«

»Verdammt«, stöhnte Nick. »Warum habt ihr mich nicht angerufen?«

»Was soll das, Nick?«, fragte Tucker. »Wir mussten davon ausgehen, dass zehn Cops in deiner Bude sitzen. Wie hätte das ausgesehen, wenn du mit ihnen redest und jemand ruft an und warnt dich, dass die Bullen kommen? Glaubst du, du hättest das so locker überspielen können? Wir wussten nicht, wann einer von denen bei dir drüben auftauchen würde.«

»Erzähl mir keinen Scheiß, du mieser …«

»Denk darüber nach, Nick. Er hat recht.«

»Wir hatten noch nicht mal 'ne gemeinsame Geschichte abgesprochen, Finney!«

Nun mischte sich Sue ein, ihre Stimme sanft und beruhigend. »Was hast du dem Trooper erzählt, Finney?«

»Ich hab gesagt, wir waren den ganzen Abend bei Nick«, sagte Finney, ohne den Blick von Nick abzuwenden. Er war so etwas wie eine Aufforderung, dieser Blick. *Alles unter Kontrolle,* sagte er. *Vertrau mir,* sagte er. Derselbe Ausdruck hatte auf dem Gesicht des Senators seit mittlerweile fast zwei Jahrzehnten wahre Wunder bewirkt, hatte die Wähler von Tennessee bezirzt und seine Gegner, ob groß oder klein, mit der schieren Kraft seiner Selbstsicherheit niedergewalzt. »Ich hab gesagt, wir haben Rommé gespielt und Bier getrunken.«

»Das war alles?«

»Was heißt hier alles?« Nick drehte sich um und starrte sie an. »Es ist nicht das, was du ihm erzählt hast, Sue.«

»Ungefähr aber schon, Nick. Ich hab gesagt, wir waren zusammen, oder? Wir waren eben zu viert zusammen. Das ist alles. Das ist unsere Geschichte.«

»Klar und einfach«, sagte Finney.

»Ja«, knurrte Nick. »Sogar Tucker sollte in der Lage sein, sie sich zu merken.«

»Nick«, sagte Sue. »Vertrau mir.«

Nick starrte sie einen Moment lang an, und seine Selbstsicherheit bröckelte unter dem vereinten Gewicht ihrer Uneinsichtigkeit. Sein schwelender Ärger verrauchte ein wenig und an seine Stelle trat etwas, das sich verdächtig nach Einlenken anfühlte.

»Die einzige Frage, die sich uns jetzt stellt ...«, sagte Finney, »... ist, was machen wir als Nächstes?«

»Nick und ich haben über das Schließfach gesprochen«, sagte Sue.

»Vergiss es«, sagte Tucker von der Treppe her. »Wir lassen die Finger von dem Schließfach. Wir sollten den Schlüssel wegwerfen und vergessen, dass das alles je passiert ist.«

»Wir sollten ...«

»Das ist keines deiner kleinen Spielchen, Sue«, sagte Tucker. »Wir könnten dafür in den Knast gehen.«

»Lass sie aus dem Spiel, Tucker. Ich hab den Schlüssel gefunden. Wenn ich wissen will, was drin ist, sehe ich nach.«

»Hast du gestern Nacht nicht genug gekriegt, Nick? Musst du unbedingt mehr haben?«

»Leck mich, Tucker. Ich *brauche* das Geld.«

»Haltet endlich die Klappe, ihr beiden«, sagte Finney. »Wir stecken zusammen da drin. Und wenn wir nicht zusammenhalten, gehen wir zusammen unter. Richtig?«

Schweigen.

»Richtig?«

»Wie auch immer«, sagte Nick.

»Halt ihn mir vom Hals, Finney. Ich hab die Schnauze voll von Nicks blöden Sprüchen.«

»Schön. Okay. Aber diesmal hat Nick recht. Er braucht das Geld. Wir checken das Schließfach aus, Nick nimmt sich, was er kriegen kann, aber das ist dann das Ende der Angelegenheit. Verstanden?«

»Verdammt noch mal, Finney«, rief Tucker. »Das ist idiotisch ...«

»Wir sehen nur nach, was im Schließfach ist, Tuck. Und das war's dann – ich verspreche es.«

Tucker, dessen Lippen ganz weiß geworden waren, starrte Finney einen Moment lang an. »Na schön.« Er drehte sich um und deutete mit dem Finger auf Nick. »Aber eines sage ich dir, Nick, wenn die Sache schiefläuft, dann ist es dein Kopf, um den es geht. Und das ist keine Drohung, das ist ein Versprechen.«

Nick sagte nichts darauf. Er stand nur da, starrte in Tuckers wütendes, angstverzerrtes Gesicht und plötzlich überkam ihn das Gefühl, dass er hier am falschen Ort war, hier in diesem Haus, unter diesen Leuten – Finney in seinen schicken Slippern und der Cordhose von Brooks Brothers, Tuck in einem Tommy-Hilfiger-Sweatshirt, das doppelt so viel gekostet hatte wie Nicks Lederjacke aus dem Secondhandladen und seine zwei Jahre alten Keds. Er fühlte, wie ihm die Scham darüber heiß ins Gesicht stieg, und plötzlich wusste er, worauf das alles am Ende hinauslaufen würde. Falls es nicht schon längst angefangen hatte, dann würde es bald beginnen: Geld und Privilegien und mehr als zehn Jahre Freundschaft, die sich gegen ihn verbündeten.

Und der Sündenbock, dachte er, der bin ich.

Und dann stöckelte Sue in ihrer wissenden Art quer durch den Raum zu ihm herüber, als hätte sie so was wie den sechsten Sinn. Er spürte ihren Mund kurz auf seinem, die Rundung ihrer Brüste, und ein Bild von dieser Nacht stieg in ihm auf: Sue, die wie eine zur Nacht erblühende Pflanze über ihm aufragte und ihn in ihrer Hitze verschlang.

Er zog sie näher und fühlte, wie ihre Hand in die Tasche seiner Levis kroch, als sie ihn küsste. Ihre Finger streiften neckend über den Schaft seines Schwanzes, dann wandte sie sich von ihm ab und hielt etwas Glänzendes wie eine Trophäe in die Höhe.

Der Schlüssel.

So ist Sue, dachte er. Immer leicht für ein Abenteuer zu begeistern.

»Also, lasst uns nachsehen, was in dem Schließfach ist«, sagte sie.

Sie fanden das Schließfach genau dort, wo Nick es sich vorgestellt hatte, im Busbahnhof von Knoxville, einem schäbigen, ebenerdigen Backsteingebäude, dessen öde Front durch die Wölbung einer mit Glas und Plastik verkleideten Snackbar aufgelockert wurde, offenbar die Vorstellung eines Architekten aus den späten Sechzigern von futuristischem Chic: natürliches Licht und Palmen in Kübeln, die dem Kunden suggerieren sollten, dass Greyhound sich auf dem Weg ins 21. Jahrhundert befand. Die Vorstellung nötigte Nick ein leises Lachen ab, als Sue den Mercedes vor einem Hydranten am Bordstein parkte. Für ihn war das alles vertrauteres Terrain.

Er kletterte aus dem Wagen und streckte im Schatten einer Autobahnunterführung seine eingerosteten Glieder.

»Netter Platz«, sagte Tucker.

Nick zuckte mit den Achseln. Der heruntergekommene, von einer grauen Rußschicht bedeckte Bahnhof sah um keinen Furz anders aus als ein halbes Dutzend anderer Busbahnhöfe zwischen Glory und Ransom: leere Grundstücke und ausgeschlachtete, vor sich hinrostende Autowracks, die Luft, selbst in dieser Kälte, vom Gestank gärender Abfallcontainer verpestet, in den sich der scharfe

Geruch von Diesel mischte, ein Gestank, den Nick immer mit Abschied verband. Abschied von Glory. Abschied von Ransom.

»Also los, worauf warten wir? Nicky, du kannst uns die Sehenswürdigkeiten zeigen«, sagte Finney und klopfte ihm auf die Schulter. Doch Nick ließ sich stattdessen zurückfallen, zufrieden damit, auf dem aufgesprungenen Gehsteig hinter ihnen dreinzutraben, hinter Finney mit seinen flatternden Mantelschößen und dem in seinem Tommy-Hilfiger-Sweatshirt frierenden Tuck. Und hinter Sue. Sue, die mit selbstsicheren Schritten zwischen ihnen ging. Er hielt den Blick vor allem auf sie geheftet, unfähig, den wiegenden Rundungen ihrer Hüften zu widerstehen. Und dann legte Finney ganz beiläufig einen Arm um ihre Schultern, womit er in Nicks Kopf wieder jenes Bild heraufbeschwor: Finney, der sich rhythmisch auf ihr bewegte, sein Rücken nass glänzend von Schweiß.

Wie hatte Jago es genannt?

Das Tier mit zwei Rücken.

»Nicky!«

Widerstrebend beeilte er sich, sie einzuholen, und Finney nahm ihn aus Spaß in den Schwitzkasten und rieb mit den Knöcheln seinen Kopf, als sei er zwölf oder so. Eine dunkle Last hob sich von Nicks Herz. Lachend stürmten sie mitten durch eine Traube alter Männer am Eingang und dann die Stufen hinab in die Bahnhofshalle, ein kahler, von Neonlampen erhellter Raum, die Kartenschalter auf der einen, eine Snackbar auf der anderen Seite. Ein Münzfernseher plärrte auf eine Reihe schwarzer Plastikstühle herab, und ein paar Schwarze hingen an den Verkaufsautomaten herum. Nick streifte sie mit einem Blick, als er an ihnen vorbeiging – ausgebeulte Hosen, Schirmmützen mit dem Logo der Raiders und einen Augenblick lang Stille und angespannte Aufmerksamkeit, als ihre Blicke über Nicks Freunde wanderten –, und dann sah er die Schließfächer: zwei Wände voll davon, auf beiden Seiten des Durchgangs zu den Bussen.

Erinnerungen quälten ihn. Der Tote, der schwer und willenlos in seinen Armen hing; dieser blutige, arische Kopf, der wie ein Stein gegen seinen Bauch rollte. Er sah zu Finney hinüber, und das momentane Gefühl von Freundschaft verflüchtigte sich ebenso schnell, wie es gekommen war – wie ein Nieselregen im Sommer auf dem heißen Asphalt eines Highways.

Nick schluckte krampfhaft, als er die Hand ausstreckte und von Sue den Schlüssel nahm.

Er starrte darauf hinab, auf die in das abgegriffene Blechschild eingeprägte Nummer – 409 – und ließ dann den Blick über die Schließfächer schweifen. Er entdeckte Nummer 409 auf Anhieb, oberste Reihe, das dritte von links. Er blieb davor stehen, innerlich vollkommen ruhig, während in seinem Kopf die immer gleichen Szenarien abliefen: Drogen, Waffen, der gottverdammte Malteserfalke. Und vielleicht, nur vielleicht ein Sack voll Geld. Er konnte es fast sehen, ein Berg von faustdicken Bündeln neuer Hundertdollarscheine, Ben Franklins freundliches, wohlgenährtes Gesicht, das ihm den Weg in ein völlig neues Leben ebnete. Er bewegte leicht die Schultern wie ein Boxer, der sich vor dem Titelkampf warm macht, das Gewicht des Geldbündels in der Brusttasche seiner Jacke mit einem Mal irgendwie beruhigend, ein Omen für den Geldsegen, der noch kommen würde.

»Worauf wartest du?«, fragte Tucker.

»Nicky ...«

»Okay.«

Angst und Erregung rumorten in seinen Eingeweiden. Als er den Schlüssel hob, passierte eine seltsame, äußerst bizarre Überblendung: Seine und die Hand des toten Fremden auf der Interstate umfassten den Schlüssel, seine und die Finger des Toten schoben ihn zitternd in den gezackten Schlitz. Einen Moment lang wusste er nicht, wer auf dieser Straße in den Bergen gestorben war – Nick Laymon oder der tote Arier mit der .45er im Schulterhalfter. Dann drehte er den Schlüssel und sank wieder auf seine Absätze zurück.

Die Tür schwang auf.

Zuerst dachte er, das Schließfach sei leer, doch dann sah er das manilabraune, gefütterte Kuvert, das in dem Fach lag. Nicht gerade ein Koffer voll Kohle, aber immerhin etwas. Vielleicht genug, um damit durch die Uni zu kommen und in irgendeine unkündbare Stellung zu rutschen.

Wenn er vorsichtig war. Wenn in dem Kuvert Geld war.

Nick griff im selben Augenblick wie Tucker danach; er stieß die Hand des anderen Jungen weg und zog das Kuvert alleine heraus. Er wusste sofort, dass es kein Geld enthielt. Er konnte die Form fühlen, flach und rechteckig, ungefähr zwei Zentimeter dick. Eine dunkle Woge der Enttäuschung brandete durch ihn, eine stetig zurückweichende Flut, die ihn immer weiter von der Rettung verheißenden Küste forttrug. Ihm war nicht bewusst, dass er die Luft anhielt; er bemerkte es erst, als er sie mit einem Seufzen aus seinen Lungen stieß.

Plötzlich musste er dringend pinkeln. Seine Blase brannte unter dem Druck.

»Was ist es?«, fragte Tucker.

»Sei still«, zischte Nick.

»Nein, ich will jetzt …«

»Draußen«, sagte Finney entschieden und dirigierte sie alle zum Ausgang zurück. Nick steuerte auf die Toiletten jenseits der Ticketschalter zu. »Ich komm gleich nach.«

»Alles okay mit dir?«, fragte Sue.

»Ich muss nur schnell pinkeln.«

Er eilte an den Schaltern vorüber und denn ein paar Stufen hinauf. Die Männertoilette war rechts, eine einfache Holztür, die geräuschlos aufschwang, als er dagegendrückte. Eine in den letzten Zügen liegende Leuchtstofflampe flackerte hektisch und gab ein beinahe subaurales Summen von sich. Ein dickwanstiger Weißer versperrte die Waschbecken und kämmte dünne Strähnen fettiger Haare quer über seine Glatze. Zwei schwarze Kids in zu großen, schlackernden Jeans und Hockeyhemden verhandelten wegen irgendetwas im Durchgang zu den Pissbecken. Nick schob sich an ihnen vorbei und stellte sich an eines der Becken, das Kuvert unter einen Arm geklemmt. Er fischte sein bestes Stück aus der Hose und wartete eine Weile, doch der Urin wollte nicht fließen. Und dann kam er, ein kräftiger, gelber Strahl, dessen scharfer Gestank aufstieg und sich mit den anderen in der Luft hängenden Gerüchen einer öffentlichen Bedürfnisanstalt vermischte – eine verschmutzte Toilettenschüssel und zu viele ungewaschene Körper, der schwache, saubere Pinienduft des auf verlorenem Posten stehenden Desinfektionsmittels.

Nick drückte die Spülung und wandte sich ab. Die beiden schwarzen Jungs waren mit einem letzten, durch die Tür hallenden Redeschwall verschwunden. Der dicke Mann grunzte und machte für Nick an den Waschbecken Platz. »Verdammte Nigger«, knurrte er, während er mit einem

Zahnstocher zwischen ein paar verfaulten Zahnstummel herumfuhrwerkte.

Nick ignorierte ihn.

Er legte das Kuvert auf das Sims über dem Becken und wusch sich die Hände. Er betrachtete sein Bild im Spiegel: tief liegende Augen und kurz geschorene braune Haare, breite Schultern, von der Schufterei im Lagerhaus bis spät in die Nacht, bis ihm jeder Muskel wehgetan hatte. Nicht wirklich gut aussehend, dachte er, aber unansehnlich auch nicht gerade. Ganz normal. Er sah nicht aus wie ein Kerl, der es fertigbrachte, einen unschuldigen Mann zu überfahren, zehn Riesen zu stehlen und nach mehr zu suchen.

Doch vor sich selbst konnte er die Wahrheit nicht verbergen. Er konnte sie in seinen Augen erkennen, eine argwöhnische Wachsamkeit, wie er sie bisher nur einmal in seinem Leben gesehen hatte – in den Augen des verängstigten Rehbocks, den er vor seiner Flinte gehabt hatte. Das Gefühl, gejagt zu werden.

Nick machte die Augen zu, beugte sich über das Waschbecken und warf sich ein paar Handvoll Wasser ins Gesicht. Als er den Kopf wieder hob, blickte er mit frischer Konzentration in das Gesicht, das ihn aus dem mit Rostflecken bedeckten Spiegel anstarrte. In der Tiefe jenseits des schwankenden Bilds, das sich dort spiegelte, fühlte er etwas Unentrinnbares emporsteigen, um von ihm Besitz zu ergreifen. Das Schicksal vielleicht. Ein aufgeblähter, scheußlicher Fisch mit dem Gesicht eines Toten.

Die anderen waren verschwunden.

Nick blieb am Fuß der Stufen stehen, das Kuvert unter den Arm geklemmt, und ließ den Blick durch die Bahnhofshalle schweifen. Die Schwarzen hingen noch immer bei den Verkaufsautomaten herum, und am Zeitungsstand studierte ein Punk in Springerstiefeln und mit einem von orangefarbenen Spitzen gekrönten Irokesenschnitt die Illustrierten, doch davon abgesehen, war die Halle leer. Kein Finney, kein Tuck. Und keine Sue.

Eine dunkle Ahnung beschlich ihn und wurde zur Gewissheit. Sie hatten ihn im Stich gelassen.

Im Stich gelassen.

Nick wiederholte die Worte leise vor sich hin murmelnd, in seinem Mund der bittere Geschmack eines früheren Verrats: ein Nachmittag im letzten Frühling, Finneys Stimme. *Warum hast du mir nicht gesagt, dass Sues Eltern kommen?* Die Wahrheit war jedoch, dass Nick es nicht gewusst hatte – es vermutlich auch nie erfahren hätte, wenn Finney nicht Mist gebaut und sich verplappert hätte. Finney und Sue waren mit ihnen zum Essen gegangen, während Nick den ganzen Abend an einer Arbeit über Shakespeare gesessen hatte, ohne von all dem eine Ahnung zu haben.

Dumm und ahnungslos.

»Sie hat es dir nicht gesagt?«, hatte Finney gefragt. »Sie sagte, sie hat dich angerufen, aber du warst nicht ...«

Und dann, ziemlich lahm: »Komm schon, Nick. Es tut mir leid. Sue ist nun mal so. Sie hat's nicht so gemeint.«

Aber sie hatte es so gemeint. Nick hatte es am selben Nachmittag in ihren Augen gesehen, als er unangemeldet bei ihr vorbeischaute. Ihre Eltern waren noch immer da, Mira, eine spröde, zartgliedrige Blondine in den Vierzigern in einem schillernden Hosenanzug, und Campbell, breitschultrig und blendend aussehend, das rote Haar über seinem knochigen Gesicht kurz getrimmt.

»Das ist mein Freund, Nick«, hatte Sue gesagt, das Wort, das sie wählte ... *Freund* ... unpassend, verletzend.

Nick wurde rot und plötzlich tat es ihm leid, dass er gekommen war. »Ich wollte nur das Buch holen«, sagte er ohne lange nachzudenken.

»Das Buch. Richtig.« Und kühl fügte sie hinzu: »Ich hol's dir.« Sie lauschten, wie sie die Treppe hinaufstieg, Mira in ihrem glänzenden Hosenanzug, Campbell in einem Sommerpullover aus handgewebter Seide, Nick in zerrissenen Levis und den zerschrammten Arbeitsstiefeln, die er letztes Weihnachten Jake geklaut hatte. Nick kratzte sich am Kopf und studierte das Muster des Teppichs.

Mira Thompson räusperte sich. »Woher kommen Sie, Rick?«

Er stammelte, begann, ihn zu verbessern, überlegte es sich dann jedoch anders. Schließlich brachte er ein zusammenhängendes Wort hervor: »Louisiana.« Er hustete, sich mit einem Mal seines Bayou-Akzents bewusst, der so anders war als der dem Ohr schmeichelnde, honigsüße Tonfall des alten Savannah.

Plötzlich verstand er, warum Sue ihn nicht hierhaben und ihren Eltern vorstellen wollte.

Und hasste sich selbst dafür.

»Mira und ich lieben New Orleans. Sind vor ein paar Jahren zum Mardi Gras runtergefahren – wann war das, Mira, vor fünf Jahren?«

Nick betrachtete angelegentlich seine Stiefel.

»Was macht Ihre Familie dort unten, mein Junge?«

»Ölimportgeschäfte«, sagte Nick und war auf dem besten Weg, sich in die peinlichste und beschämendste Situation seines Lebens zu manövrieren. Er grinste schief. »Dad ist in ...«

Sue rettete ihn. Sie kam, mehrere Stufen auf einmal nehmend, die Treppe herabgestürmt und streckte ihm das Taschenbuch entgegen. Er schob es in seine Gesäßtasche, ohne einen Blick auf den Titel zu werfen.

»Ich muss wieder los.«

Ein unerquicklicher Augenblick verstrich, dann standen alle und redeten gleichzeitig, schüttelten Hände, und dann war er allein mit Sue draußen auf der Treppe vor der Haustür und starrte in ihr wütendes Gesicht.

»Entschuldige«, murmelte er. »Ich ruf dich an ...«

»Ich ruf dich an.«

Doch sie rief nicht an.

In den darauf folgenden Tagen ließ Nick sämtliche Vorlesungen sausen, trank Bier und las das Buch, das sie ihm gegeben hatte – ein noch ungelesenes Exemplar von D. H. Lawrences *Sons and Lovers* aus dem Seminar über Britische Prosaliteratur –, und suchte nach Antworten auf Fragen, die er nicht zu stellen wagte. Am dritten Nachmittag, einem trüben, verregneten Tag, der Nicks Stimmung perfekt widerspiegelte – erschien sie an seiner Tür.

»Wie geht's, Nicky?«, fragte sie und ließ ihren Mantel zu Boden fallen. Darunter war nichts, nur die glatten, schlanken Linien ihres Körpers, die ihn in seinen Träumen heimsuchten. Er ließ sich vor ihr auf die Knie sinken.

»Nick«, flüsterte sie. »Oh, Nick.«

Keiner von ihnen erwähnte ihre Eltern je wieder.

»Heh, junger Mann!«

Nick wirbelte herum. Der Mann am Ticketschalter stützte die Ellbogen auf die Marmorplatte hinter dem Fenster.

»Meinen Sie mich?«

»Gehören Sie zu der Rothaarigen und den zwei Jungs?«

»Ja.«

»Die sind rausgegangen. Sagten, sie warten im Auto.«

Nick nickte, und ein Knoten löste sich in seiner Brust. Sein Groll und das nagende Gefühl, dass die drei sich gegen ihn verbündeten, verblassten ein wenig. Nach wie vor unter der Oberfläche lauernd. »Danke.«

Nick rannte die Stufen hinauf – zwei, drei auf einmal nehmend, um dem Gestank nach kalten Pommes und Diesel in der Bahnhofshalle so schnell wie möglich zu entkommen, während sich die Zweifel wie eine Infektion in seinem Gehirn ausbreiteten. Durch die Traube der draußen vor dem Eingang herumlungernden alten Männer sah er den Mercedes, einen metallicblauen SEL 450, am Bordstein stehen. Sie drehten sich zu ihm um, als er durch sie hindurchging, ihre Gesichter fremd und unergründlich. Die Kälte war wie eine Wand.

»Hey, Kumpel?«

Eine Hand berührte seinen Ellbogen.

»Hey.«

Nick sah über seine Schulter, das Kuvert an die Brust gepresst. Ein von tiefen Falten durchzogenes Gesicht beugte sich näher: alkoholtrübe Augen und stoppliges Kinn, gelbe Zähne und ein anbiederndes Grinsen, das irgendwas wollte. Ein scheißefressendes Grinsen, hätte Nicks Vater es genannt. Der Atem des Alten hing wie ein Vorhang zwischen ihnen; er roch nach Zigaretten und billigem Wein.

»Hast du mal ’nen Dollar für mich? Für Kaffee?«

Unwillkürlich zuckte Nicks Hand zur Brusttasche seiner Jacke, in der das Geldbündel schlummerte, die Saat für ein künftiges Vermögens. Aber selbst jetzt schon ein Vermögen.

»Ich hab's eilig.«

Er setzte sich in Richtung Auto in Bewegung, doch die Hand griff erneut nach ihm, diesmal fester.

Er drehte sich um. »Lass mich los, Mann.«

»Fährst in einem beschissenen Mercedes und hast nicht mal einen lumpigen Dollar übrig?«

»Das ist nicht mein Auto ...«

»Du bist nicht wie sie, wie?«

Nick zögerte und wand seinen Arm los. In seinen Jeans grabend, drehte sich zum Auto um. Der Alte griff erneut nach ihm und stieß gegen seinen Ellbogen, als Nick eine Handvoll Münzen aus der Tasche zog. Silber regnete klirrend auf den von Sprüngen durchzogenen Gehsteig, aber niemand rührte sich. Weder Nick noch der Alte und auch nicht die anderen Schluckbrüder hinter ihm.

Nick erwiderte den Blick der trüben Augen des Alten noch einen Augenblick länger und wandte sich dann um.

»Lass sehen, was drin ist«, sagte Tucker auf dem Rücksitz.

Nick schob einen Finger unter die Klappe des Umschlags und riss ihn auf. Er konnte die Stille hören und konnte fühlen, wie sich die drei näher zu ihm neigten, als er den Inhalt auf seine Hand kippte.

Ein Videotape.

Niemand sagte etwas. In der zunehmenden Dämmerung brauste der Mercedes, die letzten Vororte von Knoxville hinter sich lassend, nach Süden.

Casey, stand in Schreibmaschinenschrift auf dem Klebe-Etikett. *Tape 14.*

Nick schüttelte das Tape aus seiner Kartonhülle; Finneys Videorekorder schluckte es geräuschlos, und das digitale Display leuchtete grün auf. Er hörte, wie sich die Spulen mit einem leisen Klicken zu drehen begannen. Grau und weiß gekörntes Schneetreiben flimmerte über den Bildschirm des Fernsehers, als der Bandvorspann ablief, dann folgte makellos schwarze Leere. Nick drehte sich zu den anderen um, nur undeutliche Schatten in dem verdunkelten Zimmer. Finney hockte rittlings auf einem Küchenstuhl, die Arme über der Lehne verschränkt, und starrte mit ausdruckslosem Gesicht auf den Bildschirm. Tucker saß aufrecht und an einem Fingernagel kauend in einem Sessel. Sue wartete auf dem Sofa. Nick stieg über den Couchtisch und ließ sich neben ihr in die Polster sinken, dankbar für die Wärme, als sie sich an ihn schmiegte.

Schwarzer Bildschirm. Keine Musik.

Ein Titel erschien, weiße Buchstaben auf schwarzem Grund: *Casey*. Einen Augenblick später hellte sich der Bildschirm zu einem Grau auf, eine poröse, seltsam aussehende und mit hoher Auflösung wiedergegebene Fläche. Langsam fuhr die Kamera zurück, und die graue Fläche entpuppte sich als eine aus Presssteinen bestehende Wand eines Raums, hell und steril wie ein Operationssaal. Die Kamera blieb eine Weile auf die Wand gerichtet, dann schwenkte sie nach unten auf das Stahlgitter eines Abflussrosts in der Mitte des Betonbodens, um dann langsam über den vorüberhuschenden grauen Betonboden weiterzuschwenken. Erst jetzt registrierte Nick, dass auch ein Ton zu hören war, seit geraumer Zeit schon, beinahe unterschwellig, doch allmählich lauter werdend: ein ersticktes Schluchzen.

Sein Magen rumorte vor Anspannung.

Der erste Schimmer von Farbe war wie ein Elektroschock: ein matt glänzendes Stahlband, das einen bleichen Fußknöchel umschloss. Die Kamera kroch langsam das Bein aufwärts, verweilte liebkosend auf dem Knie und dem Schenkel und schließlich auf dem wirren Gestrüpp der Schamhaare, schwarz vor dem durchschimmernden Fleisch und der vagen Andeutung des rosigen Schimmers einer Vagina, das sich im Schatten zwischen den Schenkeln kräuselte. Als die Kamera höherfuhr, über einen sanft gerundeten Bauch und mädchenhafte Brüste, fühlte Nick, wie sein Penis, beinahe gegen seinen Willen, steif wurde. Sue schmiegte sich noch enger an ihn, ihre Hand schwer auf seinem Schenkel.

»Irgendein abgefahrener Tittenfilm«, sagte Tucker, und zumindest in diesem Fall musste Nick ihm recht geben.

Dann verharrte die Kamera auf dem Gesicht des Mädchens, herzförmig und zart und noch nicht vollständig ausgeformt, an der Schwelle zum Erwachsenwerden, kein Mädchen mehr, aber auch noch keine Frau, vielleicht siebzehn, vielleicht auch nicht. Ihre Schönheit war wie ein Schmerz, ganz tief in ihm drinnen. Dunkles Haar floss um ihre bleichen Schultern, und ihre grünen Augen waren vor Angst und Entsetzen riesengroß, als sie direkt in die Kamera starrte. Ein hellroter Faden Blut sickerte aus ihrem Mundwinkel.

Und sie schluchzte, ein in gleichmäßigen Intervallen wiederkehrendes resigniertes Einsaugen der Luft.

»Ich hab ein ungutes Gefühl dabei«, sagte Finney in die Stille hinein, und im selben Augenblick erschien eine andere Gestalt im Bild: ein Koloss von einem Mann, den Rücken der Kamera zugewandt und nackt, bis auf eine schwarze, über seinen Kopf gezogene Lederkapuze. Das Schluchzen blieb dem Mädchen in der Kehle stecken und verstummte. Sie wich zurück, und Nick sah, auf welche

Weise sie gefesselt war – mit Stahlschellen um Hand- und Fußgelenke, die mit dünnen Ketten an im Betonboden verankerten Metallringen befestigt waren.

Ein zweiter Mann, ungefähr in Nicks Größe und ebenfalls mit einer Kapuze auf dem Kopf, trat in das Bild, sein Penis in einem Busch brauner Haare halb erigiert. Die beiden Kapuzenmänner packten das Mädchen und ließen sie – ihre Augen starr und weit aufgerissen und jeglichen Widerstands beraubt – auf den Betonboden sinken. Der hünenhafte Kerl hielt sie fest, während der andere Mann die Ketten kürzer zurrte, sodass dem Mädchen kaum mehr Bewegungsfreiheit blieb. Der große Mann ging aus dem Bild und kam mit zwei gepolsterten Matten zurück. Eine davon legte er vor das Mädchen, die andere zwischen ihre gespreizten Beine. Der kleinere Mann kniete sich hinter die gespreizten Rundungen ihres Hinterteils und streichelte sich. Der Hüne trat vor das Mädchen, und Nick sah, dass er etwas in der Hand hielt. Etwas mit einem Horngriff, etwas Glänzendes. Es blitzte auf, als Licht darauf fiel, und Nick fühlte, wie sich eine eisige Faust um sein Herz schloss.

Ein Messer.

Eine Stimme war aus dem Kamera-Off zu hören.

»Na denn«, sagte sie, männlich und streng. »Lasst uns anfangen.«

»Das ist nicht echt«, sagte Tucker.

Aber falls es nicht echt war, war es verdammt gut gemacht. Die Stimme aus dem Off dirigierte die Positionswechsel; die beiden Männer waren unermüdlich. Irgendwann nahm der Hüne sie von hinten, während der kleinere Mann ihr das Messer an die Kehle hielt und sie zwang, ihn mit dem Mund zu befriedigen. Gebannt starrte Nick auf den dünnen, roten Faden, der sich über ihre Brust abwärtsschlängelte und auf den Beton tropfte, unfähig, den Blick von dem Grauen auf dem Bildschirm loszureißen. Sue vergrub sich wimmernd tiefer in den Schutz seines Arms. Er musste sich zwingen, nicht von ihr wegzurücken, weil er sich wegen seiner nicht zu verbergenden Erektion schämte.

Als sie begannen, sie zu zerstückeln, fing das Mädchen zu schreien an. Sie schrie lange, und ihre gellenden Schmerzensschreie hallten in Nicks Kopf. Noch immer zwang er sich zu glauben, dass alles nur vorgetäuscht und nichts als ein aufgelegter Schwindel war, dass die drei nach der Aufnahme aufstehen, sich wie Profis die Hände schütteln und nach Hause gehen würden.

Dann schnitten die Männer die Zunge des Mädchens heraus, und die Schreie verstummten mit einem Mal. In dem darauffolgenden Augenblick, als nur noch wortloses Grunzen und Stöhnen zu hören war, wusste er es besser.

»Es ist echt«, sagte er.

»Ich finde, wir sollten es ausmachen«, sagte Finney.

»Ich auch«, sagte Nick.

Doch er rührte sich nicht. Keiner von ihnen rührte sich.

Von den Perversionen auf dem Bildschirm in Bann geschlagen, und unfähig wegzusehen, fühlte Nick, wie sich die Wirklichkeit allmählich verschob, die Zeit seltsame durcheinanderfließende Blasen warf und Finneys Wohnzimmer sich mit der rauchgeschwängerten Luft des Strip-Klubs füllte, der flimmernde Bildschirm eine mit einem Vorhang verhüllte Tür in eine Welt, die er sich niemals vorzustellen gewagt hatte.

Er konnte nicht – wollte nicht wegsehen.

Nach einiger Zeit kamen beide Männer. Doch der Film war damit nicht zu Ende. Die beiden Männer in dem Film verstanden ihr Geschäft.

Sie hielten das Mädchen noch lange am Leben.

MONTAG

10:06 bis 13:30

Nick verschlief seine Neun-Uhr-Vorlesung in Soziologie, zwang sich jedoch, in das Elf-Uhr-Seminar über den Roman des 20. Jahrhunderts bei Dr. Gillespie zu gehen. Er überlegte ernsthaft, den ganzen Tag sausen zu lassen, doch nach der letzten Nacht, nach dem *Tape*, sehnte er sich nach Routine und Ordnung. Er und Sue hatten noch fast die ganze Nacht geredet und waren erst, kurz bevor es hell wurde, in einen unruhigen Schlaf gesunken. Seine Träume waren ein wirres Durcheinander gewesen von bruchstückhaften Bildern, Ungeheuern in Masken, Mädchen in Todesangst und halb wahnsinnig vor Schmerzen.

Er erwachte um 10:06 Uhr, sein Penis hart unter seinem Bauch, ein Bild von dem sich windenden Mädchen … *Casey, sie hieß Casey* … löste sich in der kalten Luft über ihm auf. Eine körperlose Stimme tönte durch das Zimmer, die Worte, die sie sprach, unverständlich. Nick hielt den Atem an; ihr Klang hatte denselben barschen, herrischen Tonfall wie die Stimme auf dem Videoband, die Stimme, deren letzter Befehl – ein vor Begierde heiseres Bellen – noch immer in seinem Kopf hallte: *»Gebt ihr den Rest!«*

Er glaubte nicht, dass er jemals die letzten Augenblicke auf dem Tape würde vergessen können, als der größere der beiden maskierten Männer den Kopf des Mädchens nach hinten bog, seine Faust in ihr Haar gekrallt. Und das Messer. O Gott, das Messer ...

Nick schluckte, und ein kalter Schauder lief ihm über den Rücken.

Er holte tief Luft, verscheuchte mit Gewalt das Tape aus seinen Gedanken, schlüpfte leise aus seinem Apartment und joggte die vier Blocks zum Campus. Dr. Gillespie fing gerade an, die Anwesenheitsliste abzuhaken, als Nick sich auf seinen Stuhl setzte.

»Schön ...«, sagte Dr. Gillespie und klappte sein Anwesenheitsbuch zu, »... das letzte Mal haben wir über Gatsbys Illusionen gesprochen – über die Art und Weise, wie er die Vergänglichkeit der Zeit ignoriert und darauf beharrt, dass man die Vergangenheit wiederholen kann.« Dr. Gillespie schlenderte mit langsamen, gemessenen Schritten von seinem Pult weg, die Arme vor der Brust verschränkt, den Kopf mit lehrerhafter Attitüde zur Seite geneigt. »Wir haben gesehen, wie Gatsby sein ganzes Leben – all seinen Reichtum und Überfluss – der Neuerfindung von Daisy Buchanan widmet – und das ganze schwerfällige Gerüst seines Strebens ist symbolisiert in dem fernen Schimmern eines einsamen grünen Lichts.« Er ließ den Blick über die Klasse schweifen; seine Augen hart wie Kieselsteine.

»Was ist Ihre Meinung dazu, Mr Kilpatrick?« Auf der anderen Seite des Raums schreckte ein pockennarbiger Junge aus seinem Halbschlaf hoch und stammelte einige halb formulierte Gedanken hervor. Nick sah auf sein Buch hinab, ein zerlesenes Exemplar von F. Scott Fitzgeralds *Der Große Gatsby*, das er günstig in einem Bücherantiquariat in Knoxville erstanden hatte. Er hatte fast die Hälfte des

Romans am Samstagnachmittag in einem Stück gelesen, und das mit großem Genuss. Carraways eloquente Stimme, seine maßvolle, souveräne Art, durchs Leben zu gehen, hatten Nick sehr schnell für ihn eingenommen. Nick hatte das Buch erst weggelegt, als Finney und Tucker in sein Apartment stürmten und ihn mit dem Versprechen auf Fleisch und Bier fortschleppten. Er wünschte, er wäre zu Hause geblieben und hätte das Buch zu Ende gelesen.

Er machte die Augen zu, und Bilder von Casey füllten seinen Kopf, ihr verzerrtes Gesicht, ihr zu unsäglichen Positionen verrenkter Körper. Schmerz, ein nicht einmal annähernd treffendes Wort für das, was er in ihren Augen gesehen hatte.

Das Videoband endete in plötzlicher Dunkelheit, als hätte die Stimme hinter der Kamera einen Stecker rausgezogen. Alle vier waren sie mehrere Minuten lang stumm dagesessen. Dann hatte Tucker ein tonloses »Verdammt« hervorgestoßen. Sue war wortlos aufgestanden und mit einem letzten langen Blick auf den Fernseher gegangen, Nick nur ein paar Schritte hinter ihr. Finney hatte sie an der Tür eingeholt, sein Gesicht bleich und besorgt.

»Wartet noch 'ne Minute, Nick. Wir müssen darüber reden.«

»Nicht heute Nacht«, sagte Sue, und einen Moment lang stand Nick nur da, gefangen zwischen den beiden.

Er machte Anstalten, etwas zu sagen, doch sein Mund war trocken. »Kann ich ...« Die Frage erstarb auf seinen Lippen, als er daran dachte, wie es klingen würde, was sie vielleicht von ihm denken würden.

»Was?«, fragte Finney.

Das Tape. Kann ich das Tape haben?

»Nichts«, sagte er.

Sue zog an seinem Ärmel. »Komm jetzt.«

Sie hatten Sues Wagen noch nicht erreicht, als die Tür des Wohnhauses wieder aufflog. »Wir müssen darüber reden.«

»Morgen«, rief Nick über die Schulter zurück.

»Also dann im Donner's. Zum Mittagessen.«

Später, im Bett, sagte Sue, »Wer, glaubst du, war sie?«

»Keine Ahnung.« Er verstummte. Es war 00:16 Uhr. »Irgendein Mädchen, falscher Ort, falsche Zeit. Jemand, der ihnen zufällig über den Weg lief. Jemand, den sie sich aus einem anderen Nirgendwo holten.« Seine Stimme klang seltsam dumpf, als würde die Dunkelheit die Worte schlucken, sobald sie aus seinem Mund kamen.

»Dreckschweine.« Ihre Stimme klang hart, unerbittlich.

»Ja«, sagte er, schlang die Arme um sie und presste seine Lippen auf ihre Stirn.

»Das genügt, Mr Kilpatrick«, sagte Dr. Gillespie und holte Nick damit wieder in das Klassenzimmer zurück. »Ich schlage vor, Sie verbringen heute Abend noch ein paar Stunden mit Mr Fitzgerald.« Er kehrte zum Pult zurück und fuhr mit seiner Vorlesung fort. Nick zwang sich zuzuhören.

»Gatsby hat sich selbst neu erfunden. Er streifte die Haut seines alten Ichs, James Gatz, ein armer Junge aus dürftigen Verhältnissen, ab und schlüpfte in ein schillerndes neues Ich. Auf dieselbe Weise versucht er, Daisy neu zu erschaffen, und zwingt sie ironischerweise, für immer die Frau zu sein – das *Mädchen*, das er fünf Jahre zuvor gekannt hatte.« Gillespie verstummte und starrte in die Klasse, die Augen eisig und glitzernd wie Glassplitter.

»Wo sehen wir Gatsby zum ersten Mal?«

»Als er am Abend aus seinem Haus tritt und zu Daisys Haus auf der anderen Seite der Bucht hinüberschaut«, sagte Nick. Er hatte etwas weniger als die Hälfte des Romans gelesen, aber er kannte das Spiel. Beantworte das, was du weißt, und dann schnell wieder zurück in Deckung. Er hatte keine Ahnung, welches Schicksal Gatsby und Daisy am Ende des Romans erwartete, aber er erkannte die ominösen Vorzeichen. Er fragte sich, ob Casey zur Schule gegangen war und wo. Sein Magen rumorte. Wieder sah er das Blut in einem dünnen Rinnsal langsam über ihre Brust sickern.

»Sehr gut, Mr Laymon. Freut mich, dass Sie geistig wieder anwesend sind.« Gillespie schlenderte zur Tür und wieder zum Pult zurück. »Mit ausgestreckten Armen, seine Sehnsucht wie etwas Greifbares. Dieses grüne Licht am Ende des Landungsstegs der Buchanans – es wird ein Symbol für alles, das sich Gatsby erträumt und erhofft, dem er sein ganzes Leben widmet. Ein grünes Licht, so kraftvoll und pulsierend wie das Leben selbst, so schwer fassbar und fern wie das Licht der Sterne. Ein Symbol für die trügerische Hoffnung.« Gillespie lächelte. »Das grüne Licht«, flüsterte er mit ausgestreckten Armen.

Er machte eine dramaturgische Pause und schlenderte dann zur hinteren Wand des Klassenzimmers, während seine Worte in Nicks Kopf zu einem sinnlosen Klangbrei verschmolzen. Nick dachte an etwas, das Sue letzte Nacht gesagt hatte. Er musste eingenickt sein, denn als er wieder mitbekam, was sie sagte, war Sue mitten im Satz und die Uhr stand auf 3:11. Dunkelheit erfüllte das Zimmer; der Mond hinter dichten Wolken. Das Display des Weckers tauchte sie in einen fahlen roten Schein.

Wie Strahlung, dachte Nick.

»... Carrie Witherspoon, aber alle nannten sie Spoon, weil sie alles sammelte, was ihr in die Finger kam.« Sue redete wie in Trance, ihre Stimme leise und eindringlich. »Sie wollte ans College, konnte es sich aber nicht leisten. Ich glaube, ihre Mom arbeitet irgendwo auf dem Campus als Hausmeisterin oder was in der Art. Carrie hat unten in der Duracell-Fabrik gearbeitet, aber sie verbrachte die meisten Abende hier auf dem Campus. Ich bin ihr ein paarmal auf Partys bei den Torkelsons begegnet.« Sue fröstelte.

Nick erinnerte sich an sie, ein dunkelhaariges, mageres Mädchen. Nicht hässlich, aber auch nicht hübsch. Ein einfaches, unscheinbares Mädchen, genau wie die, die er in Glory gekannt hatte: Mädchen, die verzweifelt versuchten, aus den Mauern ihres engen Daseins auszubrechen. Alles, worüber sie redeten, war Flucht und Erlösung aus dieser Enge – und die meisten von ihnen, einschließlich Carrie Witherspoon, versuchten, dies auf dem Rücken liegend zu verwirklichen. Irgendwo in den nur matt erleuchteten Winkeln seines Gehirns – hinter dem ihn immer wieder heimsuchenden Gesicht des toten Typen und jenseits von Caseys vor Schmerz weit aufgerissenem Mund – dämmerte Nick noch etwas anderes über Carrie, etwas, das den Campus erschüttert hatte.

»Was ist mit ihr?«, fragte er Sue.

»Erinnerst du dich nicht?« Sue setzte sich auf und wandte sich ihm zu. »Sie verschwand im Herbst unseres zweiten Jahres hier am College.« Jetzt fiel es Nick wieder ein. Ein paar Wochen lang überschwemmten Flugblätter mit einem Foto von ihr und der Frage »Wer hat mich gesehen?« den Campus, und einmal war ihre Mutter, eine plumpe, ungepflegte Frau aus der Cafeteria, keine Hausmeisterin, wie er sich jetzt erinnerte, bei einer der Herbstpartys aufgetaucht und hatte Fragen gestellt. Er konnte noch immer den gequälten Ausdruck in ihren Augen sehen.

Doch das alles führte zu nichts. Es war, als hätte sich der Erdboden aufgetan und Carrie Witherspoon für immer spurlos verschluckt. Alle nahmen an, dass ihr endlich die Flucht aus Ransom gelungen sei. In eine andere und bessere Zukunft. Nick hatte seither nicht mehr an sie gedacht.

»Und was ...«, sagte Sue nachdenklich, als würde sie jedes Wort abwägen, »... wenn sie ebenfalls eine Nummer war? Nummer zehn oder sieben oder vielleicht sogar die erste.« Sie klang, wenn auch nur einen Augenblick lang, auf gespenstische Weise wie die Stimme auf dem Videotape.

Ein kalter Schauder, kälter als der Bergbach, überlief Nick. Casey spukte durch seinen Kopf, ihr Gesicht starr vor Entsetzen. Wie es wohl ist, so entsetzliche Angst zu haben?, dachte er. Sue legte sich wieder neben ihn, und Nick schlang die Arme um sie. »Oh, Nicky«, sagte sie, und er fühlte ihren Atem an seinem Hals. Er lag noch lange Zeit wach und sah zu, wie die Schatten in der Dunkelheit umherwanderten, schemenhafte Phantome, die sich in schreiende Münder, die glatte Mulde eines eingedellten Kotflügels und die Umrisse des Kopfs eines Toten verwandelten.

»Haben Sie uns schon wieder verlassen, Mr Laymon?«

Nick zuckte erschrocken zusammen und wischte dabei seine Bücher vom Tisch. Verhaltenes Gelächter in der Klasse. Dr. Gillespie machte die Augen zu und schüttelte resigniert den Kopf.

»Wie ich schon sagte«, fuhr er fort, »deutet Fitzgerald am Ende des Romans an, dass alles, was wir tun können, lediglich darin besteht, an das grüne Licht zu glauben, an die orgastische – ein Wort, das F. Scott, der mit der Rechtschreibung auf Kriegsfuß stand, nebenbei bemerkt, fälscherweise prägte –, die orgastische Zukunft ...

Seine letzten Worte gingen im Schrillen der Klingel unter.

»Wir werden dieses Thema beim nächsten Mal vertiefen. Die Stunde ist beendet.«

Im Hinausgehen sah Nick, dass Gillespie ihn zu sich winkte, doch Nick zog den Kopf ein und bahnte sich einen Weg hinaus in den überfüllten Korridor. Draußen, als er auf die Cafeteria zustrebte, betäubte ihn die Kälte beinahe augenblicklich.

Das Donner's war brechend voll mit Studenten und Professoren, die sich eilig ihr Mittagessen einverleibten. Nick ließ den Blick über die Menge schweifen, konnte jedoch keinen der anderen entdecken. Etwas Kaltes breitete sich in seinem Magen aus.

Er stellte sich in die Schlange und fischte sich ein Thunfischsandwich und einen Apfel aus der Vitrine. Als er wieder im Speisebereich war, sah er noch immer keinen. Dasselbe Gefühl wie gestern im Busbahnhof beschlich ihn wieder. Etwas Schlangenähnliches kroch in sein Herz.

»Nick! Hier drüben!« Sue stand neben einem Tisch in der hintersten Ecke und winkte. Finney saß mit versteinertem Gesicht neben ihr, eine aufgeschlagene Zeitung vor sich.

Nick ging zu ihnen hinüber und legte sein Essen auf den Tisch. Er setzte sich zwischen sie und schob sein Sandwich zur Seite. Er nahm den Apfel und polierte ihn sorgfältig an seinem Hemdzipfel.

»Hey, Lover, wie war die Vorlesung?« Sues Augen waren klar und strahlend. Als er jedoch genauer hinsah, konnte Nick die Schatten der Angst von letzter Nacht sehen: dunkle Ringe unter ihren Augen, hin und wieder ein leichtes Zucken ihrer Mundwinkel.

»Ganz okay, nehm ich an.« Er sah Finney an. »Wo ist Tuck?«

Finney zuckte mit den Achseln und schob Nick die Zeitung hin. »Siehst du das?«

Nick sah auf die Zeitung hinab; es war der *Ransom Daily*, auf Seite vier aufgeschlagen. Er schüttelte den Kopf.

Finney deutete mit dem Finger auf einen kleinen Artikel direkt unterhalb der Querfalte. »Leiche gefunden«, verkündete die Überschrift in Lettern so schwarz wie Tumore. Der Artikel hatte keine Verfasserzeile. Nick musste plötzlich an den alten Mann vor dem Busbahnhof denken. *Du bist nicht wie sie.* Er presste den Apfel in seinen Händen, um zu verhindern, dass sie zitterten. Er überflog den Bericht, und die Wörter verschwammen vor seinen Augen. Er las ihn noch einmal, langsamer diesmal, bis die Worte klare Konturen annahmen und das Ganze einen Sinn ergab.

Die Leiche eines nicht identifizierten Mannes war gestern am späten Nachmittag in den Wäldern auf der Tennessee-Seite des Great Smokey Mountains National Parks gefunden worden. Gut unterrichtete Quellen berichteten, dass die Leiche alle Anzeichen eines Verkehrsunfalls mit Fahrerflucht aufwies und der Fahrer offenkundig versucht hatte, das Unfallopfer zu verstecken. Der U.S. Park Service hatte außerdem einen gestohlenen 1996er-Camaro mit Tennesseekennzeichen auf dem Parkplatz eines Aussichtspunkts entdeckt, etwa einen halbe Meile vom mutmaßlichen Unfallort entfernt. Da die Möglichkeit eines Mordes auf Bundesland bestand, war das FBI gebeten worden, sich in die Ermittlungen einzuschalten.

Nick las die letzte Zeile mehrere Male. Scheiße. Sie hatten längst den Boden unter den Füßen verloren und waren auf dem besten Weg abzusaufen. Er stellte sich vor, wie das warme, dunkle Wasser des Golfs in seiner Kehle brannte und seine Lungen füllte.

»Fällt dir was auf?«

Finneys Stimme brachte Nick wieder an die Oberfläche zurück. Er holte tief Luft und erwiderte Finneys Blick. »Außer der Tatsache, dass wir bis über die Hutschnur in der Scheiße stecken?«

Sue streckte die Hand aus und tätschelte seinen Arm. Die Berührung ihrer Hand war wie ein Schock, als hätten ihn die Tentakeln einer Qualle gestreift. Er zuckte zusammen, hielt seinen Arm jedoch auf dem Tisch.

»Siehst du irgendwo Evans erwähnt?«

Nick überflog den Artikel noch einmal. Nichts. Etwas schnürte seine Brust zusammen; er wollte, dass Sue ihre Hand wegnahm. Er hatte Mühe, genug Luft zu kriegen.

»Wer ist der Kerl, und was führt er im Schilde, Nick? Er ist uns mit seiner Dick-Tracy-Masche noch am Vormittag auf die Pelle gerückt. Die Rangers vom Nationalpark haben die Leiche aber erst am späten *Nachmittag* entdeckt.« Seine Stimme klang völlig ruhig und gelassen. »Und was macht ein Trooper von der Tennessee Highway Patrol in Ransom, North *Carolina*?« Er sprach das letzte Wort wie *Cah-o-lina* aus, als der Südstaatenakzent, den Finney schon vor Langem beerdigt hatte, wieder aus seinem Grab entschlüpfte. Sie starrten einander an. Finneys Finger trommelten einen schnellen Beat auf die Tischplatte. Nick polierte seinen Apfel.

»Wir müssen nachdenken«, sagte Sue. »Wir müssen …«

Reed Tucker tauchte schwer atmend hinter ihnen auf, die Augen vor Panik weit aufgerissen, sein normalerweise sorgfältig gestriegeltes Haar fettig und wirr. Er zog einen Stuhl vom Nebentisch heran und ließ sich darauf plumpsen. Nick fiel auf, dass er dieselben Klamotten wie gestern anhatte, das Hilfiger-Sweatshirt zerknittert und fleckig; er roch, als hätte er seit dem Unfall nicht mehr geduscht.

»Seht euch das hier an.« Er klatschte einen hellblauen Flugzettel mitten auf die Zeitung. »Das hab ich am Schwarzen Brett im Studenten-Center entdeckt.« Er zog die Zeitung unter dem Flugblatt hervor und fing an, den Artikel zu lesen. Sein Bein flatterte unter dem Tisch wie ein aufgespießtes Insekt.

Finney griff nach dem blauen Zettel, überflog ihn und schob ihn über den Tisch Nick zu. Er las ihn ebenfalls. Er wusste, dass Sue ihm über die Schulter schaute, denn er fühlte ihren warmen Atem auf seinem Nacken. Quer über das obere Drittel des Flugblatts stand in kalten, schwarzen Lettern das Wort BELOHNUNG. Direkt darunter war ein durch das Kopieren etwas zu dunkel geratenes Foto von Casey, auf dem sie jedoch eindeutig zu erkennen war. Sie lächelte breit wie ein Kind, warm und sicher, Jahrhunderte entfernt von den Schmerzen in dem Raum aus Pressteinen.

Direkt darunter, in denselben schwarzen Lettern:

$ 100.000
FÜR INFORMATIONEN ÜBER DEN
AUFENTHALTSORT
VON CASEY NICOLE BARRETT
VERMISST SEIT 12. NOV.

Darunter stand eine Telefonnummer und der Name Alfred Reynolds Barrett. Irgendwoher kam ihm der Name bekannt vor.

»A. R. Barrett«, sagte Finney. »Er ist Lobbyist für die Tabakindustrie. Der Senator hat ihn ein paarmal erwähnt.« Er machte eine Pause. »Das Geld bezahlt er aus der Portokasse.«

Nick betrachtete die Summe noch einmal mit einem langen Blick. Er machte die Augen zu, als Sue nach dem Flugzettel griff. In seinem Kopf blühte ein phosphoreszierendes grünes Licht auf. Hundert Riesen würden ihn durch den Rest seiner Jugend bringen. Alles an ihm fühlte sich plötzlich unendlich schwer an, als seien Flacheisen an seine Glieder geschnallt.

Als er dreizehn war, hatten er und Alex St. Johns, sein bester Freund damals, sich vorgenommen, zu einer der Bojen im Golf hinauszuschwimmen, einer Fahrwassermarkierung, etwa zwei Meilen weit draußen. Sie waren beide gute Schwimmer, und ihnen gefiel der Beiklang von Abenteuer und Tollkühnheit in ihrem Plan. Sie schwammen frühmorgens an einem Samstag mitten im Juni los, einem heißen und strahlend schönen Tag, der Golf ruhig und glatt vor ihnen. Als sie noch nicht mal ganz eine Meile weit draußen waren, drehte Alex um, weil er gespürt hatte, wie etwas Großes und Lederartiges gegen seine Beine gestreift war. Als Nick sich weigerte, ihm zu folgen, wurde Alex sauer und schrie, dass er ein blöder Hundesohn sei, der nirgendwohin schwimmt.

Alex' Fahnenflucht machte Nick wütend und er legte sich wild entschlossen noch mehr ins Zeug. Später erzählten sie ihm, dass er vom Kurs abgekommen sein musste und an der Boje vorbeigeschwommen war. Nach ein paar

Stunden schmerzten seine Arme und Beine wie Höllenfeuer, doch er weigerte sich aufzugeben, überzeugt, dass die Boje direkt vor ihm sei. Gegen Mittag, als ihn ein vorbeifahrender Krabbenkutter entdeckte, waren seine Arme und Beine tote Gewichte, die ihn unter Wasser zogen.

Die Sonne hatte die Haut von seinen Schultern geschält, und Fieberblasen bedeckten seinen Mund, vom Salzwasser aufgebissen, die sich bis in seine Nase und seine Augenwinkel ausbreiteten. Von der letzten Stunde wusste er später nichts mehr. Der Kapitän des Krabbenkutters erzählte ihm später, dass er unzusammenhängendes Zeug, irgendwas über Tiefsee-Ungeheuer gebrabbelt habe.

Genauso fühlte er sich jetzt; seine Arme und Beine unendlich schwer, sein Gehirn mit Wasser vollgesogen, während etwas Dunkles und Hungriges unter ihm kreiste. Er stellte sich vor, dass er im salzigen Golfwasser die Augen aufmachte – und die von Fischen abgenagten Gesichter von Finney und Tuck zu sich heraufstarren sah, jeder der beiden sich an einem seiner Beine festklammernd.

Tucker warf die Zeitung auf den Tisch zurück. »Was zum Teufel machen wir jetzt?« In seiner Stimme schwang Panik.

Nick machte die Augen auf und nahm Sue das Flugblatt aus der Hand. Er faltete es sorgfältig und schob es in seine Hemdtasche.

»Was machen wir mit dem Tape?«, fragte er und sah dabei Finney an.

Finney warf einen Blick auf die anderen und sah dann wieder Nick an. »Ich bin dafür, wir zerstören es. Zählen unsere Verluste, brechen unsere Beziehungen ab und verhalten uns ruhig, bis die Sache vorbei ist.«

»Ich auch«, sagte Tucker, seine Stimme ein heiseres Flüstern. »Wenn es bei uns gefunden wird, sind wir im Arsch, Mann.«

»Sue?« Alle sahen sie an. Sie nickte, ein kurzes, präzises Senken ihres Kinns.

»Wer?«, fragte Nick.

»Du machst es«, sagte Tucker. »Die ganze Sache geht auf deine Kappe – du hast uns gezwungen, zu dem Toten zurückzufahren, du wolltest unbedingt wissen, was im Schließfach ist. Du vernichtest das Tape.« Abrupt stand er auf und schob eine Hand in seine Jeans. Mit einem Grinsen zog er das Videotape heraus. Finney und Nick starrten ihn ungläubig an. »Glaubt ihr, ich lasse diese Zeitbombe in der Wohnung liegen?« Er warf sie Nick zu und setzte sich wieder. »Mach es bald«, sagte er. »Zum Beispiel jetzt gleich.«

Nick sah Sue an. Mit einem unergründlichen Ausdruck im Gesicht erwiderte sie seinen Blick. Er schob das Tape in die Innentasche seiner Jacke und fühlte, wie es leicht gegen das Geldbündel stieß. Sein Herz schlug schneller, als er aufstand und seinen Rucksack über die Schulter schwang.

»Ich hab um eins Moderne Lyrik. Ich muss los.«

»*Vorlesung?* Du gehst in eine gottverdammte *Vorlesung*?« Tucker sprang auf und warf dabei seinen Stuhl um. Er fiel klappernd auf den gefliesten Boden. Die wenigen Studenten, die noch im Donner's herumsaßen, drehten die Köpfe und aßen dann weiter. Eine der Cafeteria-Frauen schlurfte an ihren vorbei und begann, den Nebentisch sauber zu wischen. Das Fett an ihren Oberarmen und ihrem Bauch schwabbelte im Rhythmus ihrer Bewegungen. Für ihre Leibesfülle war ihr Gesicht erstaunlich hager und hohlwangig, ihr Haar – soweit Nick es durch das Netz ihre Haube erkennen konnte – ein lebloses Eisengrau. Wie eine automatische Gliederpuppe wischte sie den Tisch sauber und bückte sich dann, um Tuckers umgeworfenen Stuhl aufzuheben.

»So ... das war's, Sir.«

Als sie sich zum Gehen wandte, krochen ihre Augen, leer und ausdruckslos wie Glas, langsam über Nick. In dem Augenblick erkannte er sie. Er hatte sie während der letzten zwei Jahre wahrscheinlich hundertmal gesehen und nie geschnallt, wer sie war. Sie war Carrie Witherspoons Mutter, die wie eine Gespenst bei den Partys der Torkelsons aufgetaucht war und ihre Tochter gesucht hatte. Nick beobachtete, wie sie langsam zur anderen Seite der Cafeteria hinüberschlurfte.

»Mit dieser ganzen Scheiße am Bein«, zischte Tucker, weit über den Tisch gebeugt, Nick ins Gesicht, »gehst du in eine gottverdammte Lyrikvorlesung?«

»Das reicht jetzt, Tuck.« Finney rührte sich nicht, doch seine kalten Augen fixierten Nick. »Beruhigt euch. *Jetzt.*« Finney schlug die Zeitung wieder auf. »Nick weiß, was er tut. Hab ich recht, Nicky?«

Tucker stieß mit dem Fuß seinen Stuhl aus dem Weg und stapfte aus der Cafeteria. Hinter ihm schlug die Tür krachend zu.

»Ich geh ihm nach und beruhige ihn«, sagte Sue und raffte ihre Bücher zusammen. Sie küsste Nick auf den Mund. Ihre Lippen fühlten sich rissig an. »Wir sehen uns bei mir?«

»Ja, in ein paar Stunden.« Nick sah ihr nach, wie sie mit wiegenden Hüften die Cafeteria verließ.

»Nicky, mein Alter«, sagte Finney, stand auf und klemmte sich die Zeitung unter den Arm. »Lass uns ein paar Schritte gehen.«

Der Himmel war strahlend blau und scheinbar endlos, als würde kein Toter auf seinem Gewissen lasten. Nick folgte Finney in den Innenhof, eine öde, meist menschenleere Alibi-Grünfläche direkt um die Ecke vom Donner's. Die Mauern von vier Gebäuden, schroff und kalt in den Himmel ragende graue Klinkersteinwände, umschlossen ein Geviert aus totem Gras, grau gepflasterten Wegen und Bänken aus Beton, kaum größer als eine Briefmarke. Finney setzte sich auf die hinterste Bank, die Schultern gegen die Kälte hochgezogen, und hauchte in seine Hände. Die Art, wie er dasaß, rief eine Erinnerung in Nick wach, eine Erinnerung, die er zu unterdrücken versuchte. Er setzte sich auf die Bank Finney gegenüber und warf seinen Rucksack neben sich, während er noch immer gegen das Bild von Finney ankämpfte, als er irgendwann im letzten Juli auf derselben Bank gesessen hatte. Die Kälte kroch durch Nicks Jeans und in seine Knochen. Nick ergab sich der Erinnerung, und die Erkenntnis, die sie ihm ins Bewusstsein rief, schmerzte jetzt ebenso grausam wie damals an jenem Tag im Sommer vor so langer Zeit.

Während des Sommers schrumpfte das Ransom College zu fast völligem Stillstand auf weniger als hundert Studenten, die vielleicht gerade mal ein Dutzend Kurse belegten. Im letzten Sommer hatte Nick vorgehabt, wie in den beiden Jahren davor nach Glory zurückzukehren, doch in der Woche vor den Abschlussprüfungen – die tote Woche nannten sie es – erlitt Danny Pattersons Mutter einen tödlichen Herzinfarkt. Danny war Assistent an der Englisch-Fakultät und zuständig für die Betreuung der in Ransom gebliebenen Studenten. Er selbst studierte im vorletzten Semester, rezitierte mit Begeisterung Poe und hatte sich darauf spezialisiert, Prüfungsfragen zu verkaufen, die er auf dem Kopierer der Fakultät hektografierte und für hundert Mäuse pro Seite vertickte. Dr. Gillespie fragte Nick, ob er für Danny einspringen würde, und ehe er es sich richtig überlegt hatte, hatte Nick zugestimmt.

Der Job war nicht schwer: zwei Stunden am Morgen und drei Stunden am Nachmittag, in denen er Kopien machte, Tests abheftete, die Post sortierte und die gebügelte Wäsche des Lehrkörpers aus der chemischen Reinigung holte. Ein Klacks im Vergleich mit dem Abladen und Schleppen von bis zum Rand mit Fischen gefüllten Kisten, was Nick ursprünglich für die Sommermonate geplant hatte.

An diesem Nachmittag im Juli kam er gerade von der Arbeit, als er Finney im Innenhof entdeckte, der dort in der Sonne saß, ein aufgeschlagenes, zerfleddertes Exemplar von *The Golden Ass* mit dem Cover nach oben neben sich auf der Bank.

Sie quatschten eine Weile über dieses und jenes, nichts, woran Nick sich erinnern konnte, dann sagte Finney: »Tuck und ich fahren rüber nach Knoxville. Hast du heute Abend schon was vor?«

»Sue und ich fahren nach Ashland und essen in einem Laden, der sich Mallory's nennt.«

Finney lachte. »Sie hat mich ständig bekniet, sie ins Mallory's auszuführen. Sei auf der Hut, Mann; sie wird sicher den gefüllten Hummer und eine Flasche ...«

Nick bekam den Namen des Weins gar nicht mehr richtig mit. Ihm war plötzlich übel und er fühlte sich schwindelig, als hätte ihm jemand mit einem Hammer einen Schlag gegen das Herz versetzt. Er sackte neben Finney auf der Bank zusammen. Die Hitze der Betonbank kroch in ihn.

»O Mann, Nick, ich wusste nicht ... Ich meine, ich wollte nicht ...«

Nick hob beschwichtigend eine Hand. Es war nichts, das er nicht bereits geahnt hätte. Er hatte sie während ihres ersten Semester am College oft genug eng aneinandergeschmiegt im Donner's sitzen sehen. Aber er war keiner aus ihrer Clique gewesen, keiner, der in Hundert-Dollar-Hemden rumlief und einen chromblitzenden neuen Wagen sein Eigen nannte. Finney und Sue und der Rest von ihnen waren ihm so fern gewesen wie Inseln draußen vor der Küste, verschwommene Flecken am Horizont. Er hatte es gewusst – sich jedoch nicht erlaubt, darüber nachzudenken, was zwischen ihnen war, bevor er auftauchte.

Manchmal erwähnte Sue etwas über Finney – seine Leidenschaft für Dairy Queen Blizzards, Eiscreme mit zerkrümelten Keksen, seinen Hass auf staatliche Radiostationen –, was auf mehr schließen ließ als eine harmlose Bekanntschaft. Zweifel flüsterten in seinem Hinterkopf; Eifersucht zischelte kichernd über seine Schulter. Mehr als einmal war er kurz davor gewesen, zu fragen, hatte dann jedoch seine Zweifel hinuntergeschluckt, weil er wusste, dass man eine Sue Thompson so etwas nicht fragte. Hätte sie gewollt, dass er es wusste, hätte es wirklich etwas Erwähnenswertes an Finney gegeben – beruhigte sich Nick selbst, hätte Sue es ihm gesagt, es mit einem Lachen als Irrtum abgetan, als ein Experiment zwischen Freunden.

Doch sie hatte nichts gesagt und Nick in seinen Zweifeln schmoren lassen.

»Hey, Mann, Nicky.« Wieder Finney.

In diesem sprachlosen Augenblick wurde das Bild geboren. Er sah es klar und deutlich vor sich: Finney, der sich mit heftigen Stößen auf Sue bewegt, ihr Kopf nach hinten geworfen, ihre Lippen geöffnet und sich hektisch bewegend in ihrem stummen Flehen nach mehr, mehr. Dann der wilde, animalische Schrei, als Finney sich in sie ergoss.

Finney berührte ihn an der Schulter, und Nick zuckte zusammen.

»Hey, bist du okay?«

Nick sah Finney an und ihm fiel die Nacht bei den Torkelsons wieder ein, als Finney das Vaterunser in Latein rezitiert hatte, dieser Energieimpuls, der zwischen ihnen übersprang und sie verband.

Er erstickte das Bild und hoffte, es für immer auszulöschen.

»Nichts«, sagte er. »Ich meine, es war nichts. Sue hat es mir erzählt und ich weiß es. Es ist cool, meine ich.«

Finney schlug ihm krachend die Hand auf die Schulter. »Gut, Mann. Weil nämlich wirklich nichts war. Kannst du dir das vorstellen? Ich und Sue?« Lachend drehte er das Gesicht der Sonne zu.

Nick grinste schwach und dachte daran – nur eine Sekunde lang – zu fragen ... *Mehr, Finney, mehr* ... und wusste, dass er es nicht konnte. Falls er es tat, würde er einen der beiden verlieren. Und Nick wusste, als er dort in der Hitze des Julinachmittags saß, dass er das nicht ertragen könnte. Sie vervollständigten ihn. Er brauchte sie, um sich ganz zu fühlen, die eine ebenso wie den anderen.

Er rang mit dem Bild und sperrte es in eine Truhe irgendwo im hintersten Winkel seines Gehirns.

»Ist alles klar zwischen uns, Nicky?«

»Ja, alles klar zwischen uns.«

»Also – wo stehen wir, Nick?«

Nick blickte erschrocken auf, das Bild von Finney, der es mit Sue trieb, so real wie das Gewicht des toten Mannes.

Es dauerte eine Sekunde, doch dann sagte er, »Verdammt tief in der Scheiße stehen wir – tiefer, als wir dachten.«

»So ist es.« Finney nickte, als habe Nick die Antwort gegeben, die er erwartet hatte. »Willst du den noch essen?«

Nick sah nach unten und stellte überrascht fest, dass er noch immer den Apfel in der Hand hielt. Er warf ihn Finney zu, der ein gewaltiges Stück abbiss und genüsslich kaute, vom Scheitel bis zur Sohle so selbstsicher und cool, wie Tucker vor Panik ausgerastet war. Ein Satz von irgendwo aus der Vergangenheit geisterte durch Nicks Kopf, etwas, das Finney in der Nacht nach der Party über Tucker gesagt hatte. *Er braucht jemanden, der auf ihn aufpasst.* Damals war ihm diese Bemerkung harmlos und völlig unverfänglich vorgekommen, doch jetzt, wo Tucker offenkundig die Nerven verlor, bekam sie plötzlich eine ganz andere – und viel beängstigendere – Bedeutung. Vielleicht beschäftigten Finney ähnliche Gedanken, denn zwischen einem Mundvoll halb gekautem Apfel hindurch sagte er, »Warum hast du Sue von der Sache erzählt?«

»Ich musste. Hatte keine Wahl.« Er würde sich eher die Zunge abbeißen, als mehr zu sagen – obwohl ihn Finneys Frage zum Nachdenken brachte. *Warum hatte er es getan?* Er wollte nicht daran denken, wollte sich nicht an das Gefühl erinnern, dass ihm Sue langsam entglitt, wollte nicht glauben, dass er sie in so etwas hineinzog, nur um sie an ihn zu binden. Wollte diese Seite von sich nicht sehen. Wie es schien, hatte er viele Seiten, von denen er nicht wusste, dass sie existierten.

Doch Finney nickte nur, als habe er genau das erwartet.

»Was ist mit Tuck? Er ist mit den Nerven ziemlich am Ende, Mann. Wenn er ...«

»Tuck ist okay.« Finney warf den Apfelrest in den Abfallkorb neben der Bank. »Ich behalte ihn im Auge.« Er wischte sich die Hände an einem Taschentuch mit Monogramm sauber. »Und du gibst auf Sue acht.« Er tupfte sich damit den Mund trocken und sagte, »Was hältst du von Evans?«

Nick schürzte die Lippen und sah in seiner Vorstellung den Trooper von der Highway Patrol vor seiner Tür stehen. »Ich bin mir nicht sicher. Jemand, der rumschnüffelt, weil er auf eine Belohnung scharf ist?«

»So was Ähnliches habe ich mir auch gedacht. Aber noch was anderes geht mit nicht aus dem Kopf – erinnerst du dich an den Wagen, der zweimal an uns vorbeigefahren ist?«

Nick nickte, und vor seinem inneren Auge sah er das Bild von diesem Cadillac, schwarz wie die Sünde und im Dunkeln lauernd wie der Tod.

»Er ist zurückgekommen«, sagte Nick.

»So ist es. Und ich frage mich die ganze Zeit: War es Evans?«

»Aber wieso?«

»Weil er seine eigenen Absichten verfolgt hat. Der Typ hatte eine Menge Geld einstecken. Vielleicht war es die Bezahlung für irgendwas.«

»Glaubst du, er kommt noch mal?«

»Weiß der Geier.« Finney faltete das Taschentuch sorgfältig zusammen und schob es in seine Gesäßtasche zurück. »Im Moment hat er nichts gegen uns in der Hand. Einen Verdacht vielleicht, aber mehr nicht. Wir müssen uns allerdings um den Acura kümmern. Ich bin gestern Nachmittag in die Garage rausgegangen und hab mit einem Hammer kräftig den Kotflügel demoliert und dann alles mit Ammoniak abgewaschen. Glaubst du, in einem forensischen Labor können sie trotzdem noch Blutspuren finden?«

»Keine Ahnung. Diese CSI-Typen scheinen alles machen zu können.« Nick fühlte, wie die Kälte in seinen Bauch kroch. Finneys betuliches Gelabere machte ihn ganz verrückt. Er hatte von Anfang an gewusst, dass sie in Schwierigkeiten geraten würden, aber je mehr Finney redete – immer mit dieser aufreizend gelassenen Stimme –, umso tiefer schienen sie darin zu versinken. Erneut geisterte das Bild von dem Penner am Busbahnhof durch seinen Kopf. *Du bist nicht wie sie.* Das war er auch nicht. Finney hatte den Senator, Tuck und Sue hatten Familien, die in Geld schwammen. Wenn die Sache gefährlich und möglicherweise auch hässlich wurde, das wusste Nick, würde er alleine sein. Wieder sah er sich allein in den endlosen Weiten des Golfs treiben, während seine Freunde in der Ferne immer kleiner wurden.

Widerstrebend sagte er: »Vielleicht ist es an der Zeit, den Senator anzurufen, Finney.«

Finney drehte sich zu ihm und starrte ihn nachdenklich an. »Ist es das, was du willst, Nicky?«

Er sagte nichts darauf, sich mit einem Mal des Gewichts des Geldbündels in seiner Jackentasche bewusst. Und des Tapes.

Er schluckte. »Nein, ich glaube nicht.«

»Dann lass uns damit noch warten«, sagte Finney. »Und für 'ne Weile auf Tauchstation gehen.«

Und plötzlich kam Nick der Gedanke, sich zu fragen, warum er dem Senator noch nie begegnet war – ob der Mann überhaupt wusste, dass er existierte. Er wurde rot, starrte auf das braune Geflecht des winterlichen Grases hinab, während eine Stimme aus der Vergangenheit, Sues Stimme, durch seinen Kopf hallte. *Das ist mein Freund, Nick.* Das Wort versetzte ihm einen Stich. Freund.

Vor allem, um sich selber zu beruhigen, sagte er: »Glaubst du, die Sache wird im Sand verlaufen?«

»Warum nicht? Wir haben noch drei Tage Vorlesungen, eine Woche Prüfungen und dann vier Wochen Weihnachtsferien. Bis wir wieder zurück sind, ist Gras über die Geschichte gewachsen. Wer weiß? Tuck setzt vielleicht ein Semester aus. Er hat keine Chance, im Frühling das Abschlussdiplom zu schaffen.«

»Und was, wenn Evans wieder auftaucht und rumschnüffelt?«

»Wir bleiben ganz ruhig. Er hat nichts in der Hand.«

Doch Finney hatte die Kakerlake nicht über die Wand huschen sehen. Oder die blitzschnell vorschießende Hand. Nick hatte es ihm nicht erzählt. Nicht einmal er und Sue hatten darüber geredet. Vielleicht konnten sie es nicht, konnten die Worte nicht finden, es zu beschreiben. Es war viel zu sehr wie ein Blick in ein Paralleluniversum gewesen, viel zu abgefahren und irgendwie verrückt. Ihm fiel der Stapel Superman-Comics in der Ecke des Zimmers seiner Brüder wieder ein. Die Bizarro-Welt. Mein Gott, was konnte man zu so etwas schon viel sagen?

Als er aufsah, starrte Finney ihn an. Seine Augen glitzerten in der Sonne. »Ich pass auf, dass Tuck keinen Mist baut, und du kümmerst dich um Sue.«

Nick stand auf und sah auf seine Uhr. Fast 1:30 Uhr. Moderne Lyrik konnte er vergessen. Er wandte sich zum Gehen und schlüpfte in die Träger seines Rucksacks. Er zögerte, dann drehte er sich zu Finney um und sagte: »Denkst du manchmal an das Mädchen, an Casey?«

Finney sah zu Boden. Zuerst dachte Nick, er würde nicht antworten, doch dann sagte er mit ruhiger Stimme: »Jedes Mal, wenn ich die Augen zumache, seh ich sie. Und höre sie schreien.«

Nick fühlte, wie sich etwas zwischen ihnen bewegte, enger wurde; der Unfall fesselte sie aneinander wie ein nasser Lederriemen. Ohne sich dessen bewusst zu sein, hob er eine Hand und klopfte gegen das Videotape.

»Sieh zu, dass du das Ding loswirst.« Finney stand ebenfalls auf. »Dir ist doch klar, dass es nur auf uns beide ankommt, Nicky, oder? Wenn einer von uns die Nerven verliert, sind wir alle im Arsch. Wenn wir ruhig bleiben und klar denken, können wir heil aus der Sache rauskommen. Hab ich recht, Nicky? Aber es kommt nur auf mich und dich an – auf sonst niemanden.« Finneys Worte hallten zwischen den vier Wänden hin und her und verflüchtigten sich allmählich in der Leere des Himmels. Sie hatten denselben leblosen Klang wie das Ächzen und Stöhnen in dem Raum aus Pressteinen.

»Nenn mich nicht Nicky«, sagte er bereits im Gehen.

MONTAG

13:45 bis 23:43

Schon an seinem ersten Tag in Ransom verliebte sich Nick in die Bibliothek, eine Ansammlung von Giebeln und Flügeln, die eher dem Schauplatz in einem Gruselfilm glich als dem akademischen Hort der Wissenschaft für gestylte Studenten mit Greek Pins und gegeltem Haar. Er liebte alles an dem Ort: die schwarz-weiß gefliesten Böden überall; die konzentrierte, nur hier und dort vom leisen Klappern einer Laptop-Tastatur unterbrochene Stille; sogar den staubigen Geruch der Bücher, so ungefähr der fremdartigste Duft, den er sich als Junge in Glory hätte vorstellen können. Nun stand er einen Moment lang in der Eingangshalle und ließ die Anspannung von sich abfallen, während Finneys Stimme ... *Wir können heil aus der Sache rauskommen* ... in der Stille versickerte.

Er streifte den Rucksack von den Schultern, als er die Halle durchquerte. Jenseits einer Front aus Glastüren lag die Präsenzbibliothek verlassen im Sonnenlicht, das durch die Fenster hereinströmte. Studenten wie Professoren holten noch einmal Luft vor der letzten hektischen Unruhe der Prüfungen. In den nächsten ein, zwei Nächten würden auf dem Campus eine Menge Fasspartys steigen, doch Nick war auf dem Highway in den Bergen die Lust auf Hopfen und Malz vergangen. Ohne dass er es wollte, tasteten seine Finger über seine Jackentasche, in der das Bündel Geld und das Videotape steckten.

Einen Augenblick lang zögerte er, dann erinnerte er sich an Tucks vor Angst hässliche Stimme ... *Erspar mir diesen Drei-Musketiere-Quatsch, Nick* ... und ein Ratschlag seines Dads geisterte durch seinen Kopf. *Du musst dich zuallererst um die Nummer eins kümmern,* hatte er gesagt und mit ausgestrecktem Finger gegen Nicks Brust gestoßen. *Du musst sehen, wo du selber bleibst, oder sie beuten dich aus bis auf die Knochen, und am Ende sitzt du als Krüppel in einem Rollstuhl.* Er hatte nie gesagt, wen er mit »sie« meinte, aber das brauchte er gar nicht. »Sie«, das waren all jene, die Männer wie Frank Laymon an den Eiern gepackt hielten, die Hausbesitzer und Bank-Abteilungsleiter, die Bosse und Firmenanwälte, die seine Entschädigungsansprüche abgeschmettert hatten, und ihm nichts geblieben war, als für den Rest seines Lebens seinen Hass auf sie zu pflegen. Anzüge nannte er sie, die gesichtslosen Männer, die ihn zu einer mickrige Invaliditätsrente verurteilt hatten und einem Leben in dem schindelgedeckten, windschiefen Holzhaus, in dem er nie wieder die Treppe hinaufsteigen würde.

Mit einem Seufzen ließ Nick seinen Rucksack auf den Boden fallen und setzte sich an einen der Computer. Er zog das Flugblatt aus seiner Hemdtasche und breitete es, die Falten mit zitternden Fingern glatt streichend, auf dem Tisch aus. Casey Nicole Barrett starrte ihn aus einem verlorenen gegangenen Augenblick des Glücks heraus an, und plötzlich war Nick froh, dass er es nicht mehr in Moderne Lyrik geschafft hatte.

Stillman, der Dozent in Moderne Lyrik, war das diametrale Gegenteil von Gillespie: ein jugendlich wirkender

Typ, der vor zehn Jahren selber noch Student war und ein glühender Verfechter der sich mit dem Opfer solidarisierenden Ideologie seiner Generation. In seinen Vorlesungen ging es mehr um Soziologie als um Literatur: unterdrückte Minderheiten und ihre Unterdrücker, meist tote weiße Männer, obwohl Nick fand, dass Unterdrückung weniger mit Rassen- und Geschlechtszugehörigkeit zu tun hatte als mit Geld, dem einzigen wahren Gleichmacher. Stillmans Lieblingsfrage, die er meist gepaart mit einem einfühlsamen Verziehen seiner einfältigen Physiognomie – vermutlich als verständnisvolles Lächeln gemeint – stellte, war: »Was haben Sie bei dem Gedicht *gefühlt*?« Wie die Überlieferung in Ransom zu berichten wusste, hatte vor einigen Jahren ein inzwischen zur Legende gewordener Englisch-Student, ein Typ, der Wohlpart hieß, eines Morgens auf diese ernst gemeinte Frage mit einem gewaltigen, die Fenster zum Beben bringenden Bierfurz geantwortet, doch Nick hatte so seine Zweifel, was die Glaubwürdigkeit dieser Geschichte anging.

Doch die Frage lag ihm noch immer auf der Seele und dies mehr denn je, als er auf Casey Nicole Barretts lebloses Gesicht hinabsah.

Was haben Sie dabei gefühlt?, forschte Stillman in seinem Kopf, und Nick verzog das Gesicht, denn ihm war klar, dass er sich, selbst wenn er hundert Jahre alt würde, nie schlechter fühlen würde.

Er griff nach der Maus, rief Google auf und tippte einen Namen in das Suchfeld: Alfred Reynolds Barrett.

»Hast du es verschwinden lassen?«, fragte Sue.

Nick wurde rot und schoss einen schnellen Blick über den Tisch zu ihr hinüber. Er fühlte sich in der Falle, so wie er sich als Junge gefühlt hatte, als Jake und Sam die Nacktmagazine entdeckt hatten, die er in seinem Schrank versteckte. Die Scham des Augenblicks – als seine Brüder ihn aufzogen: *Hey, Nicky, bist du erwachsen geworden und schleuderst dir jeden Abend kräftig einen ab?* – überflutete ihn wieder. Er war nicht fähig gewesen, die spöttischen Blicke seiner Brüder zu erwidern, und jetzt konnte er Sue nicht offen in die Augen sehen, als würde sie etwas fragen, worauf sie bereits die Antwort wusste. Vielleicht wusste sie sie tatsächlich. Sue hatte einen sechsten Sinn für solche Dinge. Sie war nicht eben schüchtern, wenn die Türen zu waren. Das konnte Nick jederzeit bestätigen.

Nicht, dass man es ihr ansah. Sie hatte ihm in einer seiner ausgedienten Jogginghosen und einem LSU-Sweatshirt die Tür ihrer Wohnung geöffnet, die kupferroten Haare zu einem Pferdeschwanz zusammengerafft. Sie sah aus wie ein Mädchen, das noch zur Highschool ging, ihr Gesicht frisch und offen. Unschuldig. Nick hatte seinen Rucksack in der Halle abgestreift und sich hastig seiner Jacke entledigt, die er danebenwarf, als sie sich in seine Arme schmiegte.

Und es war auch nicht das Geld. Er hatte nicht gewollt, dass sie wusste, dass er das Tape noch immer hatte, draußen in seiner Jackentasche, dass er es nicht über sich bringen konnte, es zu vernichten, dass er es immer wieder betastete wie ein Geizkragen sein Gold.

»Komm rein«, hatte sie gesagt und war ihm in die Küche vorangegangen.

Töpfe dampften und kochten dort, Pasta und irgendeine Art weißer Soße mit frischen Pepperoni und weißen, in Öl angeschmorten Stücken Hühnerfleisch. Dazu ein frisch angemachter Salat. Köstliche Düfte hingen in der Luft.

»Ich hab gekocht.«

»Das seh ich.«

Sie drehte sich um und reichte ihm ein Glas, ein bleicher Schimmer in einem kristallenen Kelchglas. Die Flasche stand in einem Eiskübel auf der Anrichte. Nick fand es reichlich idiotisch – der Kühlschrank war direkt daneben, aber zugleich auch irgendwie süß und reizend. Sue hatte bereits ein oder zwei Gläser von dem Wein intus, wie er an ihren geröteten Wangen und an dem leichten Anflug des alten Savannah in ihrer Stimme erkennen konnte. Während er sie betrachtete, fühlte Nick, wie sich etwas in seiner Brust zusammenschnürte, etwas, das er nicht in Worte fassen konnte. Er schlang seine Arme um sie, als sie sich über den Ofen beugte, um in der Soße zu rühren.

»Hey!«, protestierte sie, doch er konnte hören, dass sie es nicht so meinte. Er schmeckte den Wein, als er sie küsste, und als sie den Kuss beendete, blickte er einen Moment lang in diese grünen Augen. Er hatte das Gefühl, in ihnen ertrinken zu können, in den grünen Tiefen des Golfs, die ihn lockten.

»Ich hab drüber nachgedacht, wie es nach unserem Abschluss für uns weitergeht«, sagte er. »Über die Zeit an der Uni.«

»Es ist hart, auf 'ne Antwort zu warten, findest du nicht auch?«

»Ich hab eher darüber nachgedacht, was du machen wirst.«

Sie sagte nichts, starrte ihn nur an. Wartend.

»Ich dachte, vielleicht könntest du mit mir kommen. Jetzt, wo ich das Geld habe.«

»Es sind nur zehntausend Dollar«, sagte sie, blind dafür, wie viel Geld das für ihn war. »Nicht mal das.«

»Ja, aber wenn es noch mehr ...«

»Mehr? Es gibt nicht mehr.«

»Ja, aber ...«

»Es ist dieses Tape, hab ich recht? Ist es das, was dir durch den Kopf spukt?« Sie schwieg eine Weile. »Ich dachte, du solltest es verschwinden lassen.«

»Hab ich doch ...«

»Ach, wirklich?« Vielleicht sah sie die Antwort in seinem Gesicht. »Bist du irre, Nick? Du musst es verschwinden lassen, verstehst du denn nicht?«

»Sue ...«

»Ihr habt einen Menschen getötet, Nick!«

Sie machte einen Schritt zurück, und die Worte hingen, in der Stille beinahe sichtbar, zwischen ihnen. Er fühlte, wie sie von ihm wegdriftete, die tektonischen Verwerfungen von Angst und Begierde, und plötzlich wollte er nichts sehnlicher, als eine Rettungsleine über den Abgrund zu werfen, der sich zwischen ihnen auftat.

»Sue ...«

»Oh, Nick, lass uns heute Abend einfach so tun, als wäre alles in Ordnung.« So standen sie eine Weile, in der Zeit erstarrt, und dann hob sie die Hand und berührte sein Gesicht. »Komm schon ...«, flüsterte sie mit fast sanfter Stimme, »... die Soße brennt an.« Und dann war sie weg.

Das war das Ende davon. Danach hatten sie geschmust und Wein getrunken. Sie machten eine zweite Flasche auf, als sie sich zum Essen hinsetzten – sie stand jetzt leer zwischen ihnen auf dem Tisch –, und als sie die Worte sagte: *Hast du es verschwinden lassen?*, öffnete dies die Wunde wieder, bevor sich noch ein Schorf bilden konnte. Er fühlte den Alkohol durch seine Adern rauschen und die Grenzen zwischen den Dingen verwischen, die er sagen musste, und jenen, die zu sagen er nicht wagte. Er fühlte sich körperlos, als sei er nur noch durch den dünnsten aller Fäden an sein eigenes Fleisch gebunden.

»Du hast es nicht, oder?«

»Noch nicht.«

Und dann überraschte sie ihn – wieder wie ein kleines Kind, hingezogen und abgestoßen zugleich von der Fahrt mit dem Karussell und der Achterbahn, von dem Gorilla hinter den Gitterstäben. Vielleicht ermutigte sie der Wein.

»Ich hatte schon Angst, du hättest es getan«, sagte sie.

So kam es, dass sie vor dem Fernseher endeten und sich das Videotape noch mal ansahen, er und Sue im dunklen Wohnzimmer ihrer Wohnung, mit dem Geschirr und den langsam eintrocknenden Essensresten vor sich auf dem Tisch und dem Wein, der ihr Blut in Wallung brachte. Sues Augen glänzten, als Nick einen Blick auf sie warf, und ihre Zunge leckte feucht über ihre Lippen, und mit einem Mal war Nick zum Weinen zumute.

Auf dem Tape hatte sich allerdings nichts geändert.

Nicht das Geringste.

Als sie die dritte Flasche zur Hälfte geleert hatten, begannen die klaren Grenzen von Nicks Welt ihre Konturen zu verlieren. Schatten sickerten von außen in sein Blickfeld. Er sah den Bildschirm durch ein Tunnel aus wabernden Halbschatten, nur fähig, den Blick für ein paar Sekunden loszureißen, um einen verstohlenen Blick auf Sue zu werfen, ihr Gesicht erhitzt und gerötet, seine Konturen weich, als sei es geschwollen, während sie mit glitzernden Augen gebannt auf den flackernden Bildschirm starrte. Danach hatte er das Gefühl, als sei er nicht mehr ganz anwesend, als beobachte er die Geschehnisse mit einer zehnsekündlichen Verzögerung auf einer flimmernden Videozuspielung, eine NASA-Übertragung, zehn Millionen Meilen entfernt von der Welt, die er einmal gekannt hatte.

Er wusste nicht mehr, wann Sues Sweatshirt verschwand, wann die drängenden Bewegungen ihres ruhig an seinen geschmiegter Körpers heftiger wurden, ihre Zunge in seinen Mund schlüpfte. Es war ihm auch egal, er war nur froh, sie in seinen Armen zu halten, ihre Haut kühl und blau im flackernden Widerschein des Bildschirms, den klaffenden, feuchten Spalt zwischen ihren Schenkeln wie eine Wunde.

Sie schlang ein bleiches Bein über ihn, während ihre Finger am Reißverschluss seiner Jeans fummelten. Als er in sie eindrang, war es ein Gefühl, als werde er von einer langsamen, erbarmungslosen Strömung erfasst, eine anschwellende, sich selbst vertilgende Flut. Er konnte ewig so weitermachen, fühllos und taub vom Wein, dick wie ein Knüppel vor Wollust.

Die Zeit verlor jede Bedeutung, das alkoholumnebelte Sich-Wälzen und Winden einer von Schweiß und Körpersäften glitschigen Vereinigung, angefacht von dem makabren Tanz auf dem Bildschirm, diesem grauenvollen Wimmern und Schreien. Plötzlich fand er sich nackt vor dem Fernseher stehend wieder, ein Glas Wein in der Hand, während Sue vom Sofa aus zusah.

Das Surren des Videos endete abrupt mit einem lauten Knacken. Verschwommen erinnerte er sich, dass es einen Grund gab, warum er hier stand, eine verschwundene Fernbedienung, eine Mission. Er kniete sich nieder und drückte auf PLAY, wobei Wein über seine Hand und seinen Unterarm schwappte. Als der Titel erneut über den schwarzen Bildschirm flimmerte und diese poröse graue

Fläche Gestalt annahm, drehte er sich um und suchte Sues Blick.

»Komm zu mir«, flüsterte sie.

Als Nick das Zimmer durchquerte, fühlte er sich wie ein Astronaut, der über eine kahle Mondlandschaft schreitet, jeder Schritt eine Zeitlupen-Odyssee trunkener Präzision.

Sue stand auf, um ihn zu empfangen, um ihm das Weinglas aus der Hand zu nehmen. Die Neige war kühl, als sie sie ihm über den Bauch goss. Und dann ließ sie sich vor ihm auf die Knie sinken und bearbeitete ihn, ihr Mund bedachtsam und ohne Hast.

Nick Laymon stöhnte.

Vor ihm kniend drehte sie den Kopf, um den Bildschirm sehen zu können. Dann sah sie zu ihm empor und suchte seinen Blick, ihre Augen halb hinter gesenkten Lidern verborgen.

»Schlag mich«, flüsterte sie.

»Was ...«

»Schlag mich.«

Einen Augenblick lang war Nick wieder zurück in dem Strip-Klub, der Vorhang ruckte zur Seite, die zuschlagende Hand, die rückwärtstaumelnde Stripperin. Dieses Grinsen.

Sue beugte wieder den Kopf, und ihre Lippen und ihre Zunge setzten ihr Tun fort.

»Schlag mich.«

Wie von selbst und gegen seinen Willen schnellte seine Hand hervor. Das Klatschen des Schlags war erschreckend. Sie hob den Kopf, rote Haarsträhnen in ihrem Gesicht. »Schlag mich.«

Er stöhnte. »Nein, Sue …«

Doch die Hand schoss wieder hervor, ein Schlag und dann ein erschrecktes Innehalten … *Nein!* … in einer einzigen schnellen Bewegung.

Der Schlag warf sie mit dem Oberkörper auf den Tisch, das Gesicht zum Bildschirm gewandt, ihr Hintern nach oben gereckt und zu ihm gedreht. Und nun, ohne zu denken … *dieses Grinsen* … war er über ihr. Er packte ihre Handgelenke, zerrte sie auf ihren Rücken und hielt sie mit einer Hand fest. Mit der anderen führte er sich von hinten in sie ein.

»Nicky!« Ein Stöhnen, ein kurzes, rasiermesserscharfes Stechen, doch nicht ganz Schmerz.

Er riss ihre Arme höher, presste ihre Wange gegen den Tisch, sah zu, wie sie das Geschehen auf dem Bildschirm beobachtete, die beiden Männer, die das Mädchen von vorn und von hinten bearbeiteten. Keuchend stemmte sie sich ihm entgegen, um ihn tiefer in sich aufzunehmen. Nick hatte nur Augen für den Bildschirm, Fenster in eine andere Welt, das fremde und gefährliche Territorium hinter dem Vorhang. Er hob seine andere Hand und landete einen kräftigen, klatschenden Schlag auf ihrem Hinterteil. Ihr Schrei … *»Fester!«* … stachelte ihn noch mehr an, wieder und wieder und wieder.

Er begann zu keuchen und ließ die Hand sinken.

Sie lag vor ihm in diesem seltsamen blauflüssigen Licht, das über die Konturen ihres Rückens tanzte, die Schatten ihrer Rippen wie die Spanten einer gesunkenen, verrottenden Galeone auf dem Grund eines von flackerndem Licht durchströmten blaugrünen Meers. Und nun wusste er, wohin das alles führen würde, worauf sie die ganze Zeit schon zugesteuert waren, und vielleicht wusste sie es auch, denn sie sagte nichts, als er sich langsam aus ihr zurückzog, ihre Handgelenke noch immer in seiner Faust gefangen, sein Schwanz mörderisch steif, als er ihn schnüffelnd den Spalt zwischen ihren Gesäßbacken entlanggleiten und dann dort verweilen ließ.

Dort.

Er richtete den Blick auf den Bildschirm, das blitzende Messer, das scharlachrote Blut auf der mädchenhaften Brust. Er senkte den Blick wieder auf das unter ihm gefangene Mädchen.

Auf Sue.

Ihr Rücken hob und senkte sich unter ihrem keuchenden Atem, jeder Wirbelknochen warf in dem irisierenden Unterwasserlicht einen kleinen Schattenpilz auf ihre Haut, ein Treppenschacht, der tiefer und tiefer hinabführte in den verkommenen Ramschladen des Herzens. Er sah ihr in die Augen und erkannte die Angst in ihnen und noch etwas anderes. Verlangen.

Sie wollte, dass er es tat.

Er konnte ihren Hunger in der Luft um sich herum singen hören.

Er schob sich behutsam nach vorn, fühlte, wie sie sich weitete, eine geballte Faust, die sich öffnete, um ihn in sich aufzunehmen. Langsam schob er sich ein, zwei Finger breit tiefer und dann noch einmal. Er hielt inne, umfangen von einem Ring massierender, liebkosender Muskeln.

Sie sog scharf die Luft ein und duckte sich ein wenig von ihm weg.

Ein Vorhang wurde in seinem Kopf zur Seite gerissen, und ein grinsendes Gesicht drehte sich ihm zu und sah ihn an.

»Vorsichtig, Nicky, es tut weh ...«

Auf dem Bildschirm schwebte das Messer herab, berührte kaum die Haut und öffnete eine rot klaffende Naht.

Er holte tief Luft, drückte ihre Arme höher und ließ sich mit seinem ganzen Gewicht gegen sie sinken.

Das Mädchen stöhnte auf und wand sich.

Etwas in ihr gab nach. Der Muskelring weitete sich, und jetzt konnte er leicht in sie eindringen. Er fühlte ihre Wärme.

Sie schrie auf – Lust, Schmerz, er war sich nicht sicher, doch er hörte nicht auf. Er stieß tiefer in sie und noch tiefer, bog die Arme des Mädchens noch höher und noch höher, ihre Wange gegen die Tischplatte pressend, ihr Blick – wie seiner – auf den Bildschirm geheftet, auf diese Tür hinter dem Vorhang zu einem anderen Ort, mit seinem Geflimmer halb wahrgenommener Bilder, und das Mädchen auf dem Bildschirm und das leuchtend rote Blut auf ihrer Brust, das hinter der Tür zurücktaumelnde Mädchen und das Mädchen unter ihm ... *Sue, Sue* ... verschmolzen irgendwie zu einem Mädchen, deren weiße Gesäßbacken bebten, als er in sie hineinstieß und hinein und hinein ... *Vorsichtig, Nicky, es tut weh, es tut weh, es* ... und nichts hatte sich je so gut angefühlt. Das Mädchen schrie auf, und plötzlich stülpte die Welt ihr Inneres nach außen. Er erstarrte und rammte tiefer, der Druck in seinen Lenden galvanisch, als er sich in sie entlud, von einer unbeschreiblich intensiven Ekstase geschüttelt, wie er sie noch nie erlebt oder auch nur zu träumen gewagt hatte.

DIENSTAG

0:41 bis 4:48

Sie lagen schweigend nebeneinander in Sues Schlafzimmer, ohne einander zu berühren. Nick starrte in die Dunkelheit, noch immer mehr als nur ein bisschen betrunken, deprimiert und vor allem allein. Sue hätte genauso gut tausend Meilen weit weg sein können.

Erschöpft von einem dreißig Sekunden langen, besinnungslosen Orgasmus, war Nick abrupt wieder in sich selbst zurückgefallen – in Niedergeschlagenheit und Ekel vor sich selbst – noch dort im Wohnzimmer. Sie hatte geblutet, nicht sehr, aber doch Blut, ein schockierend roter Fleck auf Sues weißem Schenkel. Sie wich seinem Blick aus und redete nicht mit ihm, als sie in ihre Kleider schlüpfte. Auf ihrem Weg in den ersten Stock machte sie den Fernseher und das Licht aus, was ihn an dieses andere Mal erinnerte, als er hier gewartet hatte und sie die Treppe hinaufgestiegen war, um ihn im Stich zu lassen.

Jetzt, im dunklen Wohnzimmer, hörte er wieder ihre Stimme ... *Es tut weh, Nicky, es tut weh* ... und unter ihrer Stimme, kaum wahrnehmbar, eine zweite Stimme – die Stimme auf dem Tape, lockend und schmeichelnd wie der glucksende, seewärts fließende Gezeitenstrom an einem sonnigen Nachmittag im Delta, der einen ständig hinabzuziehen drohte. Während er darüber nachdachte, fühlte er, wie sich etwas in seinen Lenden löste.

Droben lief lange das Wasser. Danach senkte sich Stille über die Wohnung. Nick saß in seinen Boxershorts auf der Couch, starrte in die Dunkelheit und überlegte, was er tun sollte, ob er ihr nach oben folgen oder hinaus in die Nacht schlüpfen und nach Hause trotten sollte.

Aber er wollte sie nicht allein lassen. Nicht jetzt.

Sie rührte sich nicht, als er ins Schlafzimmer kam, als er sich neben sie legte.

Schließlich sagte er in die Dunkelheit hinein: »Wir müssen darüber reden.«

Nichts. Also wartete er, zumindest beruhigt durch ihre Gegenwart, die Musik ihres Atems. Schließlich glitt er in etwas hinab, das nicht ganz Schlaf war, eine selige, von Traumbildern erfüllte Betäubtheit.

Sues Stimme holte ihn in die Wirklichkeit zurück. Der tote Mann hing willenlos in seinen Armen. Casey Barrett schluchzte in seinem Kopf. Er fühlte noch einmal die sein Innerstes nach außen kehrende Ekstase seines Orgasmus.

»Ich will über nichts reden.«

»Sue, hör mir zu, bitte ...«

»Ich will über nichts reden, Nick! Nicht über das Tape, nicht über diesen Scheißpolizisten und nicht ... nicht ...«

Ihre Stimme versagte. Nach einer Weile kroch seine Hand über die Bettdecke, fand ihre, eine Faust, und öffnete sie behutsam.

Er fühlte, wie ihm die Brust eng wurde. »Wir *müssen*, Sue.«

»Warum? Warum?«

»Weil ...« – seine Stimme wurde ganz leise – »... ich dir wehgetan habe.«

Nick fühlte, wie sie sich neben ihm auf die Seite wälzte, und als er die Augen öffnete, sah er in ihr Gesicht, im schwachen Licht der Straßenlaterne wie aus Platin getrieben.

»Glaubst du das?« Ihre Augen glitzerten. »Denkst du das wirklich, Nick?«

»Ich weiß nicht.«

»Es hat mir *gefallen*. Es hat mir gefallen, was du mit mir gemacht hast, als du mich geschlagen hast, als du ... Ich *wollte*, dass du es tust.«

Nick fühlte, wie etwas Schweres von seiner Brust rollte. »Mir hat es auch gefallen.« Er holte tief Luft. »Es tut mir leid. Ich wollte dir nicht wehtun.« Und dann: »Ich konnte nicht anders, aber ich wollte es nicht.«

»Es macht mir Angst«, sagte sie, und Nick sagte nichts darauf. Es machte auch ihm Angst, entsetzliche Angst. Doch hinter dieser Angst konnte er die Stimme auf dem Tape hören, böse und schmeichelnd, ein Leuchtfeuer in der Dunkelheit, das Lied der Sirenen.

»Was sollen wir tun?«, fragte er.

»Tuck hat recht. Wir müssen es zerstören. Wir müssen vergessen, dass irgendetwas von all dem passiert ist.«

»Wie können wir das vergessen? Jedes Mal wenn ich die Augen zumache, sehe ich dieses Mädchen. Ich kann ihre Stimme nicht aus meinem Kopf kriegen. Und wenn das Tape weg ist, ist es, als hätte sie nie existiert.« Er verstummte, und als er wieder sprach, klang es in ihren Ohren wie eine Beichte. »Ich muss ständig an diesen Barrett-Typen denken, der nachts nicht schlafen kann, weil er hofft, irgendwas von ihr zu hören. Und ich denke, er könnte rausfinden, wer ihr das angetan hat. Ein Typ mit so viel Kohle ...«

»Ist es das, was du willst? Die Belohnung?«

Jeder Muskel in seinem Körper spannte sich, doch Sue blieb, wo sie lag. Sie legte ihre Hand auf seinen Bauch, ihr Atem süß wie Wein an seinem Hals.

»Denkst du das?«

»Ich frag ja nur.«

Sie schwiegen eine Weile.

»Was ist mit dem Typen auf der Straße?«, fragte sie. »Es ist, als hätte er ebenfalls nie existiert.«

»Wie meinst du das, Sue?«

»Wenn du ihn vergessen kannst, kannst du auch sie vergessen.«

»Aber ich kann es nicht. Ich kann ihn nicht vergessen. Ich musste ihn in den Wald schleppen. Hast du eine Ahnung, wie das war?«

Sue schwieg eine Weile, eine Frau mitten in einem Minenfeld. Schließlich sagte sie: »Finney ist gefahren.«

»Das macht keinen Unterschied …«

»Ich will damit ja nur sagen, dass ich dir keinen Vorwurf mache.«

Ihre Hand glitt höher, über seine Brust zu seiner Schulter, wo sie das Gift aus seinen verspannten Muskeln strich.

»Ich kriege ihn einfach nicht aus dem Kopf«, murmelte er. »Ich muss immer dran denken, dass er uns auch als Leiche noch eine Menge Probleme bereiten kann.«

»Das Tape könnte uns aber ebenfalls in Schwierigkeiten bringen.«

»Ich weiß. Wir sollten es der Polizei geben, und das nicht nur wegen dem Geld. Aber wenn wir das tun, müssen wir einiges erklären. Den Unfall, das Schließfach, alles. Und wenn wir es vernichten …«

»... haben wir es nicht mehr«, beendete sie den Satz für ihn.

Nick sagte nichts darauf, und Sue schien nicht weiter auf das Thema eingehen zu wollen. Sie knetete noch eine Weile seine Schultermuskeln, dann entspannte sich ihre Hand. Nick war sich ziemlich sicher, dass sie eingeschlafen war, und vielleicht nickte auch er ein, denn es schien ihm, dass er kurze Zeit später aus unruhigen Träumen aufwachte, Träumen vom Golf, von unergründlich tiefem Wasser und diesen merkwürdig lederartigen Schatten, die durch die Tiefen huschten; ein grünes Licht blinkte, unerreichbar für ihn, am fernen Horizont.

Er lag still, bis sein Herz zu hämmern aufhörte. Sein Kopf füllte sich mit Bildern von dem toten Typen und dem ermordeten Mädchen und von dem anderen Mädchen, Spoon, die hungrig nach etwas war, das sie nicht einmal genau benennen konnte. Sie war vermutlich ebenfalls tot, ermordet oder zumindest innerlich tot, allein und verloren in irgendeiner Stadt, in die es sie verschlagen hatte, und hielt sich damit über Wasser, irgendwelchen Fremden auf dem Vordersitz ihres Wagens einen zu blasen.

Sue bewegte sich unruhig und leise wimmernd. Er blickte auf sie hinab; ihr kupferrotes Haar floss über ihre Brust wie Blut, und er dachte an Casey Barrett und an Spoon, das Mädchen aus der Kleinstadt. Dasselbe könnte auch Sue zustoßen. Das Schicksal könnte sie ihm entreißen; sie war so zerbrechlich. Jeder war es, doch Nick hatte noch nie wirklich darüber nachgedacht. Er musste an den Sonntagmorgen in seiner Küche denken, an die Rettungsleine aus Worten, die er Sue hatte zuwerfen wollen, und jetzt, in der Dunkelheit, in der ihr Haar wie Blut auf ihrer

Brust aussah, schien es ihm wichtiger denn je, zumindest den Versuch zu machen.

»Ich liebe dich, Sue«, flüsterte er.

Aber sie antwortete nicht.

So wie die Sache aussah, hatte Sue Recht mit dem Tape – und mit dem Geld ebenfalls. Manchmal ertappte Nick sich dabei, es sich einfach nur vorzustellen, den sauberen Geruch und das Gefühl, wenn die Scheine in seinen Fingern knisterten, und vor allem, wie es aussah. Er fragte sich, wessen Schnapsidee es gewesen war, Franklins Konterfei auf die Hundertdollarnote zu drucken. Vermutlich jemand, der einmal arm gewesen war, stellte er sich vor, denn in dem Moment fühlte sich Nick ziemlich genau so, wie sich der alte Ben gefühlt haben musste, als er seinen Drachen in das Gewitter über Philadelphia hatte steigen lassen: wie ein Mann, der den Finger in die Steckdose Gottes gesteckt und einen kräftigen Schlag von dem bekommen hatte, was das Universum antrieb. Wie jemand, der einen Blitz in einer Flasche gefangen hatte.

Während des Essens hatte Nick sich zweimal entschuldigt, um zur Toilette zu gehen, doch in Wirklichkeit war er ins Foyer hinausgehuscht, um den Inhalt seiner Jackentasche zu checken – das Tape und das Geldbündel. Später, als er das Tape hervorgrub, ließ er seine Finger mit derselben Intensität über die gefalteten Scheine gleiten, mit der er Sues Rücken liebkost hatte, als sie sich, von einem unstillbaren Verlangen getrieben, auf ihm bewegte. Und er empfand auch die gleiche Erregung, die Hitze in seinen Lenden, dieses Gefühl von noch nicht einmal erträumten Möglichkeiten, die plötzlich real und erreichbar waren.

Deshalb war er in die Bibliothek gegangen – nicht, um Informationen über Casey Nicole Barrett in Erfahrung zu bringen, sondern um für sich eine Konstellation von Möglichkeit zu ergründen, so etwas wie eine Straßenkarte in das Leben, das ihm das Geld ermöglichen konnte. Zufällig ergab es sich, dass sich beides überlappte. Wie sich herausstellte, hatte Finney recht gehabt: A.R. Barrett konnte sich die Belohnung, die er auf dem Flugblatt versprach, locker leisten. Er konnte auch das Fünffache zahlen und trotzdem seine jährliche Spende an den Exekutivausschuss der Republikaner berappen, ohne deshalb ins Schwitzen zu geraten. Er stammte aus einer Familie, die schon immer Geld hatte, altes Geld – wie Finney und Sue, und zwar jede Menge davon. Es hatte mit Tabakfarmen angefangen, eine ganze Kette von Tabakfarmen überall im Süden, doch Barrett war klug genug gewesen, das Menetekel an der Wand zu erkennen, und hatte in den Achtzigerjahren auf Diversifikation gesetzt und sein Vermögen gestreut angelegt. Als Phillip Morris schließlich zusammenbrach, stand A.R. Barrett nach wie vor auf sicheren Beinen.

Bis vor Kurzem war auch sein Privatleben glücklich gewesen. Er hatte in den späten Siebzigerjahren eine Anwältin aus Atlanta, eine gewisse Lydia Coleman, geheiratet, und in den darauffolgenden Jahren waren die beiden immer wieder in den Gesellschaftskolumnen der Boulevardpresse Atlantas aufgetaucht. 1981 wurde Casey geboren, und abgesehen von einigen kurzen Erwähnungen in der *Constitution* hin und wieder zogen sich die Barretts aus dem öffentlichen Leben zurück.

Dies änderte sich Ende 1995 durch einen schmutzigen Scheidungskrieg – der Vorwurf von Untreue, ein Privatdetektiv, der kompromittierende Fotos von Lydia Barrett gemacht hatte – und, nachdem die Presse das Thema ausgiebigst breitgetreten hatte, mit einer mehr beruflich orientierten Darstellung Barretts in den Medien. Casey verschwand sechs Monate später. Als Nick den seitlichen Balken der Bildlaufleiste auf der Internetseite nach unten zog und die Reihe von Fotografien unter dem Artikel sah – das Mädchen in einer Schuluniform, ihr Lächeln so aufgesetzt und unecht wie das einer frisch geschminkten Leiche –, fühlte er sich mit einem Mal seltsam leicht, so leicht wie der begriffsstutzige Wile E. Coyote, der wieder einmal den Kürzeren gezogen hat und – die Gesetze der Schwerkraft ignorierend – zehn Sekunden über dem Abgrund schwebt, ehe er abstürzt:

TOCHTER EINES LOBBYISTEN UNSERER STADT VERSCHWUNDEN

ATLANTA, 18. NOVEMBER – Wie ein Sprecher der Polizei mitteilte, wird seit Mitte November die Tochter des bekannten Lobbyisten Arnold Barrett vermisst. Sergeant David Zimmerman erklärte, die Polizei sei bereits seit dem 13. November mit der Angelegenheit befasst, als Barretts Anwalt, Daniel Bellman, angerufen und berichtet habe, die 15-jährige Casey Nicole Barrett sei möglicherweise das Opfer einer Entführung geworden.

Die unverzüglich eingeleiteten Ermittlungen ergaben jedoch, dass Casey Barrett möglicherweise von zu Hause ausgerissen ist. Wie Zimmerman weiter berichtete, haben Lehrer und Freunde der Vermissten ausgesagt, Casey sei mit der in allen Medien breitgetretenen Scheidung ihrer Eltern im letzten Jahr nicht zurechtgekommen. Sie habe oft darüber gesprochen, dass sie am liebsten weglaufen würde und dass ihr Verhalten in den letzten Tagen vor ihrem Verschwinden unberechenbar und launisch gewesen sei.

Der Artikel ging im Weiteren auf den Stand der fortlaufenden Ermittlungen seitens der Polizei sowie privater Ermittler ein, die allesamt jedoch keine neuen Erkenntnisse erbracht hätten, und endete mit einem Hinweis auf die ausgesetzte Belohnung und einer Verlautbarung Daniel Bellmans. »Mr Barrett und die Mutter des Mädchens sind völlig verzweifelt«, erklärte der Anwalt. »Wo immer Casey sich aufhält und in welchen Schwierigkeiten sie auch stecken mag, ihre Eltern möchten, dass sie weiß, dass sie sie lieben. Sie wollen, dass sie nach Hause kommt.«

Nachdem er den Artikel zu Ende gelesen hatte, hielt Nick den Blick weiterhin starr auf den Monitor gerichtet, auf Caseys Schulfoto und das Archivfoto von ihrem Vater – ein dunkelhaariger, gut aussehender und freundlich dreinblickender Mann in einem Anzug. Nick fühlte wieder das Gewicht des Toten in seinen Armen, und fragte sich, wie sie einander über den Weg gelaufen waren, Casey und der tote Arier. Welches zufällige Zusammentreffen von Ereignissen, welche bizarre Laune des Schicksals hatte A. R. Barretts Tochter in ihr Verderben in diesem kalten, öden Betonbunker geführt? Und warum? War es überhaupt Kidnapping gewesen? Ermittelten die Cops in die falsche Richtung? Er konnte es sich nicht vorstellen, und später, als er durch zwei oder drei danach erschienene Artikel blätterte, fand er keine weitere Erwähnung einer möglichen Entführung, von Lösegeldforderungen oder irgendwelchen Verdächtigen. Laut Zimmerman hatte ein Zeuge Casey gesehen, als sie in Nashville aus einem Bus gestiegen war, aber danach war sie wie vom Erdboden verschwunden.

Doch was Nick wirklich zu schaffen machte, war die Art und Weise, wie er damit umging – wie er sich dabei fühlte. Er hörte nach wie vor ihre Stimme – er konnte ihr anonymes Grab beinahe *sehen*, die erste Schaufel voll Erde, die auf ihr wächsernes Porzellangesicht fiel, aber irgendwie wischte das Geld all das aus seinen Gedanken. Es war wie eine Flutwelle, die ihn von all dem fortspülte, das er je an seinem Leben gehasst hatte – weg von dem bestialischen, öligen Gestank, der vom Golf hereinwehte, von dem Schmerz in seinen Muskeln nach einer Zehn-Stunden-Schicht im Lagerhaus, von Glory und dem Fluch einer Zukunft in der Sackgasse wie die seines Vaters.

Bevor er die Bibliothek verließ, blieb Nick bei dem Regal mit den gebundenen Jahresausgaben von Zeitungen und Zeitschriften stehen, um den 1996er-Jahresband des *Atlanta* Magazins durchzublättern, in dem, wie er in einem der Online-Artikel erfahren hatte, ein längerer Bericht über Barrett erschienen war. ER IST ZURÜCK!, verkündete der Titel. Der Untertitel – *Nach zehn Jahren Rückzug ins Privatleben schlägt A. R. Barrett wieder hohe Wellen in der Gesellschaft Atlantas* – bezog sich offenkundig auf das Foto auf der gegenüberliegenden Seite, ein ganzseitiger Schnappschuss von Barrett, auf dem er hölzern gegen die Leiter eines Swimmingpools gelehnt stand, seine Jacke lässig über die Schultern geworfen, die Ärmel seines Hemds hochgekrempelt, um die auf ihn wartende schwere Arbeit anzupacken. Doch was Nicks Aufmerksamkeit weit mehr fesselte, war das Foto auf der nächsten Seite, eine Luftaufnahme von dem *»palastartigen Anwesen Barretts vor den Toren Atlantas«*. Zumindest damit lag der beflissen daherkommende Artikel richtig. Barretts Zuhause *war* palastartig, ein riesiges Anwesen, das vom Portal bis hinauf zu den Erkerfenstern ohne Weiteres aus einem Fiebertraum über den Alten Süden entsprungen sein konnte: ein weitläufiges, zweistöckiges herrschaftliches Haus aus weißem Stein, mit je drei Säulen beiderseits des Portals, inmitten einer Rasenfläche gelegen, die sich so weit erstreckte, wie das Auge blicken konnte. Ein Pool – vielleicht der, vor dem A. R. Barrett für das Foto posiert hatte – schimmerte hinter dem Haus inmitten von all dem manikürten Grün.

Er starrte lange auf das Foto hinab, doch alles, woran er denken konnte, war der leuchtend blaue Flugzettel, den Tuck im Donner's auf den Tisch geknallt hatte: das zu dunkel geratene, undeutliche Foto von Casey Barrett in einem längst vergangenen Augenblick der Freude, die großen schwarzen Buchstaben darüber ... BELOHNUNG ... und die Telefonnummer am unteren Rand.

Und dann riss er mit zitternden Fingern das Foto heraus.

Das Telefon weckte ihn.

Nick setzte sich auf. Er war schweißgebadet. Die Bruchstücke eines sich verflüchtigenden Albtraums kreisten in seinem Kopf, halb erinnerte Teile von Casey Barretts blutüberströmtem Gesicht; der kleinere der beiden Männer, der aufblickte und ihm direkt in die Augen sah; eine Hand, die nach oben griff, die Maske vom Kopf zog und das Gesicht darunter enthüllte ...

Sein Gesicht.

Nick schluckte, als es ihm wieder einfiel. Sue lag zusammengerollt neben ihm und schlief wie ein Stein, ein Speichelfaden hing zwischen ihren Lippen und dem Kissen.

Das Telefon klingelte erneut – wie eine Fliegeralarm-Sirene. Wie eine Bombe.

Nick tastete nach dem Hörer.

»Komm rüber«, sagte Finney.

»Was? Was ist denn los?«

»Jetzt sofort, Nicky. Wir haben keine Zeit mehr zu verlieren.«

»Finney ...«

Die Leitung knackte und war tot. Nick warf die Bettdecke zurück und durchquerte das Zimmer. Es war kalt im Schlafzimmer und über allem lastete die Stille des frühen Morgens, doch als er den Vorhang einen Spalt weit zur Seite zog und auf die Straße hinabsah, hatte die Gänsehaut, die mit einem Mal die Härchen an seinen Armen aufrecht stehen ließ, nichts mit der Kälte im Zimmer zu tun.

Ein riesiger schwarzer Cadillac stand vor Finneys Haus.

»Was ist denn los?«, murmelte Sue.

Und plötzlich war er hellwach.

DIENSTAG

4:57 bis 5:54

Hoch über der Straße stand die dünne Sichel des Monds, die den alten, verblassenden Mond in ihrem Schoß wiegte. Die Luft war kristallklar und kalt. Ein Flüstern hätte die Nacht wie Glas zerspringen lassen. Vor Finneys Haus wartete der riesige Caddy wie der Tod, die schwarzen Heck- und Seitenwandverblendungen der Karosserie vom Rost zerfressen. Etwas an den Nummernschildern – weiß mit schwarzer Schrift, ein reifer Georgia-Pfirsich über dem Wort *Fulton* – rührte an Nicks Erinnerung, doch bevor der Gedanke in seinem Kopf Gestalt annehmen konnte, fiel ein Streifen Licht in sein Gesicht. Finney stand in der Tür.

»Wieso hast du so lang gebraucht?«, fragte er.

Nick trat über die Schwelle. Finney stand direkt vor ihm, er roch aus dem Mund, seine Stimme ein Flüstern.

»Wir stecken tief in der Scheiße. Es ist ein Detektiv, Nicky.«

»Ein *Cop*?«, fragte Sue flüsternd über Nicks Schulter.

»Ein verdammter Privatschnüffler.«

Nick schluckte, und das Gefühl eines bevorstehenden Unheils kroch in sein Herz. »Du hast Tuck doch hoffentlich nicht allein da drin gelassen, oder?«

»Mach dir wegen Tuck keinen Kopf.« Finney tippte mit einem Finger gegen Nicks Brust. »Erzähl mir jetzt bloß nicht, dass das ein Tape ist, Nicky.«

»Was, zum Teufel, hätte ich damit machen sollen?«

»Du solltest es verschwinden lassen.«

»Okay, das hab ich nicht. Aber ich werde mich hüten, es einfach so rumliegen zu lassen.«

»Herrgott im Himmel!«

»Wo ist Tuck?«, fragte Sue.

»Tuck war die halbe Nacht wach und hat sich kräftig einen auf die Lampe gegossen. Er ist noch immer weg vom Fenster.« Er machte einen Schritt an Nick vorbei, öffnete die Badezimmertür und fügte in beiläufigem Ton, als seien seine Gedanken irgendwo anders, hinzu, »Mach dir wegen Tuck keine Sorgen.«

Er drehte sich zu Nick um. »Gib mir das Tape.«

Nick zögerte, dachte an Casey, rotes Blut und weiße, weiße Haut ...

»Jetzt sofort!«, zischte Finney, nicht wütend, nur drängend. Und fast ohne zu denken, griff Nick nach dem Tape, zog es aus seiner Tasche und gab es Finney.

Eine halbe Sekunde lang bereute er, dass er es hergegeben hatte, dann räusperte sich Sue.

Nick drehte sich zu ihr um, sich des auf den Spiegeltisch des Badezimmers klappernden Tapes nur halb bewusst, und dann war Finney wieder neben ihm und zog hinter sich die Tür zu. Ein Mann stand am anderen Ende der Halle, seine Silhouette schwarz vor dem hellen Durchgang zum Wohnzimmer. Eine Hand war halb in die Jacke geschoben, und als er sprach, klang seine Stimme schrill und troff von diesem breiten, großspurigen Hillbilly-Akzent.

»Na schön ...«, sagte er, »... da ihr Kids so nett wart, vorbeizukommen, warum kommt ihr nicht rein und nehmt 'nen Drink mit mir.«

»Was ihr nicht tun solltet ...«, sagte der Detektiv, »... ist, mich für dumm verkaufen.«

Sein Name war Pomeroy – »Ernie Pomeroy«, hatte er verkündet, als Nick in Finneys elfenbeinfarbenes Wohnzimmer trat –, und in seinen blitzblank gewienerten Schlangenhautstiefeln inklusive ihren gut drei Zentimeter hohen Absätzen maß er vielleicht gerade mal eins fünfundsechzig, wenn er sich streckte.

Aber jetzt streckte er sich nicht.

Er lümmelte in dem cremefarbenen Polstersessel, ein Glas von Tuckers Evan Williams in einer Hand auf dem Bauch balancierend, die Stiefel lässig auf der Glasplatte des Couchtischs übereinandergeschlagen. Während er ihm zugesehen hatte, wie er seinen Drink eingoss – mit flinken, sparsamen Bewegungen, eine doppelte Dröhnung auf das geschmolzene Eis in Tuckers Glas von letzter Nacht, hatte Nick das Outfit des Detektivs bestaunt: sahnefarbener Wildleder-Stetson, lederne Sportjacke, weißes Hemd mit Bolo-Krawatte, zu eng um die Hüften, stonewashed Wranglers mit so scharfen Bügelfalten, dass man damit Brot schneiden konnte.

»Ihr wisst, was ich meine?«, fragte Pomeroy. »Die Leute unterschätzen gern kleine Typen wie mich. Das könnte schmerzhaft für euch werden.«

Er betrachtete sie über den Rand seines Glases hinweg.

Finney, der auf und abtigerte, schien sie alle gar nicht richtig wahrzunehmen – Pomeroy, in dem Sessel fläzend, Nick und Sue auf der Couch. Er wirkte angespannt und erregt, und als er sich zu Pomeroy umdrehte, war Nick nicht überrascht. Er hatte Finney in einem Seminar schon einmal in diesem Zustand erlebt – das pure Alphamännchen, aggressiv, wenn es unter Druck geriet, sich ganz auf seine Instinkte verlassend, um sich aus einer Krise zu befreien. Als würde der Senator aus ihm sprechen.

»Hören Sie«, sagte er. »Ich weiß nicht einmal, wovon Sie reden. Und ich denke nicht daran, mir noch länger Ihre Drohungen anzuhören. Sie haben noch zwei Minuten, dann rufe ich die Polizei.«

»Du willst die Cops rufen? Nur zu – dann warten wir zusammen auf sie.«

»Ist das eine Drohung?«, erkundigte sich Finney.

Pomeroy richtete den Blick auf Nick. »Willst du deinen Freund vielleicht zur Vernunft bringen, Sohn?«

Nick hob beide Hände. »Heh, lasst uns erst mal darüber reden, was ...«

»Spar dir das, Nicky, okay?« Finney fixierte den Detektiv. »Ich meine es ernst, ist das so was wie eine Drohung? Glauben Sie, Sie können um fünf Uhr früh hier so einfach reinplatzen, als würde Ihnen die Wohnung gehören?«

Pomeroy griff in seine Sportjacke. Einen irrwitzigen Augenblick lang sah sich Nick wieder in diesen flüchtigen Moment in der Halle zurückversetzt ... *Pomeroys Silhouette schwarz vor dem hellen Durchgang* ... beinahe sicher, dass in der Hand des Detektivs eine Waffe sein würde, wenn sie wieder unter der Jacke hervorkam. Vielleicht dachte Sue dasselbe. Er fühlte, wie sie neben ihm erstarrte.

Pomeroy warf ein braunes Kuvert auf den Tisch.

»Eines hast du vielleicht nicht richtig mitgekriegt, Sohn. Von jetzt an *gehört* mir die Wohnung tatsächlich. Ich komme und gehe, wie es mir passt.«

»Oh, Mann! Was soll das nun wieder werden?« Finney griff nach dem Kuvert, doch Pomeroy bewegte einen Fuß eine Handbreit und ließ einen seiner Schlangenhautstiefel auf den Umschlag fallen.

»Ich teil euch nur mit, wie die Dinge stehen.« Er deutete auf einen Sessel. »Warum setzt du dich nicht hin und hörst zu?«

Und damit war es auch schon vorbei – Finney von einem eins fünfundsechzig großen Hillbilly in einem großspurigen Wildleder-Stetson zur Raison gebracht. Nick sah, wie aller Widerstand in Finney zerbröckelte, wie er fast sichtbar schrumpfte, und zugleich fühlte er, wie auch in ihm etwas zerbrach – ein unausgesprochenes Vertrauen, dass alles gut gehen würde, dass Finney sie aus dem Schlamassel herausbringen würde.

Du musst dich um die Nummer eins kümmern, sagte Frank Laymon in seinem Kopf, und er dachte an das Tape, das im Badezimmer wartete. Er konnte es fast sehen.

Er drehte den Kopf, um den Detektiv genauer zu studieren. Pomeroys Augen waren stumpf und unbeteiligt wie abgenutzte Pennys. Nick hatte Augen wie diese erst einmal in seinem Leben gesehen und bis heute nicht das kalte Entsetzen dieses Augenblicks vergessen. Er war noch ein Kind gewesen damals und mit Alex St. Johns in den sumpfigen Wäldern am Fluss herumgestromert, als sie am Ufer eines faulig stinkenden Seitenarms über zwei wie an einem Merkurstab ineinander verschlungene Mokassinschlangen stolperten. Vermutlich paarten sie sich, vermutete er später, oder sie kämpften, doch in diesem Augenblick hatte er nichts dergleichen gedacht. Er hatte nur reagiert, war rückwärtsgestolpert, mit wild hämmerndem Herzen und bis in die Haarspitzen wach vor instinktiver Angst vor dem alten Widersacher, diesen zwei flachen, spatenförmigen Köpfen, die mit ausgehakten Kiefern nach ihm stießen, ihr Rachen weiß wie Baumwolle, und sich dann seitlich über die Baumwurzeln wieder davonschlängelten, die senkrechten Pupillen eisig und unbeteiligt. Kalt und unbarmherzig. Pomeroy hatte solche Augen.

»Wir hören«, sagte Sue.

Pomeroy berührte die Krempe seines Huts, doch sein kalter Blick blieb unverwandt auf Finney gerichtet. Als er sprach, war seine Stimme leise und voller Hass, und in diesem Moment dachte Nick, dass Pomeroy vielleicht der gefährlichste Mann war, den er bisher getroffen hatte. »Der Punkt ist, ihr Kids habt mich 'ne Menge Geld gekostet. Ich hab vor, es mir zurückzuholen.«

»Wie viel?«, fragte Sue in die Stille.

Der Detektiv starrte sie einen Augenblick an. »Hunderttausend müssten reichen. Für den Anfang.«

»So viel Geld haben wir nicht«, sagte Nick.

Pomeroy grinste und zwinkerte Finney zu. »Ihr vielleicht nicht, aber ich schätze, der Senator kann es auftreiben, um seinen Goldjungen aus Schwierigkeiten rauszuhalten.«

Er machte eine Pause, um ihnen Zeit zu geben, diesen Aspekt der Angelegenheit zu verdauen – er kannte sie, er wusste das über sie, und wer konnte schon sagen, was er sonst noch wusste –, und dann richtete er seinen Blick auf den Umschlag. »Samstagnacht sollte ich oben im Nationalpark einen Mann treffen. Er tauchte nicht auf. Wisst ihr Kids vielleicht was darüber?«

Pomeroy nippte an seinem Whiskey und wartete. Nick spürte Sues Hand wie einen Schraubstock an seinem Schenkel.

Finney räusperte sich. »Ich weiß nicht, wovon Sie ...«

»Du bist ein erbärmlicher Lügner, Sohn.«

Mit dem Absatz seines Stiefels stieß Pomeroy den Umschlag über den Tisch. Finney nahm ihn und riss ihn mit zitternden Fingern auf. In diesem Moment ergab für Nick plötzlich alles einen Sinn – der schwarze Caddy und die Georgia-Nummernschilder.

»Lydia Barrett«, sagte er. »Sie sind Barretts Privatdetektiv. Sie sind der, der diese Fotos geschossen hat ...«

Doch bevor er weitersprechen konnte, reichte ihm Finney den Inhalt des Kuverts. Vier Fotografien. Eine Schwarz-Weiß-Aufnahme von dem toten Typen in dem Fichtenwäldchen, der dünne Blutfaden in seinem Mundwinkel schwarz im grellen Schein des Blitzlichts. Eine Aufnahme von schwarzen Bremsspuren auf grauem Asphalt. Und zwei Fotos von Finneys Acura unter dem hellen, klinischen Deckenlicht der Garage: der eingebeulte Kotflügel, bevor Finney ihn mit dem Hammer bearbeitet hatte, der zerbeulte Kotflügel danach.

Nick sah auf, direkt in Pomeroys falsches gelbes Grinsen.

»Sie können nicht mal beweisen, dass das mein Auto ...«, begann Finney, doch es war nicht Pomeroy, der ihn unterbrach.

Es war Tuck, der mit verstrubbeltem Haar und rot geäderten, wässrigen Augen plötzlich neben dem Kamin stand, in herabhängenden Jockey-Shorts und demselben Tommy-Hilfiger-Sweatshirt, das er seit Tagen anhatte. Sein rundes Gesicht war zerknittert und sah müde aus. Tränen liefen über seine Wangen.

»Was hast du gesagt, Sohn?«, fragte Pomeroy.

Eine halbe Sekunde lang hoffte Nick, er hätte Tuck falsch verstanden, doch als der seine Worte wiederholte, waren es dieselben wie zuvor.«

»Ich hab gesagt, es war ein Unfall.«

In dem darauffolgenden Augenblick war es so still im Zimmer, dass Nick das Hämmern seines eigenen Pulsschlags in seinen Schläfen hören konnte. Alles schien plötzlich klarer und greller – der Geruch der Asche im Kamin hinter Tucker, die erdrückend monotonen Farben des Zimmers, als würde er in einem Meer aus Eiweiß ertrinken. Zum zweiten Mal seit dem Unfall überkam ihn das Gefühl, dass die Zeit, dass sein Leben in zwei Teile zerfiel, in ein Davor und ein Danach – das unabänderliche Gesetz von Ursache und Wirkung, von Tat und Konsequenz. Er fühlte, wie ihm alles entglitt – die zehntausend Dollar in seiner Tasche, die Uni, Sue, alles. Alles entglitt ihm, doch nicht im Tausch gegen irgendein vertrautes Zuhause, in das er zurückkehren konnte, nicht Glory und ein Leben auf den Ölbohrtürmen, sondern im Tausch gegen etwas viel Schlimmeres.

Gefängnis.

»Ich denke, du solltest mir besser alles erzählen«, sagte Pomeroy, und seine Stimme klang beinahe sanft, als gefiele ihm selber nicht besonders, was er tun musste, obwohl ihm leider keine andere Wahl blieb. Der Detektiv ließ seine Stiefel vom Tisch plumpsen, stemmte sich von der Couch hoch und machte einen Schritt auf Tuck zu.

Reed Tuckers Stimme klang brüchig, tränenerstickt. »Wir sind rüber nach Knoxville gefahren und haben was getrunken, wir waren in diesem Strip-Klub. Ich erinnere mich nicht mehr, wo genau, nur dass die Bar irgendeinen idiotischen Namen hatte. The Mouse's Ass oder was in der Art. Und auf dem Heimweg ...«

»Halt die Klappe, Tuck!«, zischte Finney.

Tucker wirbelte zu ihm herum, von Schluchzen geschüttelt, das Gesicht verzerrt und wutentbrannt wie das eines kleinen Kindes, das einen Tobsuchtsanfall hat. *»Du* hältst die Klappe, Finney! Ständig kommandierst du mich herum. ›Tuck, mach dies, Tuck, mach das‹ …« Seine Stimme hohntriefend und voller Hass. »… aber ich hab endgültig die Schnauze voll davon. Wer ist gestorben und hat dich zum Gott gemacht, dich und deinen beschissenen Nick, während ihr über mich tuschelt und hinter meinem Rücken lacht? Glaubst du, ich bin so blöd? Ich war es, der rausgefunden hat, wer sie war, oder vielleicht nicht? Ich war es, der gesagt hat, wir müssen das Tape vernichten, bevor dieser idiotische Cop …«

»Tuck!« Finney sprang auf und durchquerte mit ein paar großen Schritten den Raum.

Nick wollte hinter ihm her, doch Sues Hand packte ihn am Oberarm und hielt ihn zurück. Er riss sich los und stemmte sich aus der Couch hoch. »Finney …«

Der Schlag klang wie ein Peitschenknall. Tucker taumelte einen Schritt zurück, und sein Schluchzen verstummte. Er hob eine Hand und berührte seine Wange, auf der sich rot die Finger von Finneys Hand abzeichneten. Grenzenlose Verblüffung malte sich auf seinem Gesicht.

»Du hast mich geschlagen.«

»Du musst die Ruhe bewahren, Tuck. Wir dürfen nicht zulassen, dass alles außer Kontrolle gerät …«

»Es ist längst außer Kontrolle. Ich glaube, ihr habt nicht die leiseste Ahnung, wie tief ihr in der Scheiße steckt. Dieser Cop – ist das ein großer, fetter Scheißkerl von der Tennessee-Staatspolizei, der Evans heißt? Ist das der, von dem ihr redet?«

Wie in einem Traum sah Nick die Kakerlake über die Wand huschen und diese Hand, schnell wie der Blitz.

»Ja«, flüsterte Tucker.

Pomeroy schüttelte den Kopf. »Der Kerl ist ein verdammter Irrer. Er frisst Kids, wie ihr es seid, zum Frühstück. Was ihr anscheinend alle noch nicht begriffen habt, ist, dass ihr mich *braucht*. Ihr braucht mich mehr, als ihr ahnen könnt. Es ist höchste Zeit, dass ihr eure Karten auf den Tisch legt und mich sehen lasst, was für ein Blatt ihr habt. Früher oder später finde ich es so und so raus.«

»Lassen Sie ihn in Ruhe, Mann«, sagte Nick und griff nach der Schulter des Detektivs.

»Fass mich nicht an«, sagte Pomeroy herumwirbelnd und starrte Nick aus schmalen Augen an. Eine vollkommene Blase des Schweigens umschloss sie, und in diese Stille bohrte sich von draußen ein ferner, irrer Schrei, ein urtümlicher Schrei der Begierde, das brünstige Heulen eines Hundes.

Pomeroy wölbte fragend eine Augenbraue. »Was, zum Teufel, ist das?«

Finney zögerte und warf Nick einen schnellen Blick zu. »Die Torkelsons. Sie wohnen ein Stück die Straße runter. Sie ... äh ... feiern ständig Partys.«

»Du lieber Himmel«, brummte Pomeroy. »Jemand sollte diesen verdammten Torkelsons mal mit 'nem Stock einen Besuch abstatten.« Er hielt Nicks Blick noch eine Weile fest, dann drehte er sich wieder Tucker zu. »Ich will alles wissen. Alles über den Unfall, das Tape und das Mädchen. Alles.«

Tucker wich ein paar Schritte zurück, das Gesicht vor Angst verzerrt. Seine Zunge leckte hektisch über seine Lippen. Sein Blick huschte zwischen Pomeroy und Finney hin und her. Mit einer Hand zog er sein Jockey-Shorts hoch.

»Du wirst es mir so oder so sagen«, erklärte Pomeroy. »Auf die eine oder andere Weise wirst du es mir sagen.«

»Nicht, Tucker ...«

Pomeroy stieß einen Finger in Finneys Richtung, ohne ihn dabei anzusehen. »Du hältst verdammt noch mal die Klappe!« Er packte Tucker mit beiden Händen bei seinem Sweatshirt und stieß ihn rückwärts. Der Ständer mit Schürhaken und Feuerzange neben dem Kamin kippte mit einem lauten Klirren um. Nick stieg der schwache Geruch von Urin in die Nase. Tucker hatte sich in die Hose gepisst; seine herunterhängende Jockey-Shorts färbten sich dunkel.

»Nick«, sagte Sue.

Er sah zu ihr hinüber und hielt ihren Blick fest. Dann schluckte er krampfhaft und trat näher.

»Finney ...«, wimmerte Tucker, doch Finney stand nur da, mit untätig an den Seiten herabhängenden Händen, einen leicht irritierten Ausdruck im Gesicht, als frage er sich, wie alles so plötzlich und so vollkommen außer Kontrolle geraten war.

»Ich werd es aus dir rauskriegen, mein Sohn«, sagte Pomeroy ruhig. »Auf die eine oder andere Weise werde ich's aus dir rauskriegen. Und weißt du, was ich mache, wenn ich mit dir fertig bin? Ich ruf die Cops. Wie findest du das, heh? Wie, glaubst du, wirst du dich im Knast fühlen, wenn sich irgendein großer schwarzer Nigger über deinen jungfräulichen Arsch hermacht? Sie lieben es, eine enge weiße Schwester wie dich in die Finger zu kriegen. Sie werden dich ficken, bis dein Arschloch bis zu deinen Knien runterhängt.«

»Heh, lassen Sie das«, sagte Nick. »Ist das nötig? Ich meine, können wir nicht drüber reden?«

Er trat einen Schritt näher und legte dem Detektiv erneut die Hand auf die Schulter. Pomeroy wirbelte herum, so plötzlich und so schnell, mit einer so gefährlichen und raubtierhaften Eleganz, dass Nick einen Schritt rückwärts machte. »Ich hab gesagt, fass mich nicht an. Ich bin hier derjenige, der sagt, wo's langgeht. Und jetzt gib mal 'ne Weile Ruhe, während ich ...«

Vielleicht sah Pomeroy etwas in Nicks Gesicht – ein Weiten seiner Augen, ein unwillkürliches Zucken eines Muskels –, oder vielleicht spürte er eine Bewegung hinter sich, denn er verstummte abrupt und machte Anstalten, sich umzudrehen. Als er die Drehung halb vollendet hatte, traf ihn der Feuerhaken aus Messing quer übers Gesicht, ein pfeifender Schlag mit dem Schürhaken, der mit dem Geräusch einer aus dem fünften Stock fallenden, auf der Straße zerplatzenden Grapefruit kulminierte. Blut und Speichel spritzten, der Stetson segelte durch die Luft, und Pomeroy sackte mit einem Ächzen zu Boden. Er krümmte sich zu einem Knäuel zusammen und presste beide Hände auf seine zerschmetterte Nase. Lange Strähnen seines von Haarspray steifen grauen Haars schälten sich von seinem Schädel und ließen die kahle Kopfhaut durchschimmern, und etwas daran ging Nick unter die Haut: die nichtige Eitelkeit dieses traurigen, kleinen, hartgesottenen Burschen, der mehr Ähnlichkeit mit einem vorzeitig gealterten Kind als mit einem Mann hatte.

»O Gott«, stöhnte Pomeroy, und Tuck war mit einem schnellen Schritt neben ihm und versetzte ihm mit dem Schürhaken noch einen Hieb quer über den Rücken. Pomeroy wich die Luft aus den Lungen, dann lag er reglos und still.

Nick hob eine Hand und wischte sich etwas Nasses aus dem Gesicht. Er sah auf seine Finger hinab ... *Blut* ... und sein Herz hämmerte wild in seiner Brust. Einen Augenblick lang war er wieder in Finneys Acura, ein vorbeiwirbelnder Lichtschimmer und dann Dunkelheit, als der Wagen über etwas holperte, das die Form eines schlafenden Polizisten hatte.

Dann lachte er laut auf – ein eigenartig berstendes Geräusch, das er hervorstieß. »Du lieber Himmel, Tuck, du bist vielleicht ein Irrer.«

Tuckers Mund bewegte sich, doch es kamen keine Worte hervor. Der Feuerhaken entglitt seinen Fingern und fiel klirrend auf den cremefarben gestrichenen Blechschutz vor dem Kamin. Sein Gesicht schien sich aufzulösen, seine breiten, eigensinnigen Züge wurden weich und nahmen den beinahe komischen, erschreckten Ausdruck eines Kindes an, das auf die Folgen eines nicht wiedergutzumachenden Unfalls – die zerbrochene Vase, die Scherben von Mutters Fabergé-Ei – hinabschaut. Nach einer Weile blickte er blinzelnd zu Nick auf; Tränen liefen ihm über die Wangen. Die Angst, die er verströmte, war fast körperlich zu spüren.

»Ich will nicht ins Gefängnis«, flüsterte er mit flehentlich aufgerissenen Augen.

»Ist er tot?«

Nick drehte den Kopf und sah, dass Sue über seine Schulter spähte; ihr Gesicht war gerötet.

»Hoffentlich nicht«, sagte Finney.

Wie als Antwort darauf stöhnte Pomeroy leise. Sue stieß einen erschreckten, kleinen Schrei aus, packte Nicks Arm und zog ihn einen Schritt zurück. Mit angehaltenem Atem sahen sie zu, wie sich Pomeroy mühsam auf Hände und Knie hochstemmte. Er schwankte unsicher, und sein Brustkorb hob und senkte sich heftig, während er nach Luft rang. Dann sackte er wieder zusammen, Zentimeter für Zentimeter, wie eine einstürzende Brücke, die Pfeiler für Pfeiler in den Fluten unter ihr versinkt. Seine Arme knickten unter ihm ein, und er sank nach vorn auf die Ellbogen; sein Kopf hing willenlos zwischen seinen Schultern. Eine der spinnwebartigen grauen Strähnen seines Haars rutschte herab und fiel ihm vors Gesicht, wo sie, von seinem keuchenden Atem bewegt, vor- und zurückschaukelte. Und dann gaben seine Knie nach. Er kippte langsam zur Seite und erbrach einen Schwall grünlich gelber Galle über Nicks Keds. Nick konnte es riechen, eine stinkende Brühe aus Whiskey, Magensäure und irgendetwas anderem, etwas noch Widerlicherem, als hätte Pomeroy begonnen, von innen heraus zu verfaulen.

Er spürte, wie sich ihm der Magen umdrehte und etwas Heißes in seiner Kehle aufstieg, das er krampfhaft wieder hinabschluckte, während er sich die Tränen aus den Augen blinzelte. Tucker entrang sich ein klagendes Wimmern, ein angsterfülltes, hilfloses Blöken wie von einem Lamm auf der Schlachtbank. Hass auf Tucker, auf seine Schwäche flammte in Nick auf wie eine blau brennende, zischende Gasflamme, die bis in sein Herz hineinloderte, so heiß brannte sie.

»Großer Gott!«, murmelte Finney.

Nick sagte nichts. Er stand nur staunend da und sah zu, wie sich der Detektiv von Neuem auf seine Hände und Knie hochstemmte, sicherer und standfester jetzt, als hätte er irgendein Gift ausgeschieden, als er sich übergab. Er schüttelte den Kopf und richtete sich auf den Knien auf, als wollte er beten. Er sah aus wie jemand, der eine Clownsmaske trägt; sein dünnes graues Haar ragte in einem verfilzten, vom Haarspray steifen Kranz über seiner kahlen Stirn empor, seine Nase platt gedrückt und blutverschmiert. Eine zu kurz geratene Vogelscheuche von einem Mann, dessen glasiger Blick ohne ein Zeichen des Erkennens über sie hinwegwanderte, bis er sich, vor Wut und Hass aufflackernd, an Tucker festsaugte.

Pomeroys Lippen bewegten sich, doch als seine Stimme schließlich hervorkam, klang es, als hätte er den Mund voller Murmeln. *»Ich bring dich um, du Mistkerl«,* sagte er, und Nick brauchte eine Weile, um die Worte zu entwirren. Noch immer benommen und wie in Zeitlupe, schob Pomeroy erneut eine Hand in seine Jacke, und Nick war auf Anhieb klar, was er tun musste.

So hatte er sich manchmal draußen im Wald gefühlt, reglos auf einem Stand hoch über einem Wildwechsel sitzend, die Stille so weit und tief und unpersönlich, dass man sich nach einer Weile darin zu verlieren schien. Man dachte dann nicht, man *war* nur, kein Mensch mehr, sondern etwas Primitiveres und vielleicht sogar Überlegenes, die instinktgesteuerte Summe aus zehn Millionen Jahren des Jagens oder des Gejagt-Werdens, Instinkt in der Gestalt von Blut und Atem, von Sehnen und Knochen konzentriert. Er stellte sich vor, dass Tiere sich ständig so fühlten: vollkommen im Hier und Jetzt, geduldig und hyperwachsam, unbelastet von menschlichen Moralvorstellungen, ohne Angst zu tun, was getan werden muss, um zu überleben.

Was nötig war.

Noch während diese Gedanken durch seinen Kopf geisterten, war er bereits in Bewegung. Sue schrie auf, als Nick an Finney vorbeihechtete, was diesen rückwärts in Richtung der Zimmermitte taumeln ließ. Nick federte, den Schürhaken in weitem Bogen schwingend, wieder auf die Beine, als Pomeroys Hand mit dem Revolver unter der Jacke hervorkam. Der erste Schlag war zu kurz, der Schürhaken bohrte sich mit solcher Wucht in den Teppich, dass er die Erschütterung bis in die Schultern spürte.

»Nein!«, schrie Tucker. Er stolperte rückwärts in Richtung Treppe, doch seine Füße verhedderten sich. Er fiel hin, und das rettete ihn vermutlich.

Der Revolver ruckte mit einem dumpfen Krachen in Pomeroys Hand, das Nick an die Nacht bei den Torkelsons erinnerte, als in einer leeren Bierdose nach der anderen Knallfrösche explodierten. Ein böiger Wind schien durch die Vorhänge zu wehen, und die Glastür dahinter zersplitterte. Ein Dutzend Wahrnehmungen stürmten gleichzeitig auf Nick ein – der Gestank von Kordit, ein undeutliches Bild von Finney, wie er zur Couch kriecht, Sue in seinen Armen, Pomeroy, der erneut die Hand mit dem Revolver ausstreckt –, und dann, ohne zu denken ... *muss* ... schwang er den Schürhaken erneut herab.

Er traf Pomeroys Handgelenk. Nick sah, wie der Revolver davonflog. Er machte einen Schritt nach vorn und schwang den Schürhaken in einem zischenden Bogen herum. Er spürte den Aufprall, als er den Detektiv mit solcher Wucht unter dem Kinn traf, dass er auf die Beine gerissen wurde, mit rudernden Armen rückwärtstaumelte und mit einem klirrenden Splittern durch den Couchtisch krachte.

Dort lag er auf einem Bett aus Glassplittern und verbogenem Chrom und zuckte irgendwie seltsam. Nick war mit zwei Schritten bei ihm. Eine Weile stand er über ihm, den Feuerhaken in einer Hand erhoben wie ein Neandertaler seine Keule und dachte: *Ich muss es tun,* während er zugleich wusste, dass es etwas anderes war, das ihn dazu zwang, etwas anderes, das irgendwo hinter seinen Augen pochte. Er hob den Feuerhaken höher und ließ ihn noch einmal herabsausen, während das grüne Licht in seinem Kopf pulsierte und alles andere auslöschte. Dann war Sue bei ihm. Sie schlang ihre Arme um ihn, sie flüsterte in sein Ohr.

Er fühlte sich wie betäubt, seine Finger gefühllos. Der Schürhaken entglitt seiner Hand und fiel klirrend auf einen Boden irgendwo tief unten. Er sah auf Pomeroy hinab, der reglos in dem Chaos aus Glassplittern und verbogenen Chromrohren lag und mehr denn je wie ein Kind aussah, und er dachte: *Er ist tot. Kein Mensch, der so aussieht, kann noch am Leben sein.* Doch er schaffte es nicht, sich niederzuknien und sich zu vergewissern. Er machte die Augen zu, und es kam ihm vor, als würde er fliegen, hoch oben am Himmel, weit über allem, und unter ihm war nichts, nur Grün, das Grün der weiten Rasenflächen auf dem Foto von A. R. Barretts Haus und das blaue Glitzern des Swimmingpools dahinter und dann die sanften, rollenden Hügel mit manikürtem Rasen, die sich endlos unter ihm ausdehnten und ineinanderflossen, bis sie zu einer grauen wogenden Dünung wurden – der Golf, Zuhause, der Salzgeruch in der Luft, und das graue Wasser, das sich bis an einen fernen Horizont erstreckte.

Er spürte, wie Sue ihn umarmte, doch er hob nicht die Arme. Er sagte nichts. Er tat nichts.

Er wollte die Augen nicht aufmachen.

Niemand sagte eine Weile lang etwas. Es war vorbei. Jemand, ein Nachbar, hatte sicherlich die Polizei gerufen. Sie standen nur da und warteten auf die Sirenen.

DIENSTAG

5:48 bis 6:44

Irgendwo bellte ein Hund viermal kurz. Die Zeit stockte, klinkte knirschend wieder ein und warf sie zurück in das Jetzt. Nick spürte, wie ein weiterer Spritzer von Pomeroys Blut über seine Wange herablief. Als er die Hand hob, um ihn abzuwischen, dachte er an die Torkelsons, an den Schuss, das splitternde Glas – es war alles nur irgendeine andere Party.

Niemand würde kommen.

Im Augenblick waren sie sicher.

Sue presste sich noch immer an ihn, die Arme um seine Schultern geschlungen. Er sah zu Finney hinüber, der stumm und benommen dastand, den Rücken gegen die cremefarbene Wand gepresst. Auf der anderen Seite des Zimmers lag Tucker der Länge nach mit verzerrtem Gesicht und irr glitzernden Augen am Fuß der Treppe, der rot unterlaufene Abdruck von Finneys Hand auf seiner Wange. Langsam stemmte er sich hoch.

Zu Nicks Füßen lag Pomeroy auf einem Bett aus Glassplittern, Arme und Beine weit von sich gespreizt. Sein Gesicht war eine Masse aus Blut und Platzwunden, tiefe, dunkelrot klaffende Risse, die sich quer über seine Nase und sein Kinn zogen. Ein Auge war halb zugeschwollen, der Halbkreis einer sich trübenden Pupille starrte unter dem Lidrand hervor ins Leere. Nichts hatte je toter ausgesehen. Etwas flatterte tief in Nicks Brust – etwas, das er mit dem dicken Geldbündel in seiner Jacke in Verbindung brachte, den grünen, wogenden Hügeln von Barretts Anwesen, dem berauschenden Gefühl der Macht. Das Flattern wurde stärker. Nick schluckte es hinab, weil er wusste, er durfte nicht zulassen, dass es ihn übermannte, und wandte dann den Blick von Pomeroys Leiche ab.

Finney sah zu Nick herüber, seine Augen groß und verständnislos. Verloren. Dann gewann wieder die durantsche Gelassenheit die Herrschaft über seine Gesichtszüge.

»Gute Arbeit, Jungs«, sagte er. Er ging zu Tucker und legte seine Arme um die Schultern des anderen Jungen. Die Geste ließ ein Spiegelbild in Nicks Gehirn aufblitzen: Finney, der Sue auf den Fußboden zieht, die Arme fest um sie geschlungen, als Pomeroy den Revolver aus seiner Jacke zog. Ein winziger Funke Hass fiel in den trockenen Zunder von Nicks Herz. Einen Moment lang brannte er lichterloh.

»Tuck. Hey, Mann.« Finney schlug ihm zweimal sanft ins Gesicht. Tucker ruckte zurück, sein Mund verzerrt, die Augen voller Panik.

»Tuck!« Finney schüttelte ihn kräftig. Tucks Kopf wackelte haltlos hin und her. »Tucker. Reiß dich zusammen. Komm zu dir, Mann.« Tucker hielt den Kopf still, und seine Augen fanden die Finneys. Langsam sickerte die Panik aus ihnen wie durch einen nicht zugestöpselten Abfluss.

»Finney.«

»Es ist alles okay. Wir sind hier, wir sind ...«

»Geh mir aus dem Weg.« Tucker riss sich von ihm los und ging zu Pomeroy hinüber. Mit vor Hass lodernden

Augen sah er auf den Mann hinab. »Dieser Scheißkerl wollte mich abknallen.« Er versetzte ihm einen kräftigen Tritt in die Seite. Tucker warf Nick einen herausfordernden Blick zu, es ja nicht zu wagen, etwas zu sagen. Als Nick nichts sagte, brummte Tucker, »Er hätte euch auch erschossen.« Er drehte sich um und stapfte die Treppe hinauf.

»Zieh dir um Gottes willen eine Jeans an«, rief Finney ihm nach und bückte sich nach Pomeroys Waffe. Er richtete sich auf und wog die Waffe in seiner Hand, als wolle er ihr Gewicht taxieren. Es war ein sechsschüssiger, mit Chrom und Elfenbein beschlagener Revolver geradewegs wie aus einem TV-Western. Finney fummelte daran herum, bis die Trommel aufklappte, und zählte die Projektile. »Vier Kugeln«, verkündete er, klappte die Trommel wieder zu und schob die Waffe in die Gesäßtasche seiner Hose.

»Was für eine Wahnsinnsnacht, oder, Nicky?«

Nick löste sich aus Sues Umarmung und stieg über Pomeroys Beine; er lief an Finney vorbei, stürmte in die Küche und ließ die Tür hinter sich zufallen. Er drehte im Waschbecken das heiße Wasser an. Ein Hund blaffte einmal kurz, und es klang, als sei er direkt unter dem Küchenfenster. Nick warf sich Wasser ins Gesicht und drehte den Hahn wieder zu. Er blinzelte sich das Wasser aus den Augen und tastete nach einem Geschirrtuch. Es gab keines. Typisch. Als er nach einem Papierhandtuch griff, sah er sein Spiegelbild im Fenster, eine farbige Silhouette in einem nachtschwarzen Rechteck. Der Phantom-Doppelgänger verzog das Gesicht zu einer Grimasse.

Wie fühlen Sie sich dabei? Stillmans dünne Stimme hallte in seinem Kopf. *Wie fühlen Sie sich dabei?*

Nick hatte die in seiner Brust aufflatternden Emotionen unterdrückt, als er auf den toten Pomeroy hinabblickte, doch sie waren in der Dunkelheit seines Herzens gewachsen. Im Tonfall von Stillmans Stimme überkamen sie ihn.

Wie fühlte er sich? Furcht einflößend. Unbesiegbar. Die Brutalität seiner Tat, ihre urtümliche Kraft, gab ihm das Gefühl, Berge niederstampfen, Flüsse umkehren und Welten zuscheißen zu können. Adrenalin pumpte durch seine Adern, Blut dröhnte in seinen Ohren. Hätte der Rehbock aus seiner Jugend jetzt an diesem Morgen seinen Weg gekreuzt, er hätte beide Läufe der Flinte seines Vaters abgefeuert. Er hätte ihm eine doppelte Ladung verpasst, mit einem Ruck das Geweih verdreht, bis sein Hals mit einem Knacken gebrochen wäre. In diesem wie in extremer Zeitlupe erstarrten Augenblick hätte er …

Nick übergab sich. Es schoss in einem breiten Schwall aus seinem Mund, heiß wie Feuer und scharf wie Glas, der beißend sauere Geschmack des Weins, den er zum Abendessen getrunken hatte; es spritzte mit einem lauten Prasseln ins Abwaschbecken, ein breiiges Klatschen gegen rostfreien Stahl.

Ich habe einen Menschen getötet. Die Erkenntnis traf ihn mit der Wucht eines Hammerschlags direkt auf sein Herz. Er drehte das Wasser wieder an und wusch sich das Gesicht. *Einen Menschen getötet. Mit meinen eigenen Händen.* Er beugte sich tiefer über das Waschbecken und trank aus dem Hahn. Er drehte das Wasser ab und trocknete sich die Hände und das Gesicht mit einem Papierhandtuch. *Einen Menschen getötet.* Er bückte sich und wischte mit demselben Tuch die Galle weg, die Pomeroy über seine Schuhe erbrochen hatte. Er richtete sich auf, starrte in die Leere der Nacht hinaus und ließ Pomeroys Tod ... *den Mord an ihm* ... noch einmal in seinem Kopf ablaufen. Dann erschien Caseys Gesicht vor seinem inneren Auge, ihre Züge nur undeutlich erkennbar und an den Rändern verwischt, als könne er sich nicht mehr vollständig an sie erinnern. Er sah zu, wie der Blutstropfen langsam über ihre durchscheinende Haut perlte; ihr Gesicht verzerrte sich, als die beiden maskierten Männer sich ihr näherten. Und dann flackerte ein noch entsetzlicheres Bild durch sein Gehirn, ein flüchtiges Bild aus seinem Albtraum, gerade einmal eine Stunde alt: Der kleinere der beiden Männer zog sich die Maske vom Kopf und enthüllte das Gesicht darunter.

Mein Gesicht, dachte Nick.

Eine neuerliche Welle der Übelkeit schwappte in ihm hoch. Er beugte sich über das Becken, die Hände so fest um den Rand der Anrichte gekrallt, dass die Knöchel weiß hervortraten. Es war alles zu viel gewesen für ihn in dieser Nacht – zu viel Wein, zu viel Emotionen, zu viel Jähzorn, der bittere Nachgeschmack der Taten, die er mit eigenen Händen begangen hatte ...

Nicht jetzt, mahnte er sich. *Ich hab keine Zeit, mich jetzt damit zu befassen,* und plötzlich, als sei die Verbindung zu seinem Ursprung durchtrennt worden, war das Bild aus seinem Albtraum ... *mein Gesicht, mein eigenes verdammtes Gesicht* ... verschwunden. Nick richtete sich in seiner geordneten Welt wieder auf.

Er ging ins Wohnzimmer zurück.

Tucker war wieder die Treppe heruntergekommen, in frischen Jeans und Tennisschuhen; sein Sweatshirt zu wechseln, hatte er sich allerdings nicht die Mühe gemacht. Er stand dicht neben Sue vor Pomeroys Leiche und sah zu, wie Finney die Taschen des Privatdetektivs durchsuchte. Mit einem Schlüsselbund in der Hand richtete sich Finney wieder auf. Nick streifte den Toten mit einem raschen Blick und sah, dass einer von ihnen das halb geschlossene Auge zugemacht hatte; er fragte nicht, wer es getan hatte.

»Wir müssen ihn verschwinden lassen.« Finneys Blick war fest, seine Stimme beherrscht. »Aber wo?«

Eine Weile sagte keiner von ihnen etwas; dann sagte Sue: »Was ist mit dem alten Steinbruch, draußen an der Jonestown Road?« Nick kannte den Ort, eine Kiesgrube, die schon vor Jahren aufgegeben wurde und inzwischen mit von Algen grünlichem Wasser vollgelaufen war. Manche Studenten fuhren im Sommer zum Schwimmen dort hin. Nick hatte allerdings noch nie Zeit dafür gehabt.

»Wir könnten dort auch das Auto verschwinden lassen«, sagte Sue.

Finney nickte, doch dann zögerte er. »Es gibt keine Straße bis zum Wasser. Und die Bäume stehen viel zu dicht, um durchzukommen.«

»Es gibt eine Straße, die von hinten zu der Kiesgrube führt, ein alter Holzfällerweg.«

Nick starrte Sue an und dachte an die Stummel der unbekannte Zigarettenmarke im Aschenbecher ihres Mercedes und an die Anrufe, die sie im anderen Zimmer entgegennahm. Dinge, nach denen er nie fragen würde. Sue erwiderte kühl seinen Blick und wandte sich dann ab.

»Also dann los«, sagte er.

»Ich kann nicht«, flüsterte Tucker mit glasigen Augen und schob sich rückwärts. »Ich kann nicht.«

Nick warf Finney einen Blick zu und nickte, ein kurzes, entschlossenes Nicken. Sie beugten sich beide über Pomeroy und hoben ihn vorsichtig an. Nick nahm auch diesmal die Kopfseite, der ebenfalls gegen seinen Bauch schrammte, als er den Toten hochwuchtete. Pomeroy war leichter als der Arier, doch Nick stolperte trotzdem unter seiner Last.

»Okay, Mann?«

»Ja, alles okay. Geh schon.« Sie trugen Pomeroy durch das Wohnzimmer, Glas knirschte unter ihren Schuhen. Das Gefühl, das alles schon einmal erlebt zu haben, überkam Nick, dass sich die Zeit wiederholte und alles noch einmal ablief wie eine verschwommene Erinnerung an den Augenblick vor zwei Nächten, dasselbe unbeholfene Vorwärtsstolpern mit dem schweren, leblosen Körper zwischen ihnen. Die Erinnerung machte einen Sprung, und er sah sich, wie er die schlaffe Gestalt seines Vaters aus dem Rollstuhl in sein Bett wuchtete, sein Alter stinkbesoffen und nur mehr ein willenloses Kleiderbündel.

»Sue ...«, sagte Finney, »... sieh draußen nach, ob irgendwer in der Nähe ist. Und hier ...« Er nahm Pomeroys Beine unter einen Arm und fischte mit der anderen Hand die Schlüssel aus seiner Tasche. Münzen regneten auf den Teppich. »... fahr seinen Wagen rückwärts die Einfahrt hoch und mach den Kofferraum auf.«

Sue nahm die Schlüssel und schlüpfte aus der Tür.

»Wir sollten ihn so lange ablegen.« Reichlich unzeremoniell ließen sie Pomeroy auf den Boden plumpsen, und sein Magen gurgelte vernehmlich, eine schleimige Flüssigkeit, die irgendwo tief in ihm abfloss. Finney zuckte zusammen.

Nick warf einen Blick in das geschwollene Gesicht Pomeroys und dachte, ich habe einen Menschen getötet. Und wofür? Für zehntausend Dollar? Nein, für viel mehr als das. Für Sue, für Finney, sogar für diesen Schlappschwanz Tuck. Aber vor allem für sich selbst, und für sein ganzes Leben, das noch vor ihm lag. Er hatte es tun müssen, oder? Er hatte keine Wahl gehabt.

Es war nötig gewesen.

Wieder fühlte er das elektrisierende Vibrieren von dem Schlag mit dem Schürhaken, das seinen Arm hinauflief und bis in seine Brust reichte. Er sah weg.

Sue schlüpfte wieder in die Wohnung zurück. »Erledigt«, sagte sie und gab Finney die Schlüssel zurück. Sie sah Nick an und fragte mit den Augen: *Bist du okay?* Er schluckte mühsam und nickte.

»Dann los.«

Gemeinsam wuchteten er und Finney Pomeroy wieder hoch. Das dünne Haar des Detektivs war in sein geschwollenes, blutverschmiertes Gesicht gefallen; sein Kiefer war nach unten geklappt und entblößte gelbe, ungepflegte Zähne. Etwas ließ Nick vor der Tür zögern, das Gefühl, etwas vergessen zu haben; doch das Bild dazu wollte nicht kommen, deshalb drehte Nick den Kopf und stapfte blind hinter Finney her. Die kalte Nachtluft nahm ihm den Atem. Die Sichel des Monds – von einem Wolkenschleier halb verdeckt – stand tief über dem Horizont; die Sterne hatten bereits ihren Glanz verloren, nur die Venus leuchtete noch blass am leeren Himmel. *Wie spät ist es?*, fragte sich Nick. *Wie viel Zeit haben wir noch, bis es hell wird?*

Der College Park blieb dunkel und still.

»Hey!«

Nicks Herz setzte aus und setzte dann mit einem so wilden Hämmern wieder ein, dass es ihn fast auf die Knie warf. Er sah, wie sich Finneys Augen entsetzt weiteten. Sie kamen beide ins Stolpern und hätten den Toten um ein Haar fallen lassen.

»Wen schleppt ihr denn da durch die Gegend?«

Nick sah über die Schulter zurück. Einer der Torkelson-Zwillinge – er konnte sie nie auseinanderhalten, weil sie beide gleichermaßen aufgedunsen und ungepflegt waren, ihre Gesichter zum Verwechseln ähnlich dröge und nichts sagend – stand drei Häuser weiter im Vorgarten. Er hielt seinen Penis in seinen kurzen, dicken Fingern, weil er entweder gerade damit fertig war oder angefangen hatte, in das Blumenbeet zu pinkeln.

»Ist das dein Alter, Durant?« Torkelson stieß ein misstönendes, quietschendes Lachen hervor, ein höhnisches Gewieher, so laut wie die Stimme Gottes.

Er ist dicht bis oben hin, dachte Nick.

Sue schob sich an Nick vorbei und machte sich zwischen ihnen und dem Torkelson breit. Finney ging weiter den gepflasterten Gehweg hinab, Nick hinter ihm drein.

»Das ist Stu Gardner«, rief Sue. »Wir bringen ihn nach Hause in sein Bett.«

Als Nick zurücksah, war der Torkelson verschwunden. Mit vereinten Kräften und ohne zu zählen, schwangen sie den kleinen Körper an Armen und Beinen in den Kofferraum. Groß genug, dachte Nick, für zwei oder drei zusammengeschlagene, zu kurz geratene ... *tote* ... Privatdetektive. In dem heillosen Durcheinander im Kofferraum erhaschte Nick einen Blick von Pomeroys Welt: eine umfangreiche Sammlung von Fastfood-Behältern und Styropor-Kaffeebechern, mehrere Nummernschilder aus anderen Staaten, ein paar *Hustler*-Magazine, etwas, das wie ein überdimensionaler Totschläger aussah, ein Haufen kleiner Schachteln, eine davon mit zwei überkreuzten Revolvern auf dem Deckel.

Behutsam machte Finney den Kofferraumdeckel zu. Nick hörte das Klicken, mit dem das Schloss einschnappte, doch der Deckel schwang mit einem leisen Fiepsen der Scharniere wie von einem Chor winziger Fledermäuse langsam wieder auf. Finney schlug ihn wieder zu, und diesmal blieb er geschlossen.

Nick dachte erneut an die Zeit und warf einen Blick auf sein Handgelenk. Er hatte seine Uhr in Sues Wohnung vergessen, auf dem Beistelltisch. Einem Reflex gehorchend, klopfte seine Hand, nach der beruhigenden Ausbeulung suchend, auf die Jacke. Das Geld war noch da.

Tucker wand sich mit glasigen Augen wie ein Zombie zwischen ihnen hindurch und kletterte auf den Rücksitz.

»Ich fahr in meinem Wagen hinter euch her.« Sue presste seine Hand und küsste Nick flüchtig auf den Mund. Sie zögerte, dann küsste sie ihn erneut, fester diesmal, ihre Lippen warm und weich. Sie strich mit einem Finger über sein Kinn, wobei ihr Fingernagel raschelnd über seinen Dreitagebart schabte. »Es wird alles gut gehen.« Als sie die Straße hinabrannte, dachte Nick daran, ihr nachzurufen, dass sie schon genug getan habe und zu Hause bleiben solle. Dann verschwand sie in ihrem Haus, und die Nacht war wieder totenstill.

»Kommst du?« Finney stand neben der Fahrertür.

»Ja.« Nick öffnete die Beifahrertür, und in seinem Kopf flackerte das Bild auf – das, das ihm vorhin nicht eingefallen war. *»Sein Hut!«*

»Sein Hut? Er hat ihn nicht aufgehabt.«

»Nein ... Wir haben ihn drinnen vergessen.« Nick rannte den Gehweg hinauf und zurück in die Wohnung; sie hatten sämtliche Lichter angelassen. Er hörte, wie Finney den Cadillac anließ und den Rückwärtsgang heraushebelte – er hustete und stotterte, ehe er sich zu einem lustlos tuckernden Schnurren beruhigte. Nick ließ den Blick durch das Zimmer schweifen und entdeckte den Stetson auf dem Boden neben dem Kamin, eine faustgroße Delle in seiner wildledernen Krone. Er hob den Hut auf und wandte sich zum Gehen, doch dann zögerte er. Er ging zur Verandatür und schob die Vorhänge beiseite. Jenseits der zerbrochenen Scheibe erstreckten sich noch drei weitere Straßen mit identischen Wohnhäusern bis zu den ersten bewaldeten Hügeln, über denen sich die dunklen Schatten der Vorberge und dahinter die Gipfel des Gebirges erhoben. Das Bild von dem Barrett-Anwesen geisterte durch seinen Kopf; die sanften, mit manikürtem Rasen bedeckten Hügel, das kurze Aufblitzen von Blau. Es wäre leicht: einfach nur gehen … und immer weiter gehen. Jeder für sich allein … *du bist nicht wie sie … du musst dich um die Nummer eins kümmern.*

Aber wie lange? Wie weit? Es würde nicht funktionieren – *konnte* es nicht. Davonlaufen war keine Antwort. Genauso gut konnte er warten, bis der Tod in seiner Cadillac-schwarzen Kutte heranschlich und ihn fortraffte.

Nick floh aus der Wohnung und machte im Laufen so viele Lichter aus, wie er konnte. Auf halbem Weg zum Cadillac blieb er abrupt stehen. Hinter dem Wagen, eine Pfote auf der Stoßstange, schnüffelte eine sandbraune Promenadenmischung am Kofferraum. Nick erstarrte. Der Hund war etwa kniehoch, große, räudige Schorfflecken bedeckten seinen Rücken und seine Flanken. Er kratzte am Kofferraumschloss, und dann sah er Nick, zog die oberen Lefzen hoch und entblößte eine Reihe scharfer

Zähne. Ein Speichelfaden troff aus dem Winkel seiner Schnauze. Er ließ ein leises, warnendes Knurren hören und schnüffelte erneut am Kofferraum. Das Knurren wurde zu einem dünnen, klagenden Winseln.

»Hau ab!«, rief Nick und schwenkte drohend den Stetson. Knurrend wich der Hund langsam rückwärts, dann machte er kehrt und verschwand in der Dunkelheit.

»Verdammt«, ächzte Nick, als er sich in den Beifahrersitz fallen ließ und den Stetson auf den Rücksitz legte. Er warf einen Blick auf die Uhr im Armaturenbrett. Eines dieser in eine Konsole mit überquellendem Aschenbecher und knopflosem Radio eingebetteten alten Dinger, deren Sekundenzeiger sich ruckweise vorwärtsbewegte. 5:07. Nicht annähernd so spät, wie er gedacht hatte. Finney lenkte den Cadillac auf die Straße hinaus. »Verdammt«, sagte er noch einmal und starrte durch das Spinnennetz von Sprüngen, das die Windschutzscheibe durchzog.

»Verdammt, was?«

»Ich kann's verdammt noch mal einfach nicht glauben.«

»Ich kann auch kaum was von dem glauben, was in den letzten zwei Tagen passiert ist.«

Sue blinkte einmal kurz auf und folgte ihnen.

Ransom schlief.

Vor allem in den Momenten kurz vor der Dämmerung erinnerte Nick dieses kleine College-Städtchen am meisten an Glory. Eine tiefe Stille lag wie ein Leichentuch über dem Ort; die Häuser waren dunkel, die Straßen leer, die alle in das unergründliche Herz des Nirgendwo zu führen schienen. Ransom wirkte menschenleer, bar jeden Lebens, jeder Hoffnung.

Der riesige Cadillac, glänzend und schwarz wie eine Muräne, kreuzte mit leisem Brummen durch die Nebenstraßen. Finney, mit zusammengekniffenen Augen und vorgeschobenem Kopf über das Lenkrad gebeugt, hatte darauf bestanden, der schnellste Weg zur Kiesgrube sei, durch das Ortszentrum von Ransom zu fahren. Nick hatte zunächst Bedenken angemeldet, wenn auch nicht mit echter Überzeugung, dann jedoch nachgegeben; sie hatten nicht viel Zeit.

Als der Cadillac die Main Street überquerte, ließ die plötzliche Helligkeit Nick erschreckt hochfahren. Er setzte sich kerzengerade auf und umklammerte mit einer Hand die obere Kante des Armaturenbretts – entspannte sich dann jedoch wieder. Weihnachtsbeleuchtung. Die Stadt hatte Hunderte von farbigen Lichtergirlanden gespannt und praktisch jeden Laternenpfahl mit einem leuchtenden Engel oder einem Stern gekrönt, um Ransom wie jedes Jahr in eine blinkende, glitzernde Hochburg des Frohlockens zu verwandeln. Weihnachten schien Nick so weit weg wie ein ferner Planet und ebenso kalt und öde. Für ihn bedeuteten die Ferien lediglich die erneute Rückkehr nach Glory, ein paar Wochen lang am Stück mit Fischen vollgepackte Kisten schleppen, endlosen Streit mit seinem Vater, der inzwischen fast ständig besoffen war, und die Knüffe und Sticheleien von Sam und Jake.

Zwei Querstraßen weiter mussten sie vor einer roten Ampel anhalten, der Cadillac im blinkenden Licht der Weihnachtsbeleuchtung gefangen. Hinter ihnen lehnte sich Sue auf die Hupe ihres Mercedes, deren lang gezogenes Blöken die Nacht zerriss. Nick wirbelte in seinem Sitz herum. »Scheiße!«, ächzte er. »Der Kofferraumdeckel ist offen!«

Der Deckel des Kofferraums klappte in der Dunkelheit auf und nieder wie eine große, winkende Hand.

Nick sprang mit einem Satz aus dem Wagen, schlug sich schmerzhaft das Knie an der Armstütze, und während er zum Heck des Cadillacs humpelte, hörte er, wie Finney in den Leerlauf schaltete und den Motor ausmachte. Nick packte den Kofferraumdeckel mit beiden Händen, erhaschte einen kurzen Blick auf Pomeroy, der wie eine Puppe mit grotesk verdrehten Gliedern dalag, und schlug ihn zu. Er warf einen gehetzten Blick über die Schulter. An der Kreuzung der Main Street blieb ein Wagen stehen und fuhr dann weiter. Ein zweiter Wagen rollte langsam über die Kreuzung vor ihnen. Ransom erwachte allmählich. Nick drehte sich um, und der Deckel des Kofferraums erwischte ihn beinahe am Kinn. Finney kam um den Wagen herum, und gemeinsam schlugen sie den Kofferraumdeckel zu. Er blieb eine Sekunde lang zu, dann klappte er langsam wieder auf. Sie schlugen ihn erneut zu und dann noch einmal. Doch jedes Mal hob sich der Deckel langsam wieder, unbeeindruckt und widerborstig. Und jedes Mal erhaschte Nick einen Blick auf den toten Pomeroy, der vollkommen ungerührt im blinkenden Lichterglanz lag.

»Verdammte Scheiße!«, schrie Finney beinahe laut. In seiner Stimme schwang ein verzweifelter Unterton. Scheinwerfer tasteten über sie, und sie wirbelten beide herum; ein Pick-up kam den Hang herab und bog auf die Main Street. Der Mercedes schob sich neben sie. Nick wandte sich wieder dem Kofferraum zu und starrte auf Pomeroys eingefallenes, fleckiges Gesicht hinab. Er sah übel aus; seine Nase war der Länge nach in der Mitte gespalten, und aus seinem Mund troff eine gelblich grüne Flüssigkeit.

Seine Haut schimmerte wächsern. Er hörte das Summen des elektrischen Fensteröffners des Mercedes.

»Du lieber Himmel! Was macht ihr zwei?«

»Der verdammte Kofferraum bleibt nicht zu!«

»Setzt ihn auf den Rücksitz.« Nick beugte sich in den Kofferraum und zog den Oberkörper des Toten an den Achseln halb heraus. Der Geruch von Pomeroys Körperausdünstungen oder Ausflüssen umwaberte ihn, eine Mischung aus totem Fisch und fauligem Obst. Gegen einen würgenden Brechreiz ankämpfend, zerrte Nick fester. »Jetzt!«, rief er Finney zu. Gemeinsam wuchteten sie den toten Detektiv aus dem Kofferraum. Nick spürte, wie seine Hände allmählich unter den Achseln des Mannes durchrutschten, doch er schleppte ihn weiter; Finney stolperte hinter ihm drein, unter jeden Arm einen glatten, gewienerten Schlangenleder-Stiefel geklemmt, während Pomeroys Hintern über den Asphalt schleifte. Mit einem Arm hielt Nick den Toten gegen sein Knie gestützt und öffnete mit der freien Hand die hintere Tür.

Das runde, bleiche Gesicht Tuckers starrte zu ihm empor. »Was ist?«, fragte er.

»Verdammt, geh aus dem Weg, Tuck«, ächzte Nick und wuchtete Pomeroys Schultern auf den Rücksitz. Tucker sah mit glasigen Augen von Nick zu dem Leichnam. Seine Augen weiteten sich entsetzt, und ein ersticktes Fiepen kam aus seinem Mund; er kroch rückwärts wie eine Krabbe in die äußerste Ecke des Rücksitzes.

»Was machst du da, verdammt?«, quiekte Tucker wie ein Ferkel, das abgestochen wird. »Was?«

Finney rutschte aus und fiel nach vorn, wobei er Pomeroys Beine in dessen Bauch presste. Der Tote gab ein tiefes Röcheln und einen schmetternden Furz von sich.

Tucker stieß einen Schrei aus, ein kurzes Blaffen wie von einem erschreckten Hund. »Er lebt noch! *Der Scheißkerl lebt noch!*« Er heulte kreischend los, den Sirenen nicht unähnlich, die Nick schon die ganze Zeit zu hören erwartete.

»Halt's Maul!«, brüllte Nick. Tuck verstummte abrupt und starrte Nick mit vor Entsetzen glitzernden Augen an, während sein Körper von einem Schluchzen geschüttelt wurde, das er zu unterdrücken versuchte. Nick holte tief Luft und atmete, um seine Nerven zu beruhigen, langsam wieder aus. Pomeroy furzte erneut, ein tiefes, lang gezogenes, knarrendes Geräusch.

»Was ist das?«, fragte Finney.

»Keine Ahnung – die Körperfunktionen kommen zum Stillstand, glaube ich. Die Muskeln verlieren ihre Spannung.« Nick zuckte mit den Achseln. »Ich hab so was mal bei *CSI* gesehen.« Es stank ebenso widerlich penetrant wie die Galle, die Pomeroy über Nicks Schuhe gekotzt hatte.

»Finney«, sagte er und war dankbar dafür, wie ruhig er klang. »Lass schon mal den Wagen an.« Er schlang seine Arme um Pomeroys Brust und wuchtete den Toten auf den Rücksitz in eine sitzende Position. Er hob die Beine hoch und stellte sie auf den Boden. Pomeroy kippte zur Seite und sein Kopf landete mit einem feuchten, schmatzenden Geräusch auf Tuckers Schoß.

Tucker schrie kreischend auf und schlug nach Pomeroys Kopf, als sei er eine ekelerregende Spinne oder etwas in der Art, während er irgendwie vom Sitz auf den Bodenteppich rutschte, von wo er sich in einer einzigen fließenden Bewegung, als sei das Ganze eine bereits vorher geplante Aktion, über die Rückenlehne auf den Vordersitz wälzte. Finney, der bereits hinter dem Steuer saß, legte eine Hand auf Tuckers Schulter und sagte, »Es ist alles okay, Mann. Reiß dich zusammen.«

»Fass mich nicht an! Und hör auf mich rumzukommandieren!«, schrie er und stieß Finneys Hand weg. Seine Stimme war ein heiseres Kreischen, und seine Augen rollten irr in ihren Höhlen. »Fahr los, fahr los!«, brüllte er, klammerte sich mit beiden Händen so verzweifelt am Rand des Armaturenbretts fest, dass seine Knöchel weiß hervortraten, und starrte blind durch die zersprungene Windschutzscheibe.

Nick drückte Pomeroy tiefer in den Sitz und warf die Tür zu. Als er sich umdrehte, um die Beifahrertür aufzumachen, sah er, dass Sue den Mercedes vor den Cadillac gesetzt hatte. Er warf noch einen raschen letzten Blick zur Main Street zurück. Ein Wagen, der ihm irgendwie bekannt vorkam, rollte langsam über die Kreuzung, ein breiter, behäbiger Straßenkreuzer, schwarz oder dunkelblau, mit einer langen, dünnen Antenne, die träge auf dem Dach wippte. In Nicks Kopf blitzte ein durch die gespreizten Lamellen einer Jalousie und eine schmutzige Fensterscheibe erblicktes Bild auf: der fette, hünenhafte Trooper der Highway Patrol, dieser Evans, der sich in einen nicht als Polizeifahrzeug gekennzeichneten Straßenkreuzer fallen ließ und langsam vom Bordstein wegglitt. Etwas Kaltes zerplatzte in Nicks Magen. Der Wagen verschwand hinter der First Bank of Ransom. Ein zweiter Wagen erschien auf der Kreuzung, blieb stehen, und dann bogen Scheinwerfer, so groß wie zwei Monde, von der Main ab und näherten sich. Nick blieb das Herz stehen; seine Beine wurden weich wie Gummi. »O Gott«, hörte er Finney flüstern. Tucker ließ ein lang gezogenes Stöhnen hören.

Der Wagen fuhr durch den Lichtschein unter einer Straßenlaterne, und Nick sah, dass es einer der beiden Streifenwagen der Stadt war, seine blauen Dachlichter blitzten auf wie ein fernes Wetterleuchten, dann tauchte der Wagen wieder ins Halbdunkel, und Nick begriff, dass sich nur das Licht der Laterne im Glas der Dachlichter gespiegelt hatte. Er schlüpfte in den Cadillac und zog die Tür leise hinter sich zu. Sue war verschwunden.

»Ganz ruhig«, sagte er und meinte damit nicht nur Finney und Tucker, sondern auch sich selbst.

Der Streifenwagen hielt neben ihnen, und das Fenster auf der Beifahrerseite glitt herab. Das Innere des Wagens war dunkel. Das Einzige, das Nick ausmachen konnte, war die Glut einer Zigarette, die im Dunkel auf und ab hüpfte wie ein betrunkenes Glühwürmchen.

Finney kurbelte das Fenster runter und wollte etwas sagen, doch eine Stimme, so glatt und weich wie Whiskey aus den Bergen, kam ihm zuvor: »Habt ihr Jungs Schwierigkeiten?«

»Nein, Sir«, sagte Finney mit fester Stimme, in die er einen angemessen beschwichtigenden, fast fügsamen Unterton fließen ließ. »Wir sind auf dem Weg nach Hause. Wir ...«

»Ziemlich früh auf den Beinen, ihr alle. Ihr Jungs habt doch wohl nicht die ganze Nacht durchgezecht, oder etwa doch?« Nick konnte nur den bleichen Fleck eines Gesichts ausmachen, als würde ein dunkler Mantel alles andere verdecken.

»Nein, Sir«, erwiderte Finney. »Ein Freund hat uns angerufen und uns gebeten, ihn nach Hause zu fahren.« Nick zuckte innerlich zusammen. Was für einen Schwachsinn erzählte Finney da? Der Cop grunzte nichtssagend. Dann sagte er. »Was ist mit dem Kofferraum?«

»Das Schloss ist kaputt. Ich hatte es festgebunden, aber der Strick ist gerissen. Ich bringe den Wagen morgen in die Werkstatt.« Finney war wieder in die Rolle des Senators geschlüpft, jovial und stets leutselig und speichelleckerisch um das Wohl des Bürgers bemüht.

Eine lange Pause entstand, dann sagte die Stimme, die Worte langsam über die Zunge rollend: »Warum fahrt ihr Jungs nicht heim?« Er machte erneut eine Pause, und das Glühwürmchen vollführte einen Salto. »Jetzt sofort.«

»Ja, Sir.« Finney ließ den Cadillac langsam anrollen. Niemand im Wagen bewegte sich. Finney spähte in den Rückspiegel, sein Gesicht im gebrochenen Licht der Straßenlaternen zu einer grimmigen Maske verzerrt. »Er ist weg.«

Nick ließ die Luft, die er anhielt, seit er die Scheinwerfer erblickt hatte, mit einem erleichterten Seufzen aus seinen Lungen weichen. Winzige Lichtpunkte tanzten und zerplatzten vor seinen Augen. Auf dem Rücksitz entfuhr Pomeroy ein monumentaler Furz.

DIENSTAG

6:50 bis 7:15

Minuten später – die Uhr im Armaturenbrett zeigte 5:24 – passierten sie das Ortsschild von Ransom und nahmen Kurs auf die dunkel aufragenden Berge. Kurz nach der Stadtgrenze tauchten die Scheinwerfer von Sues Mercedes hinter ihnen auf; sie blendeten zweimal kurz auf.

»Wie weit?«, fragte Nick.

»Ein paar Meilen, vielleicht auch weniger«, brummte Finney. Er ging vom Gas und bog auf die Jonestown Road.

Die Scheinwerfer des Mercedes tauchten den Innenraum in ein gespenstisches Licht. Wie passend, dachte Nick – der Wagen war voll mit Gespenstern. Neben ihm klammerte sich Tucker an das Armaturenbrett. Seine Lippen bewegten sich unaufhörlich, inbrünstig irgendetwas vor sich hinmurmelnd, doch wegen des Motorlärms konnte Nick nicht verstehen, was er flüsterte.

Bald wurde die Steigung steiler, und die Straße wand sich in engen Serpentinen den Berghang hinauf. Auf einer geraden, wenn auch ziemlich engen Strecke fuhr Finney, langsamer werdend, dicht am rechten Straßenrand und bedeutete Sue mit einem Winken, sie zu überholen.

»Ich weiß nicht, wo die Abzweigung ist«, rief er aus dem Fenster nach hinten.

Nick beobachtete, wie Sue den Mercedes an ihnen vorbeisteuerte. Als sie auf die Überholspur bog und dann neben dem auf und ab wippenden Kofferraumdeckel in Sicht kam, blendete sie das Fernlicht auf und die Lichtkegel bohrten sich in die Dunkelheit wie die Augen eines Raubtiers, und der Geruch von Blut überschwemmte sein Gehirn. Nick wandte den Blick ab und spähte durch sein Fenster auf den vorüberhuschenden Wald hinaus. Mit nichts, um sich zu beschäftigen, außer dem Hochwuchten und Schleppen von toten ... *ermordeten* ... Privatdetektiven, fertigte sein Gehirn eine Liste der Toten der Woche an: der Arier, Casey Nicole Barrett, Pomeroy. In Gedanken sprach er ihre Namen mit der unschuldigen Stimme des alten Nick aus, mit der schon lange nicht mehr existierenden Stimme eines nicht korrumpierbaren Jungen.

Panik brandete über ihn hinweg wie eine schwarze Welle und bestürmte ihn mit einer Flut bruchstückhafter Bilder: das Bild eines verbeulten Kotflügels; die gelben Zähne Pomeroys, die Ecke eines Schneidezahns abgeschlagen; schwarze Bondage-Masken, die mit langsamen, trägen Bewegungen auf ihn zuschwebten, als seien sie unter Wasser.

Um irgendwas zu tun zu haben, öffnete Nick mit zitternden Hände das Handschuhfach. Ein Schauer von Fastfood-Behältern und falsch zusammengefalteten Straßenkarten fiel heraus. In der hintersten Ecke fand Nick eine kleine, halb leere Schachtel mit Munition.

»Gib sie mir«, sagte Finney und streckte die Hand nach der Schachtel aus. Er studierte die Aufschrift im Licht des Armaturenbretts und schob sie dann in seine Jackentasche. »Die brauchen wir vielleicht noch.« Nick machte das Handschuhfach wieder zu.

Vor ihnen wurde Sue langsamer, blinkte kurz und bog von der Jonestown Road ab. Finney fuhr hinter ihr her. Der Weg, auf dem sie jetzt fuhren, bestand aus nicht viel mehr als zwei ausgefahrenen Furchen, die in den Wald führten. Zweige peitschten über die Windschutzscheibe und schabten über die Flanken des Cadillacs, während sie tiefer in das Unterholz holperten. Mehrere Male fuhren sie über junge Bäume und neu sprießende Büsche, die mitten auf dem Weg wuchsen. Einmal, in einer scharfen Kurve, blieben die Hinterräder im Schlamm stecken. Finney trat aufs Gas, und das Heck des Caddys rutschte seitlich weg, bis die Reifen wieder festen Grund fanden. Der Wagen machte einen Satz vorwärts, und Finney musste wie verrückt das Lenkrad kurbeln, um den Straßenkreuzer wieder zurück in die Spur zu steuern.

Während Nick sich, zwischen Tucker und der Tür eingeklemmt, mit seinen Schultern ein wenig Platz verschaffte, studierte er den Wald jenseits des Seitenfensters, eine schwarze, formlose Masse, die die Gespenster daran hinderte, sich in seinen Gedanken breitzumachen. Während er nach draußen starrte, sickerte langsam und kaum merklich ein fahles Grau in die Dunkelheit und ließ sie zerfallen, zunächst zu großen, flächigen Formen und dann, ganz allmählich, zu einzelnen Bäumen, dichtem Unterholz und hellen, aus dem dunklen Boden ragenden Felsen. Knäuel sich windender Schlangen entpuppten sich als ineinander verschlungene Wurzeln, und aus zottigen Bestien wurden Büschel von Disteln und Rhododendron.

Nick warf einen Blick auf die Uhr im Armaturenbrett. Erst 5:31. Es würde noch mindestens eine Stunde dauern, bis es dämmerte. Die langen, knochigen Finger der Panik streichelten seine Schultern, seinen Nacken. *Zeit ist alles.* Er starrte gebannt auf die Uhr und sah zu, wie ihr flammend roter Sekundenzeiger die Minuten verschluckte. Er konnte hören, wie die Sekunden vorübertickten, ein schabendes *Klick*, das in seinen Ohren und bis tief in seinem Kopf hallte. *Alles ist Zeit.*

»Finney«, sagte er, und seine Stimme klang atemlos vor Schreck. »Es wird hell.«

»Das sehe ich.«

»Es ist erst 5 Uhr 33, was ...«

»Die Uhr hier geht falsch.« Er warf einen Blick auf die Rolex an seinem Handgelenk; sie glänzte golden im Schein der Armaturenbeleuchtung. »Es ist kurz nach sieben.«

Nick sank in das steife Leder der Rückenlehne zurück; eine gebrochene Feder stach ihn zwischen die Schulterblätter. Wir schaffen es nie, dachte er. *Alles ist Zeit.*

Der Wald trat abrupt zurück, und die beiden Autos rollten auf eine schmale Lichtung. Auf der anderen Seite der Lichtung war eine kleine Erhebung und jenseits davon konnte Nick nur Leere sehen. Sue steuerte den Mercedes neben den Hügel, und Finney lenkte den Cadillac den nicht sehr steilen Hang hinauf. Der Kühler des Wagens schob sich ins Nichts – Nick sah, dass der Himmel im Osten ein stumpfes Grau angenommen hatte, die Farbe des Golfs an einem kalten Tag – und kippte dann jäh abwärts. Unter ihnen gähnte der Steinbruch, eine mit Wasser vollgelaufene riesige Grube, die Oberfläche unbewegt und grau wie der Himmel im Osten. Die Farbe erinnerte Nick an totes Fleisch, an Pomeroys wächserne Haut. Nick starrte auf das milchig trübe Wasser hinab und fragte sich, was in diesen schlammigen Fluten noch verborgen lag.

Eine andere Leiche?

Nick schüttelte den Kopf, um den Gedanken zu vertreiben, und stieg aus. Er ging zur Kuppe des Hügels; Sue kam ebenfalls herauf und stand schweigend neben ihm. Finney machte den Motor aus und stieg aus dem Cadillac, hinter ihm Tucker. Wie Jonas, der dem Maul des Wals entsteigt, dachte Nick.

Der Steinbruch hatte den Umfang eines kleinen Sees; mehrere Felsformationen ragten aus dem Wasser, Felstürme, um die herum der Kies weggegraben worden war und die stehen gelassen wurden und nun den Kids als Sprungturm oder Terrasse zum Sonnen dienten. Im Zwielicht der Dämmerung sahen sie aus wie prähistorische Wachposten, die, in trübsinnige Gedanken versunken, über ein verlassenes Reich wachten. Nick sah wieder zum Himmel empor. Am Horizont woben sich jetzt breite, leuchtende Streifen in der Farbe abgegriffener Fünfcentmünzen in das matte Grau. Am Waldrand hinter ihnen begannen Vögel zu zwitschern. Und noch weiter im Hintergrund bahnte sich etwas Großes einen Weg durch das Unterholz, blieb stehen und tappte dann weiter.

»Wir müssen uns beeilen«, sagte Finney. Tucker schüttelte den Kopf und trottete langsam den Abhang zum Ufer des Baggersees hinab. Nick ging zum Wagen zurück und brachte zwischen zwei gewölbten Händen das Gesicht dicht an die hintere Scheibe. Pomeroy war auf die andere Seite des Rücksitzes gerollt, sein Kopf auf einem ausgestreckten Arm ruhend.

Nick machte die Tür auf und kroch in den Wagen. Finney beugte sich von der anderen Seite herein. Sie wechselten einen kurzen Blick, wuchteten Pomeroy gemeinsam hoch und rollten ihn – zuerst seinen Oberkörper, dann die Beine – über die Sitzlehnen. Der Tote fühlte sich steifer an, aber nicht kompakter. Nick fragte sich, wie lange es dauerte, bis die Totenstarre einsetzte. Der Kopf und die Schultern rutschten auf die Fußmatte vor dem Beifahrersitz hinab, und die Schlangenlederstiefel verhakten sich zwischen Steuer und Ledersitz, sodass Pomeroys Hinterteil prekär in die Luft ragte. In diesem engen Raum zusammengekrümmt, sah er aus wie ein Zwerg, den man in eine zu kleine Kiste gesperrt hat.

Nick stieg rückwärts aus dem Cadillac, fischte den Stetson von der Rückbank und warf ihn auf den Vordersitz. Finney zog sein mit Monogramm besticktes Taschentuch aus der Hemdtasche und wischte eilig den Rücksitz ab. Er beugte sich über die Sitzlehnen nach vorn und wischte, den Körper des Toten umgehend, über die vorderen Sitze, das Lenkrad, das Armaturenbrett und beide Türen. Er war sehr sorgfältig und gewissenhaft und wienerte sogar die Hupe und die Uhr im Armaturenbrett sauber; Dinge, von denen Nick sicher wusste, dass sie keiner von ihnen angefasst hatte.

Finney kletterte aus dem Wagen und warf die Tür zu. Er wischte den Griff sauber. Er ging um den Wagen herum und wischte über den Kofferraumdeckel, das Schloss und die Holme und Griffe der restlichen drei Türen. Dann wickelte er sich das Taschentuch um die Hand und öffnete die Fahrertür. Er schob einen von Pomeroys Stiefeln zur Seite und drehte mit derselben Hand den Zündschlüssel. Stotternd sprang der Motor an. Sich rückwärts aus dem Wagen schiebend, packte er den Schaltknüppel. Nick sah, dass er die Augen zumachte. Seine Lippen bewegten sich stumm – *ein Gebet? ein stummes Flehen?* –, dann zog er den Schalthebel auf Drive und lief, die Tür zuschlagend, ein paar Schritte vom Cadillac weg.

Zunächst passierte gar nichts, die Welt war still wie eine Miniwinterlandschaft in einer Glaskugel. Dann rollte der Wagen langsam und unerbittlich vorwärts. Zunächst bewegte er sich wie ein unter Drogen gesetzter Elefant, zaghaft und kläglich langsam, dann rollte er, schneller und schneller werdend, den Abhang hinab. Kiesel knirschten und trockene Zweige knackten unter seinen Reifen; es klang, als würden winzige Knochen brechen.

Der Cadillac landete mit einem lauten Klatschen im See, das milchig trübe Wasser teilte sich widerstrebend. Die Oberfläche des Baggersees brodelte, als die Motorhaube versank und sich sämtliche Hohlräume des Motors mit Wasser füllten. Der Cadillac zischte ärgerlich, und Dampf stieg in dünnen Fäden über dem blubbernden Wasser auf. Die Scheinwerfer brannten noch immer und stachen in zwei dünnen Lichtsäulen durch das trübe Wasser des Sees. Sie flackerten und erloschen mit einem gedämpften Knallen. Noch immer pflügte der Wagen vorwärts.

Das Wasser stieg über die Scheibenwischer, über die Türgriffe. Es strömte gurgelnd durch Spalten und Ritzen ins Wageninnere. Nick stellte sich vor, wie es die Ledersitze und die Fußmatten durchnässte, in Pomeroys Stiefel floss, seine Wranglers und den Stetson verfärbte, der langsam die Farbe geronnener Milch annahm. Vor seinem inneren Auge sah er, wie das Wasser am Kinn des Detektivs leckte, in seinen offen stehenden Mund floss und ihn dann vollkommen bedeckte, bis die grauen, dünnen Strähnen seines Haars wie silbernes Seegras wogten. Er stellte sich vor, wie der Caddy, in Spiralen trudelnd, in den

Tiefen des Baggersees versank und sich schließlich mit dem Kühler voran in den meterdicken Schlick bohrte. Jahre vergingen. Algen bedeckten den Cadillac und die Leiche. Das schlammige Wasser löste die Haut und die Muskeln von Pomeroys Knochen und verwandelte seinen Kopf in einen grinsenden Totenschädel, ein Skelett im stählernen Gerippe eines Autowracks gefangen.

»Geh unter, verdammt noch mal! Geh unter!«

Finneys Stimme holte Nick in die Gegenwart zurück. Der Wagen bewegte sich noch immer, doch träge und geradezu quälend langsam. Er neigte sich auf die rechte Seite, als hätten dort die Stoßdämpfer nachgegeben. Das Wasser reichte bis zur Hälfte der Windschutzscheibe und der vorderen Seitenfenster und bedeckte zwei Handbreit des Heckfensters. Der Kofferraum, dessen Deckel nach wie vor leicht auf und ab schwang, ragte vollständig aus dem Wasser.

Der Cadillac kam knirschend zum Stehen; das Wasser beruhigte sich. Eine ganze Minute lang sagte keiner von ihnen einen Ton; ungläubig und hilflos starrten sie auf den Wagen hinab, der aussah wie ein gestrandetes Seeungeheuer.

»Oh, nein! Neiiiin!«, kreischte Tucker. »Nein! Nein! *Neiiiiin!*« Er rannte ins eisige Wasser und watete die paar Meter zum Wagen. Das Wasser brodelte um ihn herum, als würde es kochen, als er sich gegen den Kofferraum warf.

»Sink, du Scheißkiste!«, schrie er, stemmte sich gegen das Heck und schob das Auto ein Stück tiefer. Er rutschte im Schlick auf dem Grund des Sees aus und fiel der Länge nach ins Wasser. Spuckend und prustend und ein gellendes Wutgeheul ausstoßend kam er wieder hoch.

Finney rannte den Abhang zum Ufer hinunter und schrie: »Tuck! Komm raus! Komm da raus, Tuck!«

Nick sah Sue an, ihre grünen Augen wie Smaragde im Licht der Morgendämmerung, und schüttelte den Kopf. »O mein Gott«, stöhnte er. Sie nahm seine Hand und drückte sie. Wie konnte alles nur so gründlich und so entsetzlich schiefgehen? Er fühlte sich, als sei er in Stücke gerissen, als seien die Teile von ihm über die ganze Welt verstreut. Verschwunden jedes Gefühl, dass sich alles zum Guten wenden würde, das Gefühl, den Lauf der Dinge beeinflussen zu können, das Richtige zu tun.

Seine Hand tastete nach dem dicken Bündel in seiner Jackentasche. Er wusste, wenn er sie jetzt anfasste, würden die Scheine ihm die Finger versengen, würde er die Hitze fühlen, die von ihnen ausging und bis in seine Brust strahlte. Doch als er das Geldbündel berührte, waren die Scheine kühl und glatt wie die Seiten eines alten Buchs.

Tucker schlug noch immer auf das Heck des im Schlick des Baggersees feststeckenden Cadillac ein. Nick presste die Augen zu, und in der Dunkelheit sah er, wie sein Leben in Scherben zerfiel.

Er blickte wieder zum Himmel empor, entsetzt und fasziniert zugleich, wie schnell die Zeit verflog. Das graue Dämmerlicht verblasste zu einem stumpfen Weiß, und der ferne Horizont färbte sich mit ... *Blut* ... die Rose der aufgehenden Sonne. Der Tag war angebrochen. Nick warf einen Blick auf sein Handgelenk, auf die Uhr, die nicht dort war. Macht der Gewohnheit – wie das Zähneputzen vor dem Schlafengehen, wie das Abstreifen deiner Schuhe auf der Fußmatte, wie ... deine Opfer im Dunkeln zu verstecken. Nervös sah er zum Waldrand hinüber. Die Park-Ranger konnten überall sein. Sie hatten die Leiche des

Ariers mitten im Nirgendwo nach weniger als zwölf Stunden gefunden. Und was war mit Evans? War das vorhin sein Streifenwagen gewesen, den er kurz vor Morgengrauen mit wippender Antenne durch das schlafende Ransom kriechen sah? Ungebeten geisterte ein Bild durch Nicks Kopf: die über die von Fettflecken bedeckte Wand eilende Kakerlake, diese irrsinnig schnell hervorzuckende und auf sie niederklatschende Hand. Was hatte Pomeroy noch mal gesagt? *Der Kerl ist ein verdammter Irrer. Er frisst Kids, wie ihr es seid, zum Frühstück ...*

Es war höchste Zeit, zu verschwinden, Zeit, die Beine in die Hand zu nehmen, Zeit, sich schleunigst vom Acker zu machen.

»Finney! Hol ihn da raus!«

Tucker stand noch immer, eine heulende Tirade von Verwünschungen gegen den Cadillac ausstoßend, bis zum Bauch im Wasser und schlug mit den Fäusten auf das aufragende Heck des Straßenkreuzers ein. Finney, der bis zu den Knien im Wasser stand, sah zu Nick herauf und schrie mit kaum verhohlener Wut: »Beweg deinen Arsch hier runter, Mann, und hilf mir! Ich denke nicht dran, diesen ...«

Tucker stieß einen entsetzten Schrei aus, das erschreckte Aufjaulen eines getretenen Hunds. Er wirbelte herum und watete von Panik erfasst von dem Wagen weg in Richtung Ufer und rannte dann, Wasserfontänen aufspritzend, durch das seichter werdende Wasser. Er stolperte und fiel auf die Knie, rappelte sich wieder auf und rannte taumelnd weiter, während er die ganze Zeit schrie, ohne auch nur einmal Luft zu holen, wie es schien. Am Ufer fiel er mit dem Gesicht voran auf den schmalen, mit schütterem Gras bewachsenen Kiesstreifen, die Beine nach wie vor im Wasser. Er verstummte abrupt, sein Gebrüll durch den Sturz wie abgeschnitten. Seine nassen Klamotten dampften. Finney packte ihn am Sweatshirt und zog ihn aus dem Wasser. Tucker wälzte sich auf den Rücken und rollte dabei der Länge nach in eine der Reifenspuren des Cadillac. Sein Atem ging keuchend und stoßweise.

»Ich ... ich ... ha... hab ... was ... ge... gehö...«, stammelte er, sein Gesicht bleich, seine Lippen blau angelaufen. »Ich ... ha... ha...«

»Beruhige dich, Tuck«, sagte Finney und ließ sich neben ihm auf die Knie sinken. Er tätschelte Tucks auf und ab wogenden Brustkorb. »Komm erst mal wieder zu Atem. Ganz ruhig, Mann.«

Tucker machte ein paar Sekunden lang die Augen zu, dann sagte er mit fast ruhig klingender Stimme, »Ich hab was gehört. Von unten, aus dem Wagen.«

»Was gehört?«, erkundigte sich Nick, der jetzt über ihnen stand. »Was denn? Wasser?«

»Nein, du Arschloch«, zischte Tucker und setzte sich auf. Er räusperte sich krächzend und spuckte einen Fladen Schleim auf das Ufer. »Wie ein Poltern, ein Klopfen – als würde sich da drin jemand bewegen, als würde dieser verdammte Pomeroy versuchen rauszukommen.«

Finney sah zu Nick empor. »Könnte irgend 'n Teil vom Auto gewesen sein.«

»Oder etwas, das in Tuckers Kopf herumschwimmt.«

»Glaubt von mir aus, was ihr wollt«, sagte Tucker und stand auf. »Ich hab was gehört. Ein Klopfen. Als würde jemand mit der Faust gegen Glas schlagen.« Er warf einen letzten, angsterfüllten Blick auf das halb gesunkene Auto und stapfte, sie zur Seite stoßend, in Richtung Mercedes. »Ich seh zu, dass ich von hier wegkomme.«

»Was sagst du, Nicky? Sollen wir noch mal da reingehen und nachsehen?«

Nick warf einen langen Blick auf den Cadillac und sah dann zum Waldrand hinüber. Ein dünner Nebel schwebte wie ein Gespensterspuk über den Bäumen. Wie lange würde es dauern, bis jemand den Wagen entdeckte? Einen Tag? Eine Stunde?

Zum ersten Mal, seit er kein Kind mehr war, wollte Nick weinen, sich ergeben und alles loslassen. Sich hinlegen, in den Himmel starren und seinen Tränen freien Lauf lassen, die unter großem Heulen und Zähneklappern alles aus ihm herauswaschen würden. Alles loslassen ... *das faustdicke Bündel Geld* ... *Sue* ... seine Niederlage eingestehen.

»Ich sehe es wie Tuck«, sagte er und stiefelte auf den Mercedes zu. Er hörte, dass Finney und Sue ihm folgten.

Als er die Beifahrertür aufmachte, sagte Sue, »Warte, ich hab Handtücher.«

DIENSTAG

7:50 bis 8:42

Zwei Tage nach seinem siebten Geburtstag zog sich Nick Laymon ein tückisches Fieber zu, eine glühende Hitze, die seine Kraft und seinen Willen aufzehrte, die seine Augen austrocknete und seine Lippen anschwellen ließ, die jede Bewegung mit quälenden Schmerzen rächte. Sein Vater wachte die vier Tage, die das Fieber wütete, an seinem Bett, rieb Nicks schmächtigen Körper alle zwei oder drei Stunden mit einem Schwamm ab und löffelte kräftige Brühe und Eiswürfel in ihn hinein.

Mitte des dritten Tags erreichte das Fieber seinen Höhepunkt und verwandelte die Welt in einen monströsen Ort. Nick verlor jeden Sinn für Proportionen: Sein Vater schrumpfte manchmal auf die Größe einer Puppe zusammen, dann wieder erschien ihm sein Zimmer so groß wie der Golf von Mexiko. Er erwachte spät in dieser Nacht und sah rote Aale, deren Körper vor Elektrizität pulsierten, während sie sich in den trägen Strömungen der Dunkelheit über dem sorgenvollen Gesicht seines Vaters wanden. Irgendwann später wälzte er sich herum und bemerkte, dass seine Mutter ihre kühle Hand auf seine Stirn presste. Sie lächelte und sagte, dass sie bald zusammen sein würden.

Als das Fieber kulminierte, begannen seine Hände anzuschwellen wie Luftballons und wurden so groß wie

Fanghandschuhe beim Baseball. Er schrie vor Entsetzen, als er sah, zu welch monströser Größe sie angewachsen waren, und war kaum fähig, sie zu heben. Sein vom Fieber verwirrtes Gehirn erfand eine ganze Litanei von quälenden Aufgaben und zwang ihn, dünnen Zwirn in Nadeln einzufädeln, heruntergefallene Stecknadeln aufzuheben, winzige Würmer auf winzige Haken zu spießen. Er tastete unbeholfen herum und war nicht einmal fähig, die einfachsten Dinge zu tun. Seine Gedanken schlugen Kapriolen in der Glut des Fiebers.

Am nächsten Morgen erinnerte sich Nick an fast nichts mehr, Bruchstücke der vom Delirium verursachten Träume fielen ihm erst im Laufe der Jahre wieder ein und dies auch nur in lückenhaften Bildern, wie Federflaum, der von den Strömungen über endlose Strecken getragen wird. Ganz deutlich erinnerte er sich jedoch an die tölpelhaften, riesigen Hände und das Gefühl der Verzweiflung, das ihn erfasste, wenn er feststellte, dass er zu nichts mehr fähig war. Dieser Traum verfolgte ihn sein ganzes Leben hindurch und suchte ihn – wie der Flashback eines Junkies – immer dann heim, wenn ihn die Angst zu übermannen drohte, wenn es schien, als würde die ganze Welt auseinanderbersten. In solchen Augenblicken sah er immer seine Hände an, halb in der Erwartung, sie wieder grotesk angeschwollen zu sehen.

Während sich der Mercedes höher in die Berge hinaufschraubte, starrte Nick wieder auf seine Hände hinab, fühlte die Hitze des längst verflogenen Fiebers, durchlebte erneut die Panik, in die ihn seine Ballonhände versetzt hatten. Irgendwie war er in eine Welt hineingestolpert, die genauso von Halluzinationen heimgesucht und unberechenbar war wie Fieberträume.

Sue schaltete zurück und brauste durch eine steile Kehre. Es war Finneys Idee gewesen, in die Smokies zu fliehen; sie bräuchten Zeit zum Nachdenken, hatte er argumentiert. Sie waren jetzt mitten in den Bergen, vielleicht vierzig Meilen von der Kiesgrube entfernt.

Sue streckte ihre Hand herüber, nahm eine von Nicks nicht geschwollenen Händen in ihre und drückte sie leicht. Ihre Finger streichelten seine Handfläche. Es erstaunte ihn noch immer, wie eine einzige Berührung von Sue seine Welt wieder in Ordnung bringen konnte. Er sah zu ihr hinüber; sie schenkte ihm ein flüchtiges Lächeln, und ihre Augen strahlten. Er drückte ebenfalls ihre Hand.

Finney beugte sich zwischen ihren Sitzen nach vorn. »Halt mal bei der nächsten Gelegenheit, wo wir 'nen Kaffee kriegen können. Wir brauchen ...«

»*Kaffee!* Du möchtest *Kaffee*?« Das Wasser des Baggersees hatte Tucker neu belebt und ihn aus dem katatonischen Schockzustand gerissen, in den er in den Minuten nach Pomeroys Tod verfallen war. Er saß zusammengesunken in der Ecke hinter Nick und zitterte vor Kälte; seine Zähne klapperten in seinem Mund wie kleine, lose Knochen. Er hatte sich in eines von Sues bunten Strandtüchern gewickelt, und das Wort *Cancun* prangte quer über seiner Brust.

»Wir sind alle im Arsch«, fuhr Tucker fort. »Das ist euch doch klar, oder? Wir haben gerade einen Mann *getötet* und jetzt laufen wir davon.« Er sah zu Finney hinüber. »*Wohin?* Wohin verkrümeln wir uns, Mr Big Daddy Großkotz?«

Finney lehnte sich zurück und sah aus dem Fenster. Tuckers Worte hingen in der Luft. Nick lehnte den Kopf zurück und schloss die Augen. Er sah wieder den bis zu den

Fenstern im Wasser stehenden Cadillac vor Augen. Wie lange, bis ihn jemand fand? Ein Gedanke nahm Gestalt an, tauchte an die Oberfläche seines Gehirns wie Wrackgut von einem sinkenden Passagierdampfer. Er drehte sich um, und obwohl er Angst hatte zu fragen, fragte er.

»Finney ...«, sagte er und zögerte, »... hast du das Handschuhfach abgewischt?«

Finney sah ihn an, seine Augen so grau und ausdruckslos wie Schiefer. Er schüttelte den Kopf, ein langsames Drehen nach rechts, dann zurück.

»Was?«, schrie Tucker mit sich überschlagender Stimme. »Du hast deine verdammten Fingerabdrücke im Wagen gelassen? Du gottverdammter Schwachkopf, es ist alles deine Schuld ...«

Nick wirbelte zu Tucker herum, lehnte sich über die Sitzlehne und packte dessen nasses Hilfiger-Sweatshirt mit beiden Fäusten. Er zog ihn zu sich heran, bis sich sein Sicherheitsgurt straffte.

»Es ist schon lange nicht mehr meine Schuld! Wir stecken alle da drin, jeder beschissene Einzelne von uns!« Flammender Zorn pochte hinter seiner Stirn, sandte seine Speere bis tief in sein Gehirn. Am liebsten hätte er seine Fäuste in Reed Tuckers teigiges Gesicht geschmettert. Er wäre ein leichter Gegner, weich und feige; Geld machte das mit einem.

Tuckers Augen wurden groß und rund; sein Kinn klappte mit einem Schmatzen nach unten.

Dann war Finney zwischen ihnen und redete ihm zu, löste seine Finger vom Pullover. »Beruhige dich, Nick. Überleg doch. Wir sind durch die gröbste Scheiße durch, es ist alles vorbei. Es muss vorbei sein. Wir gehen aufeinander los, weil wir fix und foxi sind. Wenn wir klaren Kopf behalten, stehen wir das durch.« Er verstummte und ließ den Balsam seiner Worte wirken. Nick ließ das Sweatshirt los, und Tucker sank mit einem Seufzen in den Sitz zurück. Er grunzte wütend und sah weg.

»Wir können heil aus der Sache rauskommen.«

Nick drehte sich um und starrte aus dem Fenster. »Dasselbe hast du gestern auch schon erzählt«, knurrte er. »Bis jetzt sieht es allerdings ganz und gar nicht danach aus.« Ein dilettantisch gemaltes Schild huschte vorbei; Nick erhaschte nur einen flüchtigen Blick darauf – irgendwas mit einer zweiköpfigen Schlange. Ein weiteres, unmittelbar dahinter verkündete IN VIETNAM GEFANGENE AFFEN. Fünfzig Meter weiter folgte ein drittes Schild, das GEKOCHTE ERDNÜSSE UND OPOSSUM versprach.

»Dort«, sagte Finney. »Halte dort, Sue.«

Sue ging vom Gas und bog auf einen leeren, von Schotter bedeckten Parkplatz. Auf der andere Seite des Platzes lehnte ein mit Schindeln gedecktes Holzhaus windschief über einem schwindelerregenden Abgrund. Ein von Hand gepinseltes Schild tat kund, dass es sich um das SMOKIN MOUNTAIN – ESSEN UND BIER handelte. Ein von der Sonne ausgebleichtes OFFEN hing in einem von Fliegendreck übersäten Fenster.

»Du lieber Himmel«, ächzte Tucker. »Granny Mae Clampetts Kneipe.«

Sue fuhr zur Frontseite des Hauses hinüber und machte die Zündung aus. Ein roh zusammengezimmerter Käfig aus Brettern und verrostetem Maschendrahtzaun stand neben dem Eingang zum Laden; er sah genauso windschief und wacklig aus wie das Smokin Mountain.

»Wir zischen 'nen Kaffee und atmen mal für 'ne Weile ruhig durch.« Finney stieg aus dem Wagen; Tucker folgte ihm stöhnend, das Strandtuch wie einen bunten Schleier hinter sich herziehend. Ohne sich umzudrehen, steuerten sie auf den Laden zu und verschwanden im Innern. Das ganze Haus wackelte, als die Tür scheppernd hinter ihnen zufiel.

Sue beugte sich zu Nick herüber und küsste ihn auf den Mund; er fühlte die Spitze ihrer Zunge und das sanfte Gewicht ihrer Hand, die leicht gegen seinen Schoß presste, dann richtete sie sich wieder auf und zog ihren Mantel fester um sich. Sie tauschten einen stummen Blick und stiegen aus dem Mercedes. Die Sonne, eine flache rote Scheibe, schwebte direkt über den Baumspitzen. Nick fröstelte und wusste, dass sie heute keine Wärme bringen würde.

Als er um den Wagen herum kam, blieb er vor einem an den Käfig genagelten Schild stehen: BÄRENJUNGES. Etwas in dem Käfig bellte, ein heiserer, krächzender Laut. Er nahm Sues Hand und ging mit ihr zur Vorderseite.

Der Verschlag war kaum größer als ein Schrank; er roch nach etwas Fauligem. Zusammengerollt in der hinteren Ecke lag ein kleiner Bär, sein verfilztes Fell schwarz wie Holzkohle. Eine schwere Kette führte vom Hals des Bären zu einem dicken Baumstamm an der Rückwand des Käfigs, der vom vielen Hin-und-her-Schaben der Kette völlig glatt gewetzt war. Drei blattlose Äste reckten sich anklagend zum Himmel.

Der Bär grunzte laut und stemmte sich mit einem schwerfälligen Klirren der Kette auf die Beine. Mit tapsigen Schritten kam er auf Nick und Sue zu, die Nase witternd in die Luft gestreckt. Sein Fell war an beiden Flanken blank gescheuert, und die Haut schimmerte hindurch wie pickeliges Leder. Der junge Bär stieß seine

Schnauze gegen den Zaun und schnaubte laut, ein dicker Faden Schleim troff aus seinem Maul auf den Kies. Der Bär hatte keine Augen; seine Augenhöhlen waren bodenlose schwarze Löcher, die Haut außen herum glatt und haarlos.

»Oh«, machte Sue, ein schnelles Ausstoßen der Luft. »Lass uns reingehen«, sagte sie und zog ihn vom Käfig weg.

Er drehte sich noch einmal um, konnte aber nirgends die versprochenen Affen entdecken. Als er in den Laden trat, sah Nick noch einmal zurück. Die Nase des Bärs ragte noch immer durch den Spalt und schnüffelte hilflos in die Luft.

Die Glocke über der Tür bimmelte, als sie eintraten, ein absurd fröhlicher Klang im Halbdunkel des Smokin Mountain. Der Laden wirkte innen sogar noch kleiner als von außen, die Luft war trocken und stickig. Dutzende von Holzregalen säumten die Wände, beladen mit einem staubbedeckten Tohuwabohu aus Marshmallow-Keksen und Kautabak-Päckchen, geräuchertem Schinken in Dosen und Sodacrackers, Tampons und Tabascosoße. Auf einer zersplitterten Holzpalette standen kniehoch gestapelte Bierkisten. Eine antike Softdrink-Kühlbox summte neben der Registrierkasse unter einem Kalender von 1972 und einer Collage von Schwarz-Weiß-Fotos, meist Tiere – Hunde und Schweine und Waschbären. Ein kleiner elektrischer Heizofen schnarrte rasselnd daneben.

Finney und Tucker saßen an einem runden Tisch im Hintergrund, beide über einen großen Styroporbecher mit dampfendem Kaffee gebeugt.

»Mo'gen.«

Gegenüber vom Eingang saß eine riesenhafte, voluminöse Gestalt, die Nick wegen ihrer gewaltigen grauen Fleischmassen zuerst für eine ausgestopfte Seekuh hielt. Er blinzelte, während sich seine Augen an das Halbdunkel gewöhnten, und registrierte dann, dass der Fleischberg ein Mensch war – eine ungeheuer dicke, fettleibige Frau. Sie saß in einem Lehnstuhl, in ein wallendes rotes Hauskleid gehüllt; ihr Fleisch floss in Kaskaden über den Stuhl und hing schaukelnd von ihren Armen. Es hing in Säcken von ihrem Gesicht und ihrem Hals. Ein blutroter Kropf von der Größe einer Grapefruit lugte zwischen den Fettwülsten unter ihrem Kinn hervor. Rosafarbene Lockenwickler so groß wie Orangensaftdosen waren – offensichtlich aufs Geratewohl – in ihrem eisengrauen Haar verteilt.

»Wie geht's heute Mo'gen?«, fragte die Frau. Ihre Worte kamen von keuchenden Atemstößen begleitet über ihre Lippen, als würde das Sprechen sie erschöpfen.

Nick nickte, und Sue murmelte: »Gut.«

»Wir hamm nich so viel Gäste, so früh am Mo'gen. Am Abend iss es mehr. Bedienen Sie sich und nehm' Se, was Se brauchen. Der Himmel weiß, ich bin zu schwer, es zu holen. Mein Henry wird gleich zurück sein.«

Sie machte eine Pause und drehte den Kopf, um einen Blick auf die altertümliche Coca-Cola-Uhr zu werfen, die an einem Nagel an der Wand hinter ihr hing. Es war fünf nach acht. »Eigentlich ...«, schnaufte sie und ließ sich ächzend in die Polster des Lehnstuhls zurücksinken, »... is er um acht meist schon zurück. Erledigungen und so weiter. Er muss jeden Augenblick zurück sein. Ich schätze, ihr gehört zu den beiden, die wo dort in der Ecke sitzen. Hinterm letzten Regal gibt's Kaffee.« Sie verstummte, um wieder zu Atem zu kommen. »Zahlen Sie, wenn Sie gehen.« Sie nickte kurz und konzentrierte ihre Aufmerksamkeit wieder auf das über ihren monströsen Beinen ausgebreitete Boulevardblatt.

»Danke, ist okay«, sagte Nick und ging zu Finney und Tucker hinüber. Sue nahm seine Hand, als sie sich, mit dem Rücken zur Tür, auf Stühle mit Rohrgeflechtlehnen sinken ließen. Im hinteren Teil des Ladens war es sogar noch düsterer als vorn.

»Kaffee?«, fragte Finney. Als sie beide den Kopf schüttelten, sagte er: »Auch gut – schmeckt eh beschissen.«

Sie saßen schweigend um den Tisch, nur das angestrengte Atmen der Frau und das Schlürfen Tuckers an seinem Kaffeebecher waren zu hören. Das volle Programm, dachte Nick. Die Park-Rangers, die Highway Patrol, sogar das FBI lungerten jetzt auf den Straßen herum und kamen dem Toten im halb gesunkenen Cadillac näher und näher. *Zeit ist alles.* In seinem Kopf hörte Nick das *Tick-tack,* mit dem der Sekundenzeiger die Minuten schluckte.

»Was jetzt?«, fragte Finney. »Was machen wir jetzt?«

»Wir fahren zurück und versuchen, die Leiche rauszuholen?«, fragte Nick, und schon der Gedanke allein jagte ihm eine Gänsehaut über den Rücken.

»Zu riskant. Jemand würde uns sehen.«

»Und heute Nacht?«, fragte Sue.

»Bis dahin hat ihn längst jemand gefunden«, erwiderte Nick.

»Vielleicht auch nicht – niemand fährt bei der Kälte zum Baggersee raus – nicht im Dezember. Und ich glaube nicht, dass viele Leute den Weg von hinten her kennen. Man konnte sehen, dass ihn seit Wochen, vielleicht seit Monaten kein Mensch mehr benutzt hat.«

»Vielleicht hast du recht«, sagte Finney.

Nick sah auf und suchte Finneys Blick. »Es ist Zeit, den Senator einzuschalten, Finney.«

»Nein. Dafür ist es längst zu spät.«

»Ich sag dir, er kann uns helfen …«

»Ihr *Idioten*«, zischte Tucker. »Wir hätten nicht hierherkommen sollen. Wir sind hier mitten auf dem Präsentierteller.« Er schlug mit der Faust auf den Tisch und warf dabei seinen Becher um, dessen Neige sich über den Tisch ergoss.

Sie starrten alle Tucker an; er hatte recht. Sie waren weniger als vierzig Meilen von der Kiesgrube entfernt, und Tuck saß tropfnass hier mit dem buntesten Strandtuch um die Schultern, das Nick je gesehen hatte. Nick warf einen raschen Blick zu der Matrone hinüber. Die Zeitung verbarg ihr Gesicht, aber er fühlte, dass ihre Augen jede Bewegung verfolgten, die sie machten.

»Lasst uns gehen«, sagte Sue, und ihre Hand ballte sich zwischen Nicks Fingern zur Faust.

»Nicht so schnell«, sagte Finney. »Wirkt verdächtig. Ihr beide zuerst. Dann wir. Tuck, du gehst einfach weiter – ich zahle die beiden Kaffees. Sobald wir alle draußen sind …«

Die Glocke bimmelte ihr fröhliches Willkommen, und wie auf Kommando senkten sie alle vier die Blicke, mit einem Mal scheinbar brennend an dem Muster der Flecken auf dem Tischtuch interessiert.

»Na toll«, brummte Tucker. »Noch jemand, der uns identifizieren kann.«

»Sieh an …«, rief die Frau, »… noch 'n Gast so früh am selben Morgen. Und dazu noch ein Hüter des Gesetzes.«

Die Worte ließen sie alle vier zusammenzucken; Sues Fingernägel gruben kleine Halbmonde in Nicks Handballen. Finney sah auf, und alles Blut und jede Hoffnung wich aus seinem Gesicht. Nick hatte das Gefühl, dass die Zeit stockte und auf eine langsamere und zähflüssigere Ebene sank.

Nick drehte sich auf seinem Stuhl um, bereits jetzt starr vor Angst, während sich das gesplitterte Rohrgeflecht unter seinem Gewicht beklagte, ein erschöpftes Flüstern wie das Rascheln von Insektenflügeln. Langsam hob er die Augen und erblickte den Mann, der den Laden betreten hatte, und seine Gedanken flogen zurück ... *die Kakerlake, diese Hand* ... bereits sicher, wer es war, ein zum Leben erwachter Albtraum.

Der Trooper der Highway Patrol sah im selben Augenblick zu ihnen herüber, in dem Nicks Blick auf ihn fiel. Eine verspiegelte Sonnenbrille, ein tief in die Augen gezogener Smokey-Bear-Polizeihut. Er schob mit der Zunge einen Zahnstocher von einer Ecke seines Munds in die andere. *Evans,* schrien all seine Sinne, schrien bereits, seit die Glocke über der Tür gebimmelt hatte. Evans. Der Trooper grinste sie an und tippte mit einem Finger an die Krempe seines Huts.

Erst dann sah Nick die Pistole in Evans fleischiger Hand, die schwere .45er, vor der Frau verborgen, doch bereits an seiner Seite nach oben schwingend. Nick wollte schreien, wollte aufspringen, sich vor Sue werfen – doch sein Körper gehorchte ihm nicht. Die Angst hielt ihn wie in einem Schraubstock gefangen.

Dann wandte sich Evans ab – sein massiger Leib verdeckte die Frau –, und alles, was Nick denken konnte, war, *nicht ich, nicht wir, nicht jetzt.* Nick sah, wie die Pistole in die Waagrechte kam, hörte Evans ein galliges »Tut mir leid, Ma'am« hervorgrunzen. Das Dröhnen des Schusses war ohrenzerfetzend laut in dem kleinen Raum, brachte das ganze Haus zum Wackeln, hallte wieder und wieder von den dünnen Wänden zurück. Eine Flasche fiel auf den Boden und zerschellte.

Ein Rauchfaden kräuselte sich aus dem Lauf der .45er. Evans drehte das Gesicht wieder ihnen zu, hob die Pistole mit einem Grinsen, das von einem Ohr bis zu anderen zu reichen schien, an die Lippen und blies den Rauch fort. Er schob die Pistole in den Halfter und wandte sich, von der Frau weggehend, der Tür zu. Als Nick sie wieder sehen konnte, sein Kopf noch von dem Krachen des Schusses dröhnend, dachte er zunächst, nichts hätte sich verändert. Sie lag wie zuvor entspannt zurückgelehnt in dem Sessel, die Zeitung in einer herabgesunkenen Hand; ihr Hauskleid war ein Stück über ihre Knie hochgerutscht und enthüllte noch mehr bleiches, delliges Fleisch. Dann sah er die Rose, die zwischen ihren Augen aufblühte; zwei Fäden schwarzen Bluts, die um den fleischigen Hügel ihrer Nase herum und in ihren Mund sickerten. Ihr Kopf war auf eine Seite gerollt, der Kropf quoll dunkelrot zwischen den Fettringen an ihrem Hals hervor, als würde er jeden Augenblick platzen, und Nick sah, dass ein Großteil ihres Hinterkopfs verschwunden war. Von dem Lehnstuhl fehlte ebenfalls ein großes Stück. Direkt hinter ihr prangte eine ockerfarbene Blüte an der Wand. Noch während Nick entsetzt darauf starrte, glitschte sie langsam zum Boden hinab; ein Basrelief aus Gehirnmasse und Splittern von Lockenwicklern.

Evans drehte das Schild an der Tür auf GESCHLOSSEN, machte die Tür wieder zu und schloss ab.

Die Zeit blieb stehen. Tucker wimmerte leise, und jemand sagte »O Gott, nein.«

Evans kam grinsend auf sie zu.

»Sieh an, wen haben wir denn da?« Evans packte einen Stuhl, drehte ihn herum und ließ sich mit einem Ächzen darauf nieder. Er grinste wölfisch. Nick sah ihr gekrümmtes Spiegelbild in den Gläsern seiner Sonnenbrille, ausweglose, in einer konvexen Welt gefangene Gestalten. Sue rückte ihren Stuhl näher an Nick heran; ihre Augen funkelten Evans kalt an.

»Kids«, sagte er und ließ den Zahnstocher bedächtig in den anderen Winkel seines Munds wandern. »Lasst mich euch eines sagen. Wenn ihr euch auf krumme Sachen einlasst, müsst ihr ein paar grundsätzliche Dinge lernen.« Er verstummte, noch immer lächelnd, und nahm seine Brille ab. Das Lächeln erreichte seine Augen nicht eine Sekunde. Er sieht wie ein Schwein aus, dachte Nick – spitze Ohren, hochgeschobene Nase, kleine Knopfaugen. Ein kalter Schauder lief ihm über den Rücken, als Evans die Brille sorgfältig zusammenfaltete und auf den Tisch legte. Er legte den Zahnstocher daneben.

»Erstens hält man nicht vierzig Meilen vom Tatort entfernt, um einen Kaffee zu trinken.« Er machte erneut eine Pause. »Und wenn ihr es tut, dann tötet die Person, von der ihr ihn gekauft habt.«

Sue fröstelte. Tucker wurde totenblass; Finney sah aus, als sei ihm schlecht, seine Lippen trocken und grau, seine Augen feucht. Keiner von ihnen bewegte sich.

Evans grunzte und warf einen Blick über die Schulter. »Was für ein Saustall«, sagte er mit einem glucksenden Lachen, ein teilnahmsloses, dreckiges Geräusch, während seine Schweinsaugen sie alle fixierten. »Aber wisst ihr, vor dem Frühstück zu töten, konzentriert die Gedanken, macht einen schärfer – so scharf wie die Schneide von 'nem Messer. Ihr Jungs wisst, was ich meine, oder?« Evans richtete den Blick auf Tucker. Er lehnte sich mitsamt seinem Stuhl zurück und fischte eine Tüte Fritos vom nächsten Regal. Er riss sie mit den Zähnen auf und schob sich eine Handvoll in den Mund; er bot die Tüte um den Tisch herum an, doch niemand wollte etwas. Nick fühlte, wie sein Magen revoltierte.

Durch einen Mundvoll knackender Mais-Chips hindurch sagte er, »Ich hab euch Burschen seit ein paar Tagen im Auge. Ich wusste, dass ihr irgendwann einen Fehler macht – früher oder später. Aber ich hätte mir nie träumen lassen, dass ihr so was Dummes macht. Einen Privatdetektiv umlegen.« Er stieß ein wieherndes Gelächter hervor, wobei er einen Schauer von Chips über den Tisch verstreute, dann schüttelte er den Kopf, und das Grinsen breitete sich dünn über seine Lippen. »Du meine Fresse.«

Sue rückte näher an Nick. Finney sah aus, als hätte er etwas Unrechtes gegessen.

»Wie auch immer – ihr habt mir nur ein bisschen Zeit und Mühen erspart. Ich sollte euch dankbar sein – abgesehen davon, dass ihr schuld dran seid, dass die letzten paar Tage nicht leicht für mich waren.«

Sein Blick blieb wieder an Tucker hängen. Der benahm sich, als hätte er Mühe, genug Luft zu kriegen; ein Schweißtropfen rann über seine Schläfe und dann über seine Wange. Er zitterte und zog das Strandtuch fester um seine Schultern, wie eine alte Frau ihren Schal.

»Weißt du, wie es ist, wenn dir andauernd jemand im Nacken sitzt und dir sagt, dass die ganze Sache deine Schuld ist? Weißt du, wie das ist?«

»Ich scheiß drauf«, sagte Tucker, und seine Stimme kippte und wurde plötzlich schrill.

Evans Kieferknochen traten hervor und mahlten. Ein Muskel seiner rechten Wange zuckte, und seine Hand ballte sich um die Tüte mit Chips. »Pass auf, was du sagst, reiches Jüngelchen. Besonders wenn junge Damen anwesend sind.«

Tucker wollte etwas sagen, doch Evans hielt einen Wurstfinger in die Höhe. Der Nagel war bis zum Fleisch abgebissen, bemerkte Nick, und das zweite Fingergelenk war leicht gekrümmt.

Tucker klappte den Mund wieder zu.

»Besser.« Evans hielt die Tüte an seinen Mund und schluckte die letzten Krümel des Inhalts. Mit einem lauten Schmatzen sagte er: »Was wir jetzt haben, ist eine Situation ...« Er grinste dämlich, was irgendwie nicht zu ihm passen wollte. »Beinah' hätt' ich's vergessen. Wenn einer von euch Gentlemen irgendwo ein Eisen stecken hat, will ich das jetzt haben.« Als sich keiner von ihnen bewegte, sagte er mit einer Stimme, so kalt wie das Wasser im Baggersee: »Es ist jetzt viel leichter als später.«

Mit einem Achselzucken zog Finney Pomeroys Revolver aus seiner Hose und legte ihn, ohne den Blick ein einziges Mal von der Tischplatte zu heben, vor Evans auf den Tisch.

Der Trooper der Highway Patrol schob seinen Hut aus der Stirn und ächzte. »Heiliger Strohsack!« Er ließ die leere Fritos-Tüte auf den Boden fallen und nahm den Revolver vom Tisch, drehte ihn in seinen Händen und besah ihn von allen Seiten. Er klappte die Trommel auf, drehte sie mit der flachen Hand und ließ sie wieder zuschnappen. »Du meine Fresse! Habt ihr schon mal so eine Kanone gesehen?«, fragte er und sah dabei Nick an. »Ich auch nicht, außer im Kino. Habt ihr diese Filme je gesehen? Der Duke, Jimmy Stewart? Ich schätze, nicht. Das waren Filme, nicht wie dieser Mist, den sie uns heute vorsetzen.« Seine Augen hatten einen verträumten Ausdruck angenommen. Nick warf einen Blick zu Finney hinüber, der noch immer auf die Tischplatte starrte. Sues Gesicht verzerrte sich vor Abscheu, die Oberlippe leicht nach oben gezogen.

»Nein, sicher nicht«, sagte er und verstaute den Revolver unter den überhängenden Falten seines Bauchs. Er betrachtete sie nacheinander. »Wo war ich stehen geblieben? Ach ja, wir haben hier jetzt eine Situation. Wir haben einen toten Detektiv, der in einem halb gesunkenen Cadillac rumschwimmt. Und wir haben eine tote dicke Frau.« Er verstummte und bedachte jeden von ihnen mit einem kalten, starrenden Blick.

Finney zuckte zusammen, als hätte ihn jemand ins Gesicht geschlagen, und Tuckers Kehle entrang sich ein leises Stöhnen, als er den Blick des Troopers erwiderte und dann wegsah.

Evans stützte die Ellbogen auf den Tisch und verschränkte die Hände. Er sah Tucker an. »Ich wette, du denkst, ich mache nur Wind, hab ich recht, mein Junge? Ich wette, du denkst, ich drohe nur, und dass ich den Schwanz einziehe und davonlaufe, wenn es hart auf hart geht. Tja, dann lass dir was gesagt sein, reiches Jüngelchen, das tu ich nicht – nicht so leicht. Aber ich verrate dir ein kleines Geheimnis, das unter uns bleibt, wenn du verstehst, was ich meine.« Er senkte die Stimme zu einem Flüstern. »Ich hab schon ein bisschen Schiss, jetzt im Augenblick. Wenn ich ehrlich sein soll, muss ich zugeben, dass mir vor Angst der Arsch auf Grundeis geht.« Er räusperte sich umständlich und schob den Zahnstocher wieder in seinen Mundwinkel.

»Willst du wissen, warum?« Er schüttelte den Kopf. »Ich hab den heißen Atem von diesem Kerl im Nacken. Er will, dass alles wieder so ist wie vorher, und rate mal, wen er dafür ausgesucht hat, dafür zu sorgen, dass die Dinge wieder so werden, wie sie waren?« Er beugte sich vor, Tucker fixierend, und tippte sich gegen die Brust. »So ist es – meine Wenigkeit.«

Evans ließ sich in den Stuhl zurücksinken; das Rohrgeflecht ächzte gequält. Er nahm Finneys Becher und trank einen Schluck. »Ich darf doch?«, griente er, setzte den Becher wieder ab und rülpste laut. Finney blieb eine Antwort schuldig.

»Ihr Jungs denkt, ich bin ein widerlicher alter Sack, hab ich recht?« Er setzte wieder sein wölfisches Grinsen auf. »Und ich muss sagen, ich kann es euch im Augenblick nicht mal verdenken. Aber wenn ihr denkt, ich bin mies, dann solltet ihr erst mal diesen Burschen kennenlernen. Er ist ein bösartiger, fieser ...«

»Sie waren dort, stimmt's?«, fragte Nick, als sich die verschiedenen Bruchstücke in seinem Kopf plötzlich zu einem Ganzen fügten. »Sie waren hinter ihm her, hinter dem Arier, waren ihm wahrscheinlich dicht auf den Fersen. Und Sie haben alles gesehen, sogar Pomeroy. Sie wussten ...«

»Das reicht.« Evans richtete den ausgestreckten Zeigefinger wie den Lauf einer Pistole auf Nicks Gesicht und krümmte den Finger, als würde er den Abzug durchziehen. »Denk nicht so viel, Collegeboy. Denken kann dir 'nen Haufen Schwierigkeiten einbringen. Denken kann dich das Leben kosten.«

Die Stille, die auf Evans Drohung folgte, zersplitterte mit einem lauten Trillern, das aus allen Richtungen zugleich zu kommen schien. Tucker stieß einen erschreckten Schrei aus, und sie zuckten alle zusammen, sogar Evans, der in der Brusttasche seines Hemds kramte und ein gelbes Handy hervorzog. Er starrte verdutzt darauf hinab, und das kalte Glitzern in seinen Augen verschwand. Es klingelte erneut, und er klappte es auf und presste es an sein Gesicht.

»Hallo?«

Evans sprang auf und warf dabei seinen Stuhl um.

»Ja, Sir«, sagte er. »Ja, Sir, Mr Gutman, ja, hier, direkt vor mir.« Sein Blick schweifte über den Tisch, schien sie jedoch gar nicht wahrzunehmen. »Ja, Sir.« Evans drehte sich um und ging mit langsamen Schritten in den vorderen Teil des Ladens. »Nein, Sir. Ich glaube nicht, dass sie es bei sich haben – ich bin mir nicht mal ganz sicher, ob sie davon wissen.« Er verstummte und hörte zu. Dann: »Jawoll, Sir, das kann ich machen, kein Problem. Ja, Sir, Mr Gutman.« Er blieb vor dem Lehnstuhl stehen und stupste den Arm der toten Frau mit einem Finger an. Er warf einen Blick zu ihnen herüber und sagte noch etwas mit gedämpfter Stimme. Er ging zur Tür und spähte kopfschüttelnd durch die Scheibe nach draußen.

»Du lieber Himmel, was machen wir jetzt?«, fragte Tucker, auf Evans Sonnenbrille starrend, mit tonloser Stimme.

»Finney«, flüsterte Nick und sah über die Schulter zu Evans hinüber. »Der Kerl ist verrückt – wir müssen weg hier, wir müssen ...«

»Heh!«, rief Evans von der Tür herüber. »Hab ich vielleicht gesagt, ihr könnt reden?«

Finney hob den Blick und sah Nick an. Seine Augen waren stumpf. Er sagte nichts und zuckte nur mit den Schultern.

»Jemand muss was tun, und zwar schnell«, flüsterte Sue. Sie sah zu Evans hinüber und dann wieder zurück zu Nick. Ihre Augen waren kühl, nüchtern. Das nervöse Zucken in ihrer Wange hatte wieder angefangen.

Eine weite Bucht öffnete sich in Nick, das Gefühl absoluter Hilflosigkeit. In seinem Kopf drehte sich alles von dem, was in den letzten achtundvierzig Stunden passiert war, und es gab nichts, das er tun konnte, absolut nichts.

Evans kam wieder zurück, das Handy noch immer an das Gesicht gepresst. »Oben in der Gegend von Townsend«, sagte er. »Ja, Sir.« Erneut eine Pause. Evans nickte. »Es hier tun? *Bevor* ich sie bringe?« Er lauschte. »Was immer Sie sagen, Mr Gutman. Das wird ohne Zweifel ihre Kooperationsbereitschaft anfachen, da bin ich mir sicher.«

Während Nick ihm zusah, wie er in das winzige Telefon sprach, wie sich sein Mund kräuselte und sich sein Gesicht verzog, erkannte er, wie die Beziehung gelagert war. Hier war jemand, der Evans an der Leine hatte, jemand, der größer war und mächtiger und mindestens genauso verrückt – nur auf andere Art. Vielleicht war er jemand, mit dem man reden, mit dem man verhandeln konnte. Evans war zu beschränkt, zu engstirnig, um mit ihm verhandeln zu können. Ihre Rettungsleine, begriff Nick, war die Stimme dieses Wahnsinnigen in der Leere am anderen Ende der Verbindung.

Sein Gehirn arbeitete auf Hochtouren, versuchte unregelmäßig geformte Teile zusammenzufügen. Wenn der Mann am anderen Ende der Leitung Evans an der Leine hielt, wer hielt dann seine? Konnten zwei Männer alleine einen Snuff-Video-Ring organisieren? Er glaubte es nicht. In seinem Kopf sah er eine endlose Parade korrupter Beamter ... *Dutzende schlafender Polizisten* ... die das Video mit Casey von einer schmutzigen Hand in die nächste gaben.

Mit einem letzten »Ja, Sir!« klappte Evans das Handy zu. Seine Mahnung von vorhin spukte Nick durch den Kopf: *Denken kann dich das Leben kosten.*

Evans schlenderte zum Tisch und nahm seine Sonnenbrille. »Jungs ...«, sagte er und schob mit einem Finger die Brille vor seine Augen, »... ich möchte jetzt nicht in eurer Haut stecken.« Ein dünnes Grinsen huschte über sein Gesicht.

»Wir haben allerdings noch ein anderes Problem – nur ein kleines.« Er setzte sich wieder auf den Stuhl. »Der Dickhäuter will, dass wir nach Knoxville kommen, und das sofort. Aber wir können das Blaulicht einschalten, wenn es nötig ist.« Er lachte glucksend. »Das Problem dabei ist, in meinem Streifenwagen haben nur drei bequem auf dem Rücksitz Platz – und ich möchte ja schließlich, dass ihr alle bequem sitzt.«

Evans machte eine Pause, um seine Worte wirken zu lassen. Nick sah, wie in Finneys Augen Verstehen dämmerte, dann – einen Moment später – auch in Tuckers. Sues Hand krallte sich schmerzhaft um seine.

»Oh, verdammt, bitte ...«, stöhnte Tucker. »Oh, bitte ...« Seine Stimme versagte.

Evans zog die .45er aus ihrem Halfter und legte sie beiläufig auf den Tisch. »Die beste Waffe, die mit Geld zu kriegen ist«, sagte er und betrachtete die Pistole verzückt. Auf dem Lauf spiegelte sich matt das Licht, ein dämonisches Schimmern. Er nahm die Waffe in die Hand, wog sie bedächtig und packte sie fester; zufrieden blickte er auf. »Die Gangster und harten Burschen in den Filmen fahren alle auf die neun Millimeter ab. Aber *das* hier ist 'ne Kanone für einen echten Mann. Die würde auch einen Elefanten zum Stehen bringen. Und ihr habt selber gesehen, was sie mit einer Vier-Zentner-Frau anstellen kann.« Er drehte die Waffe so, dass das reflektierende Licht auf ihre Gesichter fiel, zuerst auf Finneys, dann auf Tuckers, auf Sues und schließlich auf Nicks. Nick versuchte, nicht wegzusehen, weg von den verspiegelten Gläsern. Ihre Spiegelbilder in ihnen schienen noch hoffnungsloser zusammengekrümmt, noch rettungsloser gefangen als zuvor.

»Stellt euch vor ...«, sagte Evans, »... was sie mit einem von euch dürren Burschen anstellen würde.«

Tucker stöhnte wimmernd.

»Die Lady wollen wir mal beiseitelassen. Der Dickhäuter wird sie sich ganz sicher ansehen wollen.« Er streifte Sue mit einem lüsternen Blick. Dann richtete er die Waffe auf Nicks Brust. Nick fühlte, wie sein Herz aussetzte.

»Eene«, sagte Evans. Der Lauf der .45er wanderte über Sue hinweg und richtete sich auf Tucker. »Meene.« Weiter zu Finney. »Mine.« Wieder auf Nick zurück. »Mee. Fang 'nen Tiger bei sein'm ... nein, Moment mal ... fang 'nen *Bären* bei sein'm Zeh – muss das heißen.« Der Lauf der Pistole schwankte zwischen ihnen hin und her, Evans Arm kerzengerade ausgestreckt, sodass jede Bewegung nur aus einer Drehung der Schulter entstand, ein fließendes Zusammenspiel von Bändern, Sehnen und Muskeln. Mit zunehmendem Tempo des Abzählreims ruckte die Pistole immer schneller hin und her. Nick erinnerte sich, dass er und Alex St. Johns ihn draußen im Wald oft gesungen hatten, oder abends am Strand – als alles ein Spiel war, bloß ein Spiel.

Tucker wimmerte lauter, ein gespenstisches, grauenvolles Geräusch.

»Wenn er jammert, muss er zahlen, fünfzig Dollar für die Qualen!« Evans schrie den Reim fast hinaus, und Speichel vermischt mit Mais-Chips regnete über den Tisch. »Eene, meene, muu, *und raus bist DU!*«

Tucker schrie, ein gellendes Kreischen, das in Nick den Wunsch erweckte, sich irgendwo zu verkriechen, an irgendeinem Platz, an dem es dunkel und eng war.

»Warten Sie!«, rief Nick. »Lassen Sie uns reden!«

»Neiiiin!«, kreischte Tucker und sprang auf. Der Stuhl kippte nach hinten, während Tuckers Hände sich in das Strandtuch krallten und es noch fester um die Schultern zogen. Er schluchzte und keuchte schwer. »Das kannst du nicht machen, du ... äh ... äh ... du Drecksack! Du kannst mich nicht einfach so ... äh ... umbringen, du kannst nicht ... oh, Mama ... *biiitte* ...«

»Hab ich dir nicht gesagt, du sollst deine verdammte Zunge hüten?«

Nick sah, wie der Rückstoß Evans Arm hochrucken ließ – als hätte ein unsichtbarer Puppenspieler ihn nach oben gerissen – und dann hörte er die Detonation, ein Krachen, viel lauter, als das, das die dicke Frau getötet hatte.

Instinktiv warf Nick die Arme in die Höhe und rammte dabei Sue seinen Ellbogen unters Kinn; sie sackte gegen ihn, und er kippte mitsamt dem Stuhl nach hinten. Er krachte mit dem Hinterkopf auf den Betonboden; Lichter explodierten in seinem Kopf.

Dunkelheit.

Bleiches, kränkliches Licht sickerte unter seine Augenlider und zerrte ihn an einen Ort zurück, an den er sich nicht erinnern wollte. Sein Kopf pochte schmerzhaft. Seine Hände fühlten sich geschwollen an. Sues Stimme: »Nicky, komm schon, Baby, Nicky.« Ihre Stimme klang belegt und undeutlich, als hätte sie geweint. Dann Finney, seine Stimme weit weg: »Komm schon, Mann, bitte.« »Lasst ihn, ich erledige das.« Sue: *»Nein! Bitte, noch eine Minute. Nicky!«*

Nick machte die Augen auf, und die Welt brandete wieder über ihn hinweg. Sue und Finney beugten sich über ihn, ihre Gesichter, bleich und verschwommen, ließen ein schemenhaftes Bild ... *Finney, der sich zwischen ihren weißen, weichen Schenkeln abschaffte* ... durch seinen benebelten Kopf geistern.

Mit einem Ruck nahm die Welt wieder klare Konturen an, und der riesige Schatten hinter ihnen entpuppte sich als Evans.

»Tuck?«, fragte Nick mit krächzender Stimme. Das Pochen in seinem Kopf wurde schlimmer. Eine einzelne Träne kullerte über Sues Wange; Finney sah mit einem Kopfschütteln weg. Sie halfen ihm auf die Beine.

»Raus jetzt«, knurrte Evans barsch. »Bewegt euch.«

Finney und Sue legten Nicks Arme über ihre Schultern, seine Hände so groß wie Fanghandschuhe und nach wie vor immer größer werdend, wie er entsetzt feststellte, und schleppten ihn zur Tür. Seine Beine fühlten sich ebenfalls geschwollen an, als wären seine Schuhe mit Zement gefüllt. Sein Kopf pulsierte, als hätte ihn jemand in die Tür von einem Auto eingeklemmt, von einem Cadillac. »Tuck?«, fragte er erneut.

Er drehte den Kopf – der Schmerz wie eine Explosion in seinem Schädel, um nach Tucker zu sehen, und Finney sagte: »Nein, Mann, nicht.« Er sah trotzdem zurück. Sein

Stuhl mit der Lehne aus Rohrgeflecht und der Tisch waren umgekippt. Die Wand dahinter war in einer abartigen, grauenvollen Collage mit Teilen und Fetzen von Reed Tucker besprenkelt. Nick senkte schnell den Blick auf den Boden. Hinter der Tischplatte ragte Tuckers ausgestreckter Arm hervor, seine Hand weiß und blutlos und noch immer zuckend.

»Oh, Reed. Nein ...«, flüsterte Finney.

Der Himmel war ein unendliches, wolkenloses Blau, die Luft so kühl und klar, dass ihr Atem in kleinen Wölkchen von ihren Lippen flatterte. Finney und Sue halfen Nick durch die Tür und hinüber zu Evans' nicht als Streifenwagen gekennzeichneten blauen Straßenkreuzer. Ein paar Meter dahinter ragte der Kühler eines vom Rost zerfressenen Chevy Pick-up, dessen Heckfenster zersplittert war, auf den Schotterparkplatz. Im grellen Licht der Dezembersonne sah er aus, als sei er hundert Jahre alt.

»Machen Sie sich wegen Ihrem schönen Wagen keine Sorgen, Missy«, sagte Evans. »Wir müssen ihn für 'ne Weile hier stehen lassen, aber wir holen ihn bald ab.«

Nick erkannte die Lüge. Keine Chance, aus dieser Falle zu entkommen – sie waren genauso rettungslos verloren wie Tucker.

Als Nick auf den Rücksitz von Evans Wagen kletterte – der Schmerz in seinem Kopf nur mehr ein dumpfes Pochen, streifte sein Blick den Bärenkäfig. Die Nase des jungen Bären ragte zwischen den Brettern hervor, schnaubend, schnüffelnd und blind in die Luft witternd.

DIENSTAG

8:42 bis 10:30

Nick rutschte ganz über den Sitz, als Sue und Finney in Evans Wagen stiegen und ihn gegen die Beifahrertür drückten. Er wischte den feuchten, grauen Film seines Atems von der Scheibe, mit dem sie sich beschlug, und starrte an der Ladefläche des Chevys vorbei auf den von Gras überwucherten Rand des Parkplatzes, der mit Pappbechern und Bierdosen übersät war. Dahinter fiel der bewaldete Hang steil ab, kahle Laubbäume und knorrige Kiefern, durch die die kalten Strahlen der blutleeren Dezembersonne wie gleißende Speere stachen, doch sie sahen aus, als wären sie tausend Meilen weit weg. Das Einzige, das Nick wirklich deutlich vor sich sah – vielleicht das Einzige, das er je wieder sehen würde, war diese riesige Pistole, wie sie über ihn hinwegschwenkte und auf Tucker verharrte. Er schluckte den schalen, metallischen Geschmack in seinem Mund hinab. Wie aus weiter Ferne sah er sich dabei zu, wie er am Türgriff zerrte und zwischen den schützenden Bäumen verschwand, während die klare Luft in seine Lungen stach und den Nebel aus seinem Kopf blies ...

Die Tür auf der anderen Seite schlug mit einem verhängnisvoll dumpfen Krachen zu.

Sie waren jetzt allein in dem Wagen. Nick warf erneut einen Blick durch das Fenster zum Wald hinüber, einladend und so verlockend nah, während seine vom Fieber geschwollenen Finger vergeblich über die glatte, grifflose Plastikverkleidung der Tür tasteten.

»Du blutest«, flüsterte Sue.

Er betastete vorsichtig seinen Hinterkopf und zuckte zusammen, als er etwas Klebriges an seinen Fingern spürte.

»Ist nicht schlimm«, sagte er mit heiserer Stimme, der Stimme eines alten Mannes. Er sah zu Finney hinüber, dessen bleiches Senator-Gesicht mit braunen Flecken gesprenkelt war. Nicks Eingeweide krampften sich zusammen, als ein anderes albtraumhaftes Bild vor seinem inneren Auge Konturen annahm: Tucker, der vom Tisch hochtaumelte, die Arme flehend ausgestreckt, während von seinem Schädel eine rote Fontäne aufspritzte.

»Dein Gesicht«, flüsterte er.

Finney schluckte, machte die Augen zu und ließ den Kopf nach hinten sinken, ein Bild tiefster Verzweiflung. Der Wagen sank mit einem protestierenden Quietschen der Stoßdämpfer tiefer, als Evans sich hinter das Steuer fallen ließ und seinen Smokey-Bear-Hut auf den Beifahrersitz warf. Er schob den Schlüssel in die Zündung und ließ den Motor an, dann griff er nach unten, um den Polizeifunk anzumachen, der sogleich losquakte. Er lehnte sich zurück und zerrte Pomeroys Revolver unter seinem Wanst hervor. Das Licht spiegelte sich auf der Waffe, als er sie in die Höhe hielt; Chrom und Elfenbein, der Traum eines Drehbuchschreibers von dem Revolver, den Doc Holliday vielleicht getragen hat, tief an seinen schlanken Schenkel geschnallt, während er durch die staubigen Straßen von Tombstone stiefelte. Mit einem glucksenden Lachen schüttelte Evans den Kopf.

»Dieser Pomeroy und sein Schießprügel«, sagte er ohne Groll in seiner Stimme und visierte über den Lauf irgendein imaginäres Ziel im Wald an. Er ahmte den Rückstoß eines abgefeuerten Schusses nach und sagte so laut *»Päng!«*, dass Sue zusammenzuckte, und schob dann den Revolver in den Spalt zwischen der Tür und seinen Sitz. »Man könnte sagen, ihr Kids habt uns einen Gefallen getan – dieser kleine Giftzwerg wurde langsam lästig und glaubte, er könnte ungestraft in unseren Angelegenheiten rumschnüffeln, aber ich denke nicht, dass der Dickhäuter es auch so sehen wird.«

Er fischte ein Paar Autohandschuhe von der Ablage über dem Armaturenbrett. Als er die Riemen mit Klettverschluss über die Rücken seiner fleischigen Hände spannte, drehte er sich um und grinste breit, sein Gesicht nur Zähne und die konvexen Spiegelgläser der Pilotenbrille über seiner stumpfen, nach oben gebogenen Nase. Die schwarzen Maschen des Zwischengitters zerteilten sein Gesicht in kleine Rauten.

»Bequem, Kids?«

Niemand sagte etwas. Nick wagte kaum zu atmen.

»Ihr lächelt freundlich und antwortet, wenn ich mit euch rede, oder ich gebe euch was, worüber ihr beleidigt dreinschauen könnt. Ich bin ein bisschen nervös heute Morgen, und es ist schwer, vorherzusagen, was ich möglicherweise tue. Ich frag euch also noch mal: Sitzt ihr alle bequem?«

»Ja«, flüsterte Finney. Und lauter: »Ja, wir sitzen bequem.«

Evans pflückte einen frischen Zahnstocher aus seiner Brusttasche und schälte ihn aus seiner Cellophanhülle. Gedankenverloren lutschte er daran, ehe er ihn in seinen Mundwinkel schob. »Was ist mit dir, Collegeboy?«

»Ich werd's überleben.«

Evans lachte wiehernd. »Das ist gut, wir werden noch richtige Freunde.« Ohne Eile drehte er sich um, hebelte den Rückwärtsgang ein und stieß zurück. Sue sog scharf die Luft ein und griff nach Nicks Hand, als sie an dem rostzerfressenen Chevy vorbeirollten. Er drehte seinen schmerzhaft pochenden Kopf und folgte ihrem Blick. Die Fahrertür des Pick-ups stand offen. Im von Schatten erfüllten Innern konnte Nick eine über die Sitzbank gesunkene Gestalt ausmachen.

Ein Bild von der dicken Frau spukte durch seinen Kopf, ihr schlaffes, graues Gesicht bestimmt und unerschütterlich, als sie versicherte, ihr Henry werde jeden Augenblick nach Hause kommen. Ihm lief ein kalter Schauder über den Rücken, und das Pochen in seinem Kopf wurde schlimmer. Einen Moment lang dachte er, der Mann in dem Chevy habe sich bewegt, dass er vielleicht noch lebte – dass sie vielleicht auch überleben würden. Doch dann meldete sich ein ehrlicheres, tieferes Ich zu Wort: Der Mann war tot. Die Bewegung war nur eine Täuschung gewesen, ein Spiel von Licht und Schatten, eine Fata Morgana wie die schimmernden Wasserlachen, die man manchmal über dem heißen Asphalt sah, eine Luftspiegelung unter einem kochenden Wüstenhimmel.

Die Reifen spritzten Schotter auf, als Evans anfuhr.

Nick drehte sich um und starrte durch das Gitter auf das, was auch immer vor ihnen lag.

Fünfzehn Minuten später, als die Straße vierspurig wurde, griff Evans unter das Armaturenbrett und brachte ein Blaulicht zum Vorschein. Er ließ es in die Halterung auf dem Dach schnappen, knipste einen Schalter an, und der

Wagen war plötzlich von einem Jaulen und einem blinkenden, blauen Licht erfüllt. Dann stieg er aufs Gas. Für Nick war die Fahrt wie ein einziger Fiebertraum; die Einsamkeit der Berge blieb zurück und machte einem die Stadt ankündigenden Areal mit Motels, Hamburger-Läden und riesigen Reklametafeln Platz, die Honky-tonk-Musik und Outlet-Shopping versprachen, das ganze sich vor ihnen entrollende Panorama untermalt von dem irrsinnigen Jaulen der Sirene und von Evans gleichmütigem Monolog, als er eine Anekdote über einen Mann namens Stark zum Besten gab und dessen wohlverdiente Strafe durch die Hand von Vergil Gutman – dem Dickhäuter, dessen heißen Atem er im Nacken spürte, der Mann, dem sie versehentlich in die Quere gekommen waren, und der letzte Mann, den sie in ihrem traurigen und bald ein Ende findenden Leben vermutlich sehen würden.

»Stark, müsst ihr wissen«, erzählte Evans, »war ein Collegeboy, ein zu kurz geratener, kleiner Rothaariger, ungefähr die Farbe wie Ihr Haar, Missy, aufdringlich und reizbar wie ein übellauniger Straßenköter. Er war auch schlau, aber nicht halb so schlau, wie er dachte. Mr Gutman heuerte diesen Pimpf an, weil er sehr gut darin war, die Bücher zu frisieren. Der Junge war der Einstein der Buchhalter; der Junge war ein Genie. Aber Stark hatte ein kleines Problem mit seinem Mundwerk. Eines solltet ihr nicht vergessen, Mr Gutman ist kein kleiner Mann ...«

Inzwischen war das Pochen in Nicks Kopf zu einem unaufhörlich dröhnenden Hämmern angeschwollen. Er presste die Augen zu, und es gab nur noch den spöttisch gedehnten Tonfall von Evans Stimme in der Dunkelheit – die Stimme und das schauerliche Todesfee-Heulen der Sirene und ein grünes Licht, das an einem fernen Horizont glühte. Alles floss in seinem Kopf zu einem heillosen Chaos zusammen, einer irrwitzigen Montage aus Sinneswahrnehmungen und Bildern: der Leichenhausgeruch im Smokin Mountain; dieser letzte Blick auf Tucker, seine bleichen, zuckenden Finger hinter der dunklen Fläche des umgeworfenen Tischs; das Geld, schwer wie ein Ziegelstein in seiner Jackentasche; die Gegenwart von Sue neben ihm – die Wärme ihres Schenkels an seinem, ihr schneller, flacher Atem – und vor allem die endlose, wahnsinnige Litanei von Evans Gelaber, seinem endlosen Gerede darüber, wie Stark begonnen hatte, sich über Gutman hinter dessen Rücken lustig zu machen, wie er im Büro herumstapfte wie ein Mann, der aus Zement gemacht war, wie er den Tonfall von Gutmans Stimme imitierte, wie er anfing, Gutman bei dem Namen zu nennen, den der für sich selbst gewählt hatte, der Name, den sonst niemand auszusprechen wagte: der Dickhäuter. Weil er so groß wie ein Elefant war und zweimal so hässlich. Niemand wusste, wie Gutman es herausgefunden hatte oder wie lange er es schon wusste. Aber als in diesem Jahr die Steuererklärung unter Dach und Fach war, so erzählte man sich, lud Gutman zur Feier der Tages Stark zu einem Essen in einem Restaurant ein, an dem er die Mehrheit der Anteile besitzt. Und dort, in einem abgeschiedenen Separee, zwang er den kleinen Burschen mit vorgehaltener Pistole so viel zu essen, bis ihm der Magen platzte. Gerüchte wollten wissen, obwohl Evans das nicht mit Sicherheit bestätigen konnte, weil es keine Sache war, die man einen Mann so einfach fragte, dass Gutman über Stark gestanden hatte, während sich der Junge vor Schmerzen auf dem Boden wälzte, und ihn daran erinnerte, dass Elefanten außer für ihre Größe auch für etwas anderes bekannt sind.

»Wissen Sie, was das ist?«, hatte Gutman ihn angeblich gefragt. »Nur so viel: Sie vergessen nie etwas.« Und dann jagte er dem Jungen eine Kugel zwischen die Augen, setzte sich mit seinem Scotch on the rocks wieder an den Tisch und ließ sich in Ruhe weiter das Essen schmecken.

In der Stille, die auf Evans Erzählung folgte, fühlte Nick, wie sich etwas in ihm löste und sank – irgendeine letzte Hoffnung. Er fühlte sich wie jemand, der bereits tot ist, ein Leichnam, der auf einem Edelstahltisch langsam kalt wird und auf die balsamischen Hände des Leichenbestatters wartet. Als Sue ihn berührte, stöhnte er. Seine Augen flogen auf, und er sah eine endlos weite und leere blaue Fläche. Der Straßenkreuzer brauste über einen Abgrund, ein träger, brauner Fluss krümmte sich tief unten wie ein Komma. Jenseits davon überwucherte Knoxville das Tal, eine ausgeblichene Stadt aus farblosen Backsteinen; das Stadion und die Universität schmiegten sich an eine Biegung des Flusses, jenseits davon der Downtown-District, eine Handvoll Glastürme, die in der Morgensonne glänzten.

Verloren, dachte er, alles verloren. Das Geld und das Leben, das er sich mit dem Geld erkaufen konnte, die Unabhängigkeit von Glory, alles, was er sich erhofft hatte, erträumt hatte – unwiederbringlich verloren. Nur Sue blieb ihm. Und jetzt dachte er an die vergangene Nacht, an Sues über seine Brust fließendes Kupferhaar und seine plötzliche Erkenntnis, dass das Schicksal sie ihm nehmen konnte – sie war so zerbrechlich, jeder war es –, und vielleicht *würde* das Schicksal sie ihm entreißen, allein durch seine Schuld, weil er sie in diese Sache hineingezogen hatte. Er musste sie retten. Er musste einen Weg fingen. Er würde mit dem Mann verhandeln müssen, der Virgil Gutman hieß. Er presste Sues Hand und sah wieder nach vorn, um sich ihren Weg einzuprägen, während die Stadt, als Evans den Wagen vom Highway herablenkte, vor ihnen emporwuchs und sie schluckte. Doch sosehr er sich auch bemühte, das Einzige, das er wirklich deutlich vor Augen sah, war Stark, der klein gewachsene Buchhalter aus Evans Erzählung, dessen rotes Haar im Licht glänzte, als er sich zum Essen an den Tisch setzte.

Das Schlimmste – vielleicht das Schlimmste von allem – war für Nick, wie sehr die letzte Meile der Fahrt durch die Stadt ihn an Zuhause erinnerte. Er hätte in seiner Kindheit auch durch diese Straßen stromern können. Die kleinen Holzhäuser, von denen die Farbe abblätterte, mit ihren gelben Rasenflächen davor und die aufgesprungenen, von Löchern übersäten Gehwege erinnerten ihn an Glory. Und als Evans den Straßenkreuzer durch ein automatisches Tor in einem verrosteten Maschendrahtzaun lenkte, erinnerte ihn der Gewerbepark dahinter an die Lagerhäuser an den Docks und die langen Sommer, die er dort gearbeitet hatte. Seine Muskeln brannten schon, wenn er bloß an die Arbeit dachte – endlose Nachmittage, an denen er in der brütenden Sonne mit freiem Oberkörper Kisten mit eisgekühltem Fisch auf achtzehnachsige Kühllaster geladen hatte.

Zwei Minuten später scheuchte ihn Evans mit einer ungeduldigen Handbewegung vom Rücksitz auf einen größtenteils leeren, mit Kies bedeckten Parkplatz hinaus. Nick war darauf vorbereitet, in die drückende Hitze von Glory zu tauchen, und seine Nase kräuselte sich in Erwartung des salzigen Meeresgeruchs vom Golf, des Gestanks von verrottendem Fisch und Schweiß. Doch die Luft war windstill, geruchlos und kalt, die Sonne ein heller, glühender Ball ohne Wärme an einem vollkommen blauen Himmel. Er stampfte mit den Füßen, um sein Blut zum Fließen zu bringen, während Sue und Finney hinter ihm aus dem Wagen stiegen. Sein Kopf pochte bei jeder Bewegung.

»Wo sind wir?«, fragte Finney.

»Schnauze.« Evans nickte in Richtung einer schiefergrauen Fertighalle aus Aluminiumwänden von der Größe eines Fußballfelds. Kies knirschte unter ihren Füßen, als sie darauf zutrotteten, vorbei an einigen verstreut parkenden Autos und ein paar für den Winter zurückgestutzten Büschen. Das Gebäude selbst war glatt und konturlos, abgesehen von einer verbeulten Metalltür, von deren Schließspange ein offenes Vorhängeschloss baumelte. Ein an den Rändern vom Rost zerfressenes Blechschild war links neben der Tür an die Wand geschraubt. Auf ihm war ein auf den Hinterbeinen stehender Cartoon-Elefant zu sehen, der mit seinen plumpen Vorderbeinen Filmspulen jonglierte. Darunter, in ausgebleichten, schwarzen Lettern, die Worte DICKHÄUTER VIDEO SECURITY.

Nick schluckte krampfhaft. Er begegnete Finneys Blick eine halbe Sekunde lang, doch was er in ihm sah – abgrundtiefe Verzweiflung, das leere, blicklose Starren eines Konzentrationslager-Insassen, der keinen eigenen Willen mehr hat –, erschreckte ihn. Er machte einen Schritt von ihm weg, drehte sich zu Evans um und ließ den Blick an ihm vorbei über den Parkplatz schweifen. Hinter einigen Wellblechschuppen und kleineren Fertighallen aus Aluminiumblech war das in der Sonne glänzende Band des Zauns auszumachen, vielleicht zweihundert Meter entfernt. Jenseits des Zauns konnte er eine Reihe heruntergekommener Häuser und Bäume sehen; das normale Leben. So nah ...

Die Muskeln seiner Oberschenkel und Waden spannten sich, ebenso seine Schultern. Er ertappte sich, dass er die Distanz zwischen Evans und dem nächsten Schuppen abschätzte ...

»Ruhig, Nicky«, flüsterte Sue. »Du musst die Ruhe bewahren, oder wir sind erledigt.« Er presste sich an sie, fühlte ihre Hand in seiner, ihren Atem an seinem Hals. Er atmete eine Wolke nebelgrauen Dampf aus.

Evans schob sich an ihm vorbei und legte seine Hand auf den Türknauf. »Kein Wort, es sei denn, ihr werdet gefragt, verstanden?«

Nick nickte.

Evans zog die Tür auf, und sie traten ein.

Eine Wand aus tropischer Hitze empfing sie; ein körperlicher Schock, nach der kalten Luft draußen. Nick sog einen tiefen Atemzug von dem schweren Stoff in seine Lungen und spürte, wie der letzte eisige Luftzug ihn streifte, bevor die Tür hinter ihnen zufiel. Ihr dumpfes Scheppern hallte endlos durch den kleinen, spärlich möblierten Raum, in dem sie standen. Evans stieß ihn in den Rücken, und er stolperte auf einem billigen Kunststoffteppich, der vielleicht einmal grau gewesen war, ein paar Schritte vorwärts.

Der Raum war so was Ähnliches wie ein Wartezimmer. Billige Plastikstühle – alle leer – standen entlang von drei Wänden. Eine zernarbte Metalltür und je drei Aktenschränke links und rechts davon bildeten die vierte Wand. In der Mitte des Raums stand ein verschrammter Büroschreibtisch aus Metall, leer bis auf einen Telefonapparat und die Stiefel eines kahl werdenden, pickelgesichtigen Mannes mit dicken Brillengläsern, der in dem Stuhl dahinter lümmelte. Er balancierte eine vierfach gefaltete Zeitung auf seinem Schoß und kaute in Gedanken versunken auf dem Radiergummi eines Bleistifts herum. Ohne aufzusehen, sagte er: »Ein teilweise im Wasser lebender Salamander mit fünf Buchstaben?«

»Nimm die Füße vom Tisch, Oscar.«

Oscar schob den Bleistift hinter sein Ohr. »Mit dem falschen Fuß aufgestanden heute Morgen, Larry? Waren deine Eier zu hart?«

»Fritos«, erwiderte Evans. »Ich hab Fritos zum Frühstück gegessen, und bisher macht mich der Tag irgendwie furchtbar nervös. Nimm also deine Füße vom Tisch. Hab ich mich klar ausgedrückt?«

Widerwillig schwang Oscar die Füße vom Tisch. Er wedelte mit der Zeitung. »Wer sind die? Die drei von der Tankstelle?« Seine Augen saugten sich an Sue fest.

»Ist Mr Gutman da?«

»Es ist Dienstag früh, fünf vor halb elf! Hast du schon mal mitgekriegt, dass er um die Zeit nicht da ist? Der Mann ist wie ein Uhrwerk.«

Evans sagte nichts darauf.

»Wer ist die Kleine? Sieht nicht übel aus für 'ne Rothaarige.«

»Ein bisschen Respekt würde dir gut zu Gesicht stehen, Oscar.« Evans drehte sich zu Sue um. »Die Schlüssel, Missy?«

Sue blinzelte verständnislos.

Mit beinahe sanfter Stimme sagte Evans: »Die Autoschlüssel. Erinnern Sie sich an den hübschen, kleinen Wagen, der Ihnen gehört?«

Sie nickte und kramte in ihrer Handtasche. Sie zog einen schweren Ring mit Schlüsseln hervor. Evans nahm die Schlüssel und warf sie mit einem Klirren auf den Schreibtisch. Oscar starrte darauf hinab, als hätte Evans auf seinen Tisch gekotzt. Er zog die Augenbrauen hoch.

»Schick jemanden raus, der ihren Wagen holt. Blauer Mercedes mit Georgia-Nummernschildern WGI-323. Steht vor einer Kneipe, die Smokin Mountain heißt, zehn Meilen westlich der 321, gleich hinter Townsend. Die Straße heißt Blacklick ...«

»Lass den Scheiß. Seit wann gibst du mir Befehle?«

»Sieh es mal so, Oscar – glaubst du, es ist schwer, jemanden zu finden, der hinter dem Schreibtisch hier sitzt?« Evans beugte sich in seiner ganzen Breite näher über den Mann. Er nahm seine Sonnenbrille ab und verstaute sie grinsend in einem Etui, das er wieder in seine Brusttasche zurückschob. »Glaubst du das?«

Oscar schluckte mühsam und schüttelte den Kopf. Mit einem zitternden Finger schob er sich die Brille höher auf die Nase.

»Schön.« Evans' Stimme klang gefährlich sanft. »Und ich habe dich schon mal wegen deinem Mundwerk gewarnt. Und jetzt sorge dafür, dass jemand den Wagen holt, und schick ein Team mit ihm raus. Drei Leute hatten nämlich das Missgeschick, heute Morgen dort zu sterben, und ich wäre weniger nervös, wenn du dich drum kümmern würdest, bevor jemand die Schweinerei findet und anfängt, Fragen zu stellen. Außerdem haben wir einen Wagen samt Inhalt, der bis zum Dach im Baggersee außerhalb von Ransom, North Carolina, steht. Ich bin sehr beschäftigt. Kümmere dich also auch darum. Verstanden?«

Oscar nickte.

»Wenn du jetzt dem Boss Bescheid gibst, dass wir hier sind, lassen wir dich wieder an deine Arbeit gehen.«

Oscar beugte sich vor und drückte einen Knopf auf der Telefonkonsole. »Trooper Evans möchte Sie sprechen, Mr Gutman.«

Die Antwort kam über die Gegensprechanlage, die Worte, barsch und herrisch ... *Gebt ihr den Rest!* ... sandten einen kleinen Schock des Wiedererkennens wie tausend winzige Nadeln über Nicks Rücken. »Schicken Sie ihn rein.«

Nick fröstelte, als Oscar mit einem Daumen auf die Tür zeigte. »Ihr habt den Mann gehört.«

An seinem Zahnstocher vorbeigrinsend, schob Evans sie um den Schreibtisch herum, Finney vorneweg, der blass wie ein Gespenst aussah, dann Sue, dann Nick. Kurz bevor er die Tür aufmachte, drehte sich Evans noch einmal um und sah zu Oscar zurück, der bereits den Hörer des Telefons abgenommen hatte. »Übrigens, Oscar ...«

»Ja?«

»... das Wort mit fünf Buchstaben für einen teilweise im Wasser lebenden Salamander lautet Molch.«

Nick bemerkte die Überwachungskamera in der gegenüberliegenden Ecke des engen Korridors, der sich hinter der Metalltür öffnete, auf den ersten Blick, und jetzt dämmerte ihm auch nach und nach, was er im Warteraum und davor auf dem Parkplatz die ganze Zeit gesehen hatte, ohne es wirklich wahrzunehmen: Kameras. Mindestens drei oder vier davon; zwei am Einfahrtstor zu dem eingezäunten Grundstück, die rechts und links von den Pfosten des Maschendrahtzauns herabspähten, zwei weitere an den Ecken des Gebäudes und noch eine, die mit ihrem roten, nie ermüdenden und niemals blinzelnden Auge aus einer Ecke des Warteraums herablugte und sie beobachtete.

Er leckte sich über die Lippen und trottete, von der schweren Hand Evans' zwischen seinen Schulterblättern geschoben, an einer Reihe von Metalltüren vorüber, den Korridor hinab. Am anderen Ende des Gangs befand sich eine weitere Tür, die allerdings aus Holz war und glänzte, als sei sie poliert. Er konnte das verschwommen Spiegelbild von Sue und Finney darin sehen, sein eigenes Gesicht ein bleicher, ängstlicher Fleck über Sues linker Schulter. Etwa in Augenhöhe prangte ein schwarzes Metallschild an die Tür, in das in grauen Lettern zwei Worte geprägt waren: VERGIL GUTMAN.

Vor der Tür blieben sie stehen. Evans schulterte sich an ihnen vorbei, hob eine Faust und klopfte. Von der anderen Seite hörte Nick ein gedämpftes, »Ja, bitte!« Evans senkte die Hand auf den schweren Bronzetürknauf. Nick sah, wie er ihn drehte.

Die Tür schwang auf, und Nick stockte der Atem.

DIENSTAG

10:31 bis 11:02

Sue sog erschreckt die Luft ein.

Nick machte einen Schritt rückwärts, plötzlich unsicher auf den Beinen. Evans stieß ihn in den Rücken, und er taumelte wieder einige Schritte vorwärts, Finney ein grauer Schatten irgendwo links von ihm, Sue als undeutlicher Schemen einen Schritt rechts vor ihm. Der Raum schwamm in flackerndem, grünlich blauem Licht, und einen Moment lang schien Nicks von Schmerz und Schlafmangel benebeltem Gehirn eine Fehlschaltung zu unterlaufen und katapultierte ihn durch Raum und Zeit in die türkisen Tiefen von Sues Wohnzimmer: ihr schlanker Rücken geschmeidig gebogen, jeder Dorn ihrer Wirbelsäule wie eine Stufe, die in den Keller seines Herzens hinabführte. Dann tastete Sues Hand nach seiner und holte ihn wieder ins Hier und Jetzt zurück.

Der Raum um ihn herum nahm allmählich Gestalt an: groß, dämmrig und still. Der Teppich unter seinen Füßen war weich, tief und grau, der riesige Mahagonischreibtisch vor der gegenüberliegenden Wand schimmerte und glänzte, als würde er jeden Tag poliert, und in Nick blitzte die Erinnerung an einen Konferenzraum in einem sündhaft teuren Bürokomplex in New Orleans auf: Sein Vater in seinem Rollstuhl als demütiger Bittsteller vor einem glänzenden Schreibtisch, der ungefähr eine Meile breit schien, dahinter ein verbindlich lächelnder Anwalt, die manikürten Hände säuberlich vor sich auf dem Tisch gefaltet. Die Klage müsse zurückgezogen werden, hatte er sie aufgeklärt. Wie sich herausgestellt habe, habe sich die Ölfirma keinen Verstoß gegen die Arbeitsschutzbestimmungen zuschulden kommen lassen und sich stets in Übereinstimmung mit den Bestimmungen des OSHA verhalten.

Wie viel?, hatte Frank Laymon gebrüllt. *Für wie viel haben Sie sich kaufen lassen, Sie Hundesohn?*

Nick schluckte und fühlte, wie Sues Hand fester die seine umklammerte. Evans näherte sich dem Schreibtisch und blieb zwischen einem Ledersessel und einem dazu passenden Sofa stehen. Der Mann hinter dem Schreibtisch drehte ihnen den Rücken zu; sein gewaltiger, kahler Schädel wucherte wie ein monströser Tumor über die Lehne eines Schreibtischstuhls aus schwarzem Leder. Das Telefon, das er in einer Hand hielt, wirkte wie ein Kinderspielzeug, wie die Kopie eines echten Telefons aus Plastik. Die andere Hand hielt er in die Höhe, einen riesigen, lederhäutigen Finger Ruhe gebietend nach oben gestreckt, auf dem der irrlichternde Widerschein einer ganzen Front von Video-Monitoren flackerte, die die Wand hinter dem Schreibtisch einnahmen.

Fasziniert starrte Nick auf die Bildschirme, die Quelle dieses seltsamen, sich ständig verändernden Lichts. Es mussten fünfzig oder mehr davon sein, auf denen Dutzende unterschiedlicher Bilder ohne Ton flimmerten. Er erkannte die Aufnahmen der Überwachungskameras auf dem Gewerbepark – vom Tor und vom Parkplatz, aus dem Büro oder Warteraum, in dem Oscar soeben einem Mann in dunklem Anzug Sues Schlüssel reichte, dem schmalen Korridor direkt hinter der Tür – und von anderen Lokalitäten, die sich, wie er annahm, irgendwo auf dem Gelände befinden mussten: aus einem Lagerhaus, in dem sich nicht zu identifizierende Waren türmten, aus irgendwelchen Gängen und Korridoren. Doch auch andere Bilder flimmerten über die Bildschirme – Satelliten-Einspielungen und die Vormittagsprogramme der wichtigsten Fernsehsender, vermutete Nick. Oprah und *The Price is Right*, Regis und Kelly. Auf einem Bildschirm rechts von Vergil Gutmans massigem Kopf befriedigte eine nackte Asiatin einen Schwarzen. Direkt links davon lief unterhalb einer an einem Nachrichtenpult sitzenden Frau ein pausenloser Aktienticker mit den letzten Kursentwicklungen. Der schlimmste Bildschirm von allen jedoch befand sich in einer der oberen Reihen, nahe der rechten Ecke der Monitorwand; auf ihm war ein kahles, bunkerartiges Verlies mit in den Betonboden verankerten simplen U-Eisen und Ketten zu sehen; der Boden senkte sich zu einem Abflussrost genau in der Mitte.

Ein flüchtiges Bild von Casey Nicole Barrett blitzte vor Nicks innerem Auge auf, ein roter Blutfaden, der über ihre mädchenhafte Brust perlte – doch jetzt machte ihn das Bild nicht mehr an, es verstärkte nur den bitteren Beigeschmack der Selbsterkenntnis.

Der Mann hinter dem Schreibtisch sagte etwas, seine Stimme honigsüß schmeichelnd und tief, seine Worte schroff und präzise wie aus Stein gehauen. »Die Kosten sind kein Thema. Ich will es. Besorgen Sie es.« Er legte den Hörer sanft auf die Gabel.

Er blieb eine Weile reglos sitzen, den Rücken ihnen zugekehrt, dann sagte er: »Haben Sie sie, Lawrence?«

Evans war ein vollkommen anderer Mensch. Sein großspuriges Hillbilly-Gehabe – nichts als pure, von irgendeinem Gangsterfilm abgeguckte Psychomasche, dachte Nick, eine Maske, sonst nichts – war verschwunden. Er stand in Habtachtstellung wie ein Sergeant vor dem Schreibtisch, sein Gesicht im Dreiviertelprofil, der Zahnstocher nirgendwo zu sehen. Seine Stimme war leise und vollkommen akzentfrei. »Ja, Sir. Sie sind hier.«

Langsam schwang der Stuhl herum.

Nick fühlte, wie ein hysterisches Lachen in seiner Kehle aufstieg, als offensichtlich wurde, wie treffend der Spitzname des Mannes ... *der Dickhäuter* ... seinem bizarren Aussehen gerecht wurde. Eine irrwitzige Flut von Namen – Jumbo, Jabba der Koloss, Babar – wirbelte durch seinen Kopf, und einen schrecklichen Augenblick lang fürchtete er, dass der Knoten aus unkontrollierbarer, selbstmörderischer Erheiterung zwischen seinen Lippen hervorplatzen und in der atemlosen Stille des Raums explodieren und sie alle ins Verderben stürzen würde. Dann ließ Sue ein Hüsteln hören, ein kurzes krächzendes Geräusch, das ein Lachen gewesen sein konnte oder auch nur das scharfe, entsetzte Einatmen von Luft oder auch gar nichts von alldem – und die Krise ging vorüber.

Er holte tief Atem und bemerkte erst jetzt, dass die Luft hier geruchlos war und kühler als in dem Warteraum, weder kalt noch warm, sondern einfach nur angenehm und leicht zu atmen, aufbereitet und verteilt von dem fernen Summen einer zentral gesteuerten Klimaanlage.

Und er erkannte, dass der Mann, der Vergil Gutman hieß, ein von Missbildungen befallenes Monstrum war. Nick musste sich zwingen, keinen Schritt rückwärts zu machen, um sich körperlich seiner Nähe zu entziehen, als eine Woge atavistischen Entsetzens durch ihn brandete. Es war nicht nur deshalb, weil Gutman ungeheuer fett war – obgleich er das ohne jeden Zweifel war und dies über alle Maßen. Er war fast so dick wie die Frau im Smokin Mountain, ein unförmiger Fettberg, der eine gewisse Ähnlichkeit mit einer in einen perfekt geschnittenen Anzug gezwängten Wurst hatte. Es war auch nicht seine Haut: sein Schädel kahl rasiert oder möglicherweise von Natur aus haarlos, das Fleisch über seinem linken Auge narbig und schwielig wie nach einer frisch verheilten schweren Verbrennung. Nick konnte all das ertragen – konnte sogar die schwammartige Wucherung verkraften, die sich über der linken Wange des Mannes bis unterhalb seines Munds wölbte wie tropfendes Kerzenwachs und seine Unterlippe zu einem permanenten Grinsen verzog.

Nein.

Was er nicht ertragen konnte, was anzusehen er nicht über sich brachte, waren Gutmans Augen. Seine Augen, blau wie ein Bergsee an einem Nachmittag im Sommer, und der bleiche, makellose Fleck seiner rechten Wange und seine manikürte und perfekt geformte rechte Hand, die Hand eines Pianisten, eines Chirurgen. Gebannt beobachtete Nick, wie sich diese Hand nach einem Humidor am Rand des Schreibtischs streckte und ihm eine Zigarre entnahm. Mit der anderen Hand – von Tumoren bedeckt, die Finger zu unförmigen Würsten angeschwollen – brachte Gutman einen silbernen Zigarrenschneider zum Vorschein, eine Miniatur-Guillotine, deren Klinge über einem kreisförmigen Loch in dem Holzrahmen schwebte. Er schnitt die Zigarre an und stellte den Zigarrenschneider auf den Schreibtisch; seine rasiermesserscharfe Klinge schimmerte matt im Widerschein des bläulichen Lichts der Monitore. Und noch während Nick das Zusammenspiel dieser Hände – Jekyll und Hyde – beobachtete, begriff er plötzlich, was ihn so beunruhigte: nicht die furchtbaren Hautmissbildungen des Mannes hinter dem Schreibtisch, sondern der normal aussehende Zwilling des Monsters, die traurigen menschlichen Augen, die aus einem Meer gequälten Fleisches blickten wie die Augen eines Ertrinkenden.

Gutman musterte sie stumm.

Schließlich sagte er: »Bitte, setzen Sie sich.« Mit einer ausholenden Bewegung deutete er auf die Ledergarnitur vor seinem Schreibtisch. »Ich habe gehört, Sie hatten einen anstrengenden Morgen.«

Sie schwammen vorwärts durch dieses seltsam wabernde Meer aus blauem Licht. Nick sank neben Sue auf das Ledersofa und fühlte sich mit einem Mal so völlig erschöpft, als hätte er keine Knochen mehr im Leib.

»Sie müssen durstig sein. Möchten Sie was trinken?«

Nach einer Weile bat Sue: »Ein Wasser wäre gut. Falls Sie so was haben.«

»Coke«, sagte Finney, und Nick sagte: »Irgendwas – egal was.«

»Und ich hätte gern einen Glenfiddich mit Wasser, wenn Sie so nett wären, Lawrence.«

Evans verzog sich wortlos in eine im Halbdunkel liegende Ecke des Raums. Eis klirrte, das Zischen einer Dose, die geöffnet wurde. Schweigend zündete Gutman mit einem silbernen Gasfeuerzeug seine Zigarre an, begutachtete sie kritisch und paffte an ihr, bis sie zu seiner Zufriedenheit brannte. Nick stieg ein Hauch von ihrem Duft in die Nase – würzig und süß –, ehe die Klimaanlage ihn wegwischte.

Evans tauchte mit ihren Drinks auf. Er verteilte sie reihum und verschwand wieder mit dem Tablett. Einen Augenblick später war er wieder zurück.

Nick nippte an seinem Coke, eiskalt und süß. Sogar unter diesen Umständen schmeckte es besser als alles, was er sich vorstellen konnte. Es war Stunden her – gestern Abend bei Sue, seit er etwas gegessen hatte. Er stellte das Glas auf das kleine Tischchen neben dem Sofa und musste seine ganze Willenskraft aufbringen, um zu verhindern, dass seine Hand zitterte.

Gutman beugte sich vor und streifte Evans, der reglos neben dem Schreibtisch stand, mit einem raschen Blick. »Ihnen ist hoffentlich klar, dass wir ein Problem haben. Zuerst überfahren Sie den armen Aubrey, den ich eigentlich ganz gern hatte, obwohl er sich am Ende als ein treuloser Mistkerl erwies. Was für einen Berg von Problemen das verursacht hat, werden Sie nie ermessen können. Und dann entsorgen Sie Mr Pomeroy ganz und gar unzeremoniell in einem Baggersee. Ich sollte Ihnen dafür eigentlich dankbar sein, denn er war ein unsägliches Ärgernis für mich, aber leider kann ich das nicht, denn sein plötzliches Verschwinden wird für mich zweifellos noch mehr Unannehmlichkeiten nach sich ziehen. Sie haben mir eine ganze Menge Kopfschmerzen und Schwierigkeiten bereitet, und jetzt stellen Sie mich vor ein weiteres Problem: Was um alles in der Welt soll ich mit Ihnen machen?«

Er nippte an seinem Drink. Nick sah zu Finney hinüber. Ihr selbst ernannter Sprecher, der glattzüngige Sprössling des Senators, war endgültig verstummt. Er hing zusammengesunken wie ein verlassenes Kind in dem Sessel, auf seinem Gesicht ein verzagter, verlorener Ausdruck; sein dunkles, von Schweiß nasses Haar fiel ihm in wirren Locken in die Stirn.

»Wie Sie sehen«, fuhr Gutman fort, »bin ich ein Mann, dem Kummer und Schmerzen nicht fremd sind. Trotzdem war ich in all den Jahren, in denen ich diese Unannehmlichkeiten erduldet habe, in all den Jahren in diesem Geschäft, das nur zu oft von mir verlangt, Dinge zu tun, die ich normalerweise nicht tun möchte, noch nie mit einem Problem wie diesem konfrontiert, das Sie mir im Augenblick bereiten. Was soll ich nur mit Ihnen anstellen?« Er seufzte melodramatisch und paffte nachdenklich an seiner Zigarre. »Ich schätze, ich könnte Sie gehen lassen. Ich habe keine besondere Verwendung für Sie, außer für das Mädchen vielleicht. Wir würden schon etwas finden, das wir mir ihr machen könnten, nicht wahr, Lawrence?«

Sue stöhnte leise.

Gutmans kalter Blick blieb an Nick hängen. »Was, wenn ich euch beiden erlaube zu gehen?« Er nickte in Finneys Richtung. »Als Gegenleistung für das Mädchen. Ein fairer Handel.«

Nick erwiderte Gutmans Blick, dann sah er weg und sagte nichts. Keiner von uns, dachte er, keiner von uns wird je von hier weggehen.

»Nein«, flehte Sue, »bitte! Ich erzähle keinem Menschen irgendetwas ...«

Gutman grinste höhnisch. »Was gibt es da schon zu erzählen, meine Liebe? Sie und Ihre Freunde haben zwei Männer umgebracht. Wir – *wir* haben gar nichts getan.«

»Die Frau in dem Laden«, wisperte Sue. »Er hat sie erschossen. Und er hat Tucker erschossen.«

»Nun ja, das stimmt allerdings. Aber sehen Sie, wie schnell Sie unser Vertrauen enttäuschen? Nein, ich fürchte, wir können nicht riskieren, Sie gehen zu lassen, oder Lawrence?«

»Ich glaube nicht, Mr Gutman.«

»Sie ist auf ihre Art ganz hübsch. Eine Rothaarige könnte mal was Neues bieten.« Ein panisches Schluchzen brach aus Sue heraus. Sie lehnte sich an Nick und ein Schwall Eiswasser schwappte über seinen Schenkel. Nick legte seinen Arm um sie und erwiderte Gutmans starrenden Blick – dieses monströse Grinsen! –, während er versuchte, das blanke Entsetzen zu verbergen, das sein Herz wie eine Faust umschloss. »Was Sie angeht, Gentlemen, fürchte ich, wird Lawrence Sie töten müssen. Sie könnten ihn bitten, es schmerzlos zu tun, obwohl ich bezweifle, dass er diesem Wunsch nachkommen würde. Dafür haben Sie uns zu viele Probleme bereitet.«

Evans grinste dünn.

Nun sagte Finney doch etwas. Er beugte sich vor, sein schmales Gesicht angespannt, seine Augen fiebrig. »Mein Vater, Senator ...«

»Aah, ja. Senator Durant.«

»Er hat Geld, er kann Geld beschaffen ...«

»Wir haben alle Geld«, flüsterte Sue, und Nick fühlte, wie etwas in ihm zerplatzte und die altbekannte, in Glory geborene Scham durch seine Eingeweide spülte. Dieser panische Augenblick, als sie ihn im Busbahnhof allein gelassen hatten, schnitt durch ihn wie ein Skalpell, dieses miese Gefühl, dass ihre kleine Clique an den vererbten Bruchstellen von Geld und altgewohnten Privilegien, von Haben und Nichthaben zerfallen würde. »Unsere Eltern würden jede Summe zahlen. Jede Summe!«

»Jede Summe«, wiederholte Finney. »Alles ...«

Gutman grinste spöttisch und streifte seine Zigarre in dem Aschenbecher auf dem Schreibtisch ab. »Sie haben nichts, das ich möchte, das werden Sie sicherlich begreifen.«

Die Bemerkung brannte sich in Nicks Gedächtnis, leuchtend und unauslöschlich. Gutman wusste es nicht. Wusste nichts von dem Schließfach im Busbahnhof, nichts von dem Tape. Soweit Gutman wusste, waren sie nur ein paar Kids, die aus Versehen einen Mann getötet und dann mit Absicht einen anderen umgebracht hatten, um den ersten Vorfall zu vertuschen. Sie waren nur deshalb ein Problem für Gutman, weil die Identität ihrer Opfer unerwünschte Aufmerksamkeit auf ihn lenkte.

Zumindest dachte Gutman dies.

In Wahrheit jedoch hatten sie sehr wohl etwas, das Gutman haben wollte: das Video, der einzige Beweis der Vergewaltigung und Ermordung eines Mädchens, die sich als mehr entpuppt hatte als nur ein weiteres Opfer, als bloß eine weitere Ausreißerin ... *wie Carrie Witherspoon* ... die sich nach den Lichtern der Großstadt gesehnt hatte.

Nick konnte das Tape klar und deutlich vor sich sehen: die Rettung, ein schwarzes Plastikrechteck auf dem Spiegeltisch von Finneys Badezimmer im Erdgeschoss. Er drückte Sues Schulter und rückte ein Stück von ihr weg. Als er sich vorbeugte, den Blick auf Gutman gerichtet, schwirrten ihm nur halb zu Ende gedachte Hoffnungen und gescheiterte Träume durch den Kopf: die Chance, dass er vielleicht irgendwie einen Weg finden würde, sie zu retten, dass er wenigstens ihr nacktes Leben retten könnte, wenn er sich schon von seinen anderen Träumen verabschieden musste: die Uni und das Geld, das grüne pulsierende Licht an einer fernen Küste, weit jenseits der einengenden grauen Weiten des Golfs.

Vielleicht konnte er Sue retten.

Vielleicht konnte er sie alle retten.

Nicks Hand zitterte, als er in seine Jackentasche griff. Als er das dicke Geldbündel auf den Schreibtisch fallen ließ, war es, als würde er einen Teil seines Herzens hergeben.

Lange Zeit sagte niemand etwas.

Der Raum riss sich vom Planeten los und wurde von der Anziehungskraft des Geldes, seiner neuen, hell leuchtenden Sonne, in eine neue Umlaufbahn gehievt.

Gutman nippte an seinem Scotch und musterte Nick über den Rand des Glases hinweg, sein gewaltiger Kopf und seine massigen Schultern wirkten vor dem gespenstischen Lichtschein der Videobildschirme noch hünenhafter. Er legte seine Zigarre in den Aschenbecher und griff nach Nicks Opfer. Er zog das Gummiband von dem Bündel und zählte das Geld. Als er fertig war, ließ er das Gummiband wieder um das Bündel Scheine schnappen und warf es in eine Schreibtischschublade.

Jemand schlug in Nicks Herzen ein Fenster zu.

»Das ist sehr großzügig von Ihnen, Mr ...« Er sah Evans an.

»Laymon.«

»Richtig. Der unglückliche Mr Tucker kann ja nicht hier bei uns sein. Und ...« Er nickte. »Mr Durant hat mich ja schon darauf aufmerksam gemacht, wer er ist.« Er sah wieder Nick an. »Aber wie ich schon sagte, Geld hat wenig Macht über mich. Ich habe genug davon.«

»Ich habe es dem blonden Mann abgenommen. Aubrey.«

»Ja. Er hat es mir gestohlen. Ich hatte gedacht, er ist nicht so dumm, es mit sich rumzutragen, aber Aubrey war nie wegen seiner Intelligenz bekannt. Er hatte andere

Fähigkeiten, die ihn für einen Mann wie mich nützlich machten.«

»Das ist nicht alles, was er bei sich hatte.«

In den blauen Augen glomm Interesse auf. »Dann war er noch dümmer, als ich dachte.«

»Er hatte einen Schlüssel. Zu einem Bahnhofsschließfach. Wir haben darin ein Videoband gefunden.«

»Ach ja?« Gutman legte die Arme vor sich auf den Schreibtisch und verschränkte seine von Tumoren bedeckten Finger mit seinen gesunden. Diese Jekyll- und Hyde-Hände gingen Nick an die Nieren, zogen ihn regelrecht in ihren Bann.

Nick riss seinen Blick von ihnen los. »Ihre Stimme ist auf dem Tape. Und zwei andere Männer.«

Evans wirbelte zu Nick herum; seine kleinen Schweinsaugen wurden schmal.

Gutman hob seine linke Hand, die kranke. Sie schien in dem diffusen Unterwasserlicht zu flimmern wie ein unscharf wiedergegebener Film, ihre Konturen seltsam formlos und amorph wie vor einer bevorstehenden Metamorphose. Nick musste an den Fiebertraum in seiner Kindheit denken, als seine Hände so groß wie Luftballons angeschwollen waren. Eine entsetzliche Angst schnürte seine Kehle zusammen. Er schluckte krampfhaft.

»Ruhig, Lawrence. Lass den jungen Mann sagen, was er zu sagen hat.«

»Auf dem Video wird ein Mädchen getötet. Sie heißt Casey Barrett. Ihr Vater ist reich und hat jede Menge Einfluss – genug, um eine Firma wie diese vernichten zu können. Dieses Tape ist etwas, das ich an Ihrer Stelle nicht so einfach in der Gegend rumfliegen lassen würde. Es könnte in die falschen Hände geraten.«

Gutman ließ ein bedauerndes Lachen hören. »Wirklich einfallsreich dieser Bursche, finden Sie nicht auch, Lawrence? Und doch so dumm.« Gutmans gesunde Hand spielte mit dem Zigarrenschneider. »Sie sollten vielleicht wissen, dass das Tape eine Sonderanfertigung ist – ein nur einmal existierendes Exemplar aus einer ganzen Reihe, die auf den Wunsch eines sehr erlesenen Kunden angefertigt wurde. Ihr Vater kennt ihn vermutlich, Mr Durant. Dieser Kunde ist ein Mann mit sehr ... äh ... extravaganten Neigungen. Es gehört zu den Privilegien der Mächtigen – und dies schon seit jeher, dass solche Neigungen geduldet oder übersehen werden. Und was das Mädchen und ihren Vater angeht – diese Gegebenheiten machen das Tape nur noch wertvoller. Mein Kunde kennt Mr Barrett, müssen Sie wissen. Er war Gast auf Mr Barretts Anwesen und hat seine Tochter bei der Gelegenheit von Angesicht zu Angesicht kennengelernt. Er hat sie auserwählt, könnte man sagen.«

Nick schluckte. »Sie haben sie entführt, oder?«

»Es gibt Löcher in der Welt, Mr Laymon. Menschen fallen durch sie hindurch. Wie Sie auch.« Gutman lächelte. »Und jetzt möchten Sie das Tape für sich nutzen. Sie möchten aus Ihrem Loch wieder rausklettern. Ein guter Ratschlag von mir: Lassen Sie sich das Ende des armen, gierigen Narren Aubrey eine Lehre sein. Wäre er mit seinen Klagen zu mir gekommen, wir hätten über seine Forderungen nach mehr Geld wie vernünftige Menschen reden können. Stattdessen hat er es vorgezogen, Mr Pomeroy zu kontaktieren, dessen Bekanntschaft Sie ja ebenfalls gemacht haben. Wer weiß? Vielleicht hätte er mit Mr Barretts zu kurz geratenem Privatdetektiv einen Handel abschließen können, wenn er die erste Lektion seiner

Mutter nicht vergessen hätte: Schau in beide Richtungen, wenn du eine Straße überquerst. So wie die Sache gelaufen ist, hatte er noch Glück. Er starb schnell und ohne Schmerzen. Hätte ich ihn in die Finger gekriegt – und das hätte ich, Lawrence war ihm bereits dicht auf den Fersen –, das Ableben des armen Aubrey hätte ... wie soll ich sagen ... deutlich länger gedauert. Sie wären gut beraten, Mr Laymon, das nicht zu vergessen, wenn Sie mit mir einen Deal machen und nicht ebenfalls einen unnötig schmerzhaften Abgang erleiden wollen.« Gutman lachte erneut auf. »Also bitte, beehren Sie mich mit Ihrem Vorschlag. Ich warte mit angehaltenem Atem darauf.«

Nick sah zuerst Finney an – seine Augen völlig leer, ein Vakuum, wo einmal sein Selbstvertrauen war – und dann Sue. »Ein Deal. Sie können das Tape haben, und wir können gehen. Wir alle.«

»Um direkt ins nächste Polizeirevier zu spazieren – obwohl ich Ihnen keines in Knoxville empfehlen würde. Was hält Sie davon ab, uns an die Polizei zu verraten? Wie stellen Sie sich das vor, Mr Laymon?«

»Wir sagen kein Wort – zu niemandem.« Nick zögerte. »Das verspreche ich.«

»Sie *versprechen* es?« Gutman warf den Kopf in den Nacken und stieß ein meckerndes Lachen hervor, das die schwabbeligen Fettwülste um seinen Leib erbeben ließ. »Mr Laymon, ich bitte Sie! Sie haben zu viele Filme gesehen. Ihnen dürfte doch klar sein, dass kein Mensch ein solches Risiko eingehen würde – nur aufgrund von einem ... *Versprechen*.«

Gutman sagte eine Weile lang nichts, den Blick nachdenklich gegen die Decke gerichtet. Dann beugte er sich vor. »Aber lassen Sie uns die Angelegenheit in aller Offenheit weiter erörtern. Ich bin ein vernünftiger Mensch. Lassen Sie mich Ihnen einen Alternativplan vorschlagen: Lawrence …« Er nickte in Evans Richtung. »Lawrence wird Sie festhalten, und ich schneide Ihnen die Finger ab.« Er hielt den Zigarrenschneider in die Höhe, ließ die Klinge herabsausen und grinste. Das leise, schauderhafte *Tssick*, das er machte, schien den ganzen Raum auszufüllen. »Lawrence liebt es, bei solchen Dingen eine nette, kleine Wette zu riskierten. Lawrence, wie viele Finger, glauben Sie, wird Mr Laymon opfern, bevor er uns verrät, wo das Tape ist?«

»Einen.«

»Oh, ich traue Mr Laymon ein bisschen mehr zu als das. Ich würde sagen, drei Finger. Hundert Dollar, Lawrence?«

»Zweihundert.«

»Noch besser. Wenn Sie mir den Patienten bringen, können wir mit der Operation beginnen.«

Evans setzte sich in Bewegung. Sue schluckte hörbar.

»Warten Sie …«

»Haben Sie einen Gegenvorschlag, Mr Laymon?«

Nick leckte sich über die Lippen. »Das Tape ist in einem Schließfach. Sie brauchen uns, um es zu bekommen.«

»Ich verstehe.« Gutman lehnte sich in seinem Stuhl zurück und verschränkte die Hände über der fassartigen Wölbung seines Bauchs. »Sie haben den Schlüssel bei sich, nehme ich an?«

»Er ist in Finneys Wohnung. In Ransom.«

»Natürlich. Was denken Sie, Lawrence?«

»Er lügt.«

»Zweifellos, aber er ist ein interessanter Bursche! Tja, Mr Laymon, leider haben wir uns nicht als Freunde kennengelernt. Wir hätten große Dinge zusammen tun können, aber jetzt …« Er zuckte mit den Achseln.

»Vergiss es, Nick«, sagte Finney, seine Stimme hohl und leblos, wie das Echo aus einem leeren, ausgetrockneten Brunnen. »Du kannst sie so und so nicht überzeugen. Aber sie werden's kapieren, wenn der Senator das Schließfach aufmacht.«

Nicks Kopf ruckte zu Finney herum. Sein Herz setzte einen Schlag aus und hämmerte dann schneller … *Was zum Teufel tut er?* … dachte er, als Finney bereits weiterredete.

»Es ist aus und vorbei«, sagte Finney. Und jetzt schwang noch etwas anderes in seiner Stimme: Hass oder Verzweiflung. »Sie werden uns töten, aber das Tape – es wird *sie* töten. Dafür wird der Senator sorgen. Mir tut nur leid, dass wir nicht mehr da sind, um es mit an sehen zu können.«

Finneys Blick huschte zu Nick – ein kurzes Rucken seiner Pupillen, so schnell, dass Nick es kaum wahrnahm. Er fühlte, wie ein Energieimpuls zwischen ihnen übersprang, fast wie ein elektrischer Schlag, und ein Bild von dem Abend, an dem er Finney kennenlernte, blitzte in seinem Kopf auf: die Küche der Torkelsons, als Finney mit seinem Vaterunser auf Lateinisch, das ihm wie Wasser über die Lippen sprudelte, der Party neues Leben einhauchte. In diesem vom Alkohol umnebelten Augenblick hatte Nick dieselbe mühelose, beinahe selbstverständliche Geistesverwandtschaft gefühlt, als Finneys graue Augen über die Köpfe der anderen Studenten hinweg seinen Blick suchten, ihn mit wissenden kleinen Haken festhielten und ihn in eine stillschweigende Konspiration ihrer Überlegenheit über die anderen hineinzogen. *Du und ich, wir sind vom selben Schlag,* schienen diese Augen zu sagen. *Du durchschaust auf den ersten Blick, was sie nie kapieren: dass ich sie verarsche.*

Nick fühlte eine unsagbare Erleichterung in sich aufsteigen, fühlte, wie er die Kontrolle über die Situation abgab, als Finney wieder in sich selbst zurückschlüpfte: der Sohn des Senators in seinem Element, in der Rolle, die zu spielen er erzogen wurde. Nick hatte den Köder ausgeworfen. Und jetzt sorgte Finney dafür, dass sie ihn schluckten. Wenn sie von hier wegkommen konnten, raus aus dem Gewerbepark, hatten sie vielleicht eine Chance. Wenn sie Evans austricksen könnten ...

Wenn, dachte er. *Wenn.*

Nick nahm Sues Hand und drückte sie.

»Ich habe den Verdacht, man versucht, uns unter Druck zu setzen, Lawrence. Aber was sollen wir tun? Ich schätze, wir werden ihre Geschichte überprüfen müssen.«

Nicks Herz machte einen Satz in seiner Brust.

Dann breitete sich ein Grinsen auf Vergil Gutmans Gesicht aus. »Aber zuerst«, sagte er, »bringen Sie mir das Mädchen.«

Lawrence Evans war ein Mann, der aus Masken gemacht war, eine aus Klaviersaiten und Knochen zusammengezimmerte Marionette.

»Bringen Sie mir das Mädchen«, sagte Gutman mit einem widerlichen Grinsen, und Evans stapfte mit hölzernen Bewegungen wie eine Gliederpuppe um den Schreibtisch herum, während seine Masken – Psycho-Maske, Bullen-Maske und Lawrence-Evans-Maske – von ihm abfielen wie welke Blätter und eine ausgehungerte, gierige Leere enthüllten. In einem Augenblick blanken Entsetzens sah

Nick, was Gutman schon vor langer Zeit erkannt haben musste: dass Evans nur aus Hunger bestand, aus nichts als Hunger und dass ein solcher Hunger vom Willen eines stärkeren Mannes gelenkt werden konnte, wenn er darauf achtete, dass dieser Hunger stets befriedigt wurde.

Sue musste es ebenfalls gesehen haben.

Mit einem leisen Wimmern floh sie in den Schutz von Nicks Armen. Das Glas glitt ihr aus der Hand. Eiskaltes Wasser schwappte über Nicks Schoß. Das Glas schlug dumpf auf den Teppich und rollte unversehrt unter das Sofa.

Beinahe sanft zog Evans Sue aus Nicks Armen und hob sie, seine schaufelähnlichen Hände unter ihre Achseln schiebend, vom Sofa hoch. Ohne sich zu wehren, hing sie in seinem Griff, während ihre Füße, ohne Halt zu finden, über den Boden schleiften.

Gutman stand auf. Er war größer, als Nick angenommen hatte. »Auf den Schreibtisch«, sagte er, und Evans hob Sue auf die polierte Mahagoniplatte. Ihre Bluse war aus der Hose nach oben gerutscht und enthüllte ein Dreieck ihres flachen Bauchs und einen Streifen des spitzenbesetzten Bunds ihres Höschens unter der Jeans. Ein taktvoller, vielleicht auch ritterlicher Teil von Nick wollte die Hand ausstrecken und ihre Bluse herabziehen, doch er war unfähig, sich zu bewegen.

Er schaffte es einfach nicht. Der Augenblick lastete auf ihm und drückte ihn nieder wie der Golf, bodenlos tief vom Sonnenlicht.

Gutman beugte sich vor und wischte eine Haarsträhne von der porzellanweißen Rundung ihres Ohrs.

Sue schrie auf. Sie riss sich los und kroch über die glatte Schreibtischplatte. Mit einem Fuß nach hinten stoßend, wischte sie den Humidor vom Schreibtisch, der vor Finneys Füßen zersplitterte. Ihre Finger krallten sich so fest um den Rand der Schreibtischplatte, dass ihre Knöchel weiß hervortraten, so nah, dass Nick sie hätte berühren können. Dann hatte Evans sie wieder gepackt, den linken Arm von hinten um ihre Kehle geschlungen, und zog sie, den Hörer vom Telefon stoßend und lose Blätter in die Luft wirbelnd wie niedliche, kleine Papierdrachen, über den Schreibtisch. »Halt still, du kleine Kratzbürste«, flüsterte er ihr sanft wie ein Liebender ins Ohr.

Und dann kam seine rechte Hand mit einem kalten Blitzen in Sicht, ein langer Splitter blanker, glänzender Stahl, der wie die Zunge einer Schlange aus dem Horngriff eines Springmessers hervorzüngelte.

Nick ächzte auf wie jemand, der einen Tritt in den Magen bekommen hat, als das Messer ein Bild aus der Vergangenheit heraufbeschwor: die schimmernde Klinge an Casey Barretts schlankem Hals. Sein Blick huschte von dem Messer zu Sues vor Entsetzen aufgerissenen Augen und dann zu dem Mann, der sie festhielt. Und plötzlich schien ihm, als würde Evans noch eine weitere Maske tragen.

Die Bondage-Maske eines Sadisten.

»Oh, Nicky«, flüsterte Finney.

Sue schluckte krampfhaft, ihre Augen vor Panik glasig, wie die des Rehbocks auf der Lichtung vor so vielen Jahren. Bevor er zu einer bewussten Entscheidung gelangte, fühlte Nick den Wunsch, das blinde Verlangen durch seine Gliedern zucken, sich zu bewegen, zu versuchen, sie zu retten, und vielleicht sah Evans es ebenfalls.

Er legte das Messer an Sues Hals. Die Klinge blitzte in dem seltsam flimmernden Licht; das Blut, das aus der

Vene quoll, sah auf ihrer weiß schimmernden Haut fast schwarz aus. »Wenn du auch nur daran denkst, einen Finger zu rühren, Collegeboy ...«, drohte er, »... schlitz ich sie auf wie einen Fisch.«

Und Nick ließ sich zurücksinken.

Gutman bückte sich und legte den Hörer auf das Telefon; eine Stimme, von der Nick nicht mitbekommen hatte, dass er sie die ganze Zeit gehört hatte ... *Wenn Sie einen Anruf machen wollen* ... verstummte abrupt.

»Und jetzt machst du, was der Dickhäuter sagt, du kleine Kratzbürste!«, zischte Evans, und Gutman beugte sich über sie, seine Haut ölig und grau im flimmernden Licht der Bildschirme, und schien den Spitznamen nicht im Geringsten übel zu nehmen.

Schien sich daran zu ergötzen.

»Streck deine Hand aus ...«, flüsterte er, ein Mann, der mit einer in Panik geratenen Kreatur aus dem Wald spricht, einem verletzten Rehkitz, dessen Augen vor Entsetzen hin- und herhuschen. »... deine rechte Hand.«

Sue streckte ihren Arm aus, ihre Finger dunkel vor den flimmernden Monitoren. Gutman schloss die Hyde-Hand um ihr Handgelenk. Mit der Jekyll-Hand schob er den Zigarrenschneider über ihren zitternden kleinen Finger.

»Bitte nicht!«, flehte Sue. »Ich tu alles! Alles, was Sie wollen. Ich tu alles, was Sie wollen, für Sie, bitte ...«

»Shhhh.« Mit einer Hand strich Evans Sue das Haar aus ihrer schweißnassen Stirn. »Sei still, Kleine.«

Gutman fixierte Nick in seinem Käfig. »Ich will dieses Tape. Wenn Sie es nicht innerhalb von drei Stunden hier abliefern, fange ich an, die Finger des Mädchens abzuschneiden. Einen Finger für jede Stunde, die Sie zu spät kommen. Haben wir uns verstanden?«

Nick nickte, unfähig, den Blick von Sue zu nehmen, ihr Gesicht wie ein bleiches Fenster ins Herz der Angst, ihre Augen flehentlich aufgerissen.

»Bitte, Nicky«, flüsterte sie. »Versprich es mir.«

Er legte die Hand auf sein Herz und nickte feierlich.

»Mr Durant?«

»Wir sind rechtzeitig zurück, Mr Gutman.«

Gutman nickte. »Pünktlichkeit ist eine Tugend. Damit Sie nicht den Fehler machen, mich nicht ernst zu nehmen, lassen Sie mich Ihnen einen kleinen Beweis mitgeben, dass ich meine, was ich sage.«

Er presste die Lippen zu einem dünnen Strich zusammen, und der Zigarrenschneider schnappte zu. Nick sah, wie der kleine Finger herabfiel und auf den Schreibtisch purzelte, ein Schwall schwarzes Blut, wo der Finger gewesen war.

Sue bäumte sich in den Armen des Troopers auf und schrie und schrie.

Nick Laymon machte die Augen zu.

DIENSTAG

11:13 bis 11:55

Die Fahrt zurück nach Ransom war für Nick wie eine albtraumartige Halluzination, jede verstreichende Sekunde ... *Zeit ist alles ... alles ist Zeit* ... in seinem Gehirn markiert von dem präzisen, leisen Ticken der Uhr in seinem Kopf, deren vorwärtshastender Sekundenzeiger ihn unerbittlich in die Zukunft katapultierte.

In seinem Kopf gellte ein dünnes, hohes Kreischen, die spitzen Entsetzensschreie, die aus Sues wogender Brust gestiegen waren, als sie schockiert auf ihren abgehackten kleinen Finger hinabgestarrt hatte, der auf Gutmans Schreibunterlage lag. Sie hatte sich aus Evans Griff gewunden und lag wie ein Fötus zusammengerollt auf dem Schreibtisch, die verletzte Hand an ihre Brust gepresst. In unregelmäßigen Abständen schüttelte ein Schluchzen ihren Körper, seltsam kurze, erstickte Laute, genau wie die, die Casey Barrett von sich gegeben hatte, nachdem ihr unter der Bondage-Maske verborgener Peiniger ... *Evans, mein Gott, es ist Evans* ... anfing, sie mit dem Messer zu bearbeiten.

Nick hatte versucht, sich zu bewegen, doch alles in ihm schien gefroren. Sue schrie, und Nick starrte sie vor Entsetzen gelähmt an, jedes einzelne Gelenk in seinem Körper blockiert, jede Sehne vergeblich angespannt. Dann drängte sich Finney an ihm vorbei und nahm Sue in die Arme. Das löste seine Erstarrung, dieses Bild ... *Finneys gewölbter Rücken, Sues weit gespreizte Schenkel* ... schwappte über ihm zusammen wie flüssige Lava, die die eisige Starre löste, die ihn paralysierte.

Dann setzte er sich in Bewegung, stieß Finney zur Seite und zog Sue in seine Arme. Sie sträubte sich – Nick fühlte, wie sie erstarrte, fühlte, wie sie sich Finney zuwandte gleich einer Blume, die sich zur Sonne dreht –, doch dann sank sie an seine Brust und ein konvulsivisches Schluchzen brach aus ihr hervor, das ihren Körper erbeben ließ wie ein in schwerer See hin- und hergeworfenes Schiff. »Hey«, sagte er, »hey«, doch es gab keine Worte, die sie zu trösten vermochten.

Seine Finger strichen besänftigend durch ihr Haar, und als ihr Atem allmählich ruhiger wurde, hob er mit einem Finger sanft ihr Kinn, damit er ihr ins Gesicht sehen konnte. Doch sie erkannte ihn nicht. Ihr Gesicht war leer, bar jeglichen Ausdrucks, ihre Augen starrende Löcher wie die Augen des Bärenjungen vor dem Smokin Mountain, hohle Gruben, die in die schwarze Unendlichkeit zwischen den Sternen blickten.

»Komm zurück zu mir, Liebes«, flüsterte er. Er erkannte einen Anflug der Stimme seiner Mutter in seinen Worten, ihren sanften, lieblich klingenden Bayou-Tonfall, der aus einer fast vergessenen Zeit herüberhallte.

Doch Sue reagierte. Die Leere füllte sich ein wenig. In ihr Augen kehrte Leben zurück, ihr Blick fand den seinen und hielt ihn fest. »Beeil dich, Nicky«, flüsterte sie.

»Ihr verschwendet Zeit«, sagte Evans, der wieder seine Good-old-Boy-Maske aufgesetzt hatte, nachdem sein Hunger befriedigt war. Vorläufig zumindest.

Nick richtete sich auf, und in dem Augenblick hörte er es zum ersten Mal, das deutlich erkennbare, leise *Klick*, als eine weitere Sekunde vorüberflog und in der Leere der Zeit verschwand. Dieser flammend helle Sekundenzeiger ruckte durch seinen Kopf und schlug jeden Gedanken in Stücke.

Nick stöhnte leise, als er an diesen Augenblick zurückdachte. Er streifte Finney mit einem Blick, der mit bleichem Gesicht neben ihm saß, seine grauen Augen ausdruckslos. Er sah wieder vor sich, wie Finney zuerst bei Sue war, sah, wie Sue in seine Arme sank, und sein leerer Magen krampfte sich zu einem Knoten zusammen.

Klick!

»Heh.« Nick beugte sich vor und krallte die Finger um die Maschen des Käfigs. »Heh!«

Evans reagierte nicht.

Eine schmale, mit Schlaglöchern gepflasterte Straße erstreckte sich jenseits der Windschutzscheibe; das triste, heruntergekommene Viertel in der Nachbarschaft des Gewerbegebiets, das an den Fenstern des Straßenkreuzers vorüberhuschte, kam Nick irgendwie bekannt vor: kleine, vor Erschöpfung zusammensackende Holzhäuser, ehemals weiße, zum ledrigen Grau von Elefantenhaut abblätternde Farbe. Der Plunder der Weihnachtszeit bevölkerte das vergilbte Gras und den aufgeweichten Dezemberschlamm in den kleinen Vorgärten: die drei Weisen aus dem Morgenland und Hirten aus Plastik, die freudige Erwartung längst aus ihren verwitterten Gesichtern gebleicht, in frommer Anbetung um leere Krippen geschart; hier und dort lugte zwischen Plastikschafen der rote Kobold eines Weihnachtsmanns hervor oder hockte gütig grinsend neben der heiligen Jungfrau Maria im gelben

Gras, und immer, fast auf jedem Haus, leuchtete der Stern, matt und fahl im Sonnenlicht. Armut sah überall gleich aus: Sozialhilfeschecks und Essensmarken, ausgehungerte Frauen, die sich nach Kindern sehnten, die sich dann vor ihren Augen in hungrige Mäuler verwandelten, die gefüttert werden mussten. Willkommen zu Hause, höhnte eine Stimme in Nicks Kopf. Willkommen in Glory, Louisiana, dem Land der tausend zerbrochenen Träume.

Nick rüttelte wie ein Geisteskranker an dem Maschendrahtgitter des Käfigs.

»Heh, du Arschloch, ich rede mit dir! Bist du taub oder was?«

Evans trat vor einem Stoppschild auf die Bremse. Der Wagen schnurrte im Leerlauf wie ein schlafendes Tier, ein Bär oder ein Löwe. Evans drehte sich um und grinste, ein frischer Zahnstocher wie ein Knochen zwischen die gelben Stummel seiner Zähne geklemmt. In den verspiegelten Gläsern seiner Sonnenbrille sah Nick sein eigenes verzerrtes, doppeltes Spiegelbild ihn anstarren: zwei in einen Maschendrahtkäfig gesperrte Männer, ihre Augen in den undeutlichen Flecken ihrer angstbleichen Gesichter wie Fenster in einen dunklen Abgrund.

»Beruhige dich wieder, Collegeboy. Ich bin schließlich ein Hüter des Gesetzes und vereidigt, zu dienen und zu beschützen. Ich kann nicht wie ein Verrückter durch die Straßen brettern. Es könnten Kinder da draußen spielen. Also krieg dich wieder ein.«

Nick presste das Gesicht so fest an das Maschengitter des Käfigs, dass er spürte, wie die Metallschlaufen in sein Fleisch schnitten. Er konnte Evans Atem riechen – ein Hauch von Pfefferminz, und er begriff, dass die Zahnstocher, auf denen er ständig herumkaute, parfümiert waren.

Der wahnsinnige Cop war besorgt, er könnte Mundgeruch haben. Bei dem Gedanken krampften sich Nicks Eingeweide zusammen. *»Bitte …«*

Evans tippte leicht aufs Gas und ließ den Wagen ein Stück in die Kreuzung rollen. Trieb seine Scherze mit ihm.

Nick rüttelte am Käfig. »Hör mir zu, du verdammtes …«

Eine Hand legte sich auf seinen Mund. Finney zerrte ihn weg, zog ihn an seine Brust. Nick fühlte das Strickmuster von Finneys Pullover, dicke, weiche Stränge, an seiner Wange. Ein heißes, schmachvolles Schluchzen schüttelte ihn.

Finney wiegte ihn sanft. »Reiß dich zusammen, Nicky«, flüsterte er. »Wir werden diesen Hurensohn noch an die Wand nageln, aber wir dürfen nicht die Nerven verlieren, hast du mich verstanden? Wir müssen die Nerven behalten – für Sue.«

Auf einer engen, kurvenreichen Strecke der Straße entlang der Grenze zwischen Tennessee und North Carolina wurde Nick übel. Stundenlang – zumindest kam es ihm so vor – kämpfte er dagegen an, schluckte Galle und ignorierte die Krämpfe, die in regelmäßigen Abständen seine Eingeweide in Aufruhr versetzten. Ständig geisterten ihm Bilder von Sues Finger durch den Kopf, unentrinnbar wie die von der aufgeblähten Leiche Pomeroys, die auf dem Wasser im Fond des halb gesunkenen Caddy schwamm, das graue Gesicht nach oben, dem fleckigen Vinyl-Himmel zugekehrt.

Der Wagen schwankte wie ein Boot, während er durch die Kurven sägte, und lullte ihn in eine Art fiebrigen Halbschlaf. Wie in einem Traum fiel Sues perfekt manikürter kleiner Finger durch das silbrig metallische Licht der Videobildschirme und landete, wie in Zeitlupe aufprallend, auf Gutmans Schreibunterlage. Noch blutend war der Finger dort gelegen, und dann – in einem Augenblick, den Nick nie vergessen würde – hatte sich Evans vorgebeugt und ihn aufgehoben. Er begutachtete ihn eine Weile in diesem flimmernden Licht und drehte sich dann zu Nick um, der, die Arme um Sue geschlungen, neben dem Schreibtisch stand. Eine spöttische, hochmütig und selbstgefällig klingende Stimme hallte durch Nicks Kopf ... *Erzählen Sie uns doch, Miss Thompson, was Conrad mit dem Begriff des hohlen Menschen zum Ausdruck bringen will* ... als er zusah, wie Evans den Finger in die Brusttasche seines Uniformhemds steckte. Fast im selben Augenblick erschien ein rostfarbener Fleck auf dem gelbbraunen Stoff.

»Wir sollten uns auf den Weg machen, Jungs«, sagte Evans. »Sonst bringe ich am Schluss all die Finger gar nicht mehr in meinen Taschen unter.«

Nicks Eingeweide krampften sich erneut zusammen, ein stechender Schmerz, als würde jemand in seinen Därmen ein Messer herumdrehen. Er stöhnte und sackte auf den Boden des Straßenkreuzers. Er erbrach gelbe Galle auf den Teppich zwischen Finneys Füßen. Er schloss die Augen, während ein konvulsivisches Würgen ihn schüttelte und sein Magen sich zu einem Knoten zusammenkrampfte, doch er hatte nichts mehr, das er noch von sich geben konnte.

Der Wagen bremste und steuerte scharf nach rechts. Das Gefühl zu fahren, hörte auf und der Motor erstarb. Eine Tür wurde aufgerissen und heftig wieder zugeworfen. Dann eine andere Tür. Eisige Luft strömte auf den Rücksitz.

»Scheiße«, ächzte Finney, als er aus dem Wagen kletterte. Eine fleischige Pranke schloss sich um Nicks Nacken. Eine andere packte den Kragen seiner Jacke. Evans zerrte ihn aus dem Wagen wie ein Rausschmeißer, der einen randalierenden Besoffenen an die frische Luft setzt. Nick landete auf seinen Händen und Knien; der Splitt im Asphalt stach in seine Handballen. Evans schnaubte angeekelt und ging um den Kühler des Wagens herum.

Nick würgte noch einen Schwall Galle hervor und blickte auf. Evans hatte auf dem kleinen Parkplatz eines Aussichtspunkts angehalten, der Straßenkreuzer quer zur Einfahrt und drei Parkplätze in Beschlag nehmend. Ein Kranz von Berggipfeln umgab sie wie der steile Rand einer tiefen Tasse, kahle Bäume, die knochigen Fingern gleich aus den nackten Bergflanken ragten. Direkt hinter dem Auto wölbte sich eine niedrige Mauer aus roh behauenen Sandsteinbrocken ins Nichts, dahinter die steil abfallende Bergflanke. An einem Ende der Mauer ragte eine Reihe Münzfernrohre auf wie unbeteiligte Soldaten, die Wache standen. Eine sanfte Brise kämmte durch die gelben Grasstängel am Straßenrand. Der Himmel war blau und herzlos, die Sonne ein verblassender Klumpen Kohle, dreiundneunzig Millionen Meilen von der Erde entfernt.

Finney ließ sich mit besorgtem Gesicht neben ihm in die Hocke sinken. »Bist du okay, Nick?«

Dann traf es ihn wie ein Schlag, und das ganze Gewicht des toten Ariers drückte ihn wieder zu Boden. Evans war auf demselben Aussichtspunkt stehen geblieben, auf dem sie vor zwei Nächten gewendet hatten – unmittelbar nachdem sie den Mann überfahren hatten, nachdem sie sich entschlossen hatten umzukehren. Das ganze Entsetzen des Unfalls durchströmte ihn erneut, und die Welt war plötzlich so klein wie ein Tidebecken, das in der Nachmittagssonne austrocknet und immer kleiner wird, das um ihn herum zusammenschrumpfte, bis er glaubte, schreien zu müssen. Die Welt so klein, und die Zeit so verdammt groß. Nick stöhnte und murmelte: »Ich weiß nicht, Finney, ich weiß nicht ...«

Der Kofferraum des Wagens schwang mit einem metallischen Quietschen auf. Finney warf einen Blick über Nicks Schulter, als sich Evans schwere Schritte näherten. Als er wieder Nick ansah, glitzerte Panik in seinen Augen.

»Wir dürfen die Nerven nicht verlieren, Nick. Dieser Kerl ist total wahnsinnig, er ist ...«

Abrupt richtete er sich auf, als die Schritte innehielten, und schob sich rückwärts von Nick weg. Etwas fiel neben Nicks rechter Hand auf den Boden. Nick drehte den Kopf.

Ein Handtuch.

»Du hast noch was wegzuputzen, Söhnchen.«

Nick holte tief Luft. *Klick!* Eine weitere Sekunde verstrich. Vor seinem inneren Auge sah er, wie Sues kleiner Finger abgehackt wurde und auf Gutmans Schreibunterlage fiel. »Nein, bitte, das geht nicht. Es tut mir leid, wir müssen weiter, wir müssen *weiter* ...«

Evans trat ihm mit voller Wucht in den Leib. Nach Luft japsend, kippte Nick vornüber, während ihn erneut ein trockenes Würgen schüttelte.

»Gib mir keine frechen Antworten! Ich hab gesagt, du sollst meinen Wagen sauber machen, und das hab ich auch so gemeint! Niemand kotzt in meinen Wagen, hast du mich verstanden? *Niemand springt so mit mir um, wie ihr Scheißer es getan habt, und niemand springt so mit meinem Wagen um! Ich will kein Widerwort mehr hören …«*

Er trat erneut zu. Nick rollte sich zur Seite, und der Tritt traf ihn an der Hüfte.

»… also raff jetzt endlich deine Knochen hoch, Mister Großmaul-Collegeboy …«

Evans tänzelte zurück, um einen besseren Stand zu haben. Der nächste Tritt, ein wütender, brutaler Stoß aus dem Kniegelenk, traf Nick tiefer, direkt in die Eier. Ein weißer, heißer Schmerz zuckte durch seinen Unterleib. Plötzlich bekam er keine Luft mehr.

»… und fang anzuschrubben …«

»Hör auf!«, brüllte Finney. Als er wieder etwas sagte, klang seine Stimme irgendwie anders, frei von Angst, beinahe spöttisch. »Sie halten sich für einen großen Macker, wenn Sie alte, fette Frauen abknallen und Leute treten, die am Boden liegen.«

Evans grunzte verdutzt, als hätte ihm jemand in den Bauch getreten.

Dann wieder Finney, seine Stimme jetzt lauter und kräftiger. »Ja, Sie sind ja so ein toller Hecht. Warum versuchen Sie es nicht mal bei …«

Seine Stimme kippte und versagte dann ganz.

Trotz der höllischen Schmerzen in seinem Unterleib hob Nick den Kopf, zunächst sicher, dass das Geräusch, das er hörte … *klick!* … nichts anderes war als eine weitere Sekunde, die in der Ewigkeit verrann. Zu spät begriff er, was es wirklich war: Evans, der den Sicherungsriemen an seinem Pistolenhalfter aufschnappen ließ.

»Ja, holen Sie Ihren Schießprügel nur hervor … weil das alles ist, was Sie sind – ein beschissener, mieser Schießprügel …«

Evans bewegte sich so schnell, wie es Nick noch bei keinem Menschen gesehen hatte: mit tigerhafter Anmut und Kraft. Mit seiner rechten Hand ... *seiner Revolverhand* ... packte er Finney bei der Kehle und zerrte ihn über die Kühlerhaube des Straßenkreuzers und dann über den schmalen asphaltierten Parkplatz. Vor der niedrigen Sandsteinmauer blieb er stehen und sagte etwas zu Finney, das Nick nicht verstehen konnte. Dann, Finney noch immer an der Kehle gepackt haltend, schob er ihn am ausgestreckten Arm über die Mauer. Evans, jetzt beide Hände um Finneys Kehle gespannt, hielt ihn dort, über dem Abgrund hängend, während Finney mit hervorquellenden Augen die Hände um Evans mächtige Unterarme krallte. Die Spitzen seiner Bass-Slipper scharrten über die Kante der Mauer. Das Geräusch war so unnatürlich laut, als würde jemand schwere Steine über Nicks Schädel ziehen. Finneys Fuß fand auf der Mauer Halt – winzige Körnchen Sandstein fielen geräuschlos über den Rand –, und er beugte sich näher zu Evans. Dann verlor der Fuß wieder den Halt, der Slipper rutschte von der Mauer und verschwand im Abgrund.

Der Trooper sah zu Nick zurück und grinste. »Jetzt liegt es an dir, Collegeboy.«

»Nicht ...« Nicks Kehle schnürte sich zusammen. Eine Schmerzwelle brandete durch seinen Körper.

Evans lachte glucksend und lockerte seinen Griff. Finney sog röchelnd Luft in die Lungen, während seine Füße nach wie vor über die Mauer scharrten.

»Na hör mal, Collegeboy. Das musst du besser hinkriegen als das, du musst schon *bitte* sagen, wenn du willst, dass ich ihn wieder reinhole. Komm schon, ich will dich ein bisschen betteln hören.«

Nick öffnete den Mund, doch ehe er ein Wort hervorbrachte, spukte das Bild durch seinen Kopf, wie Finney vor ihm Sue erreichte und wie sie bereitwillig in seine Arme gesunken war. Ein anderes, viel schrecklicheres Bild verdrängte es, das Bild, das ihn schon seit Monaten verfolgte: die beiden sich nackt in den Laken wälzend, Sues glasiger Blick, ihre Möse geschwollen und prall gefüllt von Finney Durant. Und plötzlich schwappte all dieser Schmerz erneut durch ihn, giftig wie der Eiter eines fauligen Zahns.

Nick wandte sich ab.

»Fuck you«, zischte Finney Evans ins Gesicht. »Du bist ein Nichts, und das ist alles, was du je sein wirst. Ein gottverdammtes, beschissenes Nichts.«

Evans brüllte auf.

»Nein«, schrie Nick und sprang auf, bereit jetzt zu bitten. Das Wort echote wieder und wieder von den Bergen zurück, als wollten sie ihn verhöhnen.

Zu spät, zu spät.

Von hilflosem Entsetzen gelähmt, sah er, wie Evans seine Arme an die Brust zog und Finney über die Mauer stieß. Finney schrie, ein gellendes Kreischen, das gnädigerweise abrupt abbrach.

Evans blieb an der Mauer stehen und spähte in den Abgrund wie ein Mann, der nach einer Antwort sucht, die er nicht wirklich zu finden erwartete.

DIENSTAG

11:56 bis 12:47

Kurz bevor er die Sandsteinmauer erreichte, stolperte Nick und konnte sich gerade noch an der Eisenstange eines der Münzfernrohre abstützen, um nicht mit dem Kopf gegen die Mauer zu knallen. Dort lag er keuchend auf den Knien, sich der Gegenwart Evans' direkt neben ihm körperlich bewusst, der rasende Wut ... *Wahnsinn* ... verströmte wie Hitze. Nick presste das Gesicht gegen die Mauer, dankbar für die Kälte des Steins an seiner Wange und seiner Stirn, weil sie ihn wieder fühlen ließ.

Nein, dachte er. Nicht Finney!

Obwohl er es nicht wollte, doch wusste, dass er keine andere Wahl hatte, spähte er über die Mauer. Er erblickte nicht den Abgrund, nicht das schwarze Tor zur Hölle, das er sich vorgestellt hatte, sondern nur einen steilen, von ein paar wenigen winterkahlen Bäumen bewachsenen Abhang. Hier und dort ragten Granitfelsen aus dem Erdreich wie Fäuste ärgerlicher Riesen.

Ein paar hundert Meter weiter unten hatten Wind und Regen in Jahrmillionen eine Stufe aus der Bergflanke herausgewaschen, auf der sich herabgefallene Steine und Felsbrocken türmten. Hinter einem Haufen fast vollkommen rund geschliffener Felsbrocken ragten Finneys Beine hervor.

Finney, dachte er. Oh, Finney.

Jenseits der Stufe fiel der Steilhang fast senkrecht ab. Tief unten, in ein Tal zwischen den sanft ansteigenden Hügeln geschmiegt, lag Ransom. Am jenseitigen Ortsrand war das College auszumachen, eine Ansammlung ziegelroter, von Grün umgebener Gebäude. Es sah so ruhig und idyllisch wie ein Gemälde aus – und weit weniger real.

Die Beine hatten sich nicht bewegt.

Auf der Straße fuhr ein Auto vorbei. Nick sah auf und erblickte Evans, der auf ihn herabstarrte. Nick hatte nicht gehört, wie er die Pistole gezogen hatte; das Geräusch war wahrscheinlich im Brummen des vorbeifahrenden Autos untergegangen oder in Nicks durcheinandertaumelnden Gedanken. Doch da war sie, dunkel und glänzend. Und nichts konnte bemänteln, wie er sich anfühlte – tödlich und glühend kalt, als Evans den Lauf hob und ihn gegen Nicks Adamsapfel presste.

»Ich hab allmählich die Schnauze voll von euch Jungs. Wenn es nicht wegen dem Dickhäuter wäre, würde ich euch hier auf der Stelle abservieren und meine Hände in Unschuld waschen. Aber niemand sagt, dass ich mich beeilen muss, Collegeboy. Wenn du also jemals wieder mit deiner süßen rothaarigen Kleinen Händchen halten willst, solltest du schleunigst auf die Beine kommen und anfangen, deine Kotze von meinen Fußmatten zu schrubben. Ich bin am Ende meiner Geduld angelangt. Noch ein Wort von dir, und ich riskiere es, den Dickhäuter zu verärgern, und blase dir deinen dämlichen Kopf von den Schultern. Oder ich mach es irgendwo anders und lass mir Zeit dabei. Also, wie willst du es haben?«

Nick seufzte leise, als die nackte Gewissheit in ihm dämmerte, dass es – ob jetzt oder später – immer auf dieselbe Weise enden würde. Evans würde ihn töten, entweder weil diese heulende, hungrige Leere in ihm aufs Neue befriedigt werden musste oder weil Nick schlicht und einfach nicht mehr wichtig war. Alles, was noch zwischen ihm und dem sicheren Tod stand, war das Video. Sobald er Evans das Tape gab, würde der ihn auf der Stelle töten. Warum also alles nicht hier und jetzt zu Ende bringen?

Warum nicht jetzt sterben?

Doch dann erinnerte er sich an Sues Gesicht, wie in ihre Augen Leben zurückgekehrt war und ihr Blick den seinen festgehalten hatten, das schwache Aufglimmen von Hoffnung, das er tief unten auf dem Grund ihres leeren Blicks gesehen hatte. *Beeil dich, Nicky,* hatte sie geflüstert.

Beeil dich.

Nick machte die Augen zu und erlaubte sich einen kurzen Augenblick der Trauer. Dann verdrängte er sie aus seinen Gedanken – Tucker und Finney und die arme, verschwundene Casey Nicole Barrett, sogar Sue – und wandte sich der bevorstehenden Aufgabe zu. Er würde morgen noch Zeit genug zum Trauern haben oder übermorgen. Falls er so lange lebte.

Er griff nach dem Handtuch.

Als Nick den letzten Rest des Erbrochenen weggeschrubbt hatte, huschte der Sekundenzeiger in seinem Kopf ein weiteres Mal vorüber und zog ihn noch weiter von Sue fort. Er kroch rückwärts aus dem Straßenkreuzer, das feuchte, nach erbrochener Galle stinkende Handtuch noch immer in der Hand. Evans lehnte mit überkreuzten Knöcheln am vorderen Kotflügel und kaute auf einem Zahnstocher. Er sah auf Nick herab.

»Wir sind noch lange nicht fertig, Collegeboy.«

»Bitte …«

»Werd jetzt nicht unverschämt, Collegeboy. Das ist nicht gesund.« Evans grinste und schoss mit seinem Zeigefinger auf Nick. Er drückte seinen Smokey-Bear-Hut tiefer in die Stirn, sodass der Schatten der Krempe in einer harten Linie quer über sein Gesicht fiel. »Du tust nur, was ich sage, und dann fahren wir weiter.«

Nick nickte.

»Sieht so aus, als hätten wir heute Morgen überall entlang der Straße Leichen zurückgelassen. Dem Dickhäuter wird das nicht gefallen, und du hast gesehen, wozu er fähig ist, wenn er wütend wird, deshalb denke ich, wir sollten ihn nicht noch mehr verärgern. Du kletterst jetzt da runter, holst deinen Kumpel hier rauf und verstaust ihn im Kofferraum. Sobald du damit fertig bist, fahren wir weiter. Wenn du mich nett bittest, steig ich vielleicht sogar ein bisschen mehr aufs Gas.« Er machte eine Pause. »Vielleicht aber auch nicht.«

Nick stand mit hängenden Armen einfach nur da.

Evans machte eine einladende Handbewegung wie ein stolzer Küchenchef, der eine fröhliche Runde für das Menü seines Lebens zu Tisch bittet. »Los! Schwing die Hufe, Collegeboy.«

Nick machte den Mund auf, um etwas zu sagen, doch er bekam kein einziges Wort hervor, seine Zunge lag lahm und schlaff in der Höhlung seines Munds. Er riss sich zusammen und stammelte: »Ich k-k-kann nicht …«

Evans beugte sich lächelnd vor. »Du hast keine große Wahl, Sohn. Es sei denn, du willst dort unten neben deinem Freund landen.«

Nick ließ das Handtuch fallen und trottete über den Parkplatz zur Mauer. Er sah nur einmal über die Schulter zurück; Evans stand breitbeinig neben dem Wagen, die Arme in die Seiten gestemmt wie ein Riese, der über sein Reich hinwegblickt. Tief unten sah er Finneys Beine reglos und steif zwischen den Felsbrocken hervorragen, und noch weiter unten lag Ransom wie ein unerfüllbares Versprechen. Nick holte tief Luft und schob sich, mit beiden Händen eines der Fernrohre umklammernd, über die Mauer, bis er festen Boden unter den Füßen spürte.

Kleine Steinchen rollten die Böschung hinab. Der Abhang war steiler, als es von der anderen Seite der Mauer ausgesehen hatte. Nick klammerte sich an das Fernrohr und starrte auf Finneys reglose Beine hinab. Er holte noch einmal tief Luft, die klar und kalt in seine Lungen stach. Eine ganze Reihe von Sekunden flog vorüber, ihr Ticken so laut wie Knallfrösche.

Zeit.

Nick ließ das Fernrohr los und zwang sich, mit dem Abstieg zu beginnen. Schon beim ersten vorsichtigen Schritt rutschte sein Fuß ab. Bereits abwärtsschlitternd, krallten seine Hände Halt suchend nach der Mauer. Seine Finger schrammten über den rauen Stein, und einen kurzen Augenblick lang gelang es ihm, sich an der vorspringenden Kante eines Felsens festzuhalten. Dann zog ihn die Schwerkraft nach unten. Er rutschte, fieberhaft nach irgendeinem Halt krallend, den Hang abwärts. Seine Füße stießen gegen einen knorrigen, aus der Erde ragenden Wurzelstrunk, und er schaffte es, sich auf den Bauch zu wälzen. Aus den Augenwinkeln sah er unter sich eine Lawine von Geröll und Steinen den Steilhang hinabdonnern, dann krachte er mit voller Wucht gegen eine Kiefer. Der Aufprall trieb ihm die Luft aus den Lungen, und nach

Atem ringend, klammerte er sich mit beiden Händen an den rauen Stamm, während er hinter der Lawine aus Staub und Steinen dreinstarrte, die eine Weile lang Finneys Beine verhüllte. Als sich der Staub allmählich legte, hörte Nick noch immer von tief unten das Poltern der Steine. Erst als es verstummt war, drang von oben das brüllende Gelächter Evans' an sein Ohr.

»Junge, setz deinen müden Arsch in Bewegung! Jede Wette, dass der Dickhäuter schon ungeduldig in den Startlöchern scharrt.«

Der Hang wurde flacher, je näher er der Stufe kam. Nick bewegte sich im Zickzack, teilweise auf allen vieren kriechend, von einem Felsen zum nächsten Baum. Neben einem Brocken aus rosa schimmerndem Granit stolperte er über Finneys Bass-Slipper. Als er sich bückte, um ihn aufzuheben, bot sich ihm ein atemberaubender Panoramablick auf Ransom.

Das Städtchen glänzte in der klaren Luft, weit unten und winzig klein wie eine dieser Modellbaustädte im Schaufenster eines Spielwarengeschäfts, gleich einem pastellfarbenen Kitsch-Idyll auf einer Hochglanz-Weihnachtskarte. Es erschien ihm unendlich fern, eine Fata Morgana, so trügerisch wie die Hoffnung. Als könnte er eine Million Meilen gehen und es doch nie erreichen. Und jetzt begriff er, eine Wahrheit, die er zuvor nicht erkannt hatte, nicht bewusst zumindest, obwohl sie die ganze Zeit existiert haben musste – von dem Augenblick an, als er den Schürhaken in Pomeroys Gesicht schmetterte, vielleicht schon von dem Moment an, als er sich auf dem einsamen Highway in den Bergen über den toten Arier beugte: Er konnte nie wieder zurückkehren. Nicht nach Ransom, nicht nach Glory.

Er würde seinen eigenen Weg durch diese Welt gehen müssen.

Falls er die Gelegenheit dazu haben würde.

Erneut überwältigte ihn die Gewissheit, dass er das alles nicht überleben würde. Wieder sah er Sues Gesicht vor sich ... *Beeil dich, Nicky* ... und das Klicken der dahinschwindenden Zeit dröhnte in seinen Ohren, die Sekunden rasten vorüber wie ein Zug, wie der 7-Uhr-40-Express, der an den Gärten von Glory vorbeibrauste. Er hob Finneys Slipper auf und trottete die letzten zehn Meter zu den rund geschliffenen Steinen. Keuchend blieb er stehen und starrte auf Finneys schuhlosen Fuß hinab, unschlüssig den Slipper in der Hand haltend, und vermied es, in das Gesicht seines besten Freunds zu blicken. Nick zwang sich, nicht zu Evans hinaufzusehen, ignorierte das Geräusch in seinem Kopf ... *klick* ... und ging um die Felsen herum.

Finney sah verblüffend unversehrt und friedlich aus – wie ein Mann, der eingeschlafen ist. Eine Schulter wirkte irgendwie verdreht, und ein dünner Blutfaden sickerte aus seinem Mundwinkel, doch davon abgesehen, schien er nicht verletzt. Wie der Arier: ohne eine erkennbare Verletzung, abgesehen von der Unpässlichkeit, tot zu sein. Finney war in einem mit Riedgras bewachsenen, morastigen Fleck Erde gelandet, sein Kopf und seine Schultern halb in dem stinkenden Schlick versunken. Der Geruch erinnerte Nick an den Graben zwischen dem Fort und dem College Park, an den Fischgestank, der die Luft von Glory verpestete.

Wortlos – der ganze Schmerz der letzten zwei Tage wie ein klaffendes Loch mitten in seiner Brust – hob Nick Finneys schuhlosen Fuß hoch ... *noch immer warm* ... und zog ihm den Slipper an.

Der Schlamm saugte schmatzend an seinen Schuhen, als er sich niederkauerte und Finneys Knöchel umfasste, wobei er wieder versuchte, nicht in sein Gesicht zu sehen. Er lehnte sich nach hinten, um den toten Finney aus dem Morast zu ziehen, doch das sumpfige Erdreich wollte seine Beute nicht hergeben. Seine Finger rutschten ab, und Finneys Slipper blieb in seiner Hand zurück – derselbe, den er ihm soeben angezogen hatte. Nick verlor das Gleichgewicht und fiel mit dem Hintern auf die scharfe Kante eines Felsens. Ein stechender Schmerz schoss sein Rückgrat hinauf und das dumpfe Pochen in seinen misshandelten Eiern meldete sich wieder.

Hoch über ihm lachte Evans. »Müde, Collegeboy?«

Nick sagte nichts. Er stand wieder auf, ohne den Schmutz von seiner Hose zu klopfen, und ignorierte den Schmerz.

»Tut mir leid«, murmelte er, als er den Slipper wieder auf Finneys Fuß schob. Nick dachte, er würde die Krise kriegen, wenn er den Fuß noch einmal anfassen musste, doch nichts geschah. Keine Tränen kamen. Von wo auch immer Tränen herkamen, der Ort irgendwo tief in ihm schien ausgetrocknet zu sein.

Vielleicht würde er nie wieder irgendetwas fühlen.

Und doch pulste dieser verzweifelte Gedanke ... *Zeit ist alles, alles ist Zeit* ... noch immer durch ihn.

Er packte von Neuem Finneys Knöchel. »Entschuldige«, murmelt er, und dieses Mal zog er mit einem kräftigen Ruck. Mit einem schmatzenden Geräusch gab der Morast Finney frei, und das Riedgras teilte sich unter seinem schlaffen Körper, als Nick ihn, rückwärts den Hang hinaufstolpernd, hinter sich herzog.

»Nicht so hastig, Collegeboy«, grunzte Finney Durant, seine Stimme so leise, dass Nick zuerst dachte, sie sei nur in seinem Kopf.

»Finney?«, keuchte er, seinen Ohren nicht trauend, ließ die Beine fallen und warf sich neben Finney auf die Knie. *»Finney?«*

Langsam öffnete Finney die Augen.

»Oh, mein Gott«, rief Nick und dann blieb ihm die Luft weg. Er hob den Kopf seines Freundes und bettete ihn auf seinen Schoß. »Ich dachte, du bist tot, Mann.«

Finney grinste schwach. »So gut wie, fürchte ich.« Seine Pupillen waren so groß wie Einschusslöcher; sein Atem ging keuchend.

»Ich hol Hilfe. Ich klettere wieder hoch und bringe Evans dazu ...« Er sah über die Schulter; Evans war verschwunden. »Oh, Scheiße, *Scheiße,* das ist alles meine Schuld. Wir hätten den Typen auf der Straße liegen lassen sollen, wir hätten weiterfahren und alles vergessen sollen.« Und jetzt kamen auch die Tränen. Sie waren in der kalten Bergluft heiß und beschämend auf seinen Wangen. »Es tut mir alles so leid, so unendlich leid, ich ...«

»Nick.« Finneys Stimme war überraschend klar. »Halt den Schnabel.« Er sprach keuchend, stieß die Worte hervor, trotz der Schmerzen, die es ihm bereitete. Nick wollte etwas sagen, doch Finney hob mühsam die Hand. »Es war niemandes Schuld. Wir waren alle einverstanden, sogar Tucker. Sogar Sue.« Ein Hustenanfall schüttelte ihn. Ein bellendes Krächzen, unter dem er sich aufbäumte und das ihn verzweifelt nach Luft ringen ließ, ehe er erschöpft zurücksank. Rosafarbener Schaum bedeckte seine Lippen.

»Finney ...«

Finney ließ seine Hand auf Nicks Rechte sinken.

»Sue«, murmelte er.

Nick fühlte, wie das Gift der Eifersucht durch seine Adern schwappte, gefolgt von etwas viel Schlimmeren – von Reue und ätzender Scham. Von Schuld.

Meine Schuld, meine Schuld ...

»Ich hab immer beneidet, was du mit ihr hast ... Sie ist was Besonderes, Nicky.« Finneys Worte kamen langsam über seine Lippen, aneinandergereiht durch schieren Willen. »Es tut mir nur leid ... nur leid ...« Er machte die Augen zu und hustete ein paarmal, dann sagte er: »Was Besonderes ...«

Eine Weile lang sagten sie nichts, während Finneys Worte noch immer zwischen ihnen schwebten. Mit dem Saum seines Hemds wischte Nick das Blut und den Schaum von Finneys Mund, strich eine Strähne von Finneys Haar aus seinem Gesicht.

»Ja«, sagte Nick schließlich. »Sie ist was Besonderes.«

Finney machte die Augen wieder auf. Er packte Nicks Hand und presste sie fest.

»Nick ...«, flüsterte er, »... ich kann nicht anders, ich meine, ich ...« Ein erneuter Hustenanfall schüttelte ihn. Nick schob einen Arm unter seine Schultern und richtete ihn behutsam etwas auf. Allmählich ebbte das Husten ab.

»Ganz ruhig, Finney. Sag jetzt nichts mehr.«

»Nick«, flüsterte Finney erneut, mit jetzt viel schwächerer Stimme. »Ich liebe sie noch immer. Ich kann nichts dagegen machen, ich hab sie immer geliebt, ich ...« Von einem rasselnden Husten unterbrochen, sank Finney auf Nicks Schoß zurück. »Es tut mir leid, Mann, ich ...«

Nick legte eine Hand auf Finneys Mund und brachte ihn zum Schweigen. Er wischte wieder das Blut weg. »Es ist okay. Ich schätze, ich hab es von Anfang an gewusst.« Er erwartete, Wut in sich aufsteigen zu fühlen, von Zweifeln und Groll aufgefressen zu werden, von Hass. Stattdessen schrumpfte der Ort in ihm, die kleine, schwarze Kammer, in der er all sein Misstrauen und seine Verdächtigungen verborgen hatte, bei Finneys Worten; er verschwand zwar nicht ganz, aber er wurde kleiner, leichter. Seit er und Alex St. Johns verschiedene Wege gegangen waren, Alex hinaus zu den Bohrtürmen, und Nick nach Ransom und in ein Leben, von dem er nicht einmal zu träumen gewagt hatte, war Finney sein einziger echter Freund gewesen. Nick hielt Finneys Hand und sagte es noch einmal: »Es ist okay.«

Finney grunzte und hustete erneut. Dann flüsterte er: »Du musst sie retten, Nick ... du ... du bist der Einzige ...«

Finney sackte in Nicks Armen zusammen, und mit einem leisen Zischen wich der Atem aus seinen Lungen. Seine Beine trommelten schwach auf den Boden, als habe sich ein unsichtbarer Angreifer, vielleicht der Tod selbst, auf ihn herabgesenkt, um ihn hier, unter dem blanken, blauen Berghimmel, mit sich fortzuraffen. Nick schlang die Arme um ihn und fühlte, wie das Zittern, das Finneys Körper durchlief, unaufhaltsam in seinen eigenen Körper strömte. Dann lag Finney still, seine Augen glasig und blicklos. Nick presste ein Ohr an seine Brust. Nichts. Er presste seine Wange an Finneys Mund. Noch immer nichts.

»Oh, Finney, bitte!«, flehte er. *»Bitte!«* Doch der Junge in seinen Armen rührte sich nicht.

Und dann drang wieder das Brüllen Evans' zu ihm herab: »Komm schon, wir haben nicht den ganzen Tag Zeit. Bring ihn endlich hier rauf.«

Nick wäre den ganzen Tag, den Rest seines Lebens hier unten geblieben, um seinen toten Freund in Armen zu halten, um all das zu bedauern, was er gedacht und gesagt und getan hatte – doch die Stimme des Troopers rief den Gedanken an Sue in ihm wach, peitschte die Zeit wieder in ihren rasenden Galopp. Und wieder drängte er alles in die dunklen Tiefen seines Herzens zurück, wischte alles aus seinen Gedanken – alles, bis auf die Qualen, die vor ihm lagen.

Nick ließ sich wie ein Gewichtheber in die Hocke sinken und wuchtete Finneys Körper auf seine Schultern. Sein Rücken und seine Beine brannten, als er langsam den Hang hinaufschwankte, jeden Schritt vorsichtig und sicher setzend, ehe er den nächsten machte. Finneys Gewicht lastete gnadenlos schwer auf ihm; er war schwerer als der Arier und wesentlich schwerer als Pomeroy. Nick hätte Pomeroy den ganzen Tag durch die Gegend schleppen, ihn in Kofferräumen verstauen, in Baggerseen versenken und ihm, wenn er nur gewagt hätte, mit einer Wimper zu zucken, mit einem Schürhaken noch einmal den Schädel einschlagen können. Aber mit Finney war das anders; er war viel schwerer, und sein Gewicht war nicht nur rein physisch. Keuchend ließ Nick ihn schließlich zu Boden rutschen, doch der Körper entglitt ihm im letzten Augenblick kurz, und Finneys Kopf schlug auf die kalte Erde.

Bei dem Anblick wurde Nick übel.

»Entschuldige.« Er kauerte sich nieder und strich das Haar aus Finneys Stirn. Finneys graue Augen starrten blicklos in den Himmel.

Während Nick auf ihn hinabsah, musste er an den toten Mann denken, wie sich sein Körper bewegt hatte, als er ihn mit ausgestreckter Hand berührte, an den Schock dieses Augenblicks: nicht, weil der Typ tot war, sondern weil er überhaupt nicht so *aussah*, weil nach der Kollision mit dem Acura kein Funken Leben mehr in ihm war und er trotzdem so unversehrt, so unverändert schien.

Genau wie Finney – tot, aber er sah aus, als sei er nicht tot.

Er blickte noch eine Weile auf den toten Freund hinab und dachte: Das ist nicht Finney. Finney ist nicht mehr hier. Das ist nicht Finney, das ist nur totes Fleisch.

Doch in seinem Kopf meldete sich eine andere Stimme. Mein Gott, sagte sie, was ist aus dir geworden?

Doch er hatte keine Zeit, darüber nachzudenken. Nicht, solange Sue lebte. Nicht, solange sie noch eine Chance hatten, wie winzig klein auch immer.

Zeit, dachte er. Zeit.

Er beugte sich nach vorn, die Hände auf die Knie gestützt, und atmete schwer. Während er wartete, bis er wieder zu Atem kam, sich jeder einzelnen verrinnenden Sekunde bewusst, warf Nick einen Blick zur Mauer hinauf. Evans war wieder verschwunden – doch Nick zweifelte nicht, dass er irgendwo dort oben wartete.

Zeit, sich wieder in Bewegung zu setzen.

Ihm war klar, er konnte Finneys Körper nicht noch einmal auf seine Schultern wuchten, deshalb packte er ihn bei den Händen und zog ihn hinter sich her. Er kam langsam voran. Er bewegte sich im Zickzack aufwärts, von einem Fels zum anderen, von einem Baum zum nächsten. Dabei rollte Finneys Kopf in grauenerregender Weise hin und her und sah aus, als würde er sich im nächsten Augenblick von den Schultern lösen und den Berghang hinabrollen. Nick versuchte, ihn nicht anzusehen, sondern konzentrierte sich stattdessen darauf, den Hang Schritt um Schritt hinaufzuklettern. Er spürte die Kälte nicht mehr. Schweiß brannte in seinen Augen und ließ sein Hemd am Rücken festkleben. Er machte keine Pause, weil er wusste, wenn er jetzt stehen bliebe, würde er den Leichnam keinen Meter mehr höher ziehen können.

Endlich, endlich erreichte er die Mauer und sank keuchend dagegen, Finneys Körper an seine Brust pressend.

Nachdem sein Atem sich wieder einigermaßen normalisiert hatte, reckte Nick den Kopf über die Mauer – und fühlte, wie sein Herz einen Schlag aussetzte. Das Erste, das er sah, war das blinkende, ans Armaturenbrett geklemmte Blaulicht des zivilen Streifenwagens. Jenseits von Evans' Wagen stand ein gallegrüner, im Leerlauf schnurrender Impala, der dichte, weiße Qualmwolken aus seinem Auspuff blies, die, vom Widerschein des Blaulichts durchwabert, den Wagen in eine gespenstisch blaue Aura hüllten. Evans beugte sich zum Fenster auf der Fahrerseite hinab und redete mit einem Paar mittleren Alters. Die Frau hielt eine riesige, aufgefaltete Straßenkarte auf ihrem Schoß. Sie schüttelte den Kopf und stieß ein Lachen hervor, das in Nicks Ohren klang, als halle es über einen unendlich weiten, leeren Raum zu ihm herüber.

Nick holte tief Luft, um sich durch lautes Rufen bemerkbar zu machen, doch eine Vision ließ die Worte in seiner Kehle stecken bleiben, eine Vision von Evans, der seine .45er zog und die beiden in aller Seelenruhe abknallte, zuerst den Mann, dann die Frau. Er sah, wie ihre Köpfe nach hinten ruckten und eine Fontäne hellrotes Blut über das Armaturenbrett und die Windschutzscheibe spritzte.

Hoffnungslose Verzweiflung erfüllte sein Herz, und er duckte sich, Finneys Leiche fester an sich pressend, wieder hinter die Mauer. Als er erneut über die Mauer spähte, winkte Evans den Impala auf die Straße zurück. Eine halbe Minute später war er verschwunden.

Finneys Körper mit beiden Armen um die Brust haltend, richtete Nick sich auf – während das Blut wie eine Armee von Ameisen durch seine verkrampften Beine kribbelte – und zog ihn über die Mauer und dann über den Parkplatz. Rückwärts schlurfend, schleppte er ihn an Evans vorbei, der von der Straße zurückgeschlendert kam.

»Wird auch langsam Zeit, dass ihr Jungs wieder auftaucht«, knurrte Evans mit einem aufgeräumten Grinsen, ohne dass sich der Zahnstocher zwischen seinen Zähnen bewegte. »Ich dachte schon, ihr macht dort unten ein Picknick oder was.« Evans bückte sich durch die offen stehende Tür des Streifenwagens und machte das Blaulicht aus.

Der Kofferraum stand ebenfalls offen, leer bis auf den Reservereifen, einen Wagenheber und eine breite Rolle Plastikplane.

»Roll die Plastikplane auf«, befahl Evans von der anderen Seite des Wagens. »Es sei denn, du möchtest den Kofferraum ebenfalls sauber schrubben.«

Nick ließ Finney auf den Boden sinken. Er breitete die Plastikfolie im Kofferraum aus, dann bückte er sich und schob seine Hände unter Finneys Achseln. Er hatte den Leichnam schon fast über die Heckverblendung in den Kofferraum gewuchtet, als er an Finneys linkem Handgelenk, halb vom Ärmel seiner Jacke verdeckt, die Rolex aufblitzen sah. Er ließ sich in die Hocke sinken, um seine Knie unter den Toten zu bekommen, und wälzte ihn mit einer letzten Anstrengung über den Rand der Heckverblendung. Finney rollte in den Kofferraum und lag dann still, die Arme ausgestreckt, als würde er nach Nick greifen.

Nick beugte sich in den Kofferraum, unterdrückte das in ihm aufsteigende Schuldgefühl ... *du bestiehlst ihn also auch noch* ... während er am Handgelenk des Toten fummelte.

»Bist du bald fertig da hinten, Collegeboy?«

»Einen Augenblick noch.«

Seine Finger glitten ab, gefühllos vor Erschöpfung. Vor Angst. Nick spähte um die Kante des Kofferraumdeckels. Evans warf gerade seinen Zahnstocher auf den Parkplatz. Im selben Augenblick rutschte die Uhr über Finneys Hand. Nick richtete sich halb auf, seine Finger streiften über Finneys Jacke und fühlten etwas Hartes in der Brusttasche.

Die Szene in Pomeroys Caddy fiel ihm wieder ein, als unter seinen herumfummelnden Händen das Handschuhfach aufsprang, in dem eine halb volle Schachtel mit Munition lag. »Gib sie mir«, hatte Finney gesagt. Das war doch eben erst gewesen, vor nicht einmal acht Stunden.

Er streifte die Rolex über sein Handgelenk, zog den Jackenärmel darüber und beugte sich wieder tiefer in den Kofferraum. Hastig schob er die Finger in Finneys Brusttasche. Die Schachtel verfing sich im Futter der Tasche. Der Deckel klappte auf, und ein Schauer von Kugeln prasselte in den Kofferraum.

»Was machst du da hinten?«

Das Geräusch von Stiefeln auf Asphalt. Und noch etwas: Metall, das über Leder schabt. Evans hatte seine Pistole gezogen. Unwillkürlich zog Nick in Erwartung der Kugel den Kopf zwischen die Schultern. Doch er sah nicht auf –

wagte nicht aufzusehen, während seine Finger fieberhaft die Kugeln aufsammelten und sie wahllos in die Pappschachtel steckten.

»Was machst du da?«, fragte Evans von rechts hinter ihm.

Nick fuhr herum, während er die Schachtel in eine Jackentasche schob. Als er den Blick hob, sah er in Evans grobschlächtiges Gesicht, das wie ein Vollmond über ihm schwebte. Evans hob die .45er und schob ihren Lauf unter Nicks Kinn. Eine plötzliche Todesvision lähmte Nick – er sah, wie die Fluten des Golfs um ihn herum rasend schnell höherstiegen, um ihn zu verschlingen. Er sah den Tisch im Smokin Mountain polternd umkippen, sah Tuckers Gehirn über die Wand hinter ihm spritzen; er sah Finney in einen endlos tiefen Abgrund stürzen, den rasend schnell emporwachsenden felsigen Boden, der seinen Körper zerschmetterte. Er sah, wie die Pistole in Evans Hand ruckte, fühlte, wie sich die Kugel glühend heiß durch seinen Hals bohrte.

Er schluckte krampfhaft, und als er endlich ein Wort hervorbrachte, musste er die Angst in seiner Stimme nicht heucheln. »Die Plastikplane«, krächzte er. »Ich hab nur nachgesehen, dass nichts ...« – er presste das Wort aus den ausgetrockneten Tiefen seiner Kehle – »... durchsickert.«

Als er einen erklärenden Blick in Richtung Finneys warf, entdeckte Nick ein vergessenes Projektil, das unter dem Saum von Finneys Jacke hervorlugte. Es musste seine ganze Willenskraft aufbieten, um den Blick von dem Geschoss loszureißen. Evans musterte ihn aus schmalen Augen. Das Misstrauen, das er aus allen Poren ausdünstete, umwaberte ihn wie eine stinkende Wolke. Nick konnte nicht verhindern, dass sein Blick erneut zum Kofferraum huschte – und was er sah, oder was er zu sehen *glaubte*, erfüllte ihn mit Angst und Freude: Finneys Hand zuckte und schloss sich dann in einer losen Faust um das Projektil.

Evans grunzte und schob Nick zur Seite. Er starrte lange auf die Leiche hinab, dann trat er zurück und warf den Kofferraumdeckel zu.

»Steig ein«, knurrte er.

Hatte er es tatsächlich gesehen?

Das war die Frage, die immer wieder durch Nicks Kopf kreiste, während sie durch die letzten engen Kehren in das Tal hinabkurvten.

Hatte er wirklich gesehen, wie sich Finneys Hand um die Kugel krümmte? Und falls er es hatte, was dann? War es irgendeine letzte Nervenentladung gewesen, eine Kontraktion der Muskeln während der einsetzenden Totenstarre? Oder bedeutete es etwas ganz anderes – dass Finney noch lebte?

Er wusste es nicht, konnte es nicht sagen. Und noch immer stürzten die Sekunden auf ihn herab und hämmerten schließlich die brutale Wahrheit in sein benommenes Gehirn: Es machte keinen Unterschied – nicht für ihn und nicht im Augenblick zumindest. Finney – ob tot oder lebendig – würde warten müssen.

Nick hatte gar keine andere Wahl.

Als Evans den Straßenkreuzer vor Finneys Haus im College Park zum Stehen brachte, sah alles aus wie immer. Als sei die Welt nicht innerhalb von ein paar Stunden in Stücke zerfallen und Nick in ein Paralleluniversum geschleudert worden, in dem wahnsinnige State Trooper auf den Highways in den Bergen Jagd auf ihre Opfer machten und Männer in Bondage-Masken junge Frauen zerstückelten. Irgendwo bestellte sich jemand einen Kaffee. Menschen setzten sich zum Mittagessen an den Tisch. Was hatte Gutman gesagt? *Es gibt Löcher in der Welt, Mr Laymon. Menschen fallen durch sie hindurch.*

Genau das war ihm passiert.

Er hatte das Gefühl, als sei nur er allein durch eine Tür zwischen den Realitäten gegangen, über eine unsichtbare Klippe, von der er in eine Welt des Wahnsinns gestürzt war.

Sogar das Haus der Torkelsons sah aus wie immer. Reifenspuren durchfurchten den winzigen Vorgarten von Finneys Haus wie an so vielen anderen Morgen, Hinterlassenschaften bezechter Besucher, die irgendwann während der Nacht bei den Torkelsons vorbeischauten. Das Loch in der Gartenhecke drei Häuser die Straße hinab passte zu dem Büschel von Zweigen und Blättern, das unter dem Kotflügel eines verbeulten Pinto hervorlugte, der mit den Vorderrädern auf dem Gehsteig stand. Wahrscheinlich schlief der Fahrer, wer immer es war, im Auto noch immer seinen Rausch aus, weil er es nicht mehr ins Haus geschafft hatte. Nick stellte sich einen der Torkelsons vor – den, der in den Vorgarten gepinkelt hatte, wie er sich auf den engen Vordersitz zwängte, um ein frisches Fässchen Bier oder 'ne Tüte Jamaika-Red zu besorgen. Die Erinnerung an das Lebensgefühl, das er für immer verloren hatte, war wie ein schmerzlicher Stich in seiner Brust: ein Leben ohne die unerbittliche Tyrannei der Zeit, in dem dir niemand den kleinen Finger abhackte, wenn du am Morgen noch zu besoffen warst, um die Frühvorlesung zu schaffen.

Etwas schnürte ihm die Kehle zu. Er schluckte krampfhaft, warf einen verstohlenen Blick auf die Rolex und las die Zeit ... *12:44* ... unter seinem eigenen verwischten, rostroten Daumenabdruck. Er befeuchtete einen Finger mit Spucke und wischte, ohne hinzusehen, das Zifferblatt der Uhr sauber. Fühlte sich widerlich an, das Zeug ... *Blut, Finneys Blut, der rosafarbene Schaum auf seinen Lippen* ... und klebrig an seinem Finger.

Evans riss die Tür auf.

Nick stieg aus, dankbar für die kalte Luft. Ihm tat alles weh. Sein Kopf, seine Schultern und Arme. Sein Herz.

Evans deutete mit dem Kinn auf Finneys Haus. »Jemand zu Hause?«

»Niemand.« Nick konnte die Bitterkeit in seiner Stimme nicht verbergen. »Sie sind alle tot.«

Evans stieß ihn den Gehweg hinauf. »Mach jetzt keine Faxen. Ich bin direkt hinter dir«, knurrte er.

Die ganze Zeit arbeitete Nicks Gehirn auf Hochtouren, suchte verzweifelt nach einem Ausweg. Er konnte in die Küche stürmen, sich ein Messer greifen ...

Lächerlich. Evans würde ihn abknallen, bevor er die richtige Schublade fände, in der Finney seine Messer aufbewahrte. Eine tiefe Hoffnungslosigkeit überkam ihn. Es war lächerlich, auch nur zu denken, er könnte entkommen, lächerlich, zu denken, er könnte sie retten, sie alle. Selbst die toten Freunde schienen den Gedanken spöttisch zu belächeln. Tucker, Finney ... *war es möglich, dass er noch lebte?* ... sogar Sue, noch nicht tot, aber bald. Bald.

Ich auch, dachte er. Bald.

Er konnte sich nicht erinnern, ob er die Tür abgeschlossen hatte. Eine albtraumhafte Angst, er würde Finneys Taschen durchwühlen müssen, erfasste ihn. Oder schlimmer – dass Evans, um die Schlüssel zu holen, selber zum Wagen zurückgehen und entdecken würde, dass Finney noch lebte und dieses Projektil, das er übersehen hatte, in seiner Hand hielt.

Fieberhaft zermarterte er sich das Gehirn und versuchte, sich an die letzten Augenblicke in dem Haus zu erinnern. Doch sie waren nur noch bruchstückhaft vorhanden: das vergleichsweise leichte Gewicht Pomeroys zwischen Finney und ihm, einer der Torkelson-Zwillinge, der in seinen Vorgarten pisste. Dann, als sich der Türknauf bereits unter seiner Hand drehte, fiel ihm wieder ein, dass er noch einmal nach drinnen gerannt war, um den Stetson des Privatdetektivs zu holen, und die Tür einfach hinter sich zugeworfen hatte.

Jetzt schwang sie leise auf. Drinnen herrschte Dunkelheit. Ihre Schatten verharrten einen Moment lang wie festgenagelt in dem hellen Rechteck, das durch die Tür auf das Parkett des Vorraums und den Teppich in der Halle fiel. Nick trat über die Schwelle, der Trooper, ihn mit seiner Pistole vorwärtsstoßend, dicht hinter ihm.

Evans machte hinter sich die Tür zu. Er drehte den Knauf auf dem Sicherheitsschloss, und das Klicken, mit dem der Riegel ins Schloss rastete, hallte laut in der Stille der leeren Wohnung.

Dunkelheit schluckte ihre Schatten. Graue Rechtecke von Türöffnungen oder Durchgängen taten sich in drei Richtungen auf. Nach rechts in die Küche, nach links ins Badezimmer und geradeaus in die Halle und weiter ins von diffusem Halbdunkel erfüllte Wohnzimmer, die Tür zur Veranda ein helles Viereck hinter den Vorhängen.

Es war eiskalt in der Wohnung. Ein weiteres Detail der vergangenen Nacht fiel ihm wieder ein: der in Pomeroys

Hand detonierende Revolver, die wehenden Vorhänge, als die Scheiben der Schiebetür dahinter zerbarsten.

Evans hob die Hand. Die Pistole war ein bläulich schimmernder Schatten in der Dunkelheit. »Wo ist der Schlüssel, Collegeboy?«

Nick schluckte. »Es gibt keinen Schlüssel.«

Die Pistole schwang in seine Richtung. »Was soll das heißen?«

»Es gibt keinen Schlüssel. Aber ich habe das Tape. Gleich hier.« Er deutete auf die Badezimmertür, und halbgare Pläne formten und verflüchtigten sich in seinem Kopf sogleich wieder, gegenstandslos wie Rauch. Vielleicht konnte er das Tape vom Spiegeltisch wischen und im selben Augenblick herumwirbeln und Evans das Knie in den Unterleib rammen.

Evans machte einen Schritt rückwärts und richtete die Pistole auf Nicks Brust.

Vielleicht auch nicht.

»Mach langsam die Tür auf, knips das Licht an und tritt zur Seite«, sagte Evans.

Nick schluckte und öffnete die Tür.

Dunkelheit schwappte ihnen entgegen, schwarze, undurchdringliche Dunkelheit.

Mit angehaltenem Atem streckte Nick die Hand durch die Türöffnung und knipste das Licht an. Die Erde tat sich unter seinen Füßen auf und er stürzte in eine fremde, neue Welt.

Das Tape war verschwunden.

DIENSTAG

12:47 bis 13:51

Verdutzt starrte Nick auf den leeren Spiegeltisch. Er streckte sogar die Hand aus und fuhr mit den Fingern über die glatte Platte, als sei das Tape vielleicht doch dort und sein vom Schock der Erlebnisse umnebeltes Gehirn spiele seinen Augen nur einen Streich. Die Erinnerung fügte sich zu einem Film, der in seinem Kopf ablief: Finney, der sich ins Badezimmer beugte, das Tape auf den Spiegeltisch warf und sich, während er die Tür hinter sich zuzog, wieder ihm zuwandte.

»Was zum Teufel?«, flüsterte er.

Das war der Augenblick, in dem er die tote Frau sah.

Sie lag in der Badewanne, der schwarze Duschvorhang zur Hälfte aus seinen Ringen gerissen. Sie war zum Teil in einen Kinderschlafsack gehüllt, und einen Moment lang konnte Nick den Blick nicht von den bunten Figuren darauf losreißen. Scooby Doo und Shaggy starrten ihn an, ihre Augen und Münder vor Schreck übertrieben weit aufgerissen, weil ein einäugiger Pirat mit ausgestreckten Armen auf sie zustürmte. In einer Hand hielt Shaggy ein riesiges Sandwich, mit der anderen zog er den verängstigten Scooby Doo zurück.

Dann schwappte der Rest des Bilds über ihm zusammen wie eine Monsterwelle, die ihm den Boden unter den

Füßen wegzog und ihn um die eigene Achse wirbelte: die blutverschmierte Badewanne und die darin zusammengekrümmte tote Frau, eine Wasserstoffblondine, die einen roten Fick-mich-Fummel trug, ihre braunen, offen stehenden Augen blicklos, das Gesicht unter dem tropfenden Hahn nach oben verdreht. An ihrer linken Hand, die mit der Handfläche nach oben auf dem Boden der Wanne lag, schimmerte ein Ehering. Ihr Kleid war über ihre Schenkel hochgerutscht und entblößte den spitzenbesetzten Rand eines roten Höschens. Ein nacktes Bein hing über den Rand der Wanne, ein roter Stöckelschuh baumelte von ihrem schmalen Fuß.

Evans war ihm einen Schritt voraus.

»Hier ist jemand«, grunzte er, als Nick noch damit beschäftigt war, die Teile zusammenzufügen: die Reifenspuren, der Pinto, der drei Häuser weiter schräg auf dem Gehsteig stand, die Frau. Jemand – okay, dachte Nick. Aber wer?

Evans drehte sich argwöhnisch um. Er schien Nick vollkommen vergessen zu haben. Er stieß den Lauf der Pistole in Richtung des Wohnzimmers.

»Wer ist da?«

»Bloß ich, du Arschloch«, sagte jemand aus der Küche, nur klang es für Nick eher wie *Blosch isch, du Aschloch*.

Evans wirbelte zu spät herum. Eine Flamme zuckte aus der dunklen Küche, doch Nick hörte nur ein gedämpftes *Wumm*, ein Geräusch, als hätte jemand eine Waffe unter einem Stoß Kissen abgefeuert. Evans warf die Arme hoch und stolperte rückwärts ins Badezimmer zurück wie eine Marionette, deren Fäden gekappt wurden. Seine Pistole schepperte auf den Parkettboden, als ein zweiter Schuss aufblaffte, dieses Mal ein bisschen lauter.

Nick schaffte es nicht mehr rechtzeitig, ihm aus dem Weg zu gehen, und Evans krachte mit seinem ganzen Gewicht gegen ihn. Gemeinsam stürzten sie rückwärts in die Badewanne, und der Duschvorhang riss mit einem ... *plop-plop-plop* ... das Nick zuerst für eine Salve schnell hintereinander abgefeuerter Schüsse hielt, von den restlichen Ringen. Sein Kopf knallte hart gegen die Wand. Ein Lichtblitz explodierte hinter seinen Augen, und dann landete er in den Armen der toten Frau. Einen Sekundenbruchteil später plumpste Evans auf ihn.

Sein Gewicht trieb Nick die Luft aus den Lungen. Vergeblich rang er nach Atem, und ihm wurde schwarz vor Augen.

Von panischer Angst gepackt, wälzte er sich zur Seite. Irgendein Körperteil von Evans rutschte von seiner Brust, und der Druck wurde geringer. Gierig Luft in seine Lungen saugend, wälzte sich Nick weiter unter ihm weg und blieb schließlich, das Gesicht dicht vor dem der toten Blondine, keuchend liegen. Ihr Mund stand offen, und ihre mit Blut verschmierten Zähne waren zu sehen. Das Badezimmer stank plötzlich nach Kot und Urin. Einen entsetzlich erniedrigenden Augenblick lang dachte Nick, er hätte sich in die Hose gepisst. Dann begriff er, dass Evans tot war und sein Darm und seine Blase sich entleert hatten.

»Das ist weit genug«, sagte jemand ... *Dasch ischt weit genug* ... und wieder brauchte Nick eine Weile, bis die Worte einen Sinn ergaben.

Der Schütze erschien in der dunklen Türöffnung.

Ein Junge, dachte Nick. Ein verdammter Junge, der einen ungewöhnlich langläufigen Revolver in einer Hand hielt, einen Drink in der anderen. Er war vielleicht einsfünfundsechzig, nicht größer, und trug die abgelegten Klamotten eines anderen Mannes: einen schwarzen Pullover, die Ärmel bis zu den Ellenbogen aufgekrempelt, und eine mit Farbflecken beschmierte, bis zu den Knöcheln hochgestülpte Jeans, mit einem Ledergürtel um den Bauch festgezurrt.

Mit einem weiteren Schritt trat er ins Licht.

»Die Nummer mit diesem verdammten Schürhaken hat's doch nicht gebracht, wie du siehst.«

Nick sog scharf die Luft ein und erkannte im selben Augenblick die Klamotten ... *Finneys Klamotten – er hatte in diesen Jeans sein Schlafzimmer gestrichen* ... und den Mann, der sie trug.

Ernie Pomeroy.

Er hatte die langen Strähnen seines Haars wieder über den kahlen Schädel zurückgeklatscht und einen unförmigen Mullbausch über seine demolierte Nase geklebt – vermutlich der Grund für seine nuschelnde Aussprache, doch er sah noch immer schrecklich aus: die Augen vor Müdigkeit blutunterlaufen, und unter den Rändern seines Nasenverbands leuchtete ein schwarz-violetter Bluterguss hervor. Entzündete, rote Striemen zogen sich über eine Wange, als hätte ihn jemand gekratzt.

Er nippte an seinem Drink.

»Ich fühle mich verdammt beschissen, mein Lieber, aber der Whiskey von deinem Kumpel hat mich wieder einigermaßen auf die Beine gebracht.«

Er nahm noch einen Schluck, stellte das Glas auf den Spiegeltisch und ließ sich vor der Badewanne in die Hocke sinken. Er zuckte zusammen, richtete sich ächzend wieder auf und hielt Evans .45er ins Licht. »Das ist doch nicht wirklich eine Pistole, oder? Das ist 'ne Zimmerflak, 'ne regelrechte Kanone.« Er schob sie hinter seinen Gürtel, fuchtelte mit seinem eigenen Revolver herum, dessen Lauf von einer Art Drahtgeflecht umhüllt war. »Schalldämpfer«, erklärte er. »Sorgt dafür, dass wir keine Gesellschaft kriegen. Hatte das gute Stück im Kofferraum; ein paar andere Knarren auch noch. Ihr Kids seid verdammt armselige Killer, das muss ich schon sagen. Wenn ihr das nächste Mal jemanden umbringen wollt, solltet ihr sicher sein, dass er tot ist, bevor ihr ihn ins Wasser werft, mein Freund. Vielleicht solltet ihr vorher auch checken, wie tief das Wasser ist. Leben und Lernen, sag ich immer.« Er richtete den Revolver auf Nick und visierte ihn über den Lauf an. »Und du hast noch eine Menge zu lernen.«

»Nein!«, rief Nick. »Warte!«

»Oh, klar. Ich und du, wir müssen reden. Danach sehen wir weiter.«

Nick kämpfte sich mühsam aus der Badewanne.

Pomeroy hob warnend den Revolverlauf. »Ganz langsam jetzt.«

Nick bewegte sich in Zeitlupe. Als er aus der Wanne stieg, warf er einen verstohlenen Blick auf die Rolex. 12:53. Noch ein bisschen mehr als eine Stunde.

»Bitte ...«

»Schnauze!« Pomeroy tippte mit dem Finger auf etwas, das er in seinen Hosenbund geschoben hatte, ein Geräusch wie die Krallen eines Hunds auf Keramikfliesen. »Ich hab das Tape jetzt, Sohn. Ich hab das Tape und ich hab den Revolver, und du tust genau das, was ich dir sage, verstanden?«

Nick schluckte und nickte.

Hinter ihm gab eine der allmählich in sich zusammensinkenden Leichen ein Geräusch von sich, das wie langsam aus einem Reifen entweichende Luft klang.

»Die verdammte Tussi ist wie 'ne Verrückte auf mich losgegangen«, brummte Pomeroy, mit einer Hand nach seinem Gesicht tastend. »Alles, was ich wollte, war ihr Auto. Ich wollte sie nicht erschießen. Ein Pinto. Kannst du dir das vorstellen? Sie ist für einen beschissenen Pinto gestorben.« Sein Blick verlor seinen Fokus, und in seiner vom Alkohol trägen Stimme schwang Bedauern.

Nick spannte die Muskeln und ballte die Hände zu Fäusten. Er schob sich langsam vorwärts, während eine weitere Sekunde in seinem Kopf verglühte wie ein Komet an einem tiefschwarzen Himmel. Pomeroy musste seine Gedanken erahnt haben, denn er hob den Lauf seines Revolvers und fixierte den Blick wieder auf Nick.

»Falls du weiterhin vorhast, durch die Gegend zu laufen und Leute mit 'nem Schürhaken totzuschlagen, hab ich ein paar hübsche Lektionen für dich, wie man ein Killer wird.« Ohne Nick aus den Augen zu lassen, griff er in seine Gesäßtasche. Als seine Hand einen Augenblick später wieder zum Vorschein kam, lag ein Springmesser in ihr. Nick musste an Evans denken und an das Messer mit dem Horngriff, das er gegen Sues Hals und zuvor gegen den Hals von Casey Nicole Barrett gepresst hatte. Doch das hier war ein schlichteres Messer mit einem schwarzen Kunststoffgriff. Pomeroy warf es Nick vor die Füße, laut klappernd und sich einmal um sich selbst drehend, landete es auf dem Parkettboden.

»Wenn du einen State Trooper über den Jordan schickst, wimmeln in kürzester Zeit überall die Cops herum wie Fliegen um die Scheiße. Denn du hast einen von ihnen getötet. Ich war verdammt vorsichtig und hab alles abgewischt, bis auf die Flasche und das Glas, die ich so und so mitnehme, wenn ich von hier verschwinde.«

»Bitte«, flüsterte Nick. »Sue ...«

»Wir reden gleich über deine kleine Freundin. Zuerst die wichtigen Dinge. Diese verdammten Forensiker kriegen einen immer, wenn man bestimmte Dinge nicht beachtet. Du nimmst also jetzt das Messer und führst einen kleinen chirurgischen Eingriff bei unseren beiden Freunden hier durch, wenn du weißt, was ich meine. Ein gebildeter Junge wie du sollte wenigstens ein bisschen was von Chirurgie verstehen.«

»Nein ...«

»Drei Kugeln, eine in der Blonden und zwei in deinem fetten Freund hier. Das ist alles. Dann machen wir uns auf den Weg.«

»Nein, bitte ...«

Pomeroy hob den Lauf des Revolvers und grinste.

»Du solltest jetzt schleunigst anfangen.«

12:59.

Nick packte Evans bei den Stiefeln und wuchtete die träge Masse seines Körpers an das untere Ende der Badewanne. Dann beugte er sich über die Blondine. Er klappte die erschreckten Gesichter von Shaggy und Scooby Doo zur Seite, und das blaue Innenfutter des Schlafsacks wurde sichtbar. Die ganze Zeit musste er an den kleinen Jungen denken und wie er sich fühlen würde, wenn er erfuhr, dass seine Mom umgebracht und, wie ein Stück Fleisch in seinen Comic-Schlafsack eingewickelt, in eine fremde Badewanne geworfen worden war.

Nick schluckte.

Er stieß das Messer oberhalb des Stoffwulstes, zu dem das Kleid in der Beuge ihrer Schenkel zusammengerutscht war, durch den glänzenden roten Stoff und zog es nach oben. Mit zitternden Fingern schob er die beiden Bahnen des billigen Materials zur Seite und enthüllte glatte, auf der Sonnenbank gebräunte Haut. Ihre Unterwäsche war nicht nach praktischen Gesichtspunkten gewählt. Reizwäsche aus dem Versandkatalog eines Erotikshops: ein hochgeschnittener, roter Tangastring und ein dazu passender BH. Ihre Brustwarzen wie zarte geriffelte Muscheln unter dem delikaten spitzenbesetzten Gewebe. Ob sie jeden Tag solche Sachen trug?, fragte ein entlegener Winkel seines Gehirns interessiert. Für den Ehemann, wie der Ehering vermuten ließ, oder für einen anderen, einen Geliebten vielleicht? Die bloße Vorstellung lenkte seine Gedanken in schmerzliche Bahnen – der Hauch eines fremden Rasierwassers, ein flüchtiger Blick auf die zerknüllten Zigarettenstummel einer anderen Marke im Aschenbecher von Sues Wagen, seine Ängste wegen Finney und Sue. Und noch etwas Schlimmeres – eine Vision von Finneys verkrümmter im Kofferraum des Straßenkreuzers liegender Leiche, nutzlos wie eine Stoffpuppe, seine Hand in einem letzten Reflex um die Patrone geballt, endgültig und unwiderruflich tot. Etwas anderes ist völlig unmöglich, dachte Nick, als ihm der rosafarbene Schaum auf den Lippen seines besten Freundes wieder einfiel. Er musste tot sein.

Die Worte hallten wie eine Totenglocke in seinem Kopf.

Tot. *Wegen meiner Eifersucht, meiner Unsicherheit ...*

Seine Eingeweide krampften sich zusammen.

Er hatte Finney im Stich gelassen. Er hatte seinen Freund im Stich gelassen.

Er warf einen Blick auf die Rolex ... *1:08* ... und griff nach dem Messer, denn er wusste, er durfte sein Zeit nicht mit

Schuldgefühlen vergeuden, nicht jetzt, nicht, wenn er Sue retten wollte. Und doch zögerte er noch immer.

»Kann ich ein Paar Handschuhe haben? Ich glaube, Finney hat welche unter der Spüle.«

»Machst du dir Sorgen wegen AIDS, Sohn?«

Nick starrte stumm in das ausdruckslose Gesicht der Blondine.

»Das sollte deine geringste Sorge sein. Wenn du lange genug lebst, um an AIDS zu sterben, kannst du dem Herrgott im Himmel auf Knien danken.«

Nick starrte auf die Blondine hinab. Er schob die Klinge zwischen ihre Brüste und riss sie mit einem Ruck nach oben. Mit einem leisen *Plop* gab der elastische Bügel des BH nach und die spitzenbesetzten Schalen fielen zur Seite. Die Kugel war in ihre linke Brust gedrungen, genau dort, wo auf einem Anatomieschaubild das Herz sein würde. Man konnte sich gar keinen besseren Schuss wünschen. Das Einschussloch war ein bisschen größer als ein Quarter, seine Ränder gezackt, das Fleisch zur Seite gequetscht und schwarz verfärbt. Nick hatte mehr Blut erwartet.

»Das ist das Gute an kleinen Kalibern wie dem hier«, sagte Pomeroy, »sie machen keine Schweinerei. Diesem Trooper, den du da angebracht hast mit seiner verdammten Zimmerflak, ging jeder Sinn für Finesse ab. Die Kugel aus so einem Monstrum geht einfach durch jeden hindurch und verspritzt ihn über die ganze Wand, und du hast keine Chance, sie dort rauszupulen, wo sie schließlich einschlägt. Jemand, der so 'nen Schießprügel benutzt, dem fehlt es an Vertrauen in die eigenen Fähigkeiten.«

Klick!

Ein weiteres Rucken des Sekundenzeigers, ein weiterer Augenblick, der im Schlund der Vergangenheit verschwand.

»Wenn wir um zwei nicht zurück bei Gutman sind«, sagte Nick, »fangen sie an, ihr die Finger abzuhacken.«

»Wem hacken sie die Finger ab?«

»Sue. Sie erinnern sich doch an Sue?«

Noch immer konnte Nick den Blick nicht von der toten Frau in der Badewanne losreißen. Vor seinen Augen verwandelten sich ihre einfachen, beinahe groben Züge in Sues ebenmäßiges patrizisches Gesicht, und ihr blond gebleichtes Haar schien den schimmernden Glanz kupferfarbener Locken anzunehmen.

»Ihr hättet darüber nachdenken sollen, bevor ihr euch auf diesen Poker eingelassen habt. Ich war bereit, mit euch zu einer Einigung zu kommen.«

»Sie verstehen nicht.«

»Ich versuch's ja, aber zuerst fängst du an, die Lady aufzuschneiden.«

Nick sagte nichts darauf.

Er erinnerte sich an seinen Vater, wie er, lange bevor er als Krüppel von den Öltürmen nach Hause gebracht wurde und im Rollstuhl saß, im Wald unten am Fluss über einem frisch erlegten Rehbock kauerte. Die Morgendämmerung hatte gerade begonnen, über den Horizont im Osten zu sickern, die kahlen Bäume schwarz wie japanische Schriftzeichen vor dem aufgrauenden Himmel. Sein Vater hatte eine Hand auf die sich hebende und senkende Schulter des Bocks gelegt, aus dem noch immer heiß und rot das Leben sprudelte, und das Bowiemesser aus seiner Scheide gezogen, das vor ihm seinem Vater gehört hatte und das vielleicht später irgendwann einmal Nick gehört hätte, wenn sich die Dinge anders entwickelt hätten. Mit einer einzigen schnellen Bewegung schnitt er dem Rehbock die Kehle durch. Dann begann Frank Laymon mit den sicheren Handgriffen eines Mannes, der sich in den Wäldern mehr zu Hause fühlte als sonst irgendwo – eines Mannes, der keinen Sinn für Bücher und studiertes Gelaber, wie er es nannte, aufbrachte, etwas für Weiber und Weicheier, wie er fand –, seinem jüngsten Sohn zu zeigen, wie man einen Rehbock ausweidet.

Nick starrte auf den entblößten Körper der Blondine hinab.

Der feuerrote Sekundenzeiger der Uhr im Cadillac … *Zeit ist alles … alles ist Zeit* … zog erneut seine flammende Spur durch seinen Kopf.

Er klopfte mit der flachen Seite der Klinge leicht gegen seine grotesk angeschwollene Handfläche – die Halluzination aus seiner Kindheit suchte ihn erneut heim – und prüfte dann mit dem Daumen die Schärfe der Klinge.

Das Messer war scharf.

Er holte tief Luft und beugte sich über die Frau.

Das Geheimnis, fand Nick heraus, bestand darin, nicht an den Rehbock zu denken, den sein Vater vor so vielen Jahren vor seinen Augen ausgeweidet hatte – und schon gar nicht daran, dass die Blondine einmal ein lebendiger Mensch gewesen war.

Als er noch ein Kind war, gerade mal vier oder fünf, so genau wusste er das nicht mehr, hatte Nick dieses Spiel geschenkt bekommen, das *Operation* hieß. Das Spielbrett hatte die Form eines geschlechtslosen kleinen Mannes mit einem winzigen, roten elektrischen Glühlämpchen als Nase. Auf seinem Körper befanden sich überall kleine, mit einem Metallrand versehene Vertiefungen, in denen winzige Knochen aus Plastik steckten. Bei dem Spiel ging es darum, mit einer Metallpinzette zu »operieren«, was bedeutete, die Knochen aus ihren Vertiefungen zu entfernen, ohne die Metallfassungen zu berühren, wodurch eine elektrische Schaltung entstand, die die rote Nase aufblinken und dieses entsetzliche metallische Brummen ertönen ließ. Er wusste nicht mehr, woher er das Spiel bekommen hatte – vielleicht aus dem Secondhandladen der Heilsarmee, in dem seine Mom viele Dinge besorgte, vielleicht von Jake und Sam, die es zweifellos irgendeinem anderen, reicheren und schwächeren Kind gestohlen hatten –, doch es war nicht vollständig gewesen, was ihm erst Jahre später bei den Torkelsons bewusst wurde, als einer der Zwillinge ein nagelneues, vollständiges Spielbrett für *Operation* hervorkramte, als eine weitere Disziplin der auf dem Campus veranstalteten Saufolympiade, bei der es Medaillen im Trichtersaufen, Maßenrennen, Centsaufen, Bier-Pingpong und anschließendem Operieren zu gewinnen gab.

Noch nach mehr als fünfzehn Jahren hatte Nick einen nicht zu leugnenden Anflug von Neid empfunden, als er auf die Luxusversion von *Operation* hinabblickte, nach wie vor in der Originalschachtel verpackt und vollständig, mit sämtlichen Plastikknochen und Stapeln von nicht zerfleddertem Spielgeld und Aufgabenkarten. Bei dem Spiel, das Nick damals hatte, waren das Geld und alle Spielkarten, schon lange bevor es in seinem Besitz landete, verloren gegangen und mindestens die Hälfte der Plastikknochen durch zurechtgeschnitzten Zahnstocher ersetzt worden. Doch trotz alldem war das Spiel für ihn einer der Höhepunkte seiner Kindheit gewesen, eine der wenigen Erinnerungen an seine Mutter, die er sich bewahrt hatte.

Wann genau sie spielten oder warum, wusste er nicht mehr. Aber endlich einmal waren sie allein gewesen – sein Dad bei der Arbeit auf den Öltürmen, und Jake und Sam draußen auf der Straße mit irgendwelchen unsäglichen, vermutlich gewalttätigen Teenager-Angelegenheiten beschäftigt, und Nick hatte seine Mutter ganz für sich allein gehabt. Er erinnerte sich noch immer ganz genau daran, wie ihr kastanienrotes, welliges Haar in ihr Gesicht fiel, wenn sie sich über das Spielbrett beugte, an die Art, wie sie es sich mit einer ungeduldigen, doch unbewussten Bewegung aus der Stirn strich. Selbst damals, als kleiner Junge, hatte er gewusst, dass sie wunderschön war. Doch erst später – zu spät – hatte er begriffen, dass sie allein und verloren war: mit einem Mann verheiratet, wegen des Kindes, das er in ihren Leib gepflanzt hatte. Er musste ihr grob und ungeschlacht vorgekommen sein, hatte Nick immer vermutet, als sei er eben erst dem Dschungel entsprungen. Und sie wiederum war für ihn wahrscheinlich so etwas wie ein außerirdisches Wesen, ein Eindringling aus einer Welt, in der die Menschen Jobs hatten, die von ihnen verlangten, Krawatten zu tragen, in der die Leute Aktien und festverzinsliche Wertpapiere besaßen und Jahreskarten für das Theater, statt für die Saints: ein ständig präsenter, lebender Vorwurf für das Leben, in das er hineingeboren wurde.

Doch damals, bevor der Krebs sie auffraß und Nick das furchtbar komplizierte Gefühlsleben seines Vaters verstand, war Sharon Laymon einfach zauberhaft gewesen. Sie hatte, wenn sie zusammen *Operation* spielten, eine Sonderregel eingeführt, die Nick mit seinen ungeschickten Kinderfingern drei Versuche erlaubte, während sie nur einen hatte. Sie hatte vor Freude gejuchzt und in die Hände geklatscht, wenn er vorsichtig die Metallpinzette hob, der Magen des kleinen Mannes wie ein bunter Schmetterling zwischen die spitzen Greifenden der Pinzette geklemmt.

Ein gebildeter Junge wie du sollte wenigstens ein bisschen was von Chirurgie verstehen, hatte Pomeroy gesagt.

Wie sich rausstellte, hatte er recht gehabt. Wenn seine Mutter in seiner Erinnerung bei ihm war, konnte er für Sue Thompson alles tun.

Er schob das Messer in das Einschussloch in der Brust der Blondine und begann, den verformten Klumpen Blei ans Licht zu befördern, vollkommen auf dieses idiotische Spiel konzentriert, die rote Nase nicht zum Blinken zu bringen.

Um 13:23 warf er die Kugel auf einen Waschlappen. Dann wandte er sich dem Trooper zu.

»Ich und du«, sagte Pomeroy, »werden jetzt ein Spiel spielen. Zwanzig Fragen, okay? Es funktioniert folgendermaßen: Ich stelle dir eine Frage, und wenn du sie nicht beantworten kannst, erschieße ich dich. Hast du das verstanden?«

Nick beugte sich tiefer über seine Arbeit und nickte. »Ja, ich hab verstanden.«

Und so erzählte Nick Pomeroy – als Antwort auf seine undeutlich genuschelten Fragen – die ganze irrwitzige Aufeinanderfolge der Ereignisse, die sie immer tiefer ins Verderben gerissen hatten: Evans und Tucker und das Smokin Mountain, Gutman, der wie eine widerliche Kröte hinter seinem Mahagonischeibtisch hockte, Sue, die schrie und schrie, als sie ihr den kleinen Finger abhackten, und Finney. Finney, der leblos und verkrümmt wie eine Puppe im Kofferraum lag.

Als er zu Ende erzählt hatte, waren seine Hände rot bis zu den Ellbogen, und etwas war in ihm gestorben. Zwei weitere Bleiklumpen lagen auf dem Waschlappen. Er klappte das Messer zu und gab es Pomeroy zurück. Er nahm den blutdurchtränkten Waschlappen, faltete ihn um die Kugeln und gab sie ebenfalls Pomeroy zurück.

Der schob den Waschlappen in eine Tasche seiner Jeans. »Und jetzt hol mir die Schlüssel von dem Bullen, Sohn.«

Nick beugte sich über Evans, grub die Schlüssel aus seiner Uniformhose und reichte sie Pomeroy.

Er warf einen Blick auf die Rolex ... *13:49* ... und dachte an Sue. Noch zehn Minuten.

Und der Gedanke ließ ein Bild in seinem Kopf aufflackern: Evans, wie er grinsend Sues blutenden kleinen Finger in seine Brusttasche schob.

Eine irrationale Hoffnung flackerte in seinem Kopf auf ... *sie können ihn retten, ihn wieder drannähen* ... doch ein tieferes, verzweifelndes Ich kannte die Wahrheit: dass er es war, der den Finger haben wollte, ein Stück von Sue, ein Stück von dem Leben, das er verloren hatte. Und noch etwas: dass es gemein und schändlich wäre, ihn hier in diesem Schlachthaus zu lassen, eng an das Herz des toten Polizisten geschmiegt. Er stöhnte leise, als er sich erneut über die Wanne beugte und in Evans' Uniformhemd herumtastete.

»Was machst du da?«, fragte Pomeroy.

Und dann hatte er ihn, den Finger, schlank und kalt, der Knochen an seinem Stumpf von getrocknetem Blut bedeckt. Nick richtete sich auf, hielt den Finger vor sich in die Höhe und erschrak, als er in dem Spiegel hinter Pomeroy das ausgelaugte Gespenst erblickte, das einmal Nick Layman gewesen war: ein breitschultriger Junge mit dem verzweifelten, blutbespritzten Gesicht eines sterbenden alten Mannes; seine Augen wild aufgerissen und leer, ausgetrocknete Brunnenschächte in die Ewigkeit; seine Hände und Arme nass und glitschig von Blut, als er den Finger vor sich in die Höhe hielt, wie ein Omen, einen Talisman, ein Flehen um Gnade.

Er fiel vor dem Mann mit dem Revolver auf die Knie und streckte ihm den Finger entgegen, während er mit entsetztem Blick beobachtete, wie der Sekundenzeiger der blutverschmierten Rolex erneut vorwärtsruckte ... *klick* ... und die Zeit verschlang.

»Bitte«, flüsterte er. »Wir können sie retten.«

Pomeroys Stimme klang beinahe sanft. »Die Zeit, irgendjemanden zu retten, ist vorbei. Ziemlich bald wird es hier überall von Cops wimmeln, und ich bin überreif für einen Urlaub irgendwo, wo die Sonne scheint, weit, sehr weit weg von hier. Ich hab das Tape und ich hab dich, und du hast zufällig eine ziemliche Ähnlichkeit mit einem der Typen, die die arme Casey Barrett zerstückelt haben. Das dürfte ihrem Daddy genügen. Du und ich, wir machen deshalb jetzt einen kleinen Ausflug.«

DIENSTAG

13:57 bis 14:59

Nick füllte sein Gehirn mit Wellen, erbarmungslosen grauen Brechern, urtümlich und ewig, die gegen eine zerklüftete Küste brandeten. Er stellte sich vor, wie das kalte Wasser über seinem Kopf zusammenschwappte und ihn in die unermessliche Leere des Golfs hinauszog, in eine endlos rollende Dünung, die die stumpfe, leblose Farbe von Elefantenhaut hatte.

Er dachte an Wellen, und ihr Tosen verschmolz mit dem Ticken der Sekunden, die für immer verloren für ihn in der Vergangenheit verhallten.

Er dachte an die graue Unendlichkeit der Wellen, damit er Finney nicht mit zerschmetterten Gliedern am Fuß eines Berghangs liegen sehen musste, damit er die Leere in Sues glasigen Augen nicht sehen musste.

Pomeroy stieß ihn auf den Rücksitz von Evans' Wagen. Der sauere Gestank von Erbrochenem kam ihm entgegen. Er krümmte sich vornüber und rutschte würgend vom Sitz. Doch nichts kam hoch. Er hatte schon vor Stunden alles von sich gegeben, was in ihm war. Nun war er nur noch eine leere Hülle ... *ein hohler Mensch* ... der bei der geringsten Berührung zu Asche zerfallen würde.

Keuchend stemmte sich Nick wieder auf den Sitz hoch, als sich Pomeroy auf den Fahrersitz fallen ließ und die Tür zuwarf. Nick sah, wie er sich vorbeugte und am Sitz zog – dann fester zerrte, wobei ihm ein angestrengtes Grunzen entkam, und der Vordersitz ruckte plötzlich ein Stück von ihm weg nach vorn. Der Detektiv richtete sich auf, setzte sich gerade und legte den Sicherheitsgurt um. Dann drehte er den Rückspiegel so, dass Nick ein Rechteck violett und schmutzig gelb unterlaufener Haut und diese kleinen, runden Augen sah. Der Sitz verschluckte Pomeroy fast wie ein Kind, das Erwachsener spielt. Nick konnte von ihm nur den oberen Rand der fast kahlen Wölbung seines Schädels über der Kopfstütze sehen.

»So wie ich das einschätze, bist du noch mal hundert Riesen wert.« Seine Augen wurden schmal. Er rieb sich übers Kinn, die Stoppeln seines Zweitagebarts raschelten unter seinen Fingern. »Mindestens.«

Pomeroy schwafelte ohne Punkt und Komma weiter, während er den Wagen durch die leeren Straßen des College Parks lenkte. Mittag. Die meisten Studenten waren in Vorlesungen oder büffelten für die Prüfungen. Nick dachte an die Wellen, die unablässig wieder und wieder anrollten – um nicht an Tucker denken zu müssen und daran, wie sich seine Finger, hinter der Platte des umgestürzten Tischs zuckend, krümmten, als wollten sie ihn heranwinken, damit er sich die Schweinerei ansah, die er angerichtet hatte; um nicht an Sue zu denken und an ihre Schreie, an ihre verstümmelte, an ihre Brust gepresste Hand. Vor allem aber, um nicht daran denken zu müssen, was vielleicht jetzt im Augenblick mit Sue geschah.

Nick sah nicht auf die Uhr hinab.

Pomeroys Worte tauchten aus den Wellen empor. Nick bekam mit, dass sie nach Atlanta und zum Haus der Barretts fuhren, und Pomeroy plante, das Tape Caseys Vater zu geben, dass er sich zurücklehnen würde, während A. R. Barrett zusah, wie seine Tochter einen entsetzlichen Tod starb. Er hörte, dass Pomeroy vorhatte, eine Bemerkung über die auffallende Ähnlichkeit zwischen dem schlankeren der beiden maskierten Männer auf dem Tape und dem Jungen aus dem abgelegenen College-Kaff in North Carolina fallen zu lassen.

Nick vermied es, Pomeroys Blick im Rückspiegel zu begegnen; er sah aus dem Fenster. Der Ortsrand von Ransom huschte vorüber, windschiefe Holzhäuser und schmutzige Vorgärten. Es war ein gnadenlos strahlender Tag, der Himmel ein undurchdringliches Kobaltblau. Nick gab auf und warf einen Blick auf Finneys Rolex.

14:01.

Sue …

Wieder brach eine Welle über ihn hinweg und riss die Zeit mit sich fort. Eigentlich sollte er jetzt gerade aus Stillmans Seminar über Moderne Lyrik kommen, sein Kopf leer, bis auf die sorgsam formulierten Unverständlichkeiten von Wallace Stevens, die Vorfreude auf Sues warme Umarmung, die grenzenlosen Möglichkeiten eines weiteren elektrisierenden Dienstagnachmittags mit ihr in der Kiste.

»Ich schätze, wenn Mr Barrett dieses Videoband sieht, ist es ihm scheißegal, wie groß deine Ähnlichkeit mit dem Mann auf dem Tape ist. Er wird rotsehen.« Pomeroy hielt das Tape hoch, seine Augen blinzelten in die Nachmittagssonne. »Er wird *dich* sehen.« Pomeroy warf das Tape auf den Beifahrersitz. Für Nick klang es, als würde ein zweiter Finger auf die Schreibunterlage des Dickhäuters fallen. Nick sah, wie er zuckte, ein abgebrochener Uhrzeiger, der aus der Zeit gefallen ist.

»Zum Teufel, ich werde ein gottverdammter Held sein.« Pomeroy klappte die Sonnenblende herab, machte das Radio an und stellte einen Country-Sender ein. Jemand sang über einen Dreitagerausch und über ein Mädchen namens Mary Lou. Ächzend machte Pomeroy es sich im Sitz bequemer.

Die Wellen wurden schwarz, schwer von Verzweiflung. Und aus ihnen – so real, dass Nick auf den Sitz neben sich blickte – tönte die Stimme seines Vaters: *Die Zeit wartet auf niemanden.* Diesen Spruch hatte er tausendmal von Frank Laymon gehört, seine Stimme gewöhnlich undeutlich und träge vom Jack Daniel's, doch er machte ihm mit einem Schlag klar, dass er keine Wahl hatte. Und während Nick noch immer auf den Sitz starrte, auf dem sein Vater nicht saß, begriff er, dass Aufgeben zu einfach war. Er war nicht so leicht unterzukriegen und würde auch diesen ganzen Wahnsinn überleben – nicht weil er die Wahl gehabt hätte oder die Natur es so wollte oder weil das Schicksal ihn irgendwie begünstigte – sondern weil er der Sohn seines Vaters war, dazu geboren, das ewig währende Tal der Leiden und Schmerzen zu durchschreiten. Er würde überleben – wie auch sein Vater überlebt hatte, weil es immer noch mehr Schmerz gab.

Er schluckte krampfhaft, schob die Wellen beiseite und erlaubte seinen Gedanken, zu Sue zurückzukehren. Sah erneut, wie Hoffnung ... *Komm zurück zu mir, Liebes* ... die Leere in ihrem Blick füllte und wieder Leben in ihre Augen zurückkehrte. Er würde für sie überleben. Nachdem er diese Entscheidung getroffen hatte, sah er mit wild hämmerndem Herzen aus dem Fenster. Ein Mustang röhrte mit einem satten Dröhnen vorbei. Sie hatten Ransom hinter sich gelassen und fuhren auf einer hügeligen Nebenstraße, die sie in die falsche Richtung führte, weiter und immer weiter von Sue weg. Noch vier oder fünf Minuten, und sie würden auf den Highway biegen. Danach kam die Interstate, direkt ins Zentrum von Atlanta hinein. Vier Stunden höchstens.

Vier Finger.

Panik sirrte an den Rändern seines Gehirns. Er blickte um sich, suchte verzweifelt nach irgendeinem Plan, einem Ausweg. Pomeroy drosselte das Tempo, seine Augen im Rückspiegel ignorierten Nick. Sie studierten stattdessen die Straße, die sich in weiten Kurven über die Hügel der Vorberge schlängelte.

Nick stützte den Kopf in die Hände und massierte seine Schläfen, um besser denken zu können. *Sue.* In diesem Augenblick erblickte er den ersten Hoffnungsschimmer seit Tagen, seit er das dicke Bündel Geld in seine Tasche gesteckt hatte. Unter dem Sitz lugte der gelblich schimmernde Elfenbeingriff von Pomeroys Revolver hervor, den Evans Finney abgenommen und in den Spalt neben dem Sitz geschoben hatte. Instinktiv beugte sich Nick vor, um nach der Waffe zu greifen ...

Und besann sich eines Besseren, mitten in der Bewegung erstarrend, ein rascher, schuldbewusster Blick in den Rückspiegel. Pomeroy erwiderte seinen Blick. »Setz dich gerade hin. Wir haben eine lange Fahrt vor uns. Lehn dich zurück und versuch, dich zu entspannen. Wie's aussieht, ist das deine letzte Reise.« Seine Augen huschten wieder zur Straße zurück. Pomeroy ging vom Gas, um eine Haarnadelkurve zu nehmen. Noch ein paar Minuten, und sie würden auf dem Highway sein. Was immer Nick tun würde, er musste es jetzt tun.

Alles ist Zeit.

Ehe er den Plan bis zum Ende durchdacht hatte, krümmte sich Nick vornüber und gab unappetitliche, würgende Geräusche von sich. Er hörte, wie Pomeroy »O Gott, schon wieder?« ächzte, dann wurde der Wagen erneut langsamer und schlingerte durch die nächste Kurve. Unter den Augen von Pomeroy bückte sich Nick nach dem Revolver und schloss die Hand um den abgenutzten Elfenbeingriff. Er hatte Zeit für einen einzigen panischen Gedanken ... *wie viele Kugeln?* ... während es sich langsam aufrichtete und die Zeit sich mit einem fast unmerklichen Ruck verdichtete. Noch immer nach dem Ende seines Plans suchend, richtete er sich auf, den Revolvergriff mit beiden Händen umklammernd, und schob den Lauf durch das Maschendrahtgitter.

»Fahr rechts ran, Pomeroy.« Seine Stimme klang heiser, als hätte sie seit Jahrzehnten nicht mehr gesprochen.

»Was?« Pomeroy warf einen raschen Blick in den Rückspiegel und sah dann wieder weg, weil er Angst hatte, die Augen zu lange von der kurvenreichen Straße zu nehmen, doch Nick registrierte, dass sich seine Augen kaum merklich weiteten, als sei der Revolver genau das, was er die ganze Zeit zu sehen erwartet hatte. »Sieh an, da ist sie ja! Ich hab mich schon die ganze Zeit gefragt, was ihr Burschen mit meiner Bessie gemacht habt. Dieser Revolver und ich, wir haben ...«

»Schnauze! Fahr rechts ran, jetzt sofort! *Fahr rechts ran, oder ich ...«*

Doch Nick hatte keine Ahnung, was er tun würde. Sein Pseudoplan verflüchtigte sich wie Nebel in der Morgensonne. Hektische Bilder wirbelten durch seinen Kopf: Sue, die diesen grauenvollen Schrei hervorstieß, ihre Augen leer und leblos; Finney, der, mit den Armen rückwärtsrudernd, in den Abgrund stürzte; Casey Nicole Barrett, die an einer viel zu kurzen Kette zerrte.

»Sofort!«, brüllte er. *»Halt den verdammten Wagen an, oder ich blase dir deinen beschissenen Kopf von den Schultern!«*

Der Wagen wurde langsamer, doch Pomeroy machte keinerlei Anstalten, rechts ranzufahren und zu halten. Ein Pick-up kam ihnen auf der anderen Spur entgegen, ein alter Mann winkte, ohne zu ihnen herüberzusehen, die Sonne ein gleißender, blendender Fleck auf seiner Windschutzscheibe. Pomeroy beobachtete Nick; seine blutunterlaufenen Augen huschten zwischen der Straße und dem Rückspiegel hin und her. Nick konnte das filigrane Netz der Venen im Weiß seiner Augen ausmachen.

»Schön, lass uns nachdenken ...«

»Schluss mit Nachdenken«, sagte Nick mit beherrschter Stimme. Er fühlte sich ruhiger. Er hatte Pomeroys Aufmerksamkeit. Er hörte ihm jetzt zu. »Fahr rechts ran und steig aus.«

»Ich glaube nicht, dass ich rechts ranfahre.« Der Wagen nahm wieder Geschwindigkeit auf. Ein Schild huschte vorbei. Noch eine Meile bis zum Highway.

»Du *glaubst* es nicht?« Nick stieß den Revolver gegen den Käfig. »Du glaubst es verdammt noch mal nicht?« Er spannte den Hahn, das *Klick* wie das Brechen eines Knochens. Zweifel überkamen ihn. Vielleicht lag Pomeroy richtig. Er konnte nicht töten, nicht von hinten, nicht kaltblütig – zumindest nicht der alte Nick. Und er war sich nicht sicher, was den neuen Nick anging – den Nick, der die Verlockung des Gelds gespürt hatte und des Tapes, der wie ein fremder, neuer Stern in seinem Gesichtskreis aufgetaucht war. Und dann blieb ihm keine Zeit mehr, die Angelegenheit näher zu erörtern. Er sah, dass Pomeroy nur eine Hand am Steuer hatte; seine rechte Hand ... *seine Schusshand* ... war verschwunden. Als Pomeroy seine Hand unter Finneys Pullover hervorzog, eine fließende Bewegung, deren Schnelligkeit Nick verblüffte, drückte Nick ab.

Die Detonation war ungeheuer.

Die Zeit übersprang ein Ticken – Nick sah, wie Pomeroys Augen sich ungläubig weiteten – und schleuderte Nick und Ernie Pomeroy und Evans' Wagen in eine in Zeitlupe ablaufende Wirklichkeit.

Als das Projektil aus der Kammer katapultiert wurde, schrie eine Stimme in Nicks Kopf ... *Was hast du getan?* ... und der Straßenkreuzer schlingerte auf die andere Fahrbahnseite.

Ein faustgroßes Loch erschien in der Windschutzscheibe. Blut und kleine Gewebeteilchen spritzten über das Armaturenbrett. Einen spitzen Schrei ausstoßend, griff sich Pomeroy an die Brust; er riss das Steuer nach rechts und sackte seitlich über den Sitz.

Mit quietschenden Reifen schleuderte der Wagen über die rechte Spur auf das Kiesbankett und rasierte ein Ausfahrtschild. Etwas, das wie ein kleiner Vogel aussah, klatschte laut gegen die Windschutzscheibe und verschwand über dem Dach. Etwas Schweres ... *Finney, o Gott, Finney* ... rollte im Kofferraum hin und her und prallte mit einem dumpfen Poltern gegen die Trennwand hinter dem Rücksitz. Der Wagen pflügte durch einen flachen Graben, wodurch Nick, durch dessen Kopf noch immer das Krachen des Schusses hallte, auf die Bodenmatte vor dem Sitz geschleudert wurde, und holperte dann in wilden Bocksprüngen durch ein lichtes Wäldchen junger Bäume abwärts. Während er versuchte, sich vom Boden hochzustemmen, sah Nick hinter dem Seitenfenster die Welt vorübertaumeln: blauer Himmel, Baumwipfel, Berghang, wieder Himmel. Er hatte sich halb auf dem Sitz hochgekämpft, noch immer den Revolver in der Hand, als der Wagen mit einem metallischen Kreischen gegen etwas rammte. Er kippte mit einem trägen Ruck so weit nach links, dass die Räder auf der rechten Seite die Bodenhaftung verloren, und Nick wurde rückwärts gegen die Tür geschleudert. Ein gleißender Blitz zuckte durch seinen Kopf.

Die nächsten paar Sekunden waren unnatürlich still, als sei die Welt draußen vor dem Wagen des Troopers verschwunden. Mit dem Gesicht nach unten auf der Bodenmatte liegend, konnte Nick das Ticken des Motors hören, das Ächzen der Scharniere und Federn, ein bösartiges Zischen. Das Radio ging an und übertönte alles mit einem wehklagenden, vom Jammern einer Gitarre begleiteten Lamento. So abrupt wie es begonnen hatte, hörte das weinerliche Gejaule wieder auf.

Das Zischen verwandelte sich in ein pfeifendes Röcheln, das klang, als würde jemand keuchend nach Luft ringen. Pomeroy. Nick stöhnte und stemmte sich vom Boden hoch. Ein grelles Licht explodierte hinter seinen Augen. Er wartete eine Minute, dann wälzte er sich auf den Rücksitz und rutschte gegen die Seitentür. Der Straßenkreuzer lehnte in einem prekären Winkel auf der linken Seite, mit dem Kühler bergab. Versuchsweise beugte er die Arme, dann die Beine. Nichts schien gebrochen. Behutsam betastete er seinen Hinterkopf; Schmerz flammte auf. Er konnte das verkrustete Blut von der Platzwunde fühlen, als er im Smokin Mountain mit dem Kopf auf den Boden gekracht war – aber kein frisches Blut oder eine Beule. Ihm tat alles weh.

Dann fiel es ihm wieder ein: *Sue!* Er warf einen gehetzten Blick auf Finneys Uhr.

14:33.

Panik schwappte wie eine heiße Welle durch ihn. Er musste das Bewusstsein verloren haben, musste ...

Vom Vordersitz war ein Stöhnen Pomeroys zu hören, das in einem gurgelnden Röcheln unterging. Es klang, als würde jemand in dickflüssiger Luft ertrinken. Unisono mit Pomeroy stöhnend, ein schauriges Duett der Schmerzen, beugte sich Nick nach vorn und zog sich an den Rand des Rücksitzes. Er spähte aus dem Heckfenster. Er konnte die Spuren sehen, der Wagen war einen kleinen Abhang herab und durch ein Dickicht kahler, junger Bäume gepflügt. Die Straße war ungefähr dreißig Meter entfernt.

Pomeroy stöhnte erneut, und Nick drehte sich zu dem Maschendrahtgitter um.

Während er durch das Gitter starrte, wuchsen aus einigen Löchern direkt über der Sitzlehne plötzlich vier bleiche, sich windende Kreaturen, haarlos und hässlich, die wie neugeborene, blinde Mäuse aussahen, wie mutierte Würmer irgendeiner unbekannten Spezies. Verständnislos, sein Gehirn in zeitlupenhaft durcheinanderwirbelndem Aufruhr, starrte Nick die Kreaturen an. Sie wanden und krümmten sich, wurden länger und entpuppten sich, wie Nick schließlich mit der Langsamkeit einer erblühenden Tiefseeblume dämmerte, als Ernie Pomeroys Finger.

Hinter den Fingern schob sich Pomeroys geschwollenes, von Striemen durchzogenes Gesicht über den Sitz. Er grinste Nick an. Winzige Blutspritzer bedeckten seine Lippen; ein Faden aus Blut und Rotz tropfte aus seiner Nase. Mit ungeheuerer Anstrengung, sein Atem rasselnd und keuchend wie eine ferne Lokomotive, flüsterte er: »Ich bring dich um, du Scheißkerl.«

Pomeroy sank mit dem Rücken gegen das Steuer, seine Rechte noch immer in die Drahtmaschen des Käfigs gekrallt, die Linke auf seine rechte Brustseite gepresst; zwischen den Fingern quoll Blut hervor. Die Hand kroch langsam abwärts. *Er greift nach seiner Waffe,* schoss es Nick durch den Kopf. *Beweg dich!* Erst jetzt bemerkte er, dass er den Revolver nicht mehr in der Hand hielt. Er blickte panisch um sich und seine Hände tasteten neben ihm über den Sitz. Pomeroys Hand erreiche den Saum von Finneys schwarzem Pullover und hoben ihn an. Etwas Metallisches glänzte silbern unter seinen Fingern. Nick warf sich auf den Boden und sah den Lauf des Revolvers unter dem Beifahrersitz hervorlugen. Er hörte ein gutturales Ächzen. Der Käfig schepperte. Pomeroy zog sich daran hoch. Nick packte den Lauf des Revolvers und schwang die Waffe in einem kraftvollen Bogen herum und schmetterte den Elfenbeingriff auf Pomeroys Finger. Ein knirschendes Knacken war zu hören – ein trockener Zweig, der unter einem Schuh bricht. Nick fühlte mehr, als er es sah, wie Pomeroys ganzer Körper vor Schmerz erstarrte. Er ließ den Revolvergriff noch einmal mit aller Kraft auf die Finger herabsausen. Einer der Finger – der Zeigefinger, dachte Nick – platzte auf, und eine dünne Blutfontäne spritzte über die Sitzlehne. Pomeroy schrie auf. Nick stemmte sich hoch – seine eigenen Schmerzen für einen Augenblick vergessend – und drehte die Waffe herum, wobei sein Finger, als sei es das Natürlichste der Welt, die kühle Rundung des Abzugshebels fand.

»Keine Bewegung, du Arschloch. Keine Bewegung!«

Pomeroy bewegte sich ohnehin nicht mehr. Sein Körper hatte sich zu einer Kugel zusammengekrümmt, das Gesicht vor Schmerz zu einer Grimasse verzerrt, sein Mund weit aufgerissen. Er hatte den Revolver halb aus dem Hosenbund gezogen. Der Lauf zwischen den Falten am Bund von Finneys Jeans verhakt. Langsam entspannte sich Pomeroys Gesicht so weit, dass er wieder fast wie er selbst aussah: eine aufgeschwollene Masse aus Striemen, Bartstoppeln und Blutergüssen. Der provisorische Mullverband auf seiner Nase hatte sich auf einer Seite gelöst und flatterte bei jedem keuchenden Atemzug wie eine Kapitulationsfahne. Er ließ den Griff des Revolvers los, dann das Maschendrahtgitter des Käfigs und sank gegen das Steuer.

»Und jetzt«, befahl Nick und schob den Lauf des Revolvers durch das Gitter, »wirfst du die Waffe auf den Boden, ganz langsam.«

Pomeroy starrte ihn an, seine Augen klein und hart wie Stahlkugeln. Langsam, ganz langsam tastete seine gute Hand nach dem Griff des Revolvers und zog ihn hervor.

»Gut. Und jetzt wirf ihn da rüber auf den Boden.« Der Drang, auf Finneys Uhr zu sehen, war wie ein Schmerz. »Die anderen auch. Evans' Pistole, die du Zimmerflak genannt hast.«

Ohne auch nur ein einziges Mal zu blinzeln, beobachtete Nick, wie Pomeroy hinter sich griff, Evans' .45er hervorzog und sie neben den Revolver warf. Er presste seine gute Hand wieder auf das zackige Loch in Finneys blutdurchtränktem Pullover.

»Und was jetzt, du Klugscheißer?« Nick glaubte, um den Mund des Detektivs den Versuch eines Grinsens zucken zu sehen, doch sein Gesicht war zu verschwollen, um es mit Sicherheit sagen zu können. Nick wusste nicht, was er als Nächstes tun sollte. *Zeit ist alles.* Er tastete nach dem Türgriff und im selben Augenblick fiel ihm ein, dass es keinen Griff gab, nur die glatte, leere Fläche der Türverkleidung. Eine weitere Sekunde verstrich.

»Steig aus«, sagte er und deutete mit dem Lauf des Revolvers auf die Tür neben Pomeroy. Die Brauen des Detektivs wölbten sich fragend. »Steig aus, geh um den Wagen rum und mach meine Tür auf. Versuch bloß keine Faxen, oder ich blas dir deinen beschissenen Kopf weg.« Diesmal grinste Pomeroy, seine Lippen verzogen sich zu einer schiefen Grimasse. Stöhnend zog er am Türgriff und stieß die Tür auf. Die Kälte schwappte in den Wagen und ließ Nick den Atem stocken.

»Beweg dich!«

Pomeroy schob sich rückwärts aus dem Straßenkreuzer, stellte die Füße vorsichtig in das gelbe Gras und stemmte sich mit dem Ballen seiner gebrochenen Hand vom Lenkrad hoch. Drei seiner Finger standen in ungesundem Winkel von der Hand ab. Mit zusammengepressten Augen richtete er sich ächzend auf und lehnte sich, um nicht das Gleichgewicht zu verlieren, gegen die offen stehende Wagentür. Er sah Nick an und schüttelte den Kopf, als sei er maßlos enttäuscht. Dann drehte er sich um und machte sich daran, den Hang in Richtung der Straße hinaufzustolpern, die gebrochene Hand unbeholfen zur Seite gespreizt.

Sprachlos vor Entsetzen starrte Nick hinter ihm drein. Ein saurer Geschmack breitete sich in seinem Mund aus. »Heh«, krächzte er leise. Dann schrie er: »Heh! Wo gehst du hin? Komm sofort zurück, komm sofort zurück!« Nick hörte ein Auto oben auf der Straße vorüberfahren.

Pomeroy blieb stehen, schien einen Moment lang zu überlegen, dann drehte er sich zu Nick um. »Wo ich hingehe? Ich gehe ins bekackte Disneyland, wohin denn sonst?« Er nahm die Hand von dem blutdurchtränkten Pullover und streckte langsam, als koste dies ihn die höchste Konzentration, den Mittelfinger in die Höhe. Dann drehte er sich wieder um und stolperte weiter den Abhang hinauf.

»Heh!«, brüllte Nick ihm nach, und mit einem Mal schäumten die Wellen hoch über ihm wie die Brecher eines Hurrikans. »Das kannst du nicht machen! Komm zurück, das ist ...« Er klappte den Mund zu, denn fast hätte er *Das ist nicht fair!* geschrien. Er rutschte näher an die Tür und kratzte verzweifelt an der Kunststoffverkleidung in der Hoffnung, dass dort irgendwo so etwas wie ein versteckter Hebel sein würde, der die Tür öffnete, ein magischer Knopf, der alles zum Bessern wendete. Pomeroy hatte inzwischen das Wäldchen mit den jungen Bäumen erreicht, deren kahle Äste wie die knochigen Finger eines Skeletts in den Himmel ragten.

Nick wälzte sich auf den Rücken und rammte beide Füße gegen die Tür. Es war, als würde er gegen eine Betonwand treten. Er wechselte Pomeroys Revolver in seine Linke, um sich gegen die Lehne des Vordersitzes stemmen zu können. Erneut rammte er die Stiefel gegen die Tür, und ein stechender Schmerz zuckte durch seine Beine. Er drehte sich wie ein auf dem Rücken liegender strampelnder Käfer und stieß die Hacken gegen das Gitter. Er schepperte rasselnd, ein Geräusch, das Nick an das blinde Bärenjunge in dem Käfig vor dem Smokin Mountain erinnerte, bewegte sich jedoch keinen Millimeter. Wieder rammte er die Füße gegen den Draht, und derselbe Schmerz schoss durch seine Beine.

Nick warf den Kopf in den Nacken und brüllte aus vollen Lungen zur Decke empor, ein wilder, barbarischer Schrei. Tränen liefen ihm über die Wangen. Er setzte sich auf und sah, dass der Detektiv die Straße erreicht hatte und in Richtung des Highways davonhumpelte.

»Du verdammter Scheißtyp!«, brüllte er hinter Pomeroy her, der vorwärtsstolpernd aus seinem Blickfeld verschwand. *Alles ist Zeit.* Frustriert schmetterte er den Revolvergriff gegen das Fenster, und als er begriff, was er tat, schlug er härter zu. Doch der Revolver prallte nur zurück und sandte ein unangenehmes Vibrieren durch Nicks Arm. Erneut stieß er einen gellenden Verzweiflungsschrei hervor – und dann fiel sein Blick auf die Waffe.

»Ich krieg dich, du Mistkerl«, schrie er und richtete, sich mit dem Rücken gegen die Tür stemmend, den Revolver auf das gegenüberliegende Fenster. Ohne zu überlegen, was er treffen oder wer die Schüsse möglicherweise hören könnte – ohne *irgendetwas* zu denken –, schoss Nick den Revolver leer, drei ohrenbetäubende Detonationen rasch hintereinander, gefolgt von einer Serie metallischen Klickens des Schlagbolzens auf die leere Kammer, das Geräusch vertickender Zeit. Das Glas zerbarst, schien einen Moment lang wie ein Vorhang aus tausend Kristallen in der Luft zu hängen und zerstob dann in einem glitzernden Funkenregen. Nick schob die Hand nach draußen und öffnete die Tür.

Er landete auf allen vieren und rannte los.

Die Nachmittagssonne fiel schräg durch die nackten Zweige, als Nick durch das Wäldchen den Hang hinaufrannte. Einmal blieb er stehen, klemmte, gegen einen Baum gelehnt, den Revolver unter den Arm und zog mit der anderen Hand die Patronenschachtel aus seiner Tasche. Das Blut hämmerte dröhnend in seinen Ohren, und er hatte Seitenstechen. Mit zitternden Fingern riss er die Schachtel auf und verstreute dabei Projektile auf den Teppich toter Blätter zu seinen Füßen. Er klappte die Waffe auf, schob sechs Kugeln in die Trommel und ließ sie wieder zuschnappen. Er warf die leere Schachtel weg und rannte weiter.

Nach Luft ringend erreichte Nick den Kamm des Abhangs, sein zerschundener Körper ein einziger großer Schmerz. Pomeroy war etwa dreißig oder vierzig Meter voraus und taumelte in Richtung der Auffahrt zum Highway. Dort, wo die Auffahrt auf den Highway mündete, war, wie Nick wusste, ein kleiner Laden, ein Gas 'N' Go, blinkende Neonlichter und glänzende Resopaltische, fünfzig mal fünfzig Meter Asphalt mit Selbstbedienungszapfsäulen, eingelegten Eiern und eisgekühltem Bier – eine Neunzigerjahre-Version des Smokin Mountain. Dort würden Leute sein.

Pomeroy stolperte, fing sich wieder und taumelte weiter. Den unhandlichen Revolver an seine Seite pressend, nahm Nick die Verfolgung auf. Nach ein paar Schritten warf er einen Blick über die Schulter.

Keine Autos. Noch keine zumindest.

Es dauerte nur Sekunden, bis er Pomeroy eingeholt hatte. Er packte Finneys Pullover und riss Pomeroy herum, der Mühe hatte, sich auf den Beinen zu halten. Der Detektiv schrie auf und versuchte mit seiner gesunden Hand einen Schwinger gegen Nicks Kopf zu landen, doch der Schlag war nur halbherzig und ohne Dampf, mehr Verzweiflung denn Entschlossenheit. Sogar als er der nur lose geballten Faust auswich, hörte Nick das Ticken der verstreichenden Sekunden, und in seinem Kopf hallte die emotionslose Stimme des Dickhäuters: *»Einen Finger für jede Stunde, die Sie zu spät kommen.«* Der Ärmel von Finneys Pullover war über Pomeroys Hand gerutscht und schlenkerte wie ein gebrochener Flügel durch die Luft.

Nick ließ ihn den Revolver sehen, legte einen Arm um Pomeroys Schultern und trug ihn mehr, als er ihn zog, wieder die Straße hinab. Der Detektiv leistete keinen Widerstand; seine Füße schlurften durch den Staub und den Schotter des Banketts. Seine gute Hand hielt er wieder auf das Loch in seiner Brust gepresst. Einmal murmelte er: »Ich bring dich um, du Scheißkerl«, dann hustete er würgend und spuckte eine Mischung aus Blut und Schleim hervor.

Als sie gerade von der Straße abbogen, brauste ein unendlich langer Lincoln Continental, ein flammend roter Drachen von einem Wagen, vorüber. Er wurde keinen Deut langsamer, und Nick erhaschte einen kurzen Blick auf eine verschrumpelte alte Frau in einem Mantel mit gewaltigen Puffärmeln, die weder nach links noch nach rechts schaute. Das Summen der Weißwandreifen des Lincoln auf dem Asphalt klang wie der Schmerz in Nicks

Kopf – ein Geräusch, das sich, wenn man genau hinhörte, in Vergil Gutmans Worte *»Pünktlichkeit ist eine Tugend. Verstanden?«* verwandelte.

Nick zerrte Pomeroy den Hang hinab. Einmal schrie Pomeroy auf, als er mit seinen gebrochenen Fingern gegen einen Baumstamm stieß, doch Nick gönnte ihm keine Pause. Unten angelangt, stieß er Pomeroy gegen Evans' Wagen, wo er zusammensackte. Nick lehnte sich gegen das Dach, bis er wieder zu Atem gekommen war. Der Streifenwagen war gegen einen Felsen geprallt.

Nick zog die Fahrertür auf und setzte sich in den Wagen. Im Handschuhfach fand er ein Paar Handschellen. Auf dem Beifahrersitz lag ein Plastikbeutel. Er sah hinein und entdeckte darin Tuckers Whiskey und das Glas, sowie ein Bündel mit Pomeroys nassen Klamotten und seinen vom Wasser des Baggersees grünlich gelb verfärbten Stetson. Unter dem Beutel lag das Tape. Die beiden Waffen lagen auf dem Boden vor dem Sitz.

Nick stieg wieder aus und packte Pomeroy am Kragen. Ohne ein Wort zerrte er ihn zum nächstbesten Baum, eine schlanke, hochgewachsene Birke, deren Rinde die Farbe von schmutzigem Schnee hatte, und stieß ihn zu Boden. Stöhnend sank der Detektiv gegen den Stamm. Einen Ring der Handschellen ließ Nick um das Gelenk von Pomeroys gebrochener Hand schnappen – die unverletzte Hand ließ er frei, damit er das Blut stillen konnte, das nach wie vor aus seiner Brust sickerte –, den anderen um den Stamm der Birke.

»Willst du mich hier einfach liegen lassen?« Pomeroys Stimme klang müde, doch erstaunlich kräftig.

»Dich wird schon jemand finden.« Nick wandte sich wieder dem Wagen zu.

»Da kannst du Gift drauf nehmen.« Nick hörte, wie er im Laub raschelte. Als er sich umdrehte, hatte Pomeroy sich mit dem Rücken gegen den Stamm gelehnt, die Beine an den Leib gezogen, und hockte wie eine giftige Kröte im Laub. Dann holte er tief Luft und schrie: »Halloooo! Hilfe! *Hilfe!*«

»Heh!«, zischte Nick und machte einen Schritt auf ihn zu. »Halt's Maul!«

Pomeroy maß ihn mit kaltem Blick, zog die Beine noch näher an seinen Leib und holte erneut tief Luft. Nick glaubte, ein rasselndes Blubbern in den tiefen Atemzügen zu hören. »Hallooo!«, brüllte Pomeroy. »Hört mich jemand!«

Nick beugte sich über ihn und presste den Lauf des Revolvers so fest gegen seine Nasenspitze, dass ein weißer Ring zurückblieb. »Halt die Fresse! Halt bloß die Fresse!«, schrie er ihm ins Gesicht. Weiße Spucketröpfchen tupften Pomeroys Wangen und Stirn. »Willst du, dass ich dich erschieße? Ist es das, was du willst? Du willst, dass ich dich abknalle, wie?«

Der Detektiv verstummte und musterte Nick aus seinen frostgrauen Augen. Nick konnte kein Leben in ihnen entdecken, keinen Überlebenswillen. Von irgendwo weit weg hörte er Sue schreien, ein entsetzlicher, durch Mark und Bein gehender Schrei. Er wirbelte herum, sicher, sie irgendwo unterhalb von Evans' Streifenwagen stehen zu sehen. Er sah jedoch nichts, außer den Streifenwagen und jenseits davon die gelbbraune, tote Vegetation des Winters, nackte, kahle Bäume und dazwischen dicht wucherndes Gestrüpp von braunem Kudzu – so ziemlich das exakte Gegenteil des Barrett-Anwesens.

Dann Pomeroys kalte Stimme: »Du hast nicht den Mumm dazu, Jungchen.« Er rang keuchend nach Atem, von einem Rasseln in seinen Lungen begleitet. »Für das, was du vorhast, brauchst du Eier so groß wie Melonen.« Er spuckte aus. »Und ich glaube nicht, dass du die hast.«

Nick machte einen Schritt von ihm weg und hob den Revolver. Der Schlagbolzen ließ sich verblüffend leicht spannen, ein leises *Klick,* das klang ... *wie Gutmans Zigarrenschneider* ... als er einrastete. Er zielte über den Lauf und drückte ab. Der Rückschlag ruckte durch seinen Arm bis in die Schulter hinauf wie ein leichter elektrischer Schlag.

Pomeroys Mund klappte auf; seine Augen wurden groß, und sein Kopf ruckte nach hinten gegen den Stamm der Birke. Beide starrten sie auf das hellrote Blut hinab, das langsam durch das Loch in Pomeroys Stiefel sickerte. Ein dünner Rauchfaden kräuselte sich aus dem Loch.

»Du Scheißkerl hast mir in den Fuß geschossen!«

Nick sagte nichts darauf. Er drehte sich um und schob, während er zu Evans' Wagen zurückging, Pomeroys Revolver, der Lauf noch immer warm, auf seinem Rücken in den Bund seiner Jeans. Vor der Wagentür blieb er zögernd stehen. Er warf einen Blick auf den Kofferraum, plötzlich das Bild von Finney vor seinem inneren Auge, wie sich seine Hand um das Projektil schloss. Unmöglich, dass er noch lebte. Nick sah auf die Rolex, deren großer Zeiger auf die Zwölf zustrebte, der kleine Zeiger stand genau auf der Drei. Die Zeit wurde knapp für Sue; er hatte nicht mehr die Zeit, um ...

Ausgeschlossen, dass Finney diesen Sturz überlebt haben kann, dachte Nick. Die Hand, die sich um die Kugel schloss ... – das war ein Reflex gewesen, sonst nichts. Falls er es sich nicht eingebildet hatte.

Nick setzte sich in den Wagen und warf die Tür zu. Er drehte den Zündschlüssel. Der Motor orgelte widerstrebend. Panik flackerte in seinem Hinterkopf. Sues Schreie gellten ihm wieder in den Ohren und vertrieben die letzten Zweifel aus seinen Gedanken. Er durfte keine Zeit verlieren.

Er drehte den Schlüssel erneut. Diesmal sprang der Motor an. Er trat aufs Gas, um den Motor höher zu drehen. Der Wagen begann zu vibrieren.

Er legte den Rückwärtsgang ein. Die Räder gruben sich in die feuchte Erde, doch der Wagen rührte sich nicht vom Fleck. Er gab mehr Gas, um den Wagen loszubekommen. Dann griffen die Reifen mit einem Ruck, und der Streifenwagen machte, Fontänen aus Gras und feuchter Erde unter der Kühlerhaube hervorschleudernd, einen Satz rückwärts.

Nick kämpfte mit dem Lenkrad, riss den Wagen herum und lenkte ihn in die Spuren, die er bei seiner Schussfahrt den Hang hinab im Erdreich hinterlassen hatte. Neben Pomeroy, der noch immer an die Birke gelehnt hockte, seine freie Hand jetzt auf seinen blutenden Fuß gepresst, hielt er an und kurbelte das Fenster runter. Er warf Pomeroy den Plastikbeutel mit seinen nassen Kleidern zu; er landete neben ihm, und die Whiskeyflasche rollte heraus. Der Privatdetektiv sah nicht einmal hoch; er kauerte nur da und starrte, den Kopf schüttelnd, auf seinen Fuß.

Nick trat vorsichtig dosierend aufs Gas und pflügte langsam den Hang hinauf. Die hinteren Räder drehten durch und griffen dann wieder, drehten erneut durch und fanden wieder Halt. Der Streifenwagen rutschte seitwärts und geriet fast ganz aus der Spur, ehe das Profil wieder griff und der Wagen weiter den Hang hinaufkroch.

Als er die Fahrbahn erreichte, hielt Nick einen Moment lang an. Durch das heruntergekurbelte Fenster konnte er Pomeroy hören, der wieder angefangen hatte, um Hilfe zu schreien.

Die Digitaluhr im Armaturenbrett des Autos zeigte 15:04, Finneys Rolex 14:59. Ob so oder so, wenn der Dickhäuter zu seinem Wort stand – und Nick zweifelte nicht daran –, hatte Sue inzwischen zwei weitere Finger verloren. Bis er bei ihr sein konnte, würde sie noch einen verlieren. Er kurbelte das Lenkrad herum, um in Richtung der Berge zu fahren, Richtung Knoxville, fast eine Stunde Fahrt entfernt, doch dann schoss ihm eine andere Idee durch den Kopf. Ein Ausweg – eine Möglichkeit, Sue zu retten.

Der Senator. Der distinguierte Gentleman aus Tennessee.

Es ist höchste Zeit, den Senator anzurufen. Das hatte er zu Finney gesagt, vielleicht drei- oder viermal, seit das alles angefangen hatte. *Es ist höchste Zeit, den Senator anzurufen.*

Und ganz sicher war es das auch – ohne ihm etwas über Finney zu sagen, zumindest jetzt noch nicht. Für Sue war es in jedem Fall höchste Zeit. Senator Durant konnte einen Mann vor Ort haben, während er noch die Bergstraßen hinaufbretterte. Ein einziger Telefonanruf würde genügen.

»Verdammte Scheiße«, flüsterte er.

Er kurbelte das Lenkrad wieder zurück und lenkte den Streifenwagen in Richtung des Gas 'N' Go auf der anderen Seite des Hügels.

DIENSTAG

15:03 bis 15:41

Nick jagte Evans' nicht gekennzeichneten Streifenwagen über die Steigung, dort in der Biegung der Auffahrt lag vor ihm das Gas 'N' Go, ein in der Sonne glänzender Komplex aus Stahl und Glas – die Tankstelle und ein paar Service- und Einkaufs-Areale nebst einer vollautomatischen Autowaschanlage –, und im Tal jenseits schimmerte das Band des Highways. Ein Ford Explorer kam ihm auf der Straße entgegen, und ohne lange zu überlegen, trat Nick aufs Gas und düste mit dem Streifenwagen, ohne zu blinken, vor dem Explorer über die Gegenfahrbahn auf die Raststätte, während eine Vision aus einer vergessenen Vergangenheit an die Oberfläche seines Gehirns schwappte: Finney, der mit einigen Michelob Light und etlichen Gläsern Tequila zu viel in der Krone den Acura beim Überholen vor einem heranbrausenden Truck in eine Verkehrslücke zwängte. *Leck mich,* hatte Finney dem Fahrer des Chevys, den sie geschnitten hatten, im Rückspiegel zugerufen. *Wozu hat ein Laster Bremsen?*

Ohne einen Frontalzusammenstoß zu verursachen, brachte Nick den Streifenwagen vor der Waschanlage schlitternd zum Stehen. Offenbar hatte der Explorer ebenfalls Bremsen – und eine Hupe, nach dem wütenden Konzert hinter ihm zu urteilen, doch er hatte nicht einmal einen Blick für den schimpfenden Fahrer übrig, als er zum Telefon sprintete, das unter einer blau und weiß gestreiften Kunststoffhaube nistete. Als er bereits halb über die asphaltierte Fläche gerannt war, fiel ihm ein, dass er keine Münzen einstecken hatte. Fluchend wirbelte er herum und spurtete in Richtung des Ladens.

Im Schatten des Dachs über den Zapfsäulen durchlebte er einen schlimmen Augenblick. Als er seine Brieftasche aufklappte, blickte er in Sues Gesicht, das ihm von einem sorgfältig zurechtgeschnittenen Foto entgegensah, unscharf, nicht nur wegen des milchigen Graus der Plastikhülle. Einen Moment lang, während er auf das Bild hinabstarrte, fühlte Nick Panik in seiner Kehle aufsteigen. Er sah auf die Rolex, deren Sekundenzeiger unerbittlich die Zeit fraß, und beinahe hätte er kehrtgemacht, um zurück zum Streifenwagen zu sprinten und in Richtung Ransom und der Berge jenseits davonzurasen. Richtung Knoxville. Doch das war genau die Art von benebeltem Denken, das sie überhaupt in diese katastrophale Situation gebracht hatte, dachte er, während er in seiner Brieftasche nach Geld grub – ein Zehner und zwei zerknitterte Eindollarscheine.

Der Senator konnte helfen.

Die Glasfassade des Ladens konfrontierte ihn mit seinem Spiegelbild – das Haar wirr und verfilzt, das Gesicht von tiefen Linien entstellt. Dann war er Gott sei Dank daran vorbei und blinzelte in das grelle, sich in den verkratzten Bodenfliesen spiegelnde Licht der Leuchtstofflampen, auf Regalreihen mit Chips und Bier, Süßigkeiten und Softdrinks; der ganze Laden hatte etwa so viel individuellen Charme wie Styropor. Abgesehen von dem Ständer mit Ransom-College-T-Shirts und dem blechernen

Genöle von Garth Brooks, der über seine Affäre mit einer langhalsigen Flasche lamentierte, konnte der Laden überall im ganzen Land stehen, in jedem der Tausenden von Tankstellenmärkten, die die endlosen Highways Amerikas säumten. Der Geruch von Allzweckreiniger und altem Kaffeesatz war überall der gleiche, ebenso wie das Schild LADENDIEBSTAHL WIRD ANGEZEIGT!, sogar die Kunden waren die gleichen: ein fetter Typ an der Kühlvitrine für Bier, eine alte Dame, die mit einer dampfenden Kaffeetasse in der Hand vor der Registrierkasse stand.

Während Nick wartete, betrachtete er das Regal mit Pornomagazinen hinter dem Ladentisch. Die neuesten Exemplare des *Juggs* und *Hustler* und ein halbes Dutzend andere, alle in undurchsichtige Plastikfolien eingeschweißt. In seinem Kopf wehte ein Vorhang zur Seite und gab den Blick auf ihn selbst frei, wie er Sues Arme bis zu ihren Schulterblättern hinauf verdrehte und es ihr von hinten besorgte. Was hatte Pomeroy gesagt? *Für das, was du vorhast, brauchst du Eier so groß wie Melonen. Ich glaube nicht, dass du sie hast ...*

Nick hoffte, er würde das nicht herausfinden müssen, hoffte, er konnte den Anruf machen, sich dann in den Streifenwagen schleppen, um dort zusammenzuklappen und darauf zu warten, dass die Polizei ihn abholte. Doch er hatte das Gefühl, dass Pomeroy sich täuschte: Dass, falls es noch schlimmer als bisher kommen würde, der neue Nick – der Nick, der die Verlockung des Tapes gefühlt hatte wie ein neugeborener Stern, der Nick hinter der Bondage-Maske – der Herausforderung gewachsen sein würde. Dass er zu allem fähig war – zu allem, wenn er sich damit Vergebung erkaufen konnte, oder vielleicht auch nur Ruhe, die wundervolle und stille Ruhe des Grabs.

Wenn er die Zeit hätte ...

Nick richtete den Blick auf die alte Dame vor ihm, die mit arthritischen Fingern in ihrem Geldbeutel von der Größe eines Thanksgiving-Truthahns kramte.

Das in ihm aufsteigende Panikgefühl hinabwürgend, während die Zeit unwiederbringlich im Schlund der Vergangenheit verschwand, räusperte er sich und rückte ein wenig näher an die Frau heran, um sie zu etwas mehr Eile zu drängen. Schließlich reichte die alte Dame eine Handvoll Münzen über den Tresen und schlurfte, den Kaffeebecher mit einer Hand gegen ihre hängenden Brüste pressend, davon.

Nick legte sein Geld auf den Ladentisch und sah den Kassierer an – ein magerer Typ Mitte zwanzig, das schmale, blasse Gesicht von Aknenarben in derselben Farbe wie sein schreiend roter Arbeitskittel von Gas 'N' Go übersät.

Er holte tief Luft. »Ich brauche Wechselgeld«, sagte er, und seine Stimme klang ruhiger, als er sich fühlte.

Der Kassierer drückte einen Knopf, griff sich einen Dollar und warf vier Quarters auf den Tisch.

»Nein, ich ...« Nick räusperte sich. »Für den Zehner. In Quarters.«

»Das kann ich nicht machen, Mann. Ich hab fast keine Quarters mehr.«

»Bitte, Sie verstehen nicht, ich brauche ... ich brauche ...« Er spürte, dass ihm die Nerven durchzugehen drohten, weil die Sekunden vorüberrasten, während er einen pickelgesichtigen Niemand um Wechselgeld anflehte.

Wie in einem Traum sah er, wie er eine Waffe aus seiner Jacke zog, einen von Pomeroys altmodischen sechsschüssigen Revolvern, sah, wie er ihn auf den Typen hinter der Kasse richtet ...

Blinzelnd starrte er auf seine Hände hinab, die zitternd auf einem laminierten, auf das Resopal des Ladentischs geklebten Hinweisschild lagen: eine Schachtel Marlboros in einem schwarzen Kreis, durch den eine Linie gezogen war. Darüber in schwarzen Lettern: WE I. D.! – der Hinweis, dass der Laden kameraüberwacht war.

Er schluckte und hob den Blick. Der Kassierer war einen Schritt zurückgewichen.

»Sind Sie okay, Mann?«

»Ich brauche Wechselgeld«, flüsterte Nick.

»Versuchen Sie's am Automaten. Neben der Waschanlage.«

Der Kassierer hob den Kopf und stellte Augenkontakt mit jemandem her, der hinter Nick stand, was so viel bedeuten sollte, wie »Der Nächste bitte«. Nick raffte die Quarters mit einer Hand zusammen, fischte mit der anderen die Scheine vom Tresen und wandte sich ab, jede Faser seines Körpers vor Ärger und Erbitterung bebend, während die kostbaren Sekunden verrannen. Er spürte den Zusammenprall ...

»Vorsicht, mein Freund ...«

... ehe er den Mann sah, in den er hineingerannt war. Er stolperte und stürzte kopfüber in eine Werbeaktion für Motoröl, bei der sich die auf Pappkarton geklebte lebensgroße Gestalt irgendeines NASCAR-Helden grinsend in Positur warf. Sie gingen gemeinsam zu Boden, er und die Pappkartonfigur im Pennzoil-Rennfahreranzug sowie vier oder fünf Kisten mit Medium 10W40. Nicks Hand schoss hervor, um den Sturz abzufangen. Die Quarters sprangen klimpernd davon und verschwanden im Gepolter der Motorölflaschen, die auf den Boden krachten, zwanzig oder dreißig Kanister, doch es klang nach viel mehr, nach hundert, hundertvierzig, eintausend. Er landete mit dem Knie voll auf einer Flasche Pennzoil und wusste nicht, was schlimmer war: der Schmerz, der von seiner Kniescheibe wie der Bolzen beim Hau den Lukas geradewegs durch seine Wirbelsäule nach oben schoss und sämtliche Klingeln in seinem Kopf zum Schrillen brachte, oder das widerlich furzende Geräusch, mit dem die tropfgeschützte Tülle der Flasche aufplatzte und einen goldfarbenen Schwall dickflüssigen Motoröls über die glänzenden Fliesen verspritzte.

»Immer langsam, Cowboy. Bist du okay?«

Nick hob den Blick. Der Schmerz ließ vor seinen Augen alles verschwimmen, abgesehen von zwei fleischigen Händen direkt vor seinem Gesicht, die eine um einen Zwölferpack Milwaukee Best gekrallt ... *Milwaukee Biest hatte Tucker das Bier immer genannt* ... die andere ihm entgegengestreckt, um ihm hochzuhelfen. Und dann wurde sein Kopf allmählich klar, ein Schatten erschien hinter den Händen. Der fette Typ, der vor der Kühlvitrine gestanden hatte: dicke Brillengläser, ein Bart, ein dicker Wanst, der wie der Bug eines Ozeanliners aus seiner offen stehenden Lederjacke hervorragte und die silbern glänzende Harley auf seinem schwarzen T-Shirt in die Länge zog. *Am siebten Tag,* verkündete das T-Shirt, *kaufte sich Gott einen Feuerstuhl.*

Nick hatte das Gefühl, durch den Kontrollpunkt einer Grenze zu gehen und von der Provinz der Niedrigwatt-Hysterie in das Land der Starkstrom-Panik hinüberzuwechseln, Pass gestempelt und mit Datum versehen, kein Rückreisevisum, und genießen Sie Ihre Reise, Sir. Er konnte vor sich sehen, wie es passierte, doch er konnte nichts dagegen tun. Die Zeit sprang mit Riesensätzen vorwärts ... *klick, klick, klick* ... die Sekunden flatterten vorbei wie das lose Ende eines Films in einer leer drehenden Projektorspule. Zu schnell, zu schnell.

Nick kroch von der ausgestreckten Hand weg wie eine Krabbe, obwohl er wusste, dass er sie ergreifen und sich von dem Typen aufhelfen lassen sollte, dass er sich entschuldigen und das vergossene Motoröl bezahlen sollte, doch er konnte es nicht, er hatte dafür nicht die *Zeit* ...

Sich mit einer Hand an einem Ständer mit Zeitungen festhaltend, zog er sich auf ein Bein hoch. Sein Knie schmerzte wie die Hölle, das Bein kribbelte und fühlte sich taub an. Er stellte den anderen Fuß in eine Lache Motoröl und spurtete in Richtung Tür. Die Welt um ihn herum verschwamm vor seinen Augen, als er erneut zu Boden ging. Ein Kanister 10W40 schlitterte über die Fliesen, prallte mit einem Seufzen gegen eine Kühltruhe voll mit Eiscreme und tiefgefrorenen Eskimo-Kuchen, und ein Schwall Öl ergoss sich blubbernd auf den Boden.

»Heh!«, rief der Kassierer, als Nick wieder auf die Beine kam und Ölspuren auf dem Gesicht des gestürzten NASCAR-Champions hinterließ. »Sie müssen das bezahlen ...«

Doch es war zu spät.

Nick war bereits draußen, die Tür schwang hinter ihm zu. Die Dezemberluft brachte ihn einigermaßen wieder ins Lot. Ein oder zwei Herzschläge lang Auszeit. Und dann brach alles wieder über ihn herein, die verfliegende Zeit, Finney, Sue, alles. Humpelnd sprintete er über den Asphalt auf die Autowaschanlage und den Wechselautomaten zu.

Der Wechselautomat mochte den Geschmack des Zehners nicht. Für den Dollarschein spuckte er willig vier Quarters aus, doch als Nick den zweiten Schein in den Schlitz schob, zog ihn der Automat zur Hälfte hinein und spuckte ihn wieder aus.

»Scheiße!«, brüllte er. »Scheiße, Scheiße, *Scheiße!*«

Nick schlug mit der flachen Hand gegen den Automaten. Er konnte fühlen, wie er vom Land der Panik an einen noch schlimmeren Ort ... *Wahnsinn* ... ein Ort, den er nicht beim Namen zu nennen wagte – aus Angst, ihn heraufzubeschwören, wenn er ihm einen Namen gab. Er konnte ihn jedoch hören, ein Sirenengesang von der anderen Seite der Grenze.

Er zwang sich, von diesem bösen Trip runterzukommen, und benutzte dazu einen Trick, den seine Mutter ihm beigebracht hatte, ein kleiner Nonsensreim ... *the grand old Duke of York* ... aus Mother Goose, den er singen konnte, wenn er in Panik geriet oder Angst hatte. Er summte ihn leise vor sich hin, wobei er kaum die Lippen bewegte, während er den zerknitterten Zehner zwischen Daumen und Zeigefinger glatt strich. Die Zeile aus dem Nonsensreim rief ihm ein Bild seiner Mutter ins Gedächtnis, wie sie dort in seinem Schlafzimmer unter dem Dach saß, das Buch mit Kinderreimen aufgeschlagen auf ihrem Schoß, ihr Haar wie Kupfer im Licht glänzend.

Er schob den Zehner erneut in den Schlitz des Wechselautomaten. Diesmal schluckte ihn die Maschine und spuckte im Tausch eine Kaskade Silber aus. Nick fühlte, wie der Druck in seiner Brust etwas nachließ und der Sirenengesang des Wahnsinns zu einem hohen Winseln irgendwo am fernen Rand seines Bewusstseins verebbte. Abrupt – absurderweise – fühlte er sich besser, als hätte er eine Glücksmünze in eine Slotmachine in Vegas gesteckt und den Jackpot des einarmigen Banditen geknackt, eine Reihe gleicher Symbole von links nach rechts auf den Walzen im Fenster, und das Geld klirrte unaufhörlich in die Münzschale, mehr als nur ein Zehner in Quarters, der große Fischzug, der Hauptgewinn seines Lebens, das Vermögen, von dem er immer geträumt hatte.

Das gute Gefühl hielt nicht lange an. Er brauchte fünf Minuten, in dem zerfledderten Telefonbuch, das an einer Kordel aus rostfreiem Stahl von der Unterseite des Apparats herabbaumelte, die Vorwahl von Washington D.C. ausfindig zu machen. Weitere zwei Minuten vergingen, bis er die Nummer der Fernsprechauskunft rausbekam ... 1-202-555-1212 ... während er die Quarters – eins, zwei, drei – in den Schlitz steckte und mit zitterndem Zeigefinger auf die Tasten drückte.

Kostbare Sekunden verstrichen.

»Welche Stadt?«

»Washington.«

»Welcher Teilnehmer?«

»Senator Phineas Durant.« Ungeduldig trommelte er mit den Fingern gegen den Hörer. »Die Nummer seines Büros«, fügte er hinzu und warf einen Blick zum Laden zurück. Der fette Typ mit dem Bier stieg in einen uralten, verrosteten Pick-up, der noch aus den Fünfzigerjahren des letzten Jahrhunderts stammen musste. Nick sah zu, wie er mit irgendwas auf dem Beifahrersitz herumhantierte und dann eine Bierdose an die Lippen setzte.

Im Telefon klickte es. Dann ein Surren. Eine Computerstimme begann, die Nummer herunterzurasseln. Nick presste die Augen zu und versuchte, sich die Reihenfolge der Zahlen einzuprägen, doch sie entglitten bereits seiner Kontrolle – nicht fassbar wie die Zeit selbst. Er würde noch einmal anrufen müssen. Tränen der Verzweiflung schossen ihm in die Augen. Die Computerstimme am anderen Ende der Leitung sagte:

»Für eine Gebühr von fünfundvierzig Cents kann die Nummer automatisch gewählt werden. Drücken sie nach dem Piepton die Eins.«

Ja.

Nick steckte zwei weitere Quarters in den Schlitz. Er drückte die Eins. Eine andere Computerstimme sagte: »Werfen Sie bitte für die ersten drei Minuten zwei Dollar und neunzig Cents ein.«

Fluchend kramte Nick in seiner Tasche und steckte zwölf weitere Quarters in den Schlitz. Ein lang gezogenes Summen in der Leitung. Er warf einen Blick auf die Rolex ... 15:24 ... und drehte sich um, um den Streifenwagen zu betrachten. Er sah aus wie der letzte bei der Meisterschaft der Krawallfahrer übrig gebliebene Wagen, verbeult und mit getrockneten Dreckspritzern bedeckt; abgebrochene Zweige ragten aus dem Kühlergrill, und die Windschutzscheibe zierte ein Einschussloch. Von dort, wo er stand, eine Schulter gegen die Haube des Telefons gelehnt, konnte Nick die Fahrerseite des Wagens sehen, das Loch, wo einmal das Seitenfenster gewesen war, das er herausgeschossen hatte, die verbeulten Kotflügel, die zerschrammte Seitenverkleidung. Die andere Seite, die Seite, mit der der Wagen gegen den Felsen gekracht war, konnte er nicht sehen, doch er konnte sie sich vorstellen: der Kotflügel eingedrückt und die ganze Längsseite von tiefen Schrammen durchzogen, an denen der Lack abblätterte und das Metall durchschimmerte.

Das und den Innenraum, den blutbefleckten Innenraum inklusive den beiden Schießeisen, die für jedermann sichtbar auf dem Bodenteppich vor dem Beifahrersitz lagen.

Plötzlich musste er an Pomeroy denken, der weniger als eine halbe Meile entfernt mit Handschellen an einen Baum gefesselt war und lauthals um Hilfe schrie.

Idiotisch, dachte er. Idiotisch hierherzukommen.

Er sah Sues kleinen Finger auf den Schreibtisch fallen.

Wie lange noch, bis hier ein Cop vorbeikam? Er sollte auf der Straße sein, er hätte nicht anhalten dürfen ...

Er machte die Augen zu und murmelte leise die Zauberformel aus seinen Kindertagen vor sich hin.

The grand old Duke of York, he had ten thousand men ...

Das Telefon am anderen Ende klingelte. Eine warme Frauenstimme, in der ein weicher, schmeichelnder Südstaatenakzent schwang, der einen an Würzwhiskey und Pfefferminzlikör und an lange, faule Nachmittage auf der Veranda denken ließ. Finneys ölig glatter Akzent.

»Sie sprechen mit dem Büro von Senator Durant. Mit wem darf ich Sie verbinden?«

Nick holte tief Luft und war sich mit einem Mal nicht sicher, wie er fortfahren sollte. So weit hatte er die Sache noch nie durchgedacht, war nie weiter gekommen, als die Nummer rauszufinden und den Anruf zu machen ...

»Hallo?«

»Mein Name ist Nick Laymon«, sagte er, und die Worte kamen beinahe widerstrebend über seine Lippen. »Ich kenne Senator Durants Sohn, Finney. Wir sind gute Freunde, wir gehen zusammen aufs College. In Ransom, North Carolina. Ransom College. Ich ... ich muss mit dem Senator sprechen, okay? Ich muss unbedingt mit ihm sprechen, bitte.«

Die Frau am anderen Ende der Leitung war wenig beeindruckt. »Der Senator ist in einer Besprechung, Mr Laymon. Wenn Sie eine Nummer hinterlassen würden …«

»Ma'am?«, fragte er. »Ma'am, hören Sie mir zu, okay? Ich muss mit dem Senator sprechen. Selbst wenn er in einer Besprechung mit dem Präsidenten oder sonst wem ist. Sie müssen ihn ans Telefon holen.«

»Sir, ich kann den Senator jetzt nicht …«

»Ich kann nicht warten, okay?«

Die Temperatur in der Stimme sank um zwanzig Grad, unfreundlich, ohne die Grenze zur Unhöflichkeit zu überschreiten. »Bleiben Sie bitte am Apparat, Sir.«

»Nein, bitte …«

Doch sie war weg. Musik, irgendwas Klassisches mit jeder Menge Streichern und einem Spinett oder Cembalo. Bach vielleicht. Er wusste es nicht.

Nick schluckte krampfhaft.

Er warf wieder einen Blick auf die Uhr – 15:26 – und fühlte, wie erneut Panik in ihm hochschwappte. Er sah zum Laden hinüber. Im selben Augenblick hob der Kassierer den Blick, und einen Moment lang trafen sich ihre Blicke. Nick sah vor seinen Augen, wie er in den fetten Typen rannte und zu Boden ging, das Öl, das sich in einer Lache über die Fliesen ausbreitete, und wieder wurde ihm die Absurdität dieser ganzen Kette unglücklicher Geschehnisse bewusst. Wahrscheinlich hatte der Kassierer die Bullen gerufen …

Jemand unterbrach Bach. Wieder die Computerstimme, die von ihm noch mal zwölf Quarters verlangte. Für drei weitere Minuten.

Er schob sie einen nach dem anderen in den Schlitz, wobei das Gewicht in seiner Jackentasche merklich weniger wurde, und dann meldete sich eine andere Stimme. Die Frau.

»Wenn Sie mir sagen würden, worum es bei Ihrem Anruf geht, Sir.«

»Mögen Sie Ihren Job, Ma'am?«

»Wie bitte?«

»Arbeiten Sie gern für den Senator?«

»Ich verstehe nicht, was Sie damit sagen wollen ...«

»Denn wenn dem so ist, sollten Sie ihn jetzt sofort ans Telefon holen, okay?«

»Mr Laymon, ich glaube nicht, dass dies der geeignete Zeitpunkt für Drohungen ist, Sie etwa? Ich fürchte, ich ...«

»Verdammt noch mal, holen Sie endlich den Senator ans Telefon!«

Mit einem Mal war die Leitung tot. Nick schmetterte den Hörer gegen das Metallgehäuse des Telefons, einmal, zweimal, ein drittes Mal. Er hörte ein verräterisches Knacken, das Brechen von Plastik. Er kramte mehr Münzen aus seiner Tasche und stopfte ein halbes Dutzend Quarters in den Schlitz. Zwei weitere fielen zu Boden und rollten davon. Einer blieb, sich einmal um sich selbst drehend, ehe er umkippte, einen Schritt weit entfernt auf dem Gehsteig liegen. Der andere verschwand durch den Ablaufrost eines Kanaldeckels.

Weg.

Mit zitternden Fingern wählte er erneut die Fernsprechauskunft und verlangte die Nummer noch einmal. Diesmal versuchte er gar nicht, sich die Nummer merken zu wollen, und ließ sich nur von der Maschine durchstellen.

Die Welt jenseits der Plastikblende unter der Schutzhaube schien sich mit Nebel zu füllen. Erneut hatte er das Gefühl, eine Grenze zu überschreiten, der Sirenengesang wurde lauter, und jetzt ließ er zu, dass sein bewusstes Denken ihn mit einem Namen belegte: Wahnsinn.

Jemand nahm das Telefon ab.

Die Frau.

»Hören Sie zu«, sagte er, »Sie müssen ... Sie müssen mich mit ihm sprechen lassen ...«

»Mr Laymon?«

»Bitte ...«

»Wenn Sie sich bitte beruhigen würden, Sir, ich bin sicher ...«

»... wenn sie mich nicht mit ihm sprechen lassen, wird Finney ... wird Finney sterben ...«

Stille.

Nicks Schultern sanken nach vorn; er hasste sich für diese Lüge. Er wusste, dass Finney tot war. Etwas anderes war gar nicht möglich. Und dennoch nagten Zweifel an ihm. Hatte er wirklich gesehen, wie sich Finneys Hand um die Kugel schloss? Und falls dem so war, falls Finney noch gelebt hatte, als Evans den Kofferraumdeckel zuwarf, machte dies das Ganze dann nicht noch schlimmer? Weil Nick ihm nicht geholfen, ihn erneut im Stich gelassen hatte ...

Aber es war nicht seine Schuld. Was hätte er sonst tun sollen?

Nick lehnte den Kopf an das Gehäuse des Telefons. Die nächste Zeile des Kinderreims geisterte durch seinen Kopf ... *he marched them up the hill and he marched them down again* ... und hatte mit einem Mal seine magische Kraft verloren. Die Zauberformel seiner Kindheit kam ihm plötzlich unbedeutend und klein vor, zu klein, um ihm jetzt zu helfen.

Nichts konnte ihm jetzt mehr helfen.

Kalt. So kalt. Er seufzte und sah, wie die Wölkchen seines Atems die Luft vor seinen Augen trübten, und dann konnte er fast überhaupt nichts mehr sehen, weil Tränen seinen Blick verschleierten.

»Wie bitte?«, fragte die Frau atemlos und schockiert.

»Sterben«, flüsterte er. »Wenn Sie mir nicht helfen, werden sie alle sterben ...«

»Bleiben Sie bitte einen Moment dran«, sagte sie, plötzlich eine neue Dringlichkeit in ihrer Stimme. Und diesmal wartete er wirklich nur einen Moment, vielleicht einen halben Takt von Bach, während die Computerstimme mehr Quarters von ihm verlangte. Ohne aufzublicken, kramte Nick in seiner Tasche und steckte Quarters in den Apparat, bis seine Tasche leer war. Wieder klimperte eine Münze auf den Gehweg und rollte davon. Diesmal sah Nick ihr nicht einmal nach; er überließ sich dem Schluchzen, das in seiner Kehle aufstieg, der Vision von Finneys Hand, die sich um die Kugel schloss, seine letzte Bewegung.

Rette sie, hatte Finney gesagt. *Er* hatte sich entschieden; es war alles *seine* Schuld.

»Sir ...«

Eine Männerstimme.

»Senator ...«

»Mein Name ist Gerald McClain, Sir. Von der Capitol Police. Ich höre, Sie haben Drohungen ausgesprochen ...«

»Nein, keine Drohungen. Nur ... bitte, Sir, Sie müssen mir helfen. Sie müssen Finney helfen, Sie müssen uns helfen ...«

»Beruhigen Sie sich, Sir, und erzählen mir, was passiert ist …«

»Meine Schuld«, sagte Nick, und es war, als würde ein Licht in seinem Kopf aufleuchten, das jedes Geheimnis, das er zu verbergen gehofft hatte, ans Licht brachte. Ihn bloßstellte. Seine Schwäche. Das dunkle Ich, das er in seinem Herzen weggesperrt hatte. Seine Schuld und seine Eifersucht. *Meine Schuld,* dachte er, *meine Schuld. Ich habe es getan, ich habe Finney sterben lassen, weil ich wollte, dass er stirbt.*

Und jetzt würde auch Sue sterben. Weil er zu spät kam und zu dumm war, die Wahrheit zu erkennen, die sein Vater schon immer gekannt hatte: Man muss sich selber um sich kümmern. Das System kümmerte sich nicht um Leute wie ihn.

»Ich bin informiert, dass Sie Drohungen gegen die Familie von Senator Durant geäußert haben …«

»Ich muss mit ihm sprechen«, flüsterte Nick.

»Später vielleicht«, sagte McClain. »Aber zuerst …«

»Er müsste, verdammt noch mal, vielleicht nicht sterben, wenn Sie mir zuhören würden …«

Nick knallte den Hörer auf die Gabel.

Finney, Finney …

Er ist tot, dachte Nick. *Er war schon tot, als Evans den Kofferraumdeckel zuwarf, ich hab ihn nicht einfach sterben lassen, ich habe ihn nicht …*

Er musste es herausfinden, musste es wissen.

Er wandte sich um und taumelte wie ein Betrunkener zum Wagen zurück. Die Tränen machten ihn fast blind. Er kramte nach den Schlüsseln. Er brauchte fast eine Minute, den Schlüssel in den Schlitz zu stecken, und dann schwang der Kofferraum auf. Finney lag zusammengekrümmt und noch immer halb in die dicke, durchsichtige Plastikfolie eingewickelt vor ihm, irgendwie kleiner, als Nick ihn in Erinnerung hatte.

Und reglos. So reglos.

Nick sank auf die Knie, die Arme ausgestreckt, ob im Gebet oder von Schuldgefühlen und Reue überwältigt, wusste er selber nicht.

»Es tut mir leid«, flüsterte er. »Es tut mir so leid.«

Und einen Augenblick lang – nur einen Augenblick lang – überquerte er vollends die Grenze in das Land des Wahnsinns. Er überließ sich ganz dem Gesang der Sirenen, ließ sich von ihm forttragen, bis alles von ihm abfiel – Schmerz und Angst und Verantwortung. Schuld. Hass auf das, was aus ihm geworden war. Einen kurzen Moment lang war Nick Laymon nur mehr eine leere Hülle, während seine Lungen wie ein Blasebalg arbeiteten, sein Herz hämmerte und Blut durch seine Adern pumpte, doch leer, ohne ein Ich oder einer Seele. Und dann eine Stimme.

»Sir? Sind Sie okay?«

Nick drehte den Kopf.

Der Kassierer. Er stand vielleicht sechs, sieben Meter von ihm entfernt, jünger, als Nick gedacht hatte, nicht älter als einundzwanzig, zweiundzwanzig, das Gesicht in besorgte Falten gelegt. Er war in Nicks Alter. Abgesehen von dem Holpern, wenn ein Auto über einen schlafenden Polizisten fährt, hätte er Nick sein können. Aber er war es nicht.

»Tut mir leid, wegen dem Öl«, sagte jemand. Es dauerte einen Moment, bis Nick begriff, dass es seine eigene Stimme gewesen war, die diese absurde Entschuldigung ausgesprochen hatte.

»Hatten Sie einen Unfall? Soll ich die Polizei rufen?«

Der Kassierer trat einen Schritt näher. Er reckte den Kopf, als versuchte er, etwas zu sehen. Als versuchte er, einen Blick in den Kofferraum zu werfen.

Auf Finney.

Nick taumelte auf die Beine. Er warf den Kofferraumdeckel zu.

»Nein«, sagte er. »Sie brauchen niemanden zu rufen.«

Und dann saß er im Wagen, stieß den Schlüssel ins Zündschloss und drehte ihn nach rechts. Der Motor hustete, drehte sich ein paarmal leiernd und sprang an. Die Digitaluhr im Armaturenbrett erwachte zum Leben.

15:44.

Noch fünfzehn Minuten, und Sue würde noch einen Finger verlieren. Er konnte den Zigarrenschneider vor sich sehen, wie er im Licht glänzte. Er hatte noch nie irgendetwas so deutlich gesehen.

Er verscheuchte den Gedanken aus seinem Kopf, verbannte Sue und den Dickhäuter und alles, was in den letzten zwei Tagen geschehen war, aus seinem Gehirn. Dieser Weg führte direkt in das Land, in dem der Wahnsinn regierte. Er war dort draußen – *sie* waren dort draußen, er konnte sie hören ... *die Sirenen des Wahnsinns* ... die leise seinen Namen wisperten wie eine Geliebte, wie Sue vor nicht einmal zwölf Stunden.

Dafür würde später noch Zeit sein, aber nicht jetzt. Er konnte sich diesen Luxus jetzt nicht erlauben. Er hatte bereits eine Stunde verschwendet ... *einen weiteren Finger* ...

Er würde nichts mehr verschwenden.

Nick riss den Schalthebel in den Rückwärtsgang. Der Wagen machte einen Satz nach hinten, und das Lenkrad drehte sich in seinen Händen. Im Rückspiegel sah er, wie der Kassierer zur Seite sprang, doch das spielte jetzt auch keine Rolle mehr. Er rammte den Schalthebel auf DRIVE und stieg aufs Gas. Ohne langsamer zu werden, bretterte er auf den Highway hinaus und lenkte den Streifenwagen mit quietschenden Reifen in Richtung der Berge, in Richtung Sue … *in Richtung des Dickhäuters* … während die Sekunden wie Mörserfeuer um ihn herum detonierten.

DIENSTAG

15:45 bis 16:36

Die Fahrt nach Knoxville – seine dritte in weniger als zweiundsiebzig Stunden – war wie ein Albtraumritt auf einer außer Kontrolle geratenen Achterbahn. Nick versuchte, seine Gedanken mit Wellen zu füllen, um sich in ihrer gnadenlosen Brandung zu verlieren, doch die Erinnerung an das Telefongespräch kehrte immer wieder zurück, die Stimme des Cops ... *Sie haben Drohungen ausgesprochen* ... so unangebracht beschwichtigend und zugleich drohend, als könnte er den ganzen Irrsinn mit Worten aus der Welt schaffen.

Er wollte rechts ranfahren, um den Kopf auf das Lenkrad zu legen und sich wieder vom Wahnsinn umarmen zu lassen, doch er zwang sich weiterzufahren, klammerte sich an das Bild von Sue ... *Beeil dich, Nicky* ... wie an einen Talisman, während er Evans' Wagen wieder durch die Straßen von Ransom und dann die ersten Berge hinaufsteuerte. Einmal spähte er auf den Tachometer hinab und entdeckte, dass seine Hände zu doppelter Größe angeschwollen waren. Rasch sah er weg und ignorierte das Hämmern seines Herzens.

Sue, dachte er, *ich komme.*

Der Wind pfiff durch das Loch in der Windschutzscheibe und brauste wirbelnd durch das herausgeschossene Fenster hinter ihm. Er drehte die Heizung an; sein Atem flatterte in kleinen Wattebäuschen von seinen Lippen wie stumme Gebete, während die Tachonadel auf achtzig und auf geraden Strecken auf neunzig zeigte. Seine Hände, grotesk angeschwollen, schluckten das Lenkrad.

Er wurde langsamer, als er höher in die Berge hinaufkletterte und mit quietschenden Reifen und ächzendem Chassis durch die Kurven der sich die Hänge emporwindenden Serpentinen heizte. Nach einer Kehre bot sich Nick für wenige Sekunden der Blick auf einen Hang, der ihm bekannt vorkam. Der Wagen schien über den Buckel eines monströsen schlafenden Polizisten zu holpern. Er schrie laut auf und packte das Steuer mit beiden Händen fester. Irgendwie, auf einer unbewussten zellulären Ebene, kannte er den Ort. Er fühlte es an dem kalten Schauder, der ihm über den Rücken lief, dann sah er die Stelle, wo der Arier ... *Aubrey, sein Name war Aubrey* ... gelegen hatte, die Kurve, in der die Bremslichter von Pomeroys Cadillac aufgeleuchtet hatten, der Aussichtspunkt, von wo Evans Finney in den Abgrund geworfen hatte.

Gespenstische Stimmen füllten den Wagen.

Verdammte Temposchwelle.

Wir müssen alles in Ruhe durchdenken.

Das Geld, Nick. Netter kleiner Notgroschen.

Nick sah in den Rückspiegel. Finney und Tucker saßen dort, ihre Gesichter totenblass.

Das ist deine Schuld, sagte Tucker. *Du hast uns gezwungen zurückzufahren.*

Was jetzt, Nicky?, sagte Finney. *Glaubst du, wir können noch immer heil aus der Sache rauskommen?*

»Nenn mich nicht Nicky«, murmelte er.

Dann plötzlich Sues Stimme: *Zeit ist alles, Liebster.* Nick erstickte den Schrei, der in seiner Kehle aufstieg, tastete mit einer Hand über das Armaturenbrett und machte die Heizung wieder aus. Der kalte Wind vertrieb die Gespenster aus dem Wagen, ihre Stimmen wurden leiser und entschwanden.

Er raste, was der Wagen hergab, füllte seinen Kopf mit dem weißen Rauschen des Winds ... *den Wellen* ... und ignorierte das leuchtende Fanal der Digitaluhr. Als er aus den Bergen kam, hörte er Sues Wimmern, und als er auf den Highway bog, der in die Stadt hineinführte, verzerrte sich ihr Gesicht unter schrecklichen Schmerzen, ihr Mund weit aufgerissen, ihre Augen glasig und von dieser entsetzlichen Leere erfüllt.

Kurz vor Knoxville, die Stadt breitete sich bereits vor ihm aus wie eine Öllache, blickte Nick nach rechts und sah seinen Vater neben sich sitzen. Den Blick starr geradeaus gerichtet, sagte Frank Laymon: »Die Zeit wartet auf niemanden.«

»Als wenn ich das nicht wüsste, Dad«, murmelte Nick und drückte das Gaspedal bis zum Boden durch. Die zitternde Nadel des Tachos näherte sich der achtzig. Als er nach links in den Downtown-District abbog, fuhr auf der Gegenfahrbahn ein Streifenwagen der Tennessee Highway Patrol vorbei. Der Officer sah mit offenem Mund und verdutzt aufgerissenen Augen zu, wie Nick vorüberflog.

Nick sah auf den Beifahrersitz hinüber. Sein Vater saß noch immer dort, seine Beine wie schlaffe Lakritzstangen unter dem Armaturenbrett verdreht.

»Du hast getan, was du konntest«, sagte sein Vater. »Komm nach Hause, komm nach Glory zurück.«

Nick dachte daran, wie leicht es wäre, einfach umzudrehen und über den Horizont zu verschwinden. Den Streifenwagen einfach stehen zu lassen und den Rest des Wegs nach Hause zu trampen und im Labyrinth der Mississippi-Sümpfe unterzutauchen. Sam und Jake würden ihm eine Arbeit beschaffen; und übermorgen würde er bereits in der endlosen Dünung des Golfs verschwunden sein und auf einem der Ölbohrtürme draußen vor der Küste malochen. Es war fast zu einfach.

Dann schwappte die Zeit wieder über ihm zusammen und füllte seine Gedanken mit Sue Thompson, wie sich ihr geschmeidiger Körper vor zwei Nächten auf ihn geschmiegt hatte, wie er in sie hineingeglitten war, als sei es das Selbstverständlichste der Welt. Wie in einem Albtraum sah er vor sich, wie sie über Gutmans Schreibtisch kroch, wie der Humidor lautlos durch die Luft segelte, ihr Gesicht eine Maske hilflosen Entsetzens. Der Zigarrenschneider schnappte hungrig in Gutmans Jekyll-Hand.

Bitte, Nicky. Versprich es mir.

Ohne dass er es bewusst mitbekam, reduzierte er, als der Verkehr um ihn herum dichter wurde, die Geschwindigkeit auf sechzig, auf fünfzig. Nick packte das Lenkrad fester, seine Hände, wie er erleichtert registrierte, wieder auf ihre normale Größe geschrumpft, und trat erneut aufs Gas. Frank Laymon war verschwunden, davongeweht vom brausenden Fahrtwind.

Auf Finneys Rolex war es 16:24, auf der Uhr im Armaturenbrett 16:29.

Einen quälenden Moment lang wusste er nicht, wohin er fahren, welche Abzweigung er nehmen sollte, um die Dickhäuter Video Security zu finden; alles – jede Ausfahrt, jeder kahle Baum, jedes zusammengesunkene

Haus – sah gleich aus. Nick brüllte vor Enttäuschung und schlug mit der Faust auf den lederbezogenen Rand des Armaturenbretts. Er bog auf die rechte Spur, streifte dabei fast die hintere Stoßstange des BMW einer schmächtigen, blauhaarigen Dame, und dann sah er das Schild: KNOXVILLE INDUSTRIEPARK $^1/_4$ MEILE. Alles fiel an seinen richtigen Platz: die Krippenfiguren aus Plastik und verrostete Gartenzäune, kleine Holzhäuser und vergilbte Rasenflächen, alles von den kalten Strahlen der Dezembersonne in ein seltsam bleiches, lebloses Licht getaucht.

Er raste mit fünfzig und quietschenden Reifen durch die Ausfahrt; eine Hupe plärrte gellend hinter ihm. Als er über die Kuppe eines Hügels bretterte, sah er im Rückspiegel einen Streifenwagen der Tennessee Highway Patrol auftauchen; er näherte sich rasch, mit mindestens hundert Meilen die Stunde und blinkendem Blaulicht. In seiner Windschutzscheibe spiegelte sich blitzend die Sonne. Eine lähmende Sekunde lang dachte Nick, Evans sei zurückgekommen. Doch dann erinnerte es sich wieder an den letzten Blick, den er auf den Polizisten geworfen hatte – ein zusammengesunkener Fleischberg in Finneys Badewanne, in seinem Bauch zwei klaffende Schlitze wie lippenlose Münder.

Er jagte den Wagen durch die triste mit Löchern übersäte Vorstadtstraße, die sich wie eine Schlange über die Hügel wand. Er ging erst vom Gas, als der Maschendrahtzaun um Gutmans Firmengelände in Sicht kam. Hundert Meter vor dem Tor hielt er an, das graue, kastenförmige Aluminiumgebäude wie eine Fata Morgana hinter dem Gewirk der kahlen Äste vom Nachbargrundstück. Er hatte keinen Plan, nicht einmal den Schimmer eines Plans.

16:28.

Der Motor brüllte auf wie ein hungriges Raubtier. Langsam ließ er den Wagen vorwärtsrollen. Er konnte die Überwachungskameras rechts und links vom Eingangstor sehen, deren Objektive träge hin und her schwenkten wie die Köpfe mechanischer Vögel. Er bremste erneut, griff hinter seinen Rücken und zog Pomeroys Revolver aus dem Hosenbund. Seltsam gelassen überprüfte er die Trommel. Fünf Kugeln. Er dachte an die lose Kugel im Kofferraum und an Finneys sich im letzten Todesreflex langsam darum schließende Hand. Fast im selben Augenblick verwarf er den Gedanken wieder, weil er wusste, dass er niemals dazu fähig sein würde, den Kofferraum noch einmal zu öffnen.

Zeit, dachte er. Zeit.

Er beugte sich nach rechts und hob die beiden Waffen vom Boden auf. Er ließ das Magazin der .45ers herausgleiten und zählte acht Geschosse, ehe er es wieder zurückschob. Pomeroys zweite Waffe hatte noch fünf Schuss in der Trommel, der Schlagbolzen ruhte auf einer leeren Kammer. Achtzehn Chancen, Sue zu befreien. Die Zahl schien ihm unerträglich klein.

Er legte den Rückwärtsgang ein und fuhr vorsichtig die Straße zurück. Als das Tor kaum mehr zu sehen war, bremste er und hebelte den Vorwärtsgang ein. Er ließ den Kopf auf das Steuer sinken und sprach ein stummes Gebet, ohne die leiseste Ahnung, welche Götter ihn erhören sollten.

16:31.

Er setzte sich auf und packte das Steuer so fest, dass seine Knöchel weiß hervortraten. Er schmiegte sich tief in den Sitz und legte den Sicherheitsgurt an. Ohne irgendeinen Plan, sein Gehirn vollkommen leer, abgesehen von dem flackernden Bild von Sue Thompson, die sich vor Schmerzen schreiend wand, trat er das Gaspedal durch.

Beeil dich, Nicky.

Wie ein plötzlich von seinen Fesseln befreites wildes Tier machte der Streifenwagen mit aufbrüllendem Motor und durchdrehenden Reifen einen Satz nach vorn.

Nick sah nur das Tor, ein verrostetes Maschendrahtgitter, das die Welt in Rauten teilte, nur wenig größer als die des Käfigs hinter ihm. Es wurde rasend schnell größer – so schnell, dass Nick ein leichtes Schwindelgefühl erfasste. Das Tor füllte die gesamte Windschutzscheibe aus; er konnte die winzigen Rostflecken auf dem Rahmen, die frisch geölten Scharniere und eine über die obere waagrechte Verstrebung huschende Spinne ausmachen.

Der Wagen rammte mit einem scheppernden metallischen Krachen gegen das Tor, riss es aus seinen Angeln und schleuderte es hoch in die Luft. Sein Schatten huschte über die Kühlerhaube, das Bild von einem im Flug abstürzenden Vogel. Im Rückspiegel sah Nick es vom Kofferraum abprallen und dann aus seinem Blick verschwinden. Eine der Überwachungskameras, die wie ein mechanischer Geier durch die Luft flatterte, krachte durch das Heckfenster.

Vergil Gutmans Reich wuchs vor ihm in die Höhe, so riesig und leblos wie ein Öltanker. Seine Hände um das Steuer geklammert, als seien sie angeschweißt, die Zähne so fest aufeinandergepresst, dass seine Kiefer schmerzten, drückte Nick das Gaspedal bis zum Boden durch und steuerte den Streifenwagen direkt auf die verbeulte Metalltür zu. Unter den Reifen spritzte Kies auf, als der Wagen über den Parkplatz jagte.

Nick wagte einen schnellen Blick auf seine Uhr.

16:32.

Beeil dich, Nicky.

Als er wieder aufsah – der Wagen weniger als fünfzig Meter vom Eingang entfernt, das Gebäude vor ihm emporwachsend wie ein Monster in einem schlechten Science-Fiction-Film –, schwang die Tür auf und Oscar trat ins Freie. Mit entsetzt aufgerissenen Augen und offen stehendem Mund starrte er dem heranbrausenden Wagen entgegen. Sonnenlicht blitzte auf seinen dicken Brillengläsern und glänzte auf der öligen Haut seines kahl werdenden Schädels.

Als er noch dreißig, vielleicht auch nur noch fünfundzwanzig Meter entfernt war, zögerte Nick. Er nahm den Fuß vom Gas und ließ ihn eine halbe Sekunde lang über dem Bremspedal schweben. Oscar klappte den Mund zu und hob eine Hand. Nick sah, dass er eine Pistole darin hielt, und im selben Augenblick nahm wieder dieses albtraumhafte Bild von ihm Besitz: Sue, ihr Mund zu einem zeitlosen Schrei erstarrt, als ihr Finger auf Gutmans Schreibunterlage hinabfiel. Nick ließ seinen Fuß wieder auf das Gaspedal fallen und trat es durch. Der Streifenwagen machte einen Satz vorwärts und nahm schnell wieder Geschwindigkeit auf. Etwas schlug durch die Windschutzscheibe und pfiff an Nicks Ohr vorbei; winzige Glassplitter bissen in seine Wange.

Oscar kam nicht mehr dazu, ein zweites Mal abzudrücken. Der Wagen erwischte ihn halb zur Flucht gewandt. Seine Brille segelte, einmal kurz in der Sonne aufblitzend, davon.

Nick stieg auf die Bremse.

Der Wagen schlitterte seitlich weiter und die halb offene Lagerhaustür faltete sich über den linken Kotflügel –

den, der Oscar erwischt hatte – wie ein Mann, der einen Schlag in den Magen bekommen hat. Der rechte Kotflügel knickte einen Stützpfeiler, wodurch sich das Auto noch mehr seitwärts drehte. Das Schild mit dem jonglierenden Elefanten flog durch Nicks Blickfeld. Mit dem durchdringenden Kreischen von Metall auf Metall gab die Wand nach, rasierte den rechten Seitenspiegel ab und zerschmetterte das Fenster auf der Beifahrerseite.

Das Sicherheitsglas zerbarst zu glitzernden Kristallen, die über Nick hinwegregneten, als der Wagen durch das Büro schlitterte, gegen Oscars zerschrammten Schreibtisch prallte und ihn halb durch die Wand schleuderte. Seine Frontseite rammte einen hinter der Trennwand verborgenen Träger und verbog ihn, als das Auto mit metallischem Kreischen zum Stehen kam. Im selben Augenblick ließ Nick das Steuer los und warf sich, soweit es der Sicherheitsgurt zuließ, flach auf den Vordersitz. Die hinteren Räder des Streifenwagens hoben sich vom Boden und krachten wieder zurück. Aus den Augenwinkeln sah Nick im Rückspiegel, wie der Kofferraumdeckel aufsprang, und dann war er unten, gegen den Sitz gepresst, die Arme zum Schutz über den Kopf gelegt, sein Fuß noch immer auf dem Gaspedal. Etwas ... *eine Waffe* ... detonierte wie ein Kanonenschlag. Das Heck des Wagens sackte tiefer, und Nick seufzte erleichtert. Keine Waffe. Nur ein Reifen. Dann gab etwas anderes nach – das Brechen eines dicken Bretts, das Splittern von Glas. Dann nichts mehr. Stille senkte sich auf ihn, hüllte ihn ein wie ein Leichentuch.

Nick zog einen von Pomeroys Revolvern aus dem Gürtel, löste den Sicherheitsgurt und spähte über das Armaturenbrett. Ein Spinnennetz überzog die Frontscheibe, das zerstörte Büro war ein kaleidoskopisches Chaos. Rauch kräuselte träge unter der Motorhaube hervor. Etwas zischte bösartig.

Er setzte sich auf.

16:33.

Vor seinem inneren Auge sah er den Dickhäuter, sah, wie sein Jekyll-Ich von seinem grotesk angeschwollenen Hyde-Ich geschluckt wurde, während er sich Sue mit dem Zigarrenschneider näherte. Die Hand nach ihr ausstreckte.

Eine kleine Explosion war zu hören, ein leises, gedämpftes *Bumm* – und gleichzeitig warf etwas Nick in den Sitz zurück. Etwas Riesiges, Monströses, dessen Haut rau und genoppt war, presste ihn gegen die Rückenlehne.

Nick schrie auf und feuerte zwei Kugeln – zwei dröhnende Detonationen kurz hintereinander – in den Leib des Monsters. Er hörte das bösartige, ferne Winseln der Querschläger. Das Monster kreischte gellend auf vor Schmerz und wich langsam von ihm zurück. Nick schlug danach und kroch, mit den Füßen stoßend, zur anderen Seite des Sitzes. Erneut hob er den Revolver ...

... und sein Blick fiel auf den Airbag der Beifahrerseite, der röchelnd langsam in sich zusammensank. Verdutzt starrte er mit angehaltenem Atem darauf hinab; Rauch kräuselte aus dem Lauf der Waffe. Mit dem Griff des Revolvers, den er noch immer auf den Airbag gerichtet hielt, schlug er die Windschutzscheibe heraus. Sie gab nach, löste sich als zusammenhängende, von winzigen weißen Sprüngen durchzogene Glasplatte aus dem Rahmen und rutschte wie etwas Totes auf die Motorhaube.

Das Tape.

Er schaute auf den Sitz neben sich und dann unter ihn, tastete mit der flachen Hand über die Lederpolster und dann in den Spalt zwischen Sitz und Tür. Es war weg! Der Gedanke schoss ihm durch den Kopf, dass es irgendwo auf dem Hang, an dem er Pomeroy an den Baum gefesselt hatte, aus dem Wagen geschleudert worden sein musste, doch dann sah er es auf dem Boden liegen, ein dunkles Rechteck auf dem eisengrauen Teppich. Er hob es auf und schob es in seine Jackentasche. Ohne sich um den Lärm, den er machte, zu kümmern, kroch er durch das Frontfenster auf die Motorhaube und von dort auf den Boden.

Ein Stöhnen drang aus dem Zimmer hinter ihm. Nick wirbelte herum, instinktiv in die Hocke sinkend, den Revolver mit zwei Händen nach vorn gestreckt. Wieder dieses Stöhnen, ein leises wimmerndes Ächzen, die Stimme des nahenden Todes.

Oscar, dachte er. Irgendwo im anderen Zimmer, in tausend Stücke zerschmettert.

»H-h-hil...« Die Stimme erstarb in einem rasselnden Keuchen. Dann nichts mehr. Stille.

Den Revolver in der Faust huschte Nick zu der Wand und spähte um die Ecke. Der lange Korridor, der zu Gutmans Büro führte, war leer. Er trat in den Gang und zog die Tür hinter sich zu. Von oberhalb der Tür zu Gutmans Büro starrte das rote Auge einer Überwachungskamera auf ihn herab. Er machte ein paar zögernde Schritte in den Korridor hinein. Die Lichter über ihm flackerten, einmal, zweimal und gingen dann aus.

DIENSTAG

16:41

Die Dunkelheit lebte auf; sie tastete mit ihren Tentakeln nach ihm, saugte ihm den Atem von den Lippen und den Mut aus dem Herzen. Nick sank gegen die Wand, als eine Panikwelle über ihm zusammenschwappte und eine Flut quälender Bilder an die Oberfläche seines Bewusstseins spülte. Finney und Tucker, die ihn aus der Dunkelheit beschuldigten, ihre Augen eine einzige Anklage. *Deine Schuld, deine Schuld.* Vergil Gutman tauchte auf und streifte den gesunden Jekyll-Teil seines Körpers ab, um sein wahres Ich, das missgestaltete, über und über von blumenkohlartigen Tumoren bedeckte Hyde-Monster zu enthüllen. Sue, ihr Gesicht verzerrt, ihr kleiner Finger zwischen die Stahlkiefer des Zigarrenschneiders geklemmt, schrie ihn an, *Du hast es versprochen, Nick! Du hast es versprochen!*

Das Bild von Sue, ihr schmerzverzerrtes Gesicht, holte ihn in seine Welt zurück, in den Korridor, zu dem leisen *Klick,* mit dem eine weitere Sekunde verstrich.

Sue, oh Sue.

Nick warf einen Blick auf Finneys Uhr. Er konnte nichts erkennen. Den Lauf des Revolvers vor sich in der Dunkelheit hin und her schwenkend, machte Nick einen vorsichtigen Schritt vorwärts, dann einen zur Seite. Die Finger seiner ausgestreckten Hand tasteten über eine kalte Metalltür. Er fand den Türknauf und drehte ihn. Verschlossen. Er kauerte sich nieder und verharrte reglos, während die Sekunden wie Kugeln über ihn hinwegzischten.

Er kniff die Augen zusammen und versuchte angestrengt, das Ende des Korridors auszumachen. Ein schwarzes Rechteck schälte sich allmählich aus der Dunkelheit. Am unteren Rand des Rechtecks ... *Gutmans Tür* ... flimmerte fahles blaues Licht, ein fernes Wetterleuchten, das das schwarze Tuch der Dunkelheit zurückschob und einen von Türen und Schatten gesäumten Gang erahnen ließ. Während er auf das flimmernde Licht starrte, fand er sich plötzlich für einen kurzen Augenblick nach Glory zurückversetzt – als sechsjähriger Junge am Strand stehend, seine kleine Patschhand in die vom Krebs ausgezehrte Hand seiner Mutter geschmiegt. Er konnte jeden ihrer Knochen fühlen, zart und zerbrechlich wie trockene Zweige, während sie über das Meer zum Horizont hinausblickten. Ein Sturm braute sich dort draußen zusammen, dunkelgraue, in den Himmel quellende Gewitterwolken, in denen gespenstische Lichter zuckten.

»Vergiss nie, wie schön das ist, Nicky«, hatte sie zu ihm gesagt. »Übersieh nie die kleinen Dinge.« Ihre letzte Lektion, ihr letzter Spaziergang am Strand.

Nick zog den zweiten von Pomeroys Revolvern aus dem Gürtel. In seiner Vorstellung sah er Gutman hinter der Tür kauern und warten, eine Pistole locker in seiner Jekyll-Hand, die entstellte Hyde-Hand um Sues Porzellanhals gekrallt – ihr Haar, das in kupferroten Sturzbächen die monströse Missbildung umfloss.

Nick presste den Lauf des größeren Revolvers an seine Lippen und sog den beißenden Gestank von Kordit in seine Lungen. Mit seinen Daumen zog er beide Schlagbolzen zurück und murmelte etwas ... *ein Gebet* ... leise vor sich hin. Dann richtete er sich auf und stürmte, wieder und wieder den Abzug beider Revolver durchdrückend, den Gang hinab.

Ohrenbetäubendes Krachen dröhnte durch den Korridor. Orangefarbene Feuerzungen leckten in die Dunkelheit. Am anderen Ende des Flurs – Meilen über Meilen entfernt in dem endlos in die Länge gestreckten Korridor eines Spiegelkabinetts – erblühten daumennagelgroße Löcher in der Tür zu Gutmans Büro. Gespenstische Laserfinger aus fahlblauem Licht stachen hindurch und bohrten sich in Nicks Gesicht und Brust. Er rannte weiter, bahnte sich einen Weg durch die vom Pulverdampf dicke Luft, jeder Schritt eine vibrierende Erschütterung seiner Knochen und Gelenke, als würde er beim nächsten auseinanderbrechen, jeder Schuss aus den Revolvern wie eine zwischen seinen Ohren explodierende Stange Dynamit.

Der kleinere der Revolver, der, den er in seiner Rechten hielt, hörte auf zu feuern; Nick ließ ihn fallen und tastete nach Evans' .45er. Der Lauf verhakte sich in seinem Gürtel. Ohne stehen zu bleiben, zerrte er kräftiger – und dann ragte Gutmans Tür vor ihm auf, jedes Kugelloch wie ein vom grauen Star befallenes Auge, das ihn mit seinem milchig blauen Blick anstarrte. Der Schlagbolzen des zweiten Revolvers schlug auf leere Kammern.

Klick!

Klick!

Klick!

Das Dröhnen der Zeit.

Nick ließ den Revolver fallen, die .45er in der anderen Faust, und warf sich gegen die Tür. Er rammte mit der

Seite seiner Schulter und mit seinem ganzen Gewicht dagegen. Ein vielversprechendes Splittern war zu hören, und die Tür flog auf. Nick taumelte hindurch – er fühlte das kalte Schild, auf dem VERGIL GUTMAN stand, gegen seine Wange brennen – und landete der Länge nach auf dem dicken Teppich im Büro des Dickhäuters. Er rollte sich herum, federte geduckt auf die Beine und bekam endlich die .45er frei. Der flimmernde Widerschein der Fernsehmonitore erhellte den Raum mit einem gespenstischen Zwielicht. Nick sah auf Finneys Rolex und entdeckte, dass die Uhr bei seinem Sturz oder als er sich gegen die Tür warf zu Bruch gegangen war. Die Zeit stand still, erstarrt bei 16:41; der Sekundenzeiger war verbogen und ragte wie ein anklagender Finger empor.

Hinter ihm krachte die Tür gegen die Wand. Nick wirbelte herum und feuerte zwei Geschosse in das matt glänzende Eichenpaneel, als die Tür in den Rahmen zurückschwang. Dünne Rauchfäden kräuselten sich aus dem Lauf und waberten wie eine kleine Nebelbank langsam durch den Raum. Ein brenzliger Geruch hing in der Luft.

Jemand lachte glucksend, ein dreckiges, pfeifendes Geräusch.

»Bravo, Mr Laymon. Ich hab was übrig für große Auftritte.«

Ein dunkler Schatten ragte wie ein Berg hinter dem Schreibtisch auf. Noch während Nick herumfuhr, noch während er den Lauf der .45er hob, leuchtete eine Schreibtischlampe auf und Licht breitete sich über den Schreibtisch aus, das den Dickhäuter aus der Dunkelheit schälte. Wieder war Nick kurz davor, in ein hysterisches, obszönes Lachen ausbrechen. Einen Augenblick lang wusste er, dass es passieren würde, dass ein schockiertes, vulgäres Gelächter aus seinem Mund hervorplatzen würde. Etwas – ein krächzendes Räuspern, ein unterdrücktes Glucksen – kam über seine Lippen und polterte in den Raum.

Nick begegnete Gutmans Blick – und alle Erheiterung war wie weggeblasen.

Vergil Gutman musterte ihn mit Augen bar jeglichen Gefühls. Der Dickhäuter hatte sich kein bisschen verändert, seit Nick ihn zum letzten Mal gesehen hatte: der narbige Wulst über seinem Auge; die schwammartigen Hautwucherungen auf seiner linken Wange; die wulstigen, zu einem permanenten Grinsen verzogenen Lippen. Alles sah auf schaudererregende Weise genau wie zuvor aus. Erneut überfiel Nick ein Schwindelgefühl, das seine Gedanken durcheinanderwirbelte. Während er in diese kalten Augen starrte, glaubte Nick, den titanischen Kampf zu spüren, der in dem Mann tobte, der Kampf zwischen seinem Jekyll-Ich und seinem Hyde-Ich, zwischen dem normalen, gesunden Mann und seinem missgestalteten, von Qualen gepeinigten Zwilling. Während er ihn ansah – seine toten Augen, seine starre, aufrechte Haltung, zweifelte Nick nicht eine Sekunde, dass im Moment das Hyde-Ich die Oberhand hatte.

Nick richtete die .45er auf ihn. »Wo ist sie? Wo ist Sue?«

Gutman betrachtete Nick emotionslos, die Hände vor sich auf dem Schreibtisch gefaltet, die kleinere Hand ... *die gesunde* ... unter der verkrüppelten, von schwammigen Tumoren bedeckten Hand begraben. Mitten auf dem Schreibtisch lag eine silberne Pistole; sie schimmerte bösartig in der Lichtlache. Gutman machte keinerlei Anstalten, nach ihr zu greifen. Stattdessen beobachtete er Nick unverwandt, während ein Zucken um seine verzerrten

Lippen spielte, das möglicherweise ein Lächeln sein konnte. Neben der Pistole stand der Zigarrenschneider. Nick sah ihn und wandte den Blick schnell wieder ab; sein Herz setzte einen Schlag aus, und ihm gefror das Blut in den Adern. Die Klinge war mit etwas Dickflüssigem, Braunem beschmiert.

Mit Blut.

Sue.

Er schielte erneut auf Finneys Uhr. Noch immer – wie von nun an bis in alle Ewigkeit – 16:41.

»Ich fürchte, Ihr Soloauftritt lässt für meinen lieben Lawrence Schlimmes erahnen«, seufzte Gutman. »Und außerdem stelle ich fest, dass Mr Durant ebenfalls nicht hier ist. Auge um Auge, Mr Laymon, ist das ...«

»Seien Sie still! Halt verdammt noch mal dein beschissenes Maul!« Nick packte den Griff von Evans' .45er mit beiden Händen und richtete den Lauf auf Gutmans massigen Schädel, wobei er den narbigen Wulst über seinem Auge ins Visier nahm. »Wo ist Sue? Sag es mir, oder ...«

»Oder Sie tun was, Mr Laymon? Sie haben sich als wirklich einfallsreich erwiesen – und Sie sind sicherlich kein Narr, ganz bestimmt nicht. Ihnen dürfte nicht entgangen sein, in welch prekärer Situation Sie sich befinden.« Gutman verstummte und lehnte sich in seinem Stuhl zurück. Er veränderte geringfügig seine Position – das Leder gab ein kurzes, furzendes Geräusch von sich, während der Stuhl unter seinem Gewicht aufächzte – und suchte einen Gedanken. »Ein Mensch mit Ihrer ... wie soll ich es nennen? ... Durchsetzungskraft? Ja. Und Ihrem *Einfallsreichtum*. Ich glaube, das beschreibt Sie ziemlich genau. Ein Mensch mit Ihrer Durchsetzungskraft und Ihrem Einfallsreichtum muss sich darüber im Klaren sein, wie prekär die Situation ist, in der Sie sich befinden.« Gutman sprach jedes Wort mit peinlichster Achtsamkeit aus, presste jede exakt betonte Silbe zwischen seinen entstellten Lippen hervor. Ein Bild geisterte durch Nicks Kopf: Vergil Gutman vor einem Spiegel in Positur stehend, die Augen mit starrer Wachsamkeit auf sein reflektiertes Bild geheftet, während er sich durch ein Wörterbuch arbeitet und jedes Wort tausendmal ausspricht, bis es perfekt ist, bis es mit der exakten Betonung über seine Lippen fließt.

»Ein Mann mit Ihrer Konstitution ...«, fuhr Gutman fort, »... könnte in einem Unternehmen wie dem meinen sehr nützlich sein. Schließlich haben Sie sich als ein Mann mit ... flexiblen moralischen Grundsätzen erwiesen.«

Nick war mit ein paar schnellen Schritten bei ihm und presste den Lauf der Pistole an Gutmans Stirn.

Der Dickhäuter lächelte, ein groteskes Verzerren seiner Gesichtsmuskeln. Das Lächeln erreichte nicht für eine Sekunde seine Augen.

»Wenn Sie mich erschießen, Mr Laymon, werden Sie Miss Thompson nie mehr wiedersehen. Das wäre jammerschade. Sie ist ganz ... entzückend.« Seine Stimme wurde undeutlich bei diesem Wort, als sei das Jekyll-Ich ins Stolpern geraten; doch dann fand sie wieder zu ihrem gemessenen Tonfall zurück. »Wir hatten eine Abmachung, erinnern Sie sich?«

Nick erinnerte sich. Über die Wölbung von Gutmans kahlem Schädel hinweg ließ er den Blick über die Wand der Videobildschirme schweifen. Die Hälfte von ihnen war schwarz, die Satelliten- und Netzwerksender-Zuspielungen, die ganze Meute der lamentierenden Köpfe – Oprah und John Edwards und Jerry Springer –, ausgeknipst und verschwunden. Drei der anderen Monitore waren zerborsten, und Nick hatte eine flüchtige Vorstellung von Gutman, wie er ruhig an seinem Schreibtisch saß, während Kugeln an ihm vorbeizischten – ein Mann ohne die geringste Angst vor dem Tod, der ihn vielleicht sogar suchte – die Wohltat und Erlösung, nach der er sich sehnte, der aber nach all den Jahren der Krankheit viel zu starrsinnig und unbeugsam war, sie sich zuzugestehen. Während Nick, gebannt von seiner inneren Vision, auf die Monitore starrte, spie einer der Bildschirme einen sprühenden Funkenregen hervor, gefolgt von einem lauten Zischen und einem dünnen, sich kräuselnden Rauchfaden, und erlosch.

Die meisten der Monitore mit Bildern von den Überwachungskameras auf dem Gelände und in der Halle hatten überlebt: im Halbdunkel liegende Korridore und Lagerräume; der Sicherheitszaun und das Tor, das verbogen auf dem Kies lag. Nicks Blick heftete sich auf den Bildschirm, den er gesucht hatte: der Betonbunker, der Raum, in dem Casey Barrett einen entsetzlichen Tod gestorben war. Er war leer. So etwas wie Erleichterung breitete sich in Nick aus. Er erlaubte sich eine Regung, die er, wie er jetzt bemerkte, von dem Augenblick an unterdrückt hatte, als er vor so vielen Stunden in den Streifenwagen gestiegen war.

Nick Laymon begann zu hoffen.

Er richtete den Blick wieder auf Gutman. Die .45er nach wie vor auf dessen Schädel gerichtet, griff Nick in seine Jackentasche und zog das Videotape heraus. Ein zusammengefaltetes Stück Papier flatterte auf den Schreibtisch. Ohne den Blick von Nick zu nehmen, griff Gutman nach dem Papier und faltete es auf. Es bestand aus zwei Blättern: dem Flugblatt mit der ausgesetzten Belohnung für

Hinweise auf den Aufenthaltsort von Casey Barrett und dem Foto vom Barrett-Anwesen, das er aus dem *Atlanta*-Magazin herausgerissen hatte.

Gutmans Gesicht verzerrte sich zu einem breiten Grinsen; seine Zähne blitzten im Licht wie winzige Diamanten. Seine Augen funkelten vergnügt.

»Sieh an, Mr Laymon«, sagte er. »Sie sind ein Träumer. Ich bewundere das, wirklich. Wie gedankenlos von mir, Ihre Pläne zu zerstören. All die schönen Pläne zunichtegemacht und in Rauch aufgegangen. Und nur, weil Sie zum falschen Zeitpunkt am falschen Ort waren.« Das Grinsen des Dickhäuters wurde breiter, und er machte ein schnalzendes Geräusch mit der Zunge. »Nur weil Sie durch eines der Löcher in der Welt gefallen sind.«

Nick fühlte, wie er rot wurde.

Er warf das Tape auf den Schreibtisch. »Hier ist mein Teil der Abmachung. Jetzt geben Sie mir Sue.«

Gutmans Grinsen erlosch, und seine Augen wurden kalt. Eine Minute lang starrten sie einander reglos an, dann ließ Gutman die Papiere fallen, die er in der Hand hielt. Sie schwebten auf den Schreibtisch hinab, eine Welle, die über einen flachen Strand leckt. Nick senkte den Blick und sah zu, wie sie auf der Tischplatte landeten ... *dieses grüne Licht, das aufschimmerte und wieder verschwand* ... und bemerkte zu spät, dass er einen Fehler gemacht hatte.

Er sah nur eine wischende Bewegung, so schnell und so sicher, dass sie bereits abgeschlossen war, ehe Nick sie registrierte: eine zustoßende Schlange, ein silbernes Aufblitzen im Licht.

Gutmans Stimme, gemessen, präzise: »Und das ist mein Teil.«

Eine hellorange Flamme zuckte aus dem Lauf der Pistole, dann noch eine, gefolgt von Detonationen, nicht lauter als ein Husten, so schnell hintereinander, dass es wie ein einziger Knall klang. Im selben Augenblick warf sich Nick zur Seite und kroch in Richtung des Schattens. Noch ein Schuss krachte hinter ihm; Nick fühlte eine Kugel so dicht an sich vorbeischwirren, dass sich seine Nackenhaare aufstellten. Er rollte gegen eine Art Büroschrank, Videokassetten und Kameraobjektive prasselten auf ihn herab. Ohne zu zielen, jagte er ein paar Schüsse in Gutmans Richtung.

Der Rückstoß ruckte durch seinen Arm und jagte einen heißen, stechenden Schmerz in seine Schulter. Er sah darauf hinab. Seine Jacke hatte ein Loch an der Schulter, das Leder färbte sich schwarz von hervorsickerndem Blut. Der Schmerz schlug wie eine Welle über ihm zusammen – Feuer, Glassplitter und Rasierklingen, die in seiner Schulter wüteten. Er schob eine Hand unter seine Jacke und ertastete ein Loch in seiner linken Schulter. Sein Hemd und seine Jacke waren schwer vom Blut. So viel Blut. Verdammt, so viel Blut. Er atmete langsam und gleichmäßig und allmählich kehrte so etwas Ähnliches wie Ruhe in seinen Kopf zurück.

Irgendwo weit weg redete der Dickhäuter, Satzfetzen, die die Mauer aus Schmerz durchdrangen: »... mein lieber Junge ... hättest wissen müssen ... zugehört ...«

Nick hob seinen verletzten Arm, dankbar dafür, dass er noch funktionierte. Er feuerte einen Schuss in Richtung der Stimme, als er sich auf die Beine rappelte. Er stolperte über den umgestürzten Büroschrank, fing sich wieder und presste sich gegen die Wand. Ein Bild von Pomeroy, der wie eine fliehende Vogelscheuche den Highway entlangstolperte, geisterte durch seinen Kopf. Der Raum drehte sich. Das verbogene Metall der Wand drückte gegen seine Schulter. Er stützte sich mit seiner gesunden Hand ab, drehte sich langsam dem Raum zu und hinterließ einen blutigen Handabdruck an der Wand, von dem vier rote Rinnsale die Wand hinabkrochen.

Gutmans Büro hatte die verzerrten Dimensionen eines Spiegelkabinetts angenommen, der Mann selbst ein bergähnlicher Schatten vor den flimmernden Monitoren, die Arme über seinem gewaltigen Bauch verschränkt, die silberne Pistole zwischen dem Humidor und dem Zigarrenschneider auf dem Schreibtisch. Und er redete noch immer.

Nick sah an sich hinab und stellte verblüfft fest, dass er noch immer Evans' .45er in der Hand hielt. Er hob die Pistole – sie war erstaunlich schwer, als hätte jemand einen Amboss an seiner Hand befestigt – und richtete sie auf Gutman, der redete, redete, redete.

»... Sie könnten eine wertvolle Hilfe sein, mein lieber Mr Laymon. Warum legen Sie Ihre Waffe nicht beiseite? Wir könnten ein wunderbares Team sein, Sie und ...«

Nick drücke den Abzug durch, und jede Faser seines Körpers zog sich zusammen. Die .45er bellte und einer der Videomonitore – der, auf dem ein kahler, stiller Raum mit Ketten und Presssteinwänden zu sehen war – explodierte. Eine Stichflamme, gefolgt von einem sprühenden Funkenregen schoss aus dem zerborstenen Bildschirm.

Gutman zuckte nicht einmal. Er drehte den Kopf, um den toten Bildschirm zu betrachten, und sah dann wieder Nick an. Er schüttelte den Kopf. »Dann muss es wohl so sein«, sagte er und beugte sich über den Schreibtisch. Nicks Muskeln spannten sich, weil er erwartete, dass der

Fettsack nach der Waffe greifen würde. Stattdessen klappte er den Humidor auf und entnahm ihm eine Zigarre. Er führte sie genießerisch unter seiner Nase hindurch und sagte etwas, das Nick nicht verstand. Er griff nach dem Zigarrenschneider und schnippte das Ende des Stumpens ab; das *Tssick* der Guillotine hallte wie ein Schuss durch das Büro.

»Wo ist Sue?«, keuchte Nick.

Der Dickhäuter lächelte. »Ich schlage Ihnen noch einen Deal vor, Mr Laymon: Lassen Sie mich das Mädchen behalten, und sie können gehen. Wegfliegen, frei sein.«

Nick antwortete nicht darauf. Er schob sich an der Wand entlang vorwärts, stieß gegen etwas und hörte, wie es auf den Teppich fiel. Ein Hocker. Er stand in dem Winkel zwischen der Wand und der Bar – die dunkle Ecke, in der Evans ihre Drinks gemacht hatte. Er sah zu Gutman hinüber, der jetzt still war. Ein Licht flammte in seiner Jekyll-Hand auf, als er die Zigarre anzündete. Nick stieß sich von der Wand ab und bewegte sich entlang der Bar. Der Schmerz bohrte sich wie tausend Angelhaken in seine Schulter.

Er dachte an Sue – an die Art, wie sie den Kopf zur Seite neigte, wenn sie etwas fragte; die Art, wie ihre Hüften schwangen, wenn sie ging; wie sie das Gesicht verzog, wenn Dr. Gillespie ihren Namen nannte. Er dachte an die kühle Berührung ihrer schlanken Finger und schob sich, an der Bar Halt suchend, weiter. Er konnte den Dickhäuter nicht mehr hören.

Ein Durchgang tat sich im Tresen der Bar auf. Nick stolperte hindurch, spähte zu Gutman hinüber, der eine dichte, wabernde Rauchwolke ausstieß und die Zigarre in den Aschenbecher legte. Dann griff er nach der Pistole.

Nick duckte sich hinter die Bar, nur mit halbem Auge die schemenhaften Umrisse eines kleinen Kühlschranks und eines Waschbeckens aus rostfreiem Stahl wahrnehmend, dessen Hahn wie eine aufgerichtete, zum Zustoßen bereite Kobra emporragte, an der Wand darüber Reihen von matt schimmernden Flaschen diverser Alkoholika. Ein Schuss krachte. Eine Flasche Glenfiddich zerbarst auf dem Regal und spritze Whisky über ihn.

O Gott, o Gott. Sue.

Mit fliegenden Fingern zerrte er an der .45er. Endlich glitt das Magazin heraus. Noch zwei Projektile. Zwei verdammte Projektile. Er konnte sich nicht leisten, sie zu vergeuden. Er musste einen Platz finden, wo er sich Gutman stellen konnte, wo er ihn überraschen konnte, wo seine letzten zwei Chancen, seine letzten zwei Trümpfe stechen würden.

Wieder peitschte ein Schuss auf. Ein Flasche Gin zerbarst. Nicks Blick fiel auf einen Durchgang mit einem seidig glänzenden, schwarzen Vorhang davor, unter dem ein schmaler Streifen Helligkeit hervorsickerte. Er packte den Vorhang und zog sich durch die Türöffnung; ein stechender Schmerz zuckte durch seine Schulter. Auf der anderen Seite entdeckte er noch einen Raum, kleiner, viel kleiner als der andere und heller; ein grelles Licht blendete ihn.

Das beklemmende Gefühl, alles schon einmal gesehen zu haben, beschlich ihn. Der Raum war kalt und grau – die Farbe des Golfs im Spätherbst, so leblos wie sein Bild in der Reihe der Monitore, so, wie er es nicht anders erwartet hatte, nachdem er gesehen hatte, wie Casey Nicole Barrett sich darin in Schmerzen wand, ihre Angst von der kahlen Monotonie der Wände noch mehr angefacht. Nick drückte das Gesicht gegen einen der exakt eingepassten Presssteine.

Kalt. So kalt.

»Sue«, rief er, seine Stimme ein heiseres Flüstern

Ketten schlängelten sich auf dem Boden. Der Abfluss glänzte blitzend im Licht. Es war ein Raum, der nur aus Winkeln und ebenen Flächen zu bestehen schien, eine Symphonie aus Berechnung und Kalkül, erschaffen und orchestriert von einem wahnsinnigen Dirigenten. Ein Sortiment von Peitschen und Stachelstöcken und Dildos hing, der Größe nach geordnet, an der Wand gegenüber. Darunter baumelten zwei Bondage-Masken, leer und schlaff und erbärmlich grotesk. Die Sauberkeit des Raums war eine Obszönität an sich.

Eine weitere Maske.

Schmerz schwappte wie eine Welle durch Nick. Er biss die Zähne aufeinander und presste die Augen zu, bis ihm Tränen über die Wangen liefen. Seine Arme waren zu schwer, sie zu heben, seine Füße zu schwer, auch nur einen Schritt zu tun. Er warf einen Blick zum Vorhang zurück, der schwarz und reglos herabhing.

Wo ist Gutman?

Der Gedanke verflüchtigte sich, als er neben den Folterinstrumenten die zweite Tür sah. Sie war massiv und mit einem Sicherheitsschloss verriegelt.

Sue.

Nick stieß sich von der Wand ab. Der Raum wogte auf einer Welle von Schmerz von ihm weg und schwebte dann langsam, ganz langsam wieder zurück. Er taumelte über den Betonboden und warf erneut einen Blick zurück auf den Vorhang – nichts rührte sich. Gutmans Büro war nach wie vor auf der anderen Seite.

Was zum Teufel macht er dort draußen?

Er lehnte sich an die Tür, rüttelte und zerrte an dem Sicherheitsschloss und schob schließlich den Riegel zurück. Im selben Augenblick warf sich jemand von innen gegen die Tür. Er fühlte an seiner Wange, wie sie erbebte. Er machte einen Schritt zurück. Der Türknauf drehte sich ein kleines Stück, einmal, zweimal und dann nicht mehr.

Wie in Zeitlupe, wie ein Mann, der in einem Albtraum gefangen ist, streckte er die Hand aus und drehte den Knauf. Die Tür schwang einen oder zwei Fingerbreit auf, die Dunkelheit dahinter undurchdringlich. Von drinnen war ein unterdrückter Schrei, ein animalisches Aufächzen zu hören. Das Bild von dem blinden Bären, wie er die Schnauze durch die Stäbe seines Käfigs in die kalte Luft streckte und schnaubend witterte, geisterte durch seinen Kopf. Ohne Hoffnung, für immer gefangen, eingesperrt in einem engen, schmutzigen Stall. »Hey«, flüsterte er. »Sue?«

Und dann stürmte etwas wie ein Irrwisch aus der Dunkelheit hervor. Die Tür schlug mit einem lauten Krachen gegen die Presssteinwand, und eine Gestalt schwankte an Nick vorbei, zusammengekrümmt, die Arme gegen den Leib gepresst. Die Gestalt ... *eine Frau* ... wirbelte herum und starrte Nick, den Mund zu einem gellenden Schrei aufgerissen, an. *»Nnniiihh!«,* kreischte sie ihm ins Gesicht, ein Schrei, aus tausend verschiedenen Schmerzen zusammengefügt. Er erhaschte einen Blick auf halb vertraute Züge, kupferrotes Haar, das in wirren Strähnen um ihre schmalen Schultern fiel, die Augen ein helles, glitzerndes Smaragdgrün und leer, vollkommen leer, bis auf das Entsetzen in ihnen, ein Entsetzen so tief und so kalt, dass er es gar nicht ganz ermessen konnte.

Dann ging sie wie eine Furie auf ihn los.

Nick taumelte gegen die Wand und stieß sie zurück. Ein explodierender Schmerz in seiner Schulter.

»Kiiiii!«

Die Frau ... *Sue! SUE!* ... stürzte sich von Neuem auf ihn, eine Hand zu einer blutigen Klaue verkrümmt, die andere plump und schwer wie eine Keule und notdürftig mit rotbraun durchtränkten Bandagen umwickelt.

»Sue«, rief er. »Ich bin's. Ich ...«

Sie krallte nach ihm, außer sich vor Angst und blind vor Panik. Er schlang die Arme um sie, doch sie schlug noch immer um sich, das Gesicht verzerrt, ihr Haar eine wild fliegende Mähne, stieß mit den Füßen und bäumte sich auf.

Und die ganze Zeit schrie sie *»Nnnniiiihhh! Kiiiii!«* Dieses furchtbare Kreischen, ein Schrei, der die Welt auseinanderriss, der an den letzten Fäden nagte, an denen Nick Laymons geistige Gesundheit noch hing.

»Niiiihh-kiii!«

Erst dann begriff er: Sie rief ihn, schrie seinen Namen wieder und wieder, forderte von ihm das Versprechen ein, das er ihr vor ein paar Stunden gegeben hatte.

Das Versprechen, das er gebrochen hatte.

Zum zweiten Mal in weniger als einer Stunde überließ sich Nick dem Gesang der Sirenen, ließ sich vom Wahnsinn umfangen. Er ergab sich.

Wie von selbst hob sich seine Hand, schwang, Sue Thompson ins Gesicht klatschend, herum und hinterließ den rot flammenden Abdruck seiner Finger auf ihrer bleichen Wange. In seinem Kopf erblühte ein Bild von Sue, vor ihm vornübergebeugt, sein Schwanz begierig und wütend in sie stoßend ... *Es tut weh,* hatte sie gesagt, *oh,*

Nicky, es tut weh ... bevor er all seine Sehnsüchte und Ängste in einer einzigen gedankenlosen Entleerung in sie ergossen hatte. Und dann, ebenso schnell und flüchtig, sah er die erhobene Hand des Fremden, sah, wie der Schlag auf die Stripperin hinabsauste und der Vorhang mit einem Ruck zugezogen wurde, fühlte wieder den hässlichen Kitzel, den er verspürt hatte.

Sue sog erschreckt die Luft ein und wich zurück. Ihre Augen wurden klarer, wurden wieder Sues Augen, der Wahnsinn und die Angst machten einen kleinen Schritt zur Seite. Nick fühlte, wie sein eigener Wahnsinn abebbte, fühlte, wie sich der Nebel in seinem Kopf lichtete. Es war, dachte er, als sei eine Maske von seinem Gesicht gezogen worden.

Sue sank schluchzend in seine Arme.

»Oh, Nicky, oh, Nicky ...«

Worte purzelten aus Nick heraus, eine Aneinanderreihung von unzusammenhängenden Silben, ein bedeutungsloses gurrendes Stammeln, dessen Klang zu einer anderen Zeit vielleicht besänftigend gewesen wäre, an einem anderen Ort, der aber hier – jetzt – nichts bedeutete, die Worte noch weniger als bedeutungslos, eine bloße Nachahmung des Trosts ...

Und alles, was er denken konnte, war: *Zeit ist alles.* Der Dickhäuter hatte seinen Teil der Abmachung gehalten. *Alles ist Zeit.*

Verdammt soll er sein, dachte Nick. *Verdammt bis in alle Ewigkeit.*

Sue hatte aufgehört zu reden. Sie schwankte unsicher vor ihm, eine Hand, der kleine und der Ringfinger abgeschnitten, ein Klumpen aus Bandagen und getrocknetem Blut an den Stummeln ... *ihre gute Hand, o Gott, ihre* gute

Hand … an ihrem Gesicht, die andere, bandagiert und blutig, hielt sie unter ihren Brüsten gegen den Leib gepresst wie ein verletztes kleines Tier, eine gebrochene Blume. Nick stockte der Atem in der Kehle, als sich ein Bild in seinem Kopf verhakte wie ein Knochen, der einem im Hals stecken bleibt … *Sue, die sich wie eine zur Nacht erblühende Blume über ihm windet* … während die Zeit vollkommen stillzustehen schien, was sie seinetwegen auch *könnte* – so bedeutungslos, so sinnlos, wie sie jetzt war.

Auf ihre Hände und seine Schulter achtend, legte er seinen gesunden Arm um sie und lehnte sich an die Wand. Von seiner verletzten Schulter pochte der Schmerz wie pulsierende Stromschläge durch seinen ganzen Körper.

Es war vorbei.

Gutman hatte seinen Teil der Abmachung eingehalten: einen Finger für jede Stunde. Und Nick, für seinen Teil, hatte das Tape zurückgegeben. Jetzt musste der Dickhäuter sie gehen lassen. Er musste es. Das war der Deal. »Jetzt ist alles okay, Baby«, flüsterte er in Sues Ohr, »alles okay …«

Er fühlte eher, als er es hörte, dass Vergil Gutman in den Bunker kam – der leise Hauch verdrängter, strömender Luft, das minimale Sinken der Temperatur, als würde ein riesiger Schatten über sie fallen.

Nick spürte, wie Sues Körper steif wurde. Sie schrie – ein panisches Kreischen, das sein Blut gerinnen ließ – und stieß sich von ihm weg. Ihr Handgelenk entglitt seinem Griff, und ihre Schulter stieß schmerzhaft gegen ihn und brachte ihn aus dem Gleichgewicht. Er griff nach ihr, spürte ihre kupferroten Locken durch seine Finger gleiten, als sie sich seitlich von ihm wegschob, den Rücken gegen die Wand gepresst.

Gutman trat aus dem von dem schwarzen Vorhang verdeckten Durchgang.

Schließlich verließ ihn die Kraft und Nick rutschte zu Boden, das Schaben seiner Jacke über die Presssteinwand fast so laut in seinen Ohren wie Gutmans Lachen. Er versuchte, Evans' .45er zu heben und konnte es nicht ... *sein guter Arm* ... so nutzlos wie die Beine seines Vaters.

Gutman grinste.

»Geduld, mein lieber Mr Laymon, ist eine Tugend. Und bei dieser Art von Geschäften der entscheidende Faktor, fürchte ich. Nehmen Sie zum Beispiel die Treffsicherheit beim Schießen – alles Geduldsache. Sie müssen den richtigen Stand haben – so in etwa.« Er spreizte seine massigen Beine und balancierte sein Gewicht komfortabel auf ihnen. Er richtete die Pistole auf Nicks Herz. »Halten Sie die Waffe in beiden Händen, die Ellbogen leicht angewinkelt, die Muskeln entspannt, und dann drücken Sie den Abzug langsam ...«

»Bitte nicht, erschießen Sie ihn nicht ...« Sue, ihre Worte kaum mehr als ein unartikuliertes, entsetztes Schluchzen.

»Seien Sie still, Miss Thompson. Ich komme gleich zu Ihnen.«

»Nein, bitte! Ich tue alles ...«

»Schscht«, machte Gutman. »Noch irgendein letztes Wort, Mr Laymon?«

Nick schluckte. Er sagte nichts, die Augen wie gebannt auf Gutmans dicken Finger geheftet, der zwischen dem Abzugbügel und dem Abzug steckte.

»Nein?«, fragte Gutman. »Na schön, dann lassen Sie mich noch einmal mein Bedauern darüber ausdrücken, dass wir nicht zu einer Einigung kommen konnten, Sie und ich. Vielleicht in einem anderen Leben, ja?«

Und jetzt wurde der Finger weiß, als Gutman den Druck auf den Abzug verstärkte. Nick machte die Augen zu.

»Nein, bitte …«, flehte Sue, und dann änderte sich der Klang ihrer Stimme, und so etwas wie Verwunderung schwang in ihr. »Finney?«

Zuerst dachte Nick, er hätte sich verhört, seine ganze Wahrnehmung sei irgendwie verzerrt, sein Gehirn betäubt und nur zu entstellten Botschaften fähig. Doch sie sagte es ein zweites Mal, was eine Sequenz von Bildern in seinem Kopf auslöste: Finneys Hand, die sich über der Kugel schloss, kurz bevor Evans vor dem Kofferraum auftauchte; der Streifenwagen, der Oscar mit vollem Tempo auf die Hörner nahm und in das Gebäude hinter ihm krachte; der im Rückspiegel aufschwingende Kofferraumdeckel.

Hoffnung flackerte in Nick auf. Finney, dachte er. Er lebt, lebt …

Nick machte die Augen auf. Gutman stand wie ein Turm über ihm, stand, als stünde er seit dem Anbeginn der Zeit. Ein Grinsen verzerrte seine Lippen; er schüttelte den Kopf. Doch Nick konnte auch etwas anderes sehen: den Zweifel, der in seinen Augen aufglomm. Gutman drehte sich um und schob mit dem Lauf der Pistole den schwarzen Vorhang zur Seite.

Nichts.

Nur die Dunkelheit in dem anderen Raum, das matte Flackern eines fernen Monitors hin und wieder. Nichts.

Im selben Augenblick begriff Nick, dass nie jemand da sein würde, dass nie jemand wirklich da gewesen war. Dass er allein war, mutterseelenallein. Seine Mutter, sein Vater, Alex St. Johns, Tucker, Senator Durant, Gillespie, Stillman und vor allem Finney – fort, alle fort. Das Universum gähnte und zeigte ihm seine entsetzliche Leere.

Es gab nur ihn.

Gutman drehte sich wieder um, schüttelte den Kopf und sagte, »Nichts, Miss Thompson, ich fürchte, Sie haben sich getäuscht …«

Ohrenbetäubende Detonationen dröhnten durch den Bunker, hallten zwischen den grauen Wänden und schienen den Raum in Stücke zu reißen. Nick schrie, wollte sich die Ohren zuhalten, um den Lärm und die Welt auszusperren, und entdeckte, dass Evans' .45er am Ende seines Arms ruckte und Feuer spie.

Der Dickhäuter stand reglos im Durchgang, während sich auf seinem Gesicht langsam fassungsloses Staunen ausbreitete und sein rechtes Auge, das wegen der Tränen jetzt menschlicher wirkte, auf Nick starrte. Das linke Auge war ein klaffendes Loch. Blut lief in einem schmalen Rinnsal seine Wange hinab. Der Tumor, der die untere Hälfte seines Gesichts deformierte, war aufgeplatzt, ein blutiger Brei. Sein makelloser Anzug war ebenfalls blutig, eine nasse, glänzende Masse aus Fleisch und Knochensplittern.

Er stand noch immer reglos und starrte mit seinem verbliebenen Auge Nick an. Seine Pistole fiel scheppernd auf den Betonboden. Die wulstigen Lippen zitterten und öffneten sich ein wenig. Eine monströse Blutblase bildete sich vor ihnen und zerplatzte.

Langsam, nach Jahren wie es schien, kippte er wie ein gefällter Baum nach vorn. Sein Körper schlug mit einem lauten, nassen Klatschen auf den Beton. Der schwarze Vorhang wehte ein letztes Mal zurück – und enthüllte nichts.

Nick ließ die .45er fallen, rutschte an der Wand hinab und sackte zu Boden. Der Schmerz in seiner Schulter loderte von Neuem auf, eine wild heranbrandende Sturmflut. Sein Blick fiel auf den Arm vor ihm, Finneys Uhr direkt vor seiner Nase.

16:41.

Aus dem anderen Raum die Stimme seines Vaters: *Komm nach Hause, Nick.*

Bewegung: Sue, die über den Boden kroch, sich an seine unverletzte Schulter schmiegte, ihre verstümmelten Hände zwischen ihre Brüste gepresst. Sanft, so unendlich sanft, schloss er seine tauben Finger um ihre Hände. Er dachte daran, etwas zu sagen, Worte, die er erst einmal zu ihr gesagt hatte, in dieser Nacht in ihrem vom Mondlicht durchfluteten Schlafzimmer, als er wusste, dass sie ihn nicht hören konnte. Ich liebe dich, flüsterte er und wusste nicht, ob er es laut gesagt hatte.

Nick machte die Augen zu und konzentrierte sich auf das Geräusch von Sues Atem und auf ihre bandagierte Hand in der seinen. Ein Ton, den er schon die ganze Zeit gehört hatte, verdichtete sich zu einem Chor von Sirenen, eine ganze Armee davon. Er überlegte kurz, ob die Cops kamen, um sie zu retten oder ihnen den Rest zu geben, und dann, als die Wogen des Schmerzes immer wilder durch ihn brandeten, stellte er fest, dass er überhaupt nicht mehr denken konnte.

Komm nach Hause, Nick.

Und so überließ er sich den schwarzen Tiefen, in denen der Schmerz ihn für eine Weile nicht erreichen konnte, und träumte sich in den Acura zurück, wie er über eine endlose Reihe von Temposchwellen ratterte, das Dröhnen und Holpern zahlloser schlafender Polizisten, das Donnern der Brecher im Golf, die ihn heim nach Glory zogen.